O Morro dos Ventos Uivantes

Título - O Morro dos Ventos Uivantes
Copyright da tradução © Editora Lafonte Ltda. 2019

Todos os direitos reservados.
Nenhuma parte deste livro pode ser reproduzida por quaisquer meios existentes sem autorização por escrito dos editores e detentores dos direitos.

DIREÇÃO EDITORIAL
Ethel Santaella

Tradução:	Ciro Mioranza
Revisão:	Suely Furukawa
Textos de Capa e Apresentação:	Dida Bessana
Projeto Gráfico e Capa Brochura:	Angel Fragallo / Fullcase
Diagramação e Capa Dura:	Marcos Sousa
Imagem Capa Brochura:	Cannasue/istockphoto.com
Imagem Capa Dura:	Shutterstock

Dados Internacionais de Catalogação na Publicação (CIP)
(eDOC BRASIL, Belo Horizonte/MG)

B869m Brontë, Emily, 1818-1848.
O morro dos ventos uivantes / Emily Brontë; tradutor Ciro Mioranza. – São Paulo, SP: Lafonte, 2024.
320 p. : 15,5 x 23 cm

Título original: Wuthering Heights
ISBN 978-65-5870-595-6 (Capa dura)
ISBN 978-85-8186-373-3 (Brochura)

1. Ficção inglesa. 2. Literatura inglesa – Romance. I. Mioranza, Ciro. II. Título.
CDD 823

Elaborado por Maurício Amormino Júnior – CRB6/2422

Editora Lafonte

Av. Profª Ida Kolb, 551, Casa Verde, CEP 02518-000, São Paulo-SP, Brasil - Tel.: (+55) 11 3855-2100
Atendimento ao leitor (+55) 11 3855-2216 / 11 - 3855-2213 - atendimento@editoralafonte.com.br
Venda de livros avulsos (+55) 11 3855-2216 - vendas@editoralafonte.com.br
Venda de livros no atacado (+55) 11 3855-2275 - atacado@escala.com.br

Impressão e acabamento:
Gráfica Oceano

EMILY BRONTË

O Morro dos Ventos Uivantes

Tradução
Ciro Mioranza

Lafonte

2024 - BRASIL

APRESENTAÇÃO

O título original, *Wuthering Heights*, emprega pela primeira vez, segundo o *Dicionário Merriam-Webster*, a tradicional expressão do norte da Inglaterra "wuthering", onde morava a autora, para descrever os ventos tempestuosos que sopram com estridente rugido. Em português, a tradução consagrou-os como "ventos uivantes", depois da *Balada de Emily Brontë* (1928), do escritor Tasso da Silveira:

> *"No Morro do Vento Uivante*
> *o vento passa uivando, uivando...*
> *No Morro do Vento Uivante*
> *há um casarão sombrio*
> *cheio de salas vazias*
> *e corredores vazios...*
>
> *A noite toda uma porta*
> *geme agoniadamente.*
> *Pelas vidraças partidas*
> *silvam longos assovios,*
> *no ar de abandono e de medo*
> *passam bruscos arrepios...*
>
> *No Morro do Vento Uivante*
> *o vento passa...*
> *Emily Brontë*
> *não pares a história... Conta!*
> *Conta, conta, conta, conta! [...]"*.

Região pantanosa de Yorkshire, Inglaterra, seu clima impiedoso é apontado como um traço essencial da narrativa, em que o comportamento da natureza caminha em paralelo às emoções dos personagens. Impondo novas facetas ao romance gótico inglês, com seus ambientes lúgubres e atmosfera sinistra, estudiosos contemporâneos destacam a maestria com que Emily Brontë mescla elementos mágicos e realistas.

Bem recebido pelos leitores ao ser lançado (1847), enfrentou duras críticas: o periódico *Douglas Jerrold's* garantiu que o leitor ficaria enojado com a natureza demoníaca e angelical das mulheres; recomendando-o, porém, a quem gostasse de novidades, pois assegurava que nunca se havia lido nada igual, "ineditismo" também mencionado pelo *Atlas*, que dizia desconhecer em toda a literatura de ficção obra que tivesse imagens tão chocantes das piores formas de humanidade.

Tais componentes, porém, são algumas das qualidades da autora e de sua escrita experimental, cujos aspectos sobrenaturais, com aparições fantasmagóricas, são reforçados pela presença de vários narradores, expediente com o qual ela mesma coloca sob suspeição a veracidade do relato. Outra ousadia é a reprodução, na fala do criado Joseph, de um antigo dialeto local.

"Escrito por uma águia", segundo A. Swinburne, M. Arnold e G. K. Chesterton, que o tiraram do ostracismo nos anos de 1880, na opinião de Simone de Beauvoir, em uma tentativa desta autora de classificá-lo, dadas as especificidades de obra tão densa e múltipla, é um romance metafísico: "Honestamente lido, honestamente escrito, [...] provoca uma descoberta da existência que nenhum outro modo de expressão poderia fornecer [...]; pois se esforça por apreender o homem e os acontecimentos humanos nas suas relações com a totalidade do mundo".

Durante a leitura, observa a escritora inglesa Virginia Woolf, "atingimos picos de emoção", com o sentido do livro inseparável de sua linguagem. Sobre os protagonistas, ela é categórica: "não há na literatura outro rapaz com existência mais vívida que a dele [Heathcliff], o que "ocorre também com as duas Catherines [...], as mulheres mais dignas de amor da ficção inglesa".

Dida Bessana

NOTA BIOGRÁFICA

Ellis e Acton Bell

Por muito tempo se pensou que todas as obras publicadas sob os nomes de Currer, Ellis e Acton Bell fossem, na realidade, produção de uma única pessoa. Procurei corrigir esse equívoco com algumas palavras de desaprovação no prefácio da terceira edição de *Jane Eyre*.

Essas palavras também, ao que parece, não obtiveram credibilidade, e agora, por ocasião de nova edição de *O Morro dos Ventos Uivantes*, sinto-me obrigada a esclarecer em definitivo o caso.

De fato, acho que é hora de esse mistério relacionado a esses dois nomes – Ellis e Acton – ser revelado. O pequeno mistério, que anteriormente dava até algum inócuo prazer, perdeu interesse; as circunstâncias mudaram. Torna-se, então, meu dever explicar com brevidade a origem e a autoria dos livros escritos por Currer, Ellis e Acton Bell.

Cerca de cinco anos atrás, minhas duas irmãs e eu, depois de um período um tanto prolongado de separação, nos encontramos novamente juntas, e em casa. Residindo num remoto distrito, onde a educação tinha feito poucos progressos e onde, consequentemente, não havia incentivo para fomentar relações sociais para além de nosso próprio círculo doméstico, éramos totalmente dependentes de nós mesmas e uma das outras, nos livros e nos estudos, para as diversões e ocupações da vida. O maior estímulo, assim como o mais vivo prazer que havíamos conhecido desde a infância, residiam nas tentativas de composição literária; de início, costumávamos mostrar umas às outras o que escrevíamos, mas nos últimos anos esse hábito de comunicação e consulta havia sido descontínuo; em decorrência disso, ficamos sem saber do progresso que cada uma de nós poderia ter feito.

Um dia, em outono de 1845, dei acidentalmente com um caderno de versos com a caligrafia de minha irmã Emily. Claro que não fiquei surpresa, sabendo que ela podia e realmente escrevia versos: folheei-o e algo mais do que surpresa me tocou - uma profunda convicção de que não eram efusões comuns, nem de forma alguma semelhante à poesia que as mulheres geralmente escrevem. Achei os versos condensados e tensos, vigorosos e genuínos. A meu ouvido, tinham também uma música peculiar - agreste, melancólica e enlevada.

Minha irmã Emily não era uma pessoa de caráter expansivo, nem uma pessoa que, no recesso de sua mente e de seus sentimentos, mesmo aqueles mais próximos e mais caros para ela, haveria de, impunemente, invadir a privacidade de outrem; foram necessárias horas para acalmá-la com a descoberta que eu fizera e dias para persuadi-la de que esses poemas mereciam ser publicados. Eu sabia, no entanto, que uma mente como a dela não poderia ficar sem alguma faísca latente de honrosa ambição, e se recusava a ser desencorajada em minhas tentativas de transformar essa faísca em chama.

Nesse meio-tempo, minha irmã mais nova produziu pacientemente algumas de suas composições, sugerindo que, ao ter gostado das de Emily, eu poderia gostar de olhar também para as dela. Eu não podia deixar de ser um juiz parcial, ainda que achasse que esses versos também tinham uma doce e sincera ternura própria. Desde muito cedo tínhamos acalentado o sonho de um dia nos tornarmos escritoras. Esse sonho, nunca abandonado, mesmo quando a distância nos separava e tarefas absorventes nos ocupavam, adquiria agora, e subitamente, força e consistência: assumia o caráter de uma determinação.

Concordamos em organizar uma pequena seleção de nossos poemas e, se possível, publicá-los. Avessas à publicidade pessoal, ocultamos nossos nomes sob os de Currer, Ellis e Acton Bell; a escolha ambígua havia sido ditada por uma espécie de consciente escrúpulo de assumir nomes próprios tipicamente masculinos, pois não queríamos nos revelar como mulheres, porque - sem suspeitar naquele tempo que nosso modo de escrever e pensar não era o que é chamado de "feminino" - tínhamos uma vaga impressão de que autoras deviam ser vistas com preconceito; tínhamos notado como os críticos às vezes usam, para castigá-las, a arma da personalidade, e para recompensá-las, uma lisonja que não é verdadeiro elogio.

A composição de nosso pequeno livro foi um trabalho árduo. Como era de se esperar, nem nós nem nossos poemas alimentávamos grandes pretensões; mas, para isso, havíamos sido preparadas desde o início; embora inexperientes, havíamos haurido a experiência dos outros. O grande problema estava na dificuldade de obter resposta dos editores a quem recorríamos. Muito incomodadas com esse obstáculo, me arrisquei recorrer aos senhores Chambers, de Edimburgo, para um conselho; eles podem ter esquecido o ocorrido, mas eu não, porque deles recebi uma resposta breve e profissional, mas gentil e sensata, de acordo com a qual começamos a agir e, finalmente, encontramos um caminho.

O livro foi impresso: é pouco conhecido e tudo o que dele merece ser conhecido são os poemas de Ellis Bell. A firme convicção que tive, e ainda tenho, do valor desses poemas não recebeu, de fato, avaliação favorável por parte da crítica.

O insucesso não nos desanimou: o mero esforço para obter sucesso nos dera um maravilhoso estímulo; deveríamos prosseguir. Cada uma de nós começou a trabalhar numa história em prosa: Ellis Bell produziu *O Morro dos Ventos Uivantes*, Acton Bell, *Agnes Gray* e Currer Bell também escreveu uma narrativa. Esses trabalhos foram apresentados, de modo insistente, a vários editores no espaço de um ano e meio; em geral, seu destino foi uma ignominiosa e abrupta recusa.

Finalmente *O Morro dos Ventos Uivantes* e *Agnes Grey* foram aceitos em termos um tanto desfavoráveis para as duas autoras. O livro de Currer Bell não teve aceitação em lugar algum nem qualquer reconhecimento de seu mérito, de modo que algo como o frio do desespero começou a invadir seu coração. Como última esperança, *ele* tentou mais uma editora - a dos senhores Smith, Elder & Co. Num espaço de tempo mais breve do que a experiência lhe havia ensinado calcular - chegou uma carta que *ele* abriu na triste expectativa de encontrar duas duras linhas sem esperança, comunicando que os senhores Smith, Elder & Co. "não estavam dispostos a publicar o manuscrito", e, em vez disso, tirou do envelope uma carta de duas páginas.

Leu-a, tremendo. Não se prontificou, porém, em publicar essa história por motivos comerciais, mas analisou seus méritos e deméritos de maneira tão cortês e ponderada, num espírito tão racional, com uma visão tão esclarecida, que essa mesma recusa envaideceu a autora mais do que uma aceitação vulgarmente expressa poderia ter feito. Acrescentava ainda que uma obra em três volumes mereceria ser considerada com especial atenção.

Eu estava então completando o romance *Jane Eyre*, em que tinha estado trabalhando enquanto a história num único volume estava se arrastando em Londres: em três semanas o completei. Isso foi no início de setembro de 1847; saiu antes do final de outubro seguinte, enquanto *O Morro dos Ventos Uivantes* e *Agnes Gray*, as obras de minhas irmãs, que já estavam em fase de impressão havia meses, ainda permaneciam numa situação indefinida.

Finalmente apareceram. A crítica não lhes fez justiça. A força imatura, mas real, que emanava de *O Morro dos Ventos Uivantes* foi pouco reconhecida; sua importância e natureza foram mal compreendidas; a identidade de seu autor foi deturpada; foi dito que essa era uma tentativa anterior e mais rude da mesma caneta que produzira *Jane Eyre*. Erro injusto e grave! No início, rimos, mas agora lamento profundamente.

Por isso, receio eu, surgiu um preconceito contra o livro. Aquele escritor que pudesse tentar impingir uma produção inferior e imatura sob o disfarce de um esforço bem-sucedido, deveria, de fato, estar indevidamente ansioso com o pífio resultado e mostrar-se indiferente à sua verdadeira e honrosa recompensa. Se os críticos e o público realmente acreditassem nisso, não é de admirar que eles olhassem sombriamente para a fraude.

Não devo, contudo, deixar transparecer que faço isso por reprovação ou reclamação; não ousaria; o respeito pela memória de minha irmã me impede. Qualquer manifestação tão constrangedora seria considerada por ela uma fraqueza indigna e ofensiva. É meu dever, assim como meu prazer, reconhecer uma exceção à regra geral da crítica. Um escritor, dotado da visão aguçada e das requintadas simpatias do gênio, discerniu a verdadeira natureza de *O Morro dos Ventos Uivantes* e, com igual argúcia, notou suas belezas e tocou em suas falhas. Com muita frequência, os críticos nos lembram da multidão de astrólogos, caldeus e adivinhos, reunidos diante da "escrita na parede", incapaz de ler os caracteres ou dar a conhecer a interpretação. Temos o direito de nos regozijar quando finalmente chega um verdadeiro vidente, um homem em quem reside um excelente espírito, a quem foi dada luz, sabedoria e compreensão, que pode acuradamente ler o "*Mene, Mene, Tekel, Upharsin*" de uma mente original (por mais imatura, ineficientemente culta e parcialmente expandida que essa mente possa ser) e que pode dizer com confiança: "Esta é a interpretação".

Ainda assim, até mesmo o escritor a quem aludo compartilhar o erro sobre a autoria e me faz a injustiça de supor que houve equívoco em minha rejeição anterior a essa honra (pois a considero uma honra). Posso assegurar-lhe que desprezaria, neste e em todos os outros casos, ter de tratar de equívoco; creio que a linguagem nos foi dada para tornar nosso significado claro, e não para envolvê-lo em dúvidas desonestas.

The Tenant of Wildfell Hall (A moradora de Wildfell Hall), de Acton Bell, teve igualmente uma recepção desfavorável. Nesse caso, não posso me admirar. A escolha do assunto foi um grande erro. Nada menos congruente com a natureza da autora poderia ser concebido. Os motivos que ditaram essa escolha eram puros, mas, penso eu, um tanto mórbidos. Ela havia sido chamada, no curso de sua vida, a contemplar, bem de perto e por longo tempo, os terríveis efeitos de talentos e faculdades mal-usados; a dela era *de per si* uma natureza sensível, reservada e deprimida; o que ela via mergulhava profundamente em sua mente; isso lhe fez mal.

Ela pensou nisso até acreditar que era um dever reproduzir cada detalhe (claro, com personagens, incidentes e situações fictícios) como um aviso para os outros. Ela odiava seu trabalho, mas haveria de prosseguir. Quando argumentava sobre o assunto, considerava esses arrazoados como uma tentação à autoindulgência. Ela devia ser honesta: não devia envernizar, amenizar ou ocultar. Essa resolução bem-intencionada lhe trouxe a má construção, e alguns exageros, que ela suportou, já que era costume dela suportar o que quer que fosse desagradável, com pacata e firme paciência. Ela era uma cristã muito sincera e prática, mas o tom da melancolia religiosa transmitia uma forma triste à sua breve e irrepreensível vida.

Nem "Ellis" nem "Acton" se permitiram desistir, por um momento sequer, por falta de encorajamento; a energia enervava uma, e a resistência sustentava a outra. Ambas estavam preparadas para tentar novamente; gostaria de pensar que a esperança e o senso de poder ainda eram fortes dentro delas. Mas uma grande mudança se aproximava: a aflição veio no formato em que antecipar é terrível, olhar para trás é doloroso. No calor e no peso do dia, os camponeses não tiveram êxito em seu trabalho.

Minha irmã Emily foi a primeira a desistir. Os pormenores de sua doença estão profundamente gravados em minha memória, mas insistir neles, tanto em pensamento como em narrativa, não me atrai. Nunca, em toda a vida, ela se demorara sobre qualquer tarefa que estivesse diante dela, e ela não se demorou agora. Desistiu rapidamente. Ela se apressou em nos deixar. Ainda assim, enquanto fisicamente ela definhava, mentalmente crescia mais forte do que nós a houvéramos conhecido. Dia após dia, quando vi com que coragem enfrentava o sofrimento, olhava para ela com uma angústia de admiração e amor.

Eu nunca vi nada semelhante. Mais forte que um homem, mais simples que uma criança, sua natureza permanecia firme. O lado triste era que, embora cheia de compaixão para com os outros, não tinha pena dela própria; o espírito era inexorável para com o corpo; da mão trêmula, dos membros nervosos, dos olhos desbotados, o mesmo serviço foi exigido deles como o tinham prestado quando em saúde perfeita. Permanecer ao lado dela, testemunhar isso e não ousar protestar, era um sofrimento que nenhuma palavra pode exprimir.

Dois meses cruéis de esperança e medo passaram dolorosamente; e, finalmente, chegava o dia em que os terrores e as dores da morte deviam ser experimentados por esse tesouro, que se tornara sempre mais caro a nossos corações à medida que ia sumindo de nossos olhos. Em torno do final daquele dia, nada mais tínhamos de Emily, a não ser seus restos mortais. Ela morreu em 19 de dezembro de 1848.

Achávamos isso suficiente: mas estávamos totalmente enganados. Não havia sido enterrada ainda, quando Anne caiu doente. Mal se haviam passado quinze dias desde o sepultamento dela quando percebemos que era necessário preparar nosso espírito para ver a irmã mais nova seguir a mais velha. Com efeito, ela seguiu o mesmo caminho com passos mais lentos e com uma paciência que se equiparava à fortaleza da outra. Eu disse que ela era religiosa; e foi se apoiando nesses princípios cristãos, nos quais ela acreditava firmemente, que encontrou consolo em sua mais dolorosa jornada. Presenciei a eficácia deles em sua última hora e em sua maior provação, e devo prestar meu testemunho de como eles a conduziram ao tranquilo triunfo. Ela morreu no dia 28 de maio de 1849.

O que mais haveria de dizer sobre elas? Não posso e não preciso dizer muito mais. Externamente, eram duas mulheres discretas, de vida perfeitamente isolada, que lhes conferia maneiras e hábitos de seu ermo. Na natureza de Emily, os extremos de vigor e simplicidade pareciam se encontrar.

Sob uma capa de cultura não sofisticada, de gostos simples e de uma aparência externa despretensiosa, havia um poder secreto e um fogo que poderiam ter despertado o cérebro e acendido as veias de um herói; mas ela não tinha sabedoria mundana; seus poderes não eram adaptados aos negócios práticos da vida: ela haveria de falhar ao defender seus direitos mais manifestos, ao lutar por seus mais legítimos privilégios. Um intérprete deveria estar sempre presente entre ela e o mundo. Sua vontade não era muito flexível, e geralmente se opunha aos interesses dela.

Seu temperamento era magnânimo, mas caloroso e sujeito a repentes; seu espírito, completamente inflexível.

O caráter de Anne era mais suave e mais contido; ela queria a força, o fogo, a originalidade de sua irmã, mas era bem-dotada de silenciosas virtudes próprias. Sofrendo, abnegada, reflexiva e inteligente, uma reserva natural e uma taciturnidade a colocavam e a mantinham na sombra; além disso, cobriam sua mente, e sobretudo seus sentimentos, com uma espécie de véu de freira, que raramente era levantado.

Nem Emily nem Anne aprenderam: não pensaram em encher suas jarras na fonte de outras mentes; elas sempre escreveram por impulso da natureza, pelos ditames da intuição e por esse tesouro de observações que sua limitada experiência as havia capacitado de acumular.

Posso resumir tudo dizendo que, para estranhos, elas não eram nada; para observadores superficiais, menos que nada; mas, para aqueles que as conheceram e a suas vidas na intimidade de estreito relacionamento, elas eram genuinamente boas e verdadeiramente grandes.

Esta nota foi escrita porque senti que era um dever sagrado limpar a poeira de suas lápides e deixar seus queridos nomes livres de qualquer mancha.

Currer Bell
19 de setembro de 1850

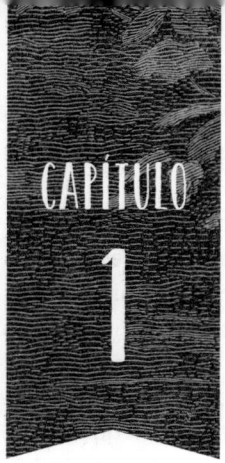

CAPÍTULO 1

1801 - Acabo de retornar de uma visita a meu senhorio (proprietário destas terras) - o único vizinho que poderá me perturbar. Esta é certamente uma bela região! Não acredito que, em toda a Inglaterra, pudesse ter encontrado um lugar tão afastado da agitação da sociedade. Um paraíso perfeito para um misantropo: o senhor Heathcliff e eu formamos um par mais que adequado para compartilhar esse isolamento. Um camarada formidável! Mal podia ele imaginar como meu coração palpitava quando observava seus olhos negros se retraírem tão desconfiadamente sob as sobrancelhas enquanto eu cavalgava na direção dele e quando seus dedos, em resoluta decisão, se protegiam mais fundo em seu colete, ao lhe anunciar meu nome.

- Senhor Heathcliff? - disse eu.

Um aceno com a cabeça foi a resposta.

- Sou o senhor Lockwood, seu novo inquilino, meu senhor. Quis ter a honra de vir visitá-lo logo que possível, depois de minha chegada, para lhe dizer que espero não tê-lo importunado com minha insistência em solicitar o arrendamento da granja Thrushcross: soube ontem que o senhor tinha algumas perspectivas...

- A granja Thrushcross é propriedade minha, senhor - interrompeu ele, estremecendo. - Não haveria de permitir que alguém me importunasse, se pudesse evitá-lo. Entre!

Esse "entre" foi proferido com os dentes cerrados e exprimia o sentimento de "Vá para o diabo"; até mesmo o portão ao qual ele se apoiava não manifestou qualquer movimento de simpatia a essas palavras; e acho que as circunstâncias me impeliram a aceitar o convite: senti-me interessado por um homem que parecia mais exageradamente reservado do que eu.

Quando viu os peitorais de meu cavalo forçando o portão, ele tirou a mão do bolso para abrir o cadeado; e então, mal-humorado, seguiu à minha frente pelo caminho lamacento; ao chegarmos ao pátio, gritou:

– Joseph, leve o cavalo do senhor Lockwood e traga um pouco de vinho.

"Aqui está toda a criadagem dele, suponho", foi a reflexão que essa dupla ordem me sugeriu. "Não é de admirar que a erva cresça por entre as lajes e as sebes tenham de ser podadas unicamente pelo gado." Joseph era um homem de certa idade, não, um velho: muito velho talvez, embora robusto e vigoroso.

– Que Deus nos ajude! – resmungou ele em voz baixa, com evidente desgosto, enquanto me livrava de meu cavalo, ao mesmo tempo em que ele me fitava com um ar tão amargo que eu, caridosamente, imaginei que ele devia precisar de ajuda divina para digerir o jantar e que essa piedosa expressão nada tinha a ver com minha inesperada vinda.

Morro dos Ventos Uivantes é o nome da propriedade do senhor Heathcliff. "Ventos uivantes" é uma significativa expressão da tradição local, que revela a inclemência climática a que o lugar está exposto durante o período de tempestades. Na verdade, vento puro e estimulante durante o tempo todo devem ter aqueles que vivem lá no alto: pode-se adivinhar a força do vento norte soprando na crista das montanhas pela excessiva inclinação de uns poucos abetos retorcidos atrás da casa; e também por uma fila de espinheiros descarnados, todos eles estendendo seus braços na mesma direção, como que suplicando uma esmola do Sol. Felizmente, o arquiteto teve visão para construir a casa sólida: as janelas estreitas estão escavadas bem fundo na parede e os cantos da casa são protegidos por grandes pedras em cunha.

Antes de transpor o limiar, parei para admirar a quantidade de esculturas grotescas espalhadas em profusão pela fachada, especialmente em torno da porta principal, acima da qual, num emaranhado de grifos desgastados e meninos despudorados, consegui ver a data "1500" e o nome "Hareton Earnshaw". Teria feito alguns comentários e teria pedido ao mal-humorado proprietário uma breve história do local; mas sua atitude junto à porta parecia exigir minha imediata entrada ou minha partida de vez; e eu não desejava de modo algum agravar a impaciência dele antes de poder apreciar o interior.

Um passo nos levou diretamente para a sala de estar da família, sem passar por nenhum vestíbulo ou corredor: eles a chamam, de preferência, de "a casa". Inclui geralmente a cozinha e a sala de estar; mas acho que no Morro dos Ventos Uivantes a cozinha teve de ser transferida para outro cômodo: pelo menos, consegui distinguir conversa solta e ruído de utensílios de cozinha, lá nos fundos; e não observei, na enorme lareira, quaisquer vestígios de assados ou cozidos; nem vi dependurados nas paredes reluzentes panelas de cobre e outros objetos. Numa parede, na verdade, a luz e o calor se refletiam esplendidamente em fileiras de grandes bandejas de estanho, entremeadas de jarras e canecas de prata, subindo até o teto, em filas alternadas numa enorme prateleira de carvalho. O telhado não tinha forro: toda a sua anatomia se expunha em sua nudez aos olhares curiosos, exceto onde ficava escondido por uma armação de madeira repleta de bolos de aveia e por pernis de vitelo, de carneiro e peças de presunto. Por cima da chaminé pendiam diversas armas velhas e sem serventia, além de um par de pistolas de cavaleiros: e, à guisa de enfeite, três latas de chá pintadas de cores vistosas, dispostas sobre a borda. O piso era de lajes brancas e polidas; as cadeiras eram de espaldar alto, antigas e pintadas de verde; havia ainda uma ou duas cadeiras pesadas e negras quase escondidas na sombra. Num recanto sob a prateleira estava deitada uma enorme cadela de caça de pelo avermelhado, cercada por uma ninhada de cachorrinhos barulhentos; e havia mais cachorros acomodados em outros recantos.

A casa e a mobília nada teriam de extraordinário se pertencessem a um simples fazendeiro do Norte, de robusta compleição e pernas musculosas enfiadas em calças apertadas e providas de polainas. Semelhante indivíduo, sentado em sua cadeira de braços, com uma caneca de cerveja transbordando de espuma posta por sobre a mesa redonda à sua frente, pode ser visto num raio de 5 ou 6 milhas nesses montes, se você chegar na hora certa depois do jantar. Mas o senhor Heathcliff constitui um contraste singular com esse ambiente e pelo estilo de vida. É um cigano de pele escura no aspecto e um cavalheiro nos modos e no trajar; isto é, tão cavalheiro como tantos outros nobres rurais: um pouco desleixado, talvez, ainda que não chegue a parecer diminuído com sua negligência, porque ele tem um porte altivo e elegante, embora um tanto taciturno. É possível que alguns o acusem de orgulho desmedido; mas eu tenho algo que me diz que não é nada disso. Sei, por instinto, que a reserva dele provém de uma aversão à exteriorização de sentimentos, a demonstrações de afeto mútuo. É capaz de amar e de odiar com igual dissimulação e de considerar uma espécie de impertinência a retribuição desse ódio ou desse amor. Não, estou indo depressa demais: estou conferindo a ele, com toda a liberalidade, meus próprios atributos. O senhor Heathcliff pode ter razões inteiramente diferentes das minhas para se esquivar de apertar a mão de alguém que acaba de conhecer. Creio que minha constituição é de todo peculiar: minha amada mãe costumava dizer que eu nunca haveria de ter um lar confortável; e somente no último verão provei que era perfeitamente indigno de tê-lo. Enquanto estava passando um mês de ameno lazer na praia, fui apresentado à mais fascinante das criaturas: uma verdadeira deusa a meus olhos, embora ela nem sequer reparasse em mim. Nunca lhe confessei abertamente meu amor, mas, se é verdade que os olhares falam, até um idiota teria percebido que eu estava perdidamente apaixonado: finalmente, ela me entendeu e devolveu-me o olhar – o olhar mais terno que se possa imaginar. E que fiz eu? Confesso-o com vergonha: retraí-me friamente como um caracol; a cada olhar, me mostrava mais frio e distante, até que, por fim, a pobre inocente foi levada a duvidar dos próprios sentidos e, subjugada pela confusão de seu suposto erro, persuadiu a mãe a partirem. Por essa curiosa reviravolta de disposição, acabei por merecer a reputação de deliberada covardia; quão imerecida é essa fama, só eu posso dizer.

Sentei-me no canto da lareira oposto àquele para onde se havia dirigido o dono e preenchi os momentos de silêncio tentando afagar a cadela, que havia abandonado a ninhada e se aproximava ameaçadoramente por trás de minhas pernas, com os lábios arreganhados e os dentes prontos para uma mordida. Meus afagos provocaram um longo e gutural rosnado.

– É melhor deixar a cadela em paz – rosnou o senhor Heathcliff em uníssono, dando-lhe um pontapé para evitar alguma demonstração mais feroz.

– Não está acostumada a carícias, nem é de estimação.

Depois dirigiu-se a passos largos para uma porta lateral e chamou de novo: "Joseph!"

Joseph resmungou qualquer coisa lá dos fundos da adega, mas não deu sinais de subir; assim, o patrão decidiu descer até ele, deixando-me frente a frente da temível cadela e de mais dois cães ovelheiros de pelo hirsuto e ar de poucos amigos, que, com a cadela, vigiavam ciosamente todos os meus movimentos. Sem vontade nenhuma de entrar em contato com suas presas, fiquei sentado, bem quieto; mas, imaginando que não iriam entender insultos tácitos; infelizmente tive a ideia de piscar e fazer caretas ao trio; e algo de minha fisionomia irritou a cadela a tal ponto que repentinamente se enfureceu e avançou contra mim. Rechacei-a para longe e me apressei em colocar a mesa entre nós. Esse expediente enfureceu toda a matilha: meia dúzia de adversários de quatro patas, de todos os tamanhos e idades, saíram de diversos esconderijos correndo para o centro da sala. Percebi que meus tornozelos e as pontas do casaco eram alvos preferidos de ataque; e, afastando os mais corpulentos, com certo sucesso, brandindo o atiçador, vi-me obrigado a pedir ajuda, aos gritos, de alguém da criadagem para que viesse restabelecer a ordem. O senhor Heathcliff e o criado subiam as escadas da adega com humilhante fleuma. Não creio que se movessem mais depressa que o habitual, embora a lareira estivesse envolta numa verdadeira tempestade de rosnados e latidos.

Felizmente alguém da cozinha se mostrou mais rápido: uma mulher robusta, de saia arregaçada, braços nus e rosto afogueado lançou-se no meio da sala brandindo uma frigideira; e usou essa arma e a língua tão bem que a tempestade amainou como por magia e, quando o dono da casa entrou em cena, só restava ela, arfando como o mar depois de um furacão.

- Que diabo de barulho é esse? - perguntou ele, olhando-me de um modo que eu mal podia suportar depois desse tratamento pouco hospitaleiro.

- Que diabo de barulho, de fato! - murmurei. - Uma manada de porcos endemoninhados não podia estar possuída de espíritos piores que os desses seus animais, senhor. Isso é o mesmo que deixar um visitante com um bando de tigres!

- Eles não atacam pessoas que não mexem em nada - retrucou o dono, pondo a garrafa à minha frente e recolocando a mesa no lugar. - Os cães fazem bem em ser vigilantes. Aceita um copo de vinho?

- Não, obrigado.

- Não o morderam, não é?

- Se me tivessem mordido, teria deixado minha marca naquele que o tivesse feito.

O semblante de Heathcliff se descontraiu num sorriso.

- Vamos, vamos! - disse ele. - Vejo que está perturbado, senhor Lockwood. Vamos, beba um pouco de vinho. Visitas são tão raras nesta casa que, devo admitir, eu e meus cães praticamente nem sabemos como recebê-las. À sua saúde, senhor!

Fiz uma inclinação e retribuí o brinde; comecei a perceber que seria tolo ficar de mau humor por causa dos desmandos de alguns cachorros; além disso, me aborrecia muito permitir que o camarada continuasse a rir à minha custa, pois seu humor parecia tomar essa direção. Ele provavelmente avaliou com prudente consideração a insensatez de ofender um bom inquilino e, deixando um pouco de lado seu estilo lacônico de suprimir os pronomes e os verbos auxiliares, abordou o que ele supunha que fosse um assunto interessante para mim e passou a discorrer sobre as vantagens e as desvantagens do lugar de meu isolamento. Achei-o muito inteligente nos tópicos que abordou; e, antes de eu ir embora, me senti encorajado a fazer-lhe voluntariamente outra visita no dia seguinte. Ele, evidentemente, não desejava que minha intrusão se repetisse. Mas eu vou, apesar de tudo. É espantoso como me sinto sociável, se comparado a ele.

CAPÍTULO 2

Ontem, a tarde foi nevoenta e fria. Era quase minha intenção passá-la em casa junto à lareira, em vez de vagar entre arbustos e lodaçais até o Morro dos Ventos Uivantes. Mas, depois do jantar (N.B. - Janto entre o meio-dia e 1 hora; a governanta, uma matrona que me foi legada junto com a casa, não foi capaz de compreender, ou não quis, meu pedido de que o jantar fosse servido às 5 horas), ao subir as escadas com essa intenção preguiçosa e ao entrar na sala, vi uma criada de joelhos, rodeada de escovas e baldes de carvão, levantando uma poeira infernal ao tentar apagar as chamas com pazadas de cinza. Esse espetáculo me fez voltar imediatamente; tomei meu chapéu e, depois de 4 milhas de caminhada, cheguei ao portão da propriedade de Heathcliff, exatamente a tempo de escapar dos primeiros flocos esvoaçantes de uma nevada.

No topo daquele monte desolado, a terra era dura, coberta de negra geada, e o ar frio me fazia tremer até os ossos. Como não consegui abrir o cadeado, pulei o portão e, correndo pelo caminho empedrado, ladeado de esparsas groselheiras, bati em vão para que abrissem, até ficar com as juntas dos dedos dormentes e ouvir o latido dos cães.

- Malditos moradores! - praguejei mentalmente. - Bem que merecem isolamento perpétuo dos de sua espécie por sua grosseira hospitalidade. Eu, pelo menos, nunca manteria as portas trancadas durante o dia. Não tem importância, mas eu vou entrar! - Decidido, agarrei o trinco e o sacudi com veemência. Joseph, com a cara azedada, pôs a cabeça de fora de uma das janelas redondas do celeiro.

- O que vem fazer aqui? - gritou ele. - O patrão está lá embaixo no curral.

Vá pelo lado de fora se quiser falar com ele.

- Não há ninguém em casa para abrir a porta? - gritei em resposta.
- Ninguém a não ser a patroa, e ela não lhe abre a porta nem que fique aí batendo até a noite.
- Como? Não pode dizer a ela quem eu sou, Joseph?
- Não, eu não! Nada tenho a ver com isso - resmungou, desaparecendo.

A neve começou a cair com mais intensidade. Agarrei o trinco para tentar abrir mais uma vez, quando surgiu no pátio de trás um jovem sem casaco e de forcado aos ombros. Gritou para que o seguisse; e, depois de passar por uma lavanderia e por uma área pavimentada onde havia um depósito de carvão, uma bomba de água e um pombal, finalmente chegamos à enorme sala, aquecida e alegre, na qual havia sido recebido na primeira vez. Toda ela resplandecia deliciosamente iluminada por uma imensa fogueira, alimentada de carvão, turfa e lenha; e perto da mesa, posta para uma abundante refeição da noite, tive o prazer de ver a "patroa", pessoa de cuja existência eu nunca havia suspeitado antes. Fiz uma inclinação e aguardei, pensando que ela me convidasse a sentar. Ela olhou para mim, recostando-se ainda mais na cadeira, e permaneceu imóvel e muda.

- Tempo ruim! - observei eu. - Receio, senhora Heathcliff, que a porta sofra a consequência do descuido de seus criados: tive a maior dificuldade para fazer com que me ouvissem.

Ela nem sequer abriu a boca. Eu a fitava e ela me fitava: de qualquer modo, ela permanecia com os olhos voltados para mim de maneira fria e desinteressada, situação por demais embaraçosa e desagradável.

- Sente-se - disse o jovem, asperamente. - Ele logo vai chegar.

Obedeci; pigarreei e chamei a malvada Juno que se dignou, nesta segunda visita, a abanar a ponta da cauda, em sinal de reconhecimento.

- Um belo animal! - voltei a comentar. - A senhora pretende desfazer-se dos filhotes, madame?
- Não são meus - disse a afável anfitriã, em tom mais agressivo que o próprio Heathcliff poderia ter respondido.
- Ah! Então seus favoritos são estes? - continuei eu, apontando para uma almofada escura coberta de algo parecido com gatos.
- Estranha escolha de preferidos! - observou ela, desdenhosamente.

Infelizmente, tratava-se de um monte de coelhos mortos. Pigarreei mais uma vez e acheguei-me mais perto da lareira, repetindo meus comentários sobre o mau tempo.

- O senhor não devia ter saído de casa - disse ela, levantando-se e esticando-se para tirar de cima da chaminé duas das latas pintadas.

Sua posição anterior a abrigava da luz; mas agora eu podia ver claramente sua figura e seu porte. Era esbelta e aparentemente recém-egressa da mocidade: uma forma admirável e o rosto mais delicado, que jamais tivera o prazer de contemplar; traços finos, de grande beleza; cabelos encaracolados louros, melhor, dourados, caindo soltos sobre a nuca delicada; e uns olhos que, se fossem mais agradáveis na expressão, seriam irresistíveis; felizmente, para meu coração sensível, o único sentimento que deles se desprendia pairava entre o desprezo e uma espécie de desespero, singularmente anormal para ser detectado ali. As latas estavam quase fora de seu alcance; fiz um movimento para ajudá-la; mas ela se voltou para mim como um avarento se volta para quem tentasse ajudá-lo a contar suas moedas.

- Não preciso de sua ajuda - disse rispidamente. - Eu mesma consigo alcançá-las.
- Peço-lhe perdão! - apressei-me a responder.
- Foi convidado para o chá? - perguntou ela, colocando um avental sobre o vestido preto irrepreensível e mantendo uma colherada de folhas de chá suspensa sobre a chaleira.
- Aceitaria com prazer uma xícara - respondi.
- Foi convidado? - repetiu ela.
- Não - disse eu, esboçando um sorriso. - A senhora é a pessoa indicada para me fazer o convite.

Jogou o chá de volta na lata, com colher e tudo, e voltou para sua cadeira, amuada; franziu a testa, deixou descair o lábio inferior como uma criança prestes a chorar.

Nesse meio-tempo, o jovem tinha enfiado uma roupa visivelmente puída e, todo empertigado diante da lareira, olhava para mim de soslaio, como se houvesse entre nós alguma hostilidade mortal ainda não vingada. Comecei a duvidar se ele era um criado ou não: a indumentária e a linguagem eram ambas rudes, inteiramente destituída da superioridade observada no senhor e na senhora Heathcliff; seu espesso cabelo castanho encaracolado era áspero e malcuidado, suas suíças avançavam pelas faces como barba e suas mãos estavam tostadas como as de um lavrador qualquer; ainda assim, sua postura era altiva, quase arrogante, e não mostrava nenhuma subserviência doméstica em prestar seus serviços à dona da casa. Na ausência de provas claras de sua condição, achei melhor abster-me de tecer comentários à sua estranha conduta; e, cinco minutos mais tarde, a chegada de Heathcliff me livrou, em certa medida, de minha desconfortável situação.

- Como vê, senhor, eu vim, conforme prometi! - exclamei, assumindo um ar de cordialidade. - E receio que o mau tempo me obrigue a ficar por meia hora, se o senhor puder me conceder abrigo durante esse tempo.
- Meia hora? - disse ele, sacudindo os flocos brancos de suas roupas. -

Admira-me que tenha escolhido o período de uma nevasca para vir até aqui. Não sabe que corre o risco de se perder no meio dos pântanos? Até pessoas familiarizadas com esses charcos perdem com frequência o caminho em dias como este; e posso lhe afirmar que o tempo não vai mudar por ora.

- Talvez possa conseguir um guia entre seus criados e ele poderá ficar na granja até amanhã; poderia me ceder um deles?

- Não, não posso.

- Oh! Naturalmente! Bem, então devo confiar em minha sagacidade!

- Hum!

- Não vai fazer o chá? - perguntou ele ao jovem de casaco puído, desviando depois seu feroz olhar de mim para a jovem senhora.

- E *ele* vai tomar também? - perguntou ela, virando-se para Heathcliff.

- Vai com isso, e já! - foi a resposta, proferida com tamanha rispidez que estremeci. O tom em que as palavras haviam sido ditas revelava um caráter genuinamente mau. Não me sentia mais inclinado a chamar Heathcliff de um camarada formidável. Quando os preparativos terminaram, ele me convidou a tomar o chá com um:

- Pois então, senhor, aproxime sua cadeira.

Então todos nós, incluindo o jovem rústico, nos sentamos à mesa, guardando o mais austero silêncio enquanto degustávamos a refeição.

Pensei então, se eu tinha causado a nuvem, era meu dever fazer um esforço para dispersá-la. Eles não poderiam sentar-se à mesa todos os dias tão mal-humorados e taciturnos; e era impossível, por mais indispostos que estivessem, que essas carrancas que mostravam refletissem seus semblantes de cada dia.

- É estranho - comecei, no intervalo entre uma xícara de chá e outra -, é estranho como o hábito consegue moldar nossos gostos e nossas ideias; muitos não poderiam imaginar a existência de felicidade numa vida tão completamente exilada do mundo como a que leva, senhor Heathcliff; ainda assim, atrevo-me a dizer que, rodeado por sua família e com sua afável esposa como fada reinante em seu lar e em seu coração...

- Minha afável esposa! - interrompeu ele, com um riso zombeteiro quase diabólico estampado em seu rosto. - Onde está ela, minha afável esposa?

- A senhora Heathcliff, sua esposa, quero dizer.

- Bem, sim... Oh! O senhor estaria insinuando que o espírito dela assumiu o papel de anjo protetor e vela pela sorte do Morro dos Ventos Uivantes mesmo quando seu corpo já desapareceu. É isso?

Percebendo o disparate que eu tinha proferido, tentei corrigi-lo. Devia ter notado que havia uma diferença de idade muito grande entre eles para que fossem marido e mulher. Ele andava pelos 40 anos, período de vigor mental em que raramente os homens acalentam a ilusão de se casarem com jovens donzelas por amor: esse sonho está reservado para consolo de nossos anos de declínio. E ela não parecia ter 17 anos.

Então tive um estalo: "O idiota a meu lado, que está tomando o chá numa tigela e comendo o pão com as mãos sujas, pode ser o marido dela: Heathcliff Junior, claro. Aqui está a consequência de ser enterrada viva: ela se entregou a este pobre coitado por ignorar totalmente que existiam homens melhores! Uma pena! Devo me cuidar para não levá-la a arrepender-se da escolha".

Esta última reflexão pode parecer presunçosa; mas não é. Meu vizinho à mesa me impressionou tão mal que me causava repulsa; eu sabia, por experiência, que eu era um homem razoavelmente atraente.

- A senhora Heathcliff é minha nora - disse Heathcliff, confirmando minha suposição. Enquanto falava, ele dirigiu um olhar bem peculiar em direção dela: um olhar de ódio; a menos que tivesse um conjunto de músculos faciais tão perversos que não espelhasse, como o das outras pessoas espelha, a linguagem da alma.

- Ah, certamente! Agora percebo; é o senhor o privilegiado proprietário dessa fada benfazeja - observei, voltando-me para meu vizinho do lado.

Não podia ser pior: o jovem corou e cerrou os punhos, pronto para me agredir. Mas logo se controlou e reprimiu a fúria com uma praga murmurada contra mim, mas que tive o cuidado de não tomar conhecimento.

- Um tanto infeliz em suas conjeturas, senhor! - observou meu anfitrião. - Nenhum de nós tem o privilégio de ser o dono de sua boa fada; o marido dela morreu. Disse que era minha nora, portanto, deve ter se casado com meu filho.

- E este jovem é...

- Meu filho é que não é, com toda a certeza!

Heathcliff sorriu de novo, como se tivesse sido ousadia demais atribuir-lhe a paternidade desse patife.

- Meu nome é Hareton Earnshaw - rosnou o outro - e o aconselharia a respeitá-lo!

- Não mostrei desrespeito - foi minha resposta, rindo intimamente da dignidade com que ele se apresentou.

Fixou seus olhos em mim por mais tempo do que eu podia igualmente fitá-lo, com receio de que pudesse ser tentado a desferir-lhe um soco ao pé do ouvido ou de tornar minha hilaridade audível. Comecei a sentir-me inconfundivelmente fora de lugar nesse agradável círculo familiar. A sombria atmosfera de espírito dominou e, mais ainda, neutralizou o animado conforto físico em que me sentia envolvido, e resolvi ser cauteloso antes de me abrigar uma terceira vez sob aquele teto.

Acabada a refeição e, como ninguém proferisse uma única palavra para fomentar uma conversa, aproximei-me de uma janela para examinar o tempo. Uma triste vista foi o que se me apresentou: a noite caindo prematuramente e o céu e os montes envoltos num implacável turbilhão de vento e neve sufocante.

– Não creio que seja possível voltar para casa sem um guia – não pude deixar de exclamar. – As estradas já devem estar cobertas de neve e, mesmo que estivessem transitáveis, dificilmente poderia enxergar um palmo à frente do nariz.

– Hareton, leve aquela dúzia de ovelhas para a cobertura do celeiro. Vão ficar cobertas de neve, se forem deixadas no redil; e coloque uma prancha na frente delas – disse Heathcliff.

– O que devo fazer? – continuei eu, com crescente irritação.

Não houve resposta para minha pergunta; e, ao olhar em volta, vi apenas Joseph, trazendo um balde de comida para os cães, e a senhora Heathcliff, inclinada sobre a lareira, divertindo-se em queimar um punhado de fósforos que tinham caído da borda da chaminé quando foi repor a lata de chá em seu lugar. O primeiro, logo depois de aceso, pipocou pela sala como se fosse uma bombinha e se apagou.

– Pergunto-me como pode ficar aí sem fazer nada, quando todos já foram embora! Mas você não presta, nem vale a pena falar. Nunca vai se corrigir. Vá para o inferno de uma vez, como sua mãe!

Por um momento, imaginei que essa peça de eloquência fosse dirigida a mim; e, com justificada indignação, avancei em direção do velho insolente com a intenção de mandá-lo para fora a pontapés. A resposta da senhora Heathcliff, porém, me deteve.

– Velho hipócrita! – exclamou ela. Não tem medo de ser lavado de uma vez, sempre que menciona o nome do diabo? Já o avisei para que pare de me provocar, ou ainda vou pedir o especial favor de que o leve mesmo! Pare! Escute bem, Joseph – continuou ela, tirando de uma estante um enorme livro preto. – Vou lhe mostrar como já progredi na Magia Negra: em breve vou estar pronta para exorcizar esta casa. A vaca ruiva não morreu por acaso; e o reumatismo que acomete você dificilmente pode ser classificado como uma bênção do céu!

– Oh! Maldita, maldita! – gemeu o velho. – Que o Senhor nos livre do mal!

– Não, réprobo! Você é um lixo... suma daqui ou vou atingi-lo gravemente! Vou transformar vocês todos em bonecos de cera e de barro! E o primeiro que passar dos limites que eu fixar, vai... Não, não vou dizer o que vai lhe acontecer... mas logo vai ver! Vá embora, estou de olho em você!

A bruxinha carregou seus belos olhos com escarnecedora maldade e

Joseph, tremendo de pavor, saiu apressado, rezando e repetindo "maldita", enquanto ia saindo. Pensei que a atitude dela não passava de uma espécie de brincadeira sinistra; e agora, que estávamos a sós, procurei chamar-lhe a atenção para minha angústia.

— Senhora Heathcliff — disse eu, seriamente. — Peço que me perdoe por incomodá-la. Suponho que, com esse seu rosto, tenho certeza de que não pode deixar de ser generosa. Por favor, indique-me alguns marcos da estrada para que eu consiga encontrar o caminho de casa; não tenho mais a menor ideia de como chegar lá como a senhora poderia ter de chegar a Londres!

— Siga a estrada pela qual veio — respondeu ela, afundando-se numa cadeira, com uma vela ao lado e o imenso livro aberto à sua frente. — É um conselho simples, mas o melhor que posso lhe dar.

— Então, se ouvir dizer que me encontraram morto num brejo ou num fosso coberto de neve, sua consciência não lhe haveria de sussurrar que é em parte culpa sua?

— Como assim? Eu não posso acompanhá-lo. Eles não me deixariam ir até o muro do jardim.

— *A senhora!* Não me atreveria a pedir-lhe que ultrapassasse a soleira da porta por minha causa numa noite como esta — exclamei. — Gostaria somente que me dissesse qual o caminho, não que venha a mostrá-lo; ou então que convença o senhor Heathcliff a ceder-me um guia.

— Quem? Aqui só vai encontrar ele próprio, Earnshaw, Zillah, Joseph e eu. Qual prefere?

— Não há criados na fazenda?

— Não; esses são todos os que residem aqui.

— Então, só me resta ficar aqui.

— Isso deve ser tratado com seu anfitrião. Nada tenho a ver com isso.

— Espero que lhe sirva de lição para que não se arrisque mais em caminhadas temerárias por esses montes — ecoou da entrada da cozinha a austera voz de Heathcliff. — Quanto a pernoitar aqui, não tenho acomodações para hóspedes; deverá dividir a cama com Hareton ou Joseph, se ficar.

— Posso dormir numa cadeira nesta sala — retruquei.

— Não, não! Um estranho é sempre um estranho, seja ele rico ou pobre; não costumo permitir que alguém fique por aí quando eu não estiver vigiando! — disse o canalha, rudemente.

Com esse insulto, minha paciência chegou ao fim. Articulei uma expressão de desgosto e passei rapidamente por ele em direção ao pátio, acabando por esbarrar em Earnshaw em minha pressa. Estava tão escuro que não conseguia ver a saída; e, enquanto eu dava voltas, ouvi mais um exemplo das delicadas maneiras com que se tratavam. De início, o jovem parecia estar a meu favor.

- Vou com ele até ao parque - disse ele.
- Vai com ele é para o inferno! - exclamou o patrão. - E quem é que vai cuidar dos cavalos, hein?
- A vida de um homem é mais importante do que deixar de lado os cavalos por uma noite; alguém deverá ir com ele - murmurou a senhora Heathcliff, mais benevolente do que eu esperava.
- Não estou sob suas ordens! - replicou Hareton. - Se ele lhe desperta tanto interesse, é melhor ficar calada.
- Então espero que o espírito dele o persiga; e espero que o senhor Heathcliff não arranje mais nenhum arrendatário até a granja cair em ruínas! - replicou ela, rispidamente.
- Escute só, ela está rogando pragas! - gaguejou Joseph, em direção a quem eu havia caminhado.

Ele estava sentado a dois passos, ordenhando as vacas à luz de uma lanterna, que lhe tomei sem cerimônia e, gritando que a haveria de devolver no dia seguinte, corri para o portão mais próximo.

- Patrão, patrão, ele me roubou a lanterna! - berrou o ancião, correndo a meu encalço. - Pega, Gnasher! Vai, cachorro! Pega, Wolf! Pega, pega!

Ao tentar abrir o pequeno portão, dois monstros peludos pularam em meu pescoço, jogando-me ao chão e apagando a lanterna; enquanto as gargalhadas soltas de Heathcliff e Hareton punham a derradeira pedra sobre minha raiva e humilhação. Felizmente, os animais pareciam mais interessados em esticar as patas, bocejar e abanar as caudas do que me devorar vivo; impediam-me, no entanto, de me deixar levantar e fui obrigado a permanecer deitado até que os malditos donos decidissem me libertar. Então, sem chapéu e tremendo de raiva, ordenei aos desalmados que me deixassem partir... sob pena de lhes acontecer o pior se me retivessem por mais um minuto... proferindo incoerentes ameaças de retaliação, que, em toda a indefinida agudeza da virulência deles, pareciam extraídas da obra *O Rei Lear*. A veemência de minha agitação provocou um copioso sangramento do nariz e, quanto mais Heathcliff ria, mais eu soltava imprecações. Não sei como tudo isso teria terminado, se não tivesse aparecido uma pessoa bem mais racional do que eu e mais benevolente que meu anfitrião. Era Zillah, a robusta governanta, que finalmente saiu para saber qual a razão de tanto barulho. Pensou que alguns deles me tivessem batido e, não ousando atacar o patrão, voltou sua artilharia verbal contra o jovem patife.

- Pois bem, senhor Earnshaw - exclamou ela -, pergunto-me o que vai aprontar a seguir! Será que agora vamos matar gente à nossa própria porta? Vejo que esta casa nunca vai me servir... olhe para o pobre rapaz, quase sufocado! Vá, vá! Isso não pode continuar assim... Vem cá para dentro e eu vou tratar disso; fique aí bem quieto!

Com essas palavras, de repente ela jogou uma caneca de água gelada que escorreu por meu pescoço e me arrastou para a cozinha. O senhor Heathcliff nos seguiu, com sua acidental alegria logo se esvaindo, substituída pela habitual melancolia. Eu me sentia extremamente mal, tonto e prestes a desmaiar; e assim, fui forçado a aceitar alojamento sob esse teto. Ele mandou Zillah me oferecer um copo de aguardente e então se recolheu no quarto, enquanto ela me consolava em meu triste estado; e, depois de cumprir a ordem dele, o que me reanimou um pouco, me levou para a cama.

CAPÍTULO 3

Enquanto subia a escada à minha frente, ela me recomendou que deveria esconder a vela e não fazer barulho, pois o patrão tinha uma estranha cisma pelo quarto em que ela me acomodaria e ele nunca deixava de bom grado que alguém se alojasse nele. Perguntei qual o motivo. Não sabia, respondeu; fazia apenas de um a dois anos que ela morava lá e tantas coisas estranhas haviam acontecido, que ela não podia permitir-se ser curiosa.

Estava estupefato demais para me mostrar curioso; tranquei a porta e procurei a cama. Toda a mobília consistia em uma cadeira, um guarda-roupa e um grande móvel de carvalho com aberturas quadradas na parte superior, semelhantes a janelas de carruagem.

Aproximando-me dessa estrutura, olhei para dentro dela e percebi que se tratava de uma espécie peculiar de cama antiga, projetada com toda a conveniência para responder à necessidade de cada membro da família a ter um quarto só para si. De fato, formava um pequeno cubículo e a borda de uma janela servia como mesa. Corri os painéis laterais, entrei com minha vela, voltei a fechá-los e me senti protegido contra a vigilância de Heathcliff ou de qualquer outra pessoa. A borda, onde pousei minha vela, tinha alguns livros bolorentos empilhados num canto; e estava repleta de inscrições rabiscadas na pintura. Essa escrita, no entanto, nada mais era que um nome repetido em todos os tipos de caracteres, grandes e pequenos... *Catherine Earnshaw*, aqui e acolá mudava para *Catherine Heathcliff* e depois para *Catherine Linton*.

Com total indiferença, encostei a cabeça contra a janela e continuei a soletrar Catherine Earnshaw... Heathcliff... Linton, até que meus olhos se fecharam; mas não tinham descansado cinco minutos ainda quando um clarão de letras brancas, vindas do escuro, tão vívidas como espectros... o ar se enxameava de *Catherines*; e, levantando-me para afugentar o intruso nome, descobri que o pavio da vela chamuscava um dos antiquados volumes, enchendo o ambiente de um odor de pele queimada de vitela. Arrumei o pavio e, sentindo-me mal pela influência do frio e pela persistente náusea, sentei e abri sobre os joelhos o volume danificado. Era uma Bíblia, impressa em letra pequena e com um terrível cheiro de bolor. Uma folha solta trazia a inscrição "Livro de Catherine Earnshaw" e, pela data, devia ter um quarto de século. Fechei-o e fui tomando outros volumes até examiná-los todos. A biblioteca de Catherine era seleta e seu mau estado provava que tinha sido muito bem usada, embora nem sempre para uma finalidade normal: raramente um capítulo havia escapado aos comentários a tinta... pelo menos era o que parecia... que preenchiam cada espaço em branco deixado pelo impressor do texto. Alguns eram frases soltas; outros tomavam a forma de um diário regular, rabiscados com uma letra irregular e infantil. No alto de uma página solta (provavelmente um tesouro para quem a visse pela primeira vez), muito satisfeito contemplei uma excelente caricatura de meu amigo Joseph, de traços grotescos, embora perfeitamente fiel. Um imediato interesse se acendeu dentro de mim pela desconhecida Catherine e logo comecei a decifrar seus esmaecidos hieróglifos.

"Um domingo horrível", começava o parágrafo. "Gostaria que meu pai voltasse. Hindley é um substituto detestável... seu comportamento para com Heathcliff é atroz... H. e eu decidimos revoltar-nos... Demos o primeiro passo esta noite."

"Hoje não parou de chover; não pudemos ir à igreja; assim, Joseph decidiu reunir os fiéis no sótão; e, enquanto Hindley e sua esposa estavam se aquecendo no andar térreo diante de uma confortável lareira... fazendo mil coisas exceto ler a *Bíblia* – respondo por isso... Heathcliff, eu e o infeliz lavrador recebemos a ordem para tomar nossos livros de orações e subirmos; ficamos em fila, sentados sobre sacos de milho, gemendo e tremendo de frio, e desejando que Joseph também tremesse de frio, a fim de que nos desse uma breve homilia pelo próprio bem dele. Em vão! O culto durou precisamente três horas; e ainda assim, meu irmão teve a desfaçatez de exclamar, ao ver-nos descer: 'O quê, já acabou?'. Aos domingos à tarde costumavam permitir-nos brincar, se não fizéssemos muito barulho; agora, um simples riso é suficiente para pôr-nos de castigo."

"Esquecem de que têm um patrão aqui", diz o tirano. "Vou destruir o primeiro que me tire do sério! Exijo o maior respeito e silêncio. Oh, menino! Foi você? Frances, querida, vai lá e puxe o cabelo dele. Eu o ouvi estalar os dedos."

"Frances puxou o cabelo dele com prazer e depois foi sentar-se no colo do marido e assim ficaram, como duas crianças, beijando-se e dizendo tolices o tempo todo... palavreado insípido que teríamos vergonha de repetir. Procuramos nos aconchegar o melhor possível no nicho do guarda-roupa. Eu tinha acabado de amarrar nossos aventais e dependurá-los à guisa de cortina quando chega Joseph, vindo com uma incumbência dos estábulos. Destrói meu cortinado, esbofeteia meus ouvidos e grasna: 'O patrão mal foi enterrado, o sábado nem terminou e a palavra do Evangelho ainda ecoa em seus ouvidos, mas já andam se divertindo! Que vergonha! Sentem-se, malcriados! Há bons livros em profusão se quiserem ler; sentem-se e pensem em suas almas.' Dizendo isso, ele nos obrigou a mudar de posição para que pudéssemos receber da distante lareira um tênue raio de luz que nos permitisse ler o texto da montanha de livros que nos atirou. Não podia suportar isso. Tomei aquele volume sujo pela capa e o arremessei no canil, jurando que detestava bons livros. Heathcliff chutou o dele para o mesmo lugar. Então houve uma grande confusão!"

"Mestre Hindley!", gritou nosso capelão. "Mestre, venha para cá! A senhorita Cathy rasgou a capa do livro '*O escudo da Salvação*' e Heathcliff chutou o primeiro volume de '*O largo caminho para a destruição*'! Não é que vai deixá-los se divertindo. Ah! O velho patrão haveria de lhes dar uma bela lição... mas ele se foi!'"

"Hindley se ergueu depressa de seu paraíso terrestre e, agarrando-nos, um pela gola e o outro pelo braço, arrastou-nos para os fundos da cozinha onde, segundo afirmava Joseph, o diabo iria nos perseguir enquanto ainda vivos; e, confortados desse modo, cada um procurou um recanto separado para aguardar a chegada dele. Tomei então este livro e apanhei um tinteiro que estava na prateleira, escancarei a porta da frente para ter luz e me pus a escrever durante vinte minutos. Mas meu companheiro estava impaciente e propôs que poderíamos nos apropriar do capote da leiteira, que nos serviria de abrigo, e fugir para os pântanos. Uma bela sugestão... e então, se o velho rabugento entrasse ali, acreditaria que sua profecia se havia cumprido... além do mais, não podemos ficar mais encharcados ou com mais frio do que já estamos aqui."

Acho que Catherine conseguiu realizar seu plano, pois a frase seguinte introduz novo assunto: passou a derramar-se em queixumes.

"Nunca haveria de imaginar que Hindley me fizesse chorar tanto!" escreveu ela. "Tenho tanta dor de cabeça que mal posso pousá-la no travesseiro; e, mais ainda, não consigo parar de chorar. Pobre Heathcliff! Hindley o chama de vagabundo e não o deixa sentar-se conosco ou fazer as refeições conosco; e, diz ainda, não devemos brincar juntos e ameaça expulsá-lo de casa se não obedecer a suas ordens. Andou culpando nosso pai (como ousa?) por tratar H. com muita liberalidade; e jura que vai colocá-lo em seu devido lugar."

Comecei a inclinar a cabeça sonolentamente por sobre a página embaçada; meus olhos vagavam do manuscrito ao texto impresso. Vi um título ornamentado em vermelho... *Setenta vezes sete*, e *O primeiro da septuagésima primeira*. Um piedoso sermão proferido pelo reverendo Jabez Branderham, na capela de Gimmerdem Sough. E, enquanto eu estava semiconsciente procurando adivinhar o que Jabez Branderham queria dizer com seu sermão, recostei-me na cama e adormeci.

Malditos efeitos do péssimo chá e de minha péssima condição! Que mais poderia ter-me feito passar uma noite tão terrível? Não me lembro de outra que pudesse ser comparada com esta desde que passei a sofrer.

Comecei a sonhar antes mesmo de perder a noção do local em que estava. Pensei que já era manhã e que havia tomado meu caminho para casa com Joseph como guia. A neve cobria fartamente a estrada e, enquanto avançávamos com dificuldade, meu companheiro me aborrecia com constantes recriminações pelo fato de eu não ter trazido um cajado de peregrino; dizia-me que nunca poderia entrar em casa sem um cajado e brandia ameaçadoramente um pesado porrete, que, pelo que pude entender, assim o chamava. Por momentos, achei que era absurdo precisar de semelhante arma para entrar em minha própria casa. Foi então que me ocorreu uma nova ideia. Não estava indo para casa; ambos nos dirigíamos para escutar a famosa pregação de Jabez Branderham, a partir do texto *Setenta vezes sete*. E Joseph ou o pregador ou eu tinha cometido o *Primeiro da septuagésima primeira* e deveríamos ser denunciados publicamente e excomungados.

Chegamos à capela. Realmente, eu tinha passado por ela em minhas caminhadas, duas ou três vezes. Fica numa concavidade, entre duas colinas: uma concavidade elevada, perto de um pântano, cuja mistura com a turfa responde, segundo dizem, a todas as exigências de embalsamamento dos poucos corpos ali enterrados. O teto da capela ainda se conserva intato; mas como o estipêndio do clérigo é de apenas 20 libras por ano e uma casa com dois cômodos correndo o risco de rapidamente ficar reduzida a um só, nenhum clérigo vai querer assumir a função de pastor: especialmente quando é voz corrente que o rebanho dele prefere deixá-lo morrer de fome a aumentar os proventos dele de um só tostão tirado dos próprios bolsos. Em meu sonho, porém, Jabez pregava para uma assembleia vasta e atenta; e como ele pregava... Santo Deus! Que sermão, dividido em *490* partes, cada uma delas com a duração de uma homilia habitual e cada uma versando sobre determinado pecado! Não sei dizer onde ele os fora buscar. Tinha sua maneira peculiar de interpretar a frase e parecia convencer que cada pessoa comete vários pecados ao mesmo tempo. Eram pecados de características inteiramente curiosas: transgressões estranhas que eu nunca havia imaginado antes.

Oh! Como fui ficando aborrecido. Como me contorcia, como bocejava, deixava cair a cabeça de sono e tentava me reanimar! Como me beliscava e me remexia, como esfregava meus olhos, levantava, voltava a sentar e cutucava Joseph para saber quando haveria de acabar esse tormento. Estava condenado a ouvir o sermão todo; finalmente, ele chegou ao *Primeiro da septuagésima primeira*. A essa altura, tive uma súbita inspiração. Senti-me pressionado a levantar-me e denunciar Jabez

Branderham como autor de um pecado que nenhum cristão poderá perdoar.

- Senhor - exclamei - sentado aqui entre estas quatro paredes, por um tempo aguentei e perdoei as 490 partes de seu discurso. Setenta vezes sete vezes apanhei meu chapéu e estive prestes a ir embora... setenta vezes sete vezes o senhor prepotentemente me forçou a sentar novamente. A 491ª. é demais. Companheiros de martírio, ao ataque! Tirem-no dali e reduzam-no a pedaços, para que o lugar que o conhece não o reconheça nunca mais.

- Você é o homem! - gritou Jabez, depois de uma pausa solene, debruçando-se sobre uma almofada do parapeito do púlpito. Setenta vezes sete vezes você contorceu escancaradamente o rosto... setenta vezes sete vezes procurei encontrar explicação em minha alma... Porque isso é fraqueza humana e isso também pode ser absolvido! *O primeiro da septuagésima primeira* está aqui. Irmãos, executem sobre ele o julgamento escrito! Honra e glória aos santos do Senhor!

A essas palavras conclusivas, toda a assembleia, brandindo seus cajados de peregrinos, acorreram e me cercaram; e eu, sem qualquer arma para me defender, passei a engalfinhar-me com Joseph, o mais próximo e feroz agressor. No meio da multidão, vários bordões se cruzavam; golpes dirigidos contra mim acabavam atingindo outros. De repente, em toda a capela ressoavam golpes e contragolpes; cada homem erguia a mão contra o vizinho e Branderham, não querendo ficar alheio, exasperou seu zelo numa profusão de violentas batidas nas bordas do púlpito, produzindo um som tão alto que, para meu inenarrável sossego, logo me acordaram. O que, afinal, teria originado esse tremendo tumulto? Que coisa teria representado o papel de Jabez nesse fato? Simplesmente o galho de um abeto que tocava em minha janela quando o vento soprava e raspava suas pinhas secas contra a vidraça! Em dúvida, fiquei escutando por instantes; detectada a causa do distúrbio, virei de lado e adormeci; e acabei sonhando novamente: se possível, um sonho ainda mais desagradável que o anterior.

Dessa vez, lembro-me de que estava deitado nesse compartimento de carvalho e conseguia ouvir com clareza o vento tempestuoso e a densa neve que caía; ouvia também o galho do abeto repetir seu irritante som, e sosseguei ao perceber a causa; mas me incomodava tanto que resolvi silenciá-lo, se possível; e, em sonho, me levantava e tentava destrancar o batente da janela. O trinco estava soldado no encaixe, algo que havia observado quando acordado, mas que havia esquecido. "Tenho de parar com esse barulho de qualquer jeito!", resmunguei, batendo os nós de meus dedos no vidro, que se partiu, e estendendo um braço para fora para agarrar o ramo importuno; em vez disso, meus dedos agarraram os dedos de uma pequena mão gelada! O intenso horror do pesadelo me aterrorizou; tentei puxar meu braço de volta, mas a mão se aferrou nele e uma voz extremamente melancólica soluçou: "Deixe-me entrar, deixe-me entrar!" "Quem é você?", perguntei, lutando entrementes para me libertar dessa mão. "Catherine Linton", respondeu a voz trêmula (por que me lembrei de *Linton*? Tinha lido vinte vezes *Earnshaw* em vez de Linton). "Voltei, eu me perdi nos pântanos!" Enquanto falava, consegui distinguir, na escuridão, um rosto de criança olhando pela janela. Então meu terror chegou ao auge; e, achando que era inútil tentar livrar-me dessa criatura, puxei seu pulso para o vidro quebrado e rocei-o em vaivém até que o sangue escorreu e ensopou a roupa de cama; mas ainda gemia: "Deixe-me entrar!". E se mantinha tão tenazmente aferrada a mim que quase me enlouqueceu de medo. "Como poderia?", disse eu finalmente. "Largue-me, se quiser que a deixe entrar!"

Seus dedos se soltaram, retirei os meus pelo buraco, empilhei rapidamente os livros em pirâmide contra a janela e tapei os ouvidos para não ouvir mais sua lamentável súplica. Pareceu-me conservá-los assim por mais de um quarto de hora; depois, quando passei a ouvir novamente, logo recomeçou o gemido dolente e choroso. "Vá embora!", gritei. "Nunca a deixarei entrar, nem que implore por vinte anos." "Faz vinte anos", lamentou-se a voz, "vinte anos, há vinte anos que ando perdida!" De repente, se fez ouvir um fraco ruído do lado de fora e a pilha de livros se mexeu, como se tivesse sido empurrada. Tentei fugir, mas não consegui mover minhas pernas; então, tomado de pavor, gritei com toda a força. Envergonhado, descobri que os gritos não eram a melhor coisa a ter feito. Passos apressados se aproximavam da porta de meu quarto; alguém a abriu com mão vigorosa e uma luz penetrou pelas frestas até a cabeceira da cama. Sentei-me, tremendo e enxugando o suor que corria em minha testa; o intruso pareceu hesitar e resmungou qualquer coisa. Finalmente, perguntou, quase num sussurro, como se não esperasse resposta:

– Há alguém aqui?

Achei melhor revelar minha presença pois conhecia o temperamento de Heathcliff e temia que pudesse continuar vasculhando, se eu ficasse quieto. Assim, voltei-me e abri os painéis laterais. Não haverei de esquecer tão cedo o efeito que minha ação provocou.

Heathcliff estava de pé perto da entrada, de camisa e calças, com a vela pingando cera em seus dedos e o rosto tão branco como a parede atrás dele. O primeiro rangido da madeira de carvalho apanhou-o de surpresa como um choque elétrico: a vela saltou de suas mãos para a distância de alguns pés e sua agitação era tão extrema que mal pôde recolhê-la.

- Sou eu, seu hóspede, senhor - gritei, desejando poupá-lo da humilhação de expor por mais tempo sua covardia. - Tive a infelicidade de berrar em meu sono por causa de um terrível pesadelo. Peço que me desculpe se o incomodei.

- Oh! Que Deus o castigue, senhor Lockwood! Achei que fosse... - começou meu anfitrião, pousando a vela numa cadeira, porque lhe era impossível segurá-la firme. - E quem o instalou neste quarto? - continuou, cravando as unhas nas palmas das mãos e rangendo os dentes para estancar as convulsões do maxilar. - Quem foi? Minha vontade é a de expulsar imediatamente desta casa o responsável!

- Foi sua criada Zillah - repliquei, saltando da cama e passando a vestir-me rapidamente. - Não me importaria nada se fizesse isso, senhor Heathcliff; ela bem o merece. Imagino que ela queria ter outra prova que o quarto é assombrado, e à minha custa. Bem, e é... repleto de fantasmas e gnomos! Tem razão em mantê-lo fechado, garanto-lhe. Ninguém vai lhe agradecer por uma soneca em semelhante espelunca!

- O que pretende dizer? - perguntou Heathcliff. - E o que está fazendo? Deite-se e durma o resto da noite, uma vez que está aqui; mas, pelo amor de Deus, não torne a repetir esse horrendo barulho: nada o justifica, a não ser que estivessem lhe cortando a garganta!

- Se aquele diabinho tivesse entrado pela janela, provavelmente me teria estrangulado! - retruquei. - Não vou mais tolerar as perseguições de seus antepassados hospitaleiros. O reverendo Jabez Branderham não era parente seu pelo lado da mãe? E aquela atrevida da Catherine Linton, ou Earnshaw, ou seja lá como se chamava... deve ter sido uma criança trocada... alma perversa! Disse-me que andava a vaguear na terra durante os últimos vinte anos: justo castigo por seus pecados mortais, sem dúvida alguma!

Mal tinha acabado de proferir essas palavras quando me lembrei da ligação de Heathcliff com o nome Catherine no livro, fato que tinha sumido completamente de minha memória. Corei por minha desconsideração, mas, sem mostrar ulterior percepção de minha ofensa, apressei-me a acrescentar:

- A verdade, senhor, é que passei a primeira parte da noite... - Aqui parei mais uma vez, pois estava prestes a dizer "lendo atentamente esses velhos volumes", o que haveria de revelar meu conhecimento de suas anotações, bem como de seu conteúdo impresso; assim, corrigindo-me, continuei: - "soletrando o nome rabiscado no peitoril da janela. Um passatempo monótono, apropriado para me fazer adormecer, como contar ou...

- O que pode pretender ao falar comigo dessa maneira? - trovejou Heathcliff com selvagem veemência. - Como... como se atreve debaixo de meu teto? Meu Deus! Só um louco para falar dessa forma! - E deu um soco na própria testa, com raiva.

Não sabia se devia ficar ofendido com sua linguagem ou se devia continuar minha explicação; mas ele parecia tão profundamente abalado que fiquei com pena e prossegui com a explicação de meus sonhos, afirmando que nunca tinha ouvido falar de "Catherine Linton" antes; mas ao lê-lo com tanta frequência produziu uma impressão que o personificou quando eu não tinha mais minha imaginação sob controle. Enquanto eu falava, Heathcliff deixou-se cair aos poucos sobre a cama; por fim, sentou-se, quase escondido atrás dela. Achei, no entanto, por sua respiração irregular e ofegante que se esforçava para conter um excesso de violenta emoção.

Como não pretendia mostrar-lhe que havia reparado seu conflito, continuei a aprontar-me ruidosamente, olhei para o relógio e falei para mim mesmo sobre a longa duração daquela noite:

- Não são 3 horas ainda! Poderia jurar que já eram 6. Aqui o tempo estagna: certamente devemos ter-nos deitado às 8!

- Sempre às 9 no inverno e nos levantamos às 4 - disse meu anfitrião, sufocando um soluço; e imaginei, pelo movimento da sombra de seu braço, que enxugava uma lágrima. - Senhor Lockwood - acrescentou ele - pode ir para meu quarto; só vai atrapalhar, indo para o andar debaixo tão cedo; e sua choradeira infantil mandou meu sono para os diabos.

- E o meu também - repliquei. - Vou caminhar pelo pátio até amanhecer e depois vou embora; e não precisa mais temer uma repetição de minha intrusão. Por ora estou perfeitamente curado da busca de prazer na convivência social, seja no campo ou na cidade. Um homem sensato deve encontrar em si próprio a companhia de que precisa.

- Deliciosa companhia! - resmungou Heathcliff. - Apanhe a vela e vá para onde quiser. Já vou alcançá-lo. Não vá para o pátio, pois os cães estão soltos; nem para a sala... Juno está ali de sentinela e... não, só pode andar pelas escadas e pelos corredores. Mas vá, caminhe! Vou chegar em dois minutos!

Obedeci, pelo menos até sair do quarto; mas como não sabia para onde levavam as estreitas passagens, parei e testemunhei, involuntariamente, uma cena de superstição de meu anfitrião que contradizia estranhamente com seu aparente bom senso. Dirigiu-se para a cama, escancarou a janela, irrompendo, enquanto a abria, numa incontrolável torrente de lágrimas.

- Entre! Entre! - soluçava ele. - Cathy, venha, por favor. Oh, por favor! Só mais uma vez! Oh! Meu amor! Escute-me ao menos desta vez! Catherine, finalmente!

O fantasma mostrou um capricho usual de qualquer fantasma: não deu sinal algum. Mas a neve e o vento rodopiavam violentamente para dentro, chegando até onde eu estava e apagando a vela.

Havia tal angústia na explosão de dor que acompanhava esse delírio, que minha compaixão me fez desconsiderar sua loucura e me retirei um tanto zangado por ter escutado tudo e envergonhado por lhe ter contado meu ridículo pesadelo, uma vez que produziu essa agonia; embora o porquê disso estivesse além de minha compreensão. Desci cautelosamente para o andar inferior e cheguei aos fundos da cozinha, onde um fio de chama vindo do resto de brasas me permitiu reacender a vela. Nada se mexia, exceto um gato cinzento malhado que saiu das sombras e me saudou com um queixoso miado.

Dois bancos, instalados em semicírculo ladeavam a lareira; deitei-me num deles e o gato Grimalkin se acomodou no outro. Ambos ficamos ali cochilando antes que alguém invadisse nosso refúgio; e então apareceu Joseph, arrastando-se por uma escada de madeira abaixo, que se perdia no teto através de um alçapão: devia ser o acesso ao sótão, suponho. Lançou um olhar sinistro para a pequena chama que eu havia acendido, expulsou o gato de cima do banco e, sentando-se nesse lugar, começou a operação de encher um pequeno cachimbo com tabaco. Minha presença em seu santuário era evidentemente vista como imprudência demasiado vergonhosa para merecer qualquer observação: silenciosamente levou o cachimbo aos lábios, cruzou os braços e soprou a fumaça para cima. Deixei-o saborear seu vício em sossego; depois de expelir a última baforada e, dando um profundo suspiro, levantou-se e partiu tão solenemente como havia chegado.

Passos bem mais enérgicos entraram a seguir; e eu abri a boca para um "bom-dia", mas a fechei novamente, sem proferir a saudação, pois Hareton Earnshaw estava fazendo suas orações em voz baixa, numa série de imprecações dirigidas contra qualquer objeto que tocava, enquanto vasculhava num canto à procura de uma pá ou de uma enxada para abrir caminho através do acúmulo de neve. Olhou de soslaio por cima do banco, dilatando suas narinas, e deve ter pensado que não valia a pena trocar cumprimentos comigo e com meu companheiro, o gato. Imaginei, pelos movimentos dele, que já se podia sair e, deixando meu duro leito, ensaiei um movimento para segui-lo. Percebendo isso, deu uma pancada com a ponta da pá numa porta interior, indicando-me com um som inarticulado que aquele era o lugar para onde devia ir, caso pretendesse sair.

A porta dava acesso à sala, onde as mulheres já se entregavam a seus afazeres; Zillah tentava avivar o fogo com a ajuda de um enorme fole; e a senhora Heathcliff, ajoelhada junto à lareira, lia um livro à luz das chamas.

Mantinha a mão interposta entre o calor do braseiro e seus olhos e parecia absorta em sua ocupação, interrompendo-a somente para repreender a criada que a cobria de faíscas ou para afastar de vez em quando um cachorro que aproximava demasiadamente o focinho de seu rosto. Fiquei surpreso ao ver também Heathcliff. Ele estava de pé perto da lareira, de costas para mim, acabando de repreender asperamente a pobre Zillah, que vez por outra interrompia seu trabalho para endireitar a ponta do avental e soltar mais um lamento de indignação.

– E a senhora, sua inútil... – vociferou ele enquanto eu entrava, voltando-se para a nora e empregando uma série de palavrões que geralmente são substituídos por reticências. – Aí está de novo com seus artifícios inúteis! Enquanto os outros trabalham para ganhar o pão... a senhora vive às minhas custas! Deixe de lado essas tralhas e procure algo para fazer. Vai ter de me pagar pela praga de ter de vê-la eternamente na minha frente... está ouvindo, sua detestável criatura?

– Só largo minhas tralhas porque sei que me obrigaria se eu recusasse – respondeu a jovem, fechando o livro e atirando-o numa cadeira. – Mas não vou fazer absolutamente nada a não ser o que me agrada, mesmo que o senhor me insulte quanto quiser!

Heathcliff levantou a mão e a mulher se afastou para uma distância segura, obviamente habituada ao peso dessa mãozorra. Como não desejasse assistir à "uma luta entre cão e gato", atravessei bruscamente a sala, como se estivesse ansioso por sentir o calor da lareira, totalmente alheio a essa disputa já interrompida. Cada um teve suficiente decoro para suspender as hostilidades:

Heathcliff, contendo-se, enfiou as mãos nos bolsos; a senhora Heathcliff cerrou os lábios e foi sentar-se mais longe, onde cumpriu a palavra, ficando parada como uma estátua durante o resto de minha permanência ali. Mas não foi por muito tempo. Recusei tomar café com eles e, no primeiro clarão do dia, aproveitei a oportunidade para escapar para o ar livre, agora límpido, tranquilo e frio como o gelo impalpável.

Meu anfitrião gritou para que eu parasse antes que tivesse chegado ao fundo do quintal e se ofereceu para me acompanhar na travessia do pântano. Ainda bem que o fez, pois toda a encosta era um oceano revolto e branco, onde as protuberâncias e as descaídas não indicavam elevações e depressões correspondentes do terreno; muitas fossas, pelo menos, estavam repletas de neve até o topo; e inteiras filas de montículos de pedras foram apagadas do mapa que minha caminhada do dia anterior havia traçado em minha mente.

Tinha observado, num lado da estrada, com intervalos de 6 ou 7 jardas, uma linha de pedras soerguidas que continuava ao longo de todo o percurso; essas pedras haviam sido dispostas e fixadas com argamassa, a fim de servir de guias na escuridão e também nas nevascas, como as desse dia, permitindo distinguir os profundos charcos de cada lado do caminho seguro; mas, excetuando-se alguns pequenos pontos escuros aqui e acolá, todos os vestígios de sua existência haviam desaparecido; e meu companheiro julgou necessário me avisar com frequência para caminhar mais à direita ou à esquerda quando eu imaginava estar seguindo corretamente as curvas da estrada. Conversamos muito pouco durante o trajeto e parou à entrada de Thrushcross, dizendo que dali em diante eu não poderia errar. Nossa despedida se limitou a uma rápida inclinação e então segui adiante, confiando em meus próprios recursos, pois a casa do guarda ainda está desabitada. A distância entre o portão e a casa da granja é de duas milhas. Acho que devo ter conseguido transformá-las em quatro, depois de me perder por entre as árvores e de me enterrar até o pescoço na neve, situação que somente aqueles que a experimentaram podem saber. Seja como for e apesar de meus passos a esmo, o relógio batia 12 horas quando entrei em casa; e isso dava exatamente uma hora para cada milha em meu percurso habitual até o Morro dos Ventos Uivantes.

 A criada e seus auxiliares acorreram para me receber, exclamando em tumulto que já haviam perdido as esperanças de me encontrarem; todos pensavam que havia morrido durante a noite e se perguntavam como haveriam de sair para procurar meu corpo. Pedi para que se acalmassem, agora que me viam de retorno e, enregelado até os ossos, arrastei-me escada acima; então, depois de vestir roupas secas e andar de um lado para o outro durante 30 ou 40 minutos para recuperar o calor do corpo, dirigi-me para o escritório, fraco como um gatinho, quase em demasia para apreciar o calor da lareira e o café fumegante que a criada tinha preparado para me confortar.

CAPÍTULO 4

Como somos volúveis! Eu, que havia decidido me manter afastado de todo contato social e agradecia aos céus porque, finalmente, havia encontrado um local onde esse contato era quase impraticável... eu, pobre coitado, depois de ter travado até ao anoitecer uma luta contra o desânimo e a solidão, via-me finalmente compelido a recuperar minhas forças e, sob pretexto de obter informações sobre a situação da propriedade, pedi à senhora Dean, quando me trouxe o jantar, para que se sentasse e me fizesse companhia enquanto eu degustava a ceia, esperando sinceramente que ela se revelasse uma mulher faladora e pudesse me animar ou me embalar o sono com sua conversa.

- A senhora já vive aqui há um tempo considerável - comecei. - Não disse que eram dezesseis anos?

- Dezoito, senhor. Vim para cá quando minha patroa se casou, para a servir; depois que ela morreu, o patrão me reteve como governanta.

- Entendo.

Seguiu-se uma pausa. Fiquei com receio de que ela não fosse muito faladora, a não ser sobre seus próprios assuntos, e esses dificilmente haveriam de me interessar. Mas, depois de meditar por uns instantes, com as mãos apoiadas nos joelhos e uma nuvem de pensamentos envolvendo seu rosto avermelhado, ela começou:

- Ah, as coisas mudaram muito desde então!

- Sim - observei. - Deve ter visto muitas mudanças, suponho.

- Sim. E problemas também - disse ela.

"Oh! Vou direcionar a conversa para a família do dono das terras", pensei.

"Um bom assunto para começar! E aquela bela jovem viúva; gostaria de saber sua história: se é natural da região ou se é, como parece mais provável, uma forasteira que esses rudes *indígenas* se recusam a reconhecer como aparentada." Com essa intenção, perguntei à senhora Dean por que Heathcliff tinha deixado a granja Thrushcross e havia preferido viver numa situação e numa residência tão inferiores.

- Ele não é bastante rico para manter esta propriedade em ordem? - perguntei.
- Rico, senhor! - retrucou ela. - Tem dinheiro que ninguém sabe quanto; e a cada ano aumenta. Sim, sim, é suficientemente rico para morar numa casa melhor que esta; mas ele é... um mão-fechada. E, se tivesse a intenção de mudar-se para a granja Thrushcross, mas tão logo soubesse que havia um bom inquilino pretendendo arrendá-la, jamais teria perdido a oportunidade de ganhar mais algum dinheiro. É estranho como pode haver pessoas tão gananciosas, especialmente quando estão sozinhas no mundo!
- Ele tinha um filho, parece.
- Sim, tinha um... morreu.
- E aquela jovem, a senhora Heathcliff, é a viúva?
- Sim.
- E de onde ela veio?
- Bem, senhor, ela é filha de meu falecido patrão; seu nome de solteira é Catherine Linton. Fui a ama da coitada! Cheguei a desejar que o senhor Heathcliff se mudasse para cá e então poderíamos ficar juntas outra vez.
- O quê? Catherine Linton! - exclamei, surpreso. Mas um minuto de reflexão me convenceu de que não podia ser o fantasma de Catherine que me atormentara. - Então - continuei - o nome de meu antecessor era Linton?
- Isso mesmo.
- E quem é esse Earnshaw: Hareton Earnshaw, que vive com o senhor Heathcliff? São parentes?
- Não; ele é sobrinho da falecida senhora Linton.
- Primo da jovem senhora, então?
- Sim; e o marido também era primo dela: um pelo lado da mãe, o outro pelo lado do pai. Heathcliff se casou com a irmã do senhor Linton.
- Reparei que a casa do Morro dos Ventos Uivantes tinha "Earnshaw" gravado na porta de entrada. É uma família antiga?
- Muito antiga, senhor; e Hareton é o último descendente, como a senhorita Cathy o é de nossa família... ou seja, dos Linton. O senhor esteve no Morro dos Ventos Uivantes? Perdoe-me se pergunto, mas gostaria de saber notícias dela.
- Da senhora Heathcliff? Está muito bem e achei-a muito bonita; mas, ao que parece, não muito feliz.
- Oh! Meu Deus! Não me admiro! E o que achou do patrão?

- Um sujeito bastante rude, senhora Dean. Não é esse o jeito dele?
- Rude como os dentes de uma serra e duro como pedra! Quanto menos se der com ele, melhor.
- Deve ter tido alguns altos e baixos na vida, para torná-lo tão grosseiro. Conhece alguma coisa da história dele?
- É um maluco, senhor... Conheço tudo da vida dele, exceto onde nasceu e quem eram seus pais e como chegou a enriquecer. E Hareton foi escorraçado como um cão vadio! O infeliz rapaz é o único em toda a redondeza que não sabe como foi enganado.
- Bem, senhora Dean, seria um grande favor se me contasse algo sobre meus vizinhos. Acho que não vou conseguir dormir tranquilo ao deitar; por isso, fique sentada, por favor, e me conte tudo.
- Oh! Certamente, senhor. Só vou buscar alguma coisa para costurar e então vou ficar aqui o tempo que quiser. Mas vejo que está resfriado; eu o vi tremendo e vou lhe servir um bom caldo que lhe fará bem.

A prestimosa mulher se afastou apressadamente e eu me agachei mais perto da lareira; sentia a cabeça quente e o resto do corpo tremia. Além disso, estava excitado quase às raias da loucura com o descontrole dos nervos e da cabeça. Isso fazia com que me sentisse, não desconfortável, mas um tanto receoso (como ainda estou) de graves efeitos dos incidentes de ontem e de hoje. Ela voltou em pouco tempo, trazendo uma tigela fumegante e uma cesta da costura; depois de colocar a tigela na beirada da lareira, foi sentar-se, evidentemente satisfeita por me achar tão sociável.

- Antes de vir para cá - começou ela, sem esperar novo convite para contar sua história - eu ficava quase sempre no Morro dos Ventos Uivantes, porque minha mãe tinha sido criada do senhor Hindley Earnshaw, pai de Hareton, e eu costumava brincar com as crianças. Além disso, eu levava recados, ajudava a preparar forragens e andava pela fazenda, sempre pronta a atender aos pedidos de qualquer um. Numa linda manhã de verão... estávamos no início da colheita, lembro bem... o senhor Earnshaw, o antigo patrão, desceu as escadas, vestido como se fosse viajar. E depois de falar a Joseph sobre o que deveria ser feito durante o dia, voltou-se para Hindley, para Cathy e para mim... porque eu estava tomando mingau de aveia com eles... e disse, dirigindo-se ao filho: "Agora, meu filho, estou partindo para Liverpool. O que quer que lhe traga? Pode escolher o que quiser. Tem de ser uma coisa pequena, porque vou fazer o caminho a pé, ida e volta: 60 milhas é uma grande distância!" Hindley pediu uma rabeca; e então perguntou à senhorita Cathy o que queria; ela mal tinha 6 anos, mas podia montar qualquer cavalo dos estábulos e escolheu um chicote. Ele não se esqueceu de mim, pois tinha um coração bondoso, embora fosse um tanto severo às vezes. Prometeu trazer-me uma sacola de maçãs e peras; e então beijou os filhos, despediu-se e partiu. Os três dias de sua ausência pareceram-nos uma eternidade; e, com frequência, a senhorita Cathy perguntava quando ele iria voltar. A senhora Earnshaw o esperava para jantar na noite do terceiro dia, mas, vendo que tardava, foi atrasando o jantar hora após hora; mas não havia qualquer sinal de sua chegada e até as crianças se cansaram de correr ao portão para olhar. Foi ficando escuro. Ela mandou que fossem para a cama, mas elas pediram ansiosamente para ficar esperando. Então, por volta das 11 horas, alguém abriu o trinco devagar e o patrão entrou. Atirou-se numa cadeira, rindo e gemendo, e pediu a todos que se afastassem, pois estava morto de cansaço... não haveria de enfrentar outra caminhada igual por nada deste mundo.

— E no fim de tudo, ficar aos trapos! — disse ele, abrindo o grande casacão que trazia ao braço. — Veja isso, mulher! Nunca me senti tão derrotado em minha vida, mas tomá-lo como uma dádiva de Deus, embora seja tão negro como se tivesse vindo do diabo.

— Aproximamo-nos todos ao redor dele — continuou a senhora Dean — e espreitando por cima da cabeça da senhorita Cathy, vi uma criança suja, maltrapilha e de cabelo preto; com idade suficiente para andar e falar; na verdade, seu rosto parecia mais velho que o de Catherine; mas quando se pôs de pé, só ficou olhando em derredor e repetia sem parar alguns sons que ninguém conseguia entender. Fiquei assustada e a senhora Earnshaw estava pronta para arremessá-lo para fora. Ficou furiosa, perguntando como podia ter trazido para casa aquele pirralho de cigano, quando eles tinham os próprios filhos para alimentar e educar. O que pretendia fazer? Não teria enlouquecido de vez? O patrão tentou explicar o que acontecera, mas, como estava morto de cansaço, tudo o que consegui entender, entre os xingamentos da mulher, foi uma história em que ele falava que o havia encontrado faminto, sem abrigo, sem articular palavra e vagando pelas ruas de Liverpool, onde o tomou a seus cuidados, tentando encontrar quem o reclamasse. Mas como ninguém sabia a quem pertencesse e o tempo e o dinheiro escasseassem, achou melhor trazê-lo para casa de uma vez para não entrar em despesas desnecessárias por lá, porque estava decidido a não deixá-lo abandonado como o encontrara.

Bem, a conclusão é que a patroa se acalmou, embora entre protestos. E o senhor Earnshaw me pediu para que desse banho no menino, o vestisse com roupas limpas e o deixasse dormir com os filhos.

Hindley e Cathy limitaram-se a olhar e escutar até que a paz fosse restabelecida. Depois, ambos começaram a remexer nos bolsos do pai à procura dos presentes que lhes havia prometido. O primeiro era um garoto de 14 anos, mas quando retirou dos bolsos o que restava de uma rabeca, toda em cacos no grande casaco, desatou em choro convulsivo; e Cathy, ao saber que o pai tinha perdido o chicote ao socorrer o estranho, mostrou todo o seu mau humor emburrando e cuspindo naquela coisa estúpida, tendo recebido como paga uma sonora bofetada do pai, que pretendia ensinar-lhe a ter boas maneiras. Ambos se recusaram terminantemente a acolher o menino na cama deles e até mesmo no quarto; e eu não tinha outra saída senão colocá-lo no patamar da escada, rezando para que ele fosse embora na manhã seguinte. Por acaso ou por ter ouvido sua voz, o garoto se acomodou à porta do quarto do senhor Earnshaw, e ali este o encontrou ao sair. Logo quis saber como o menino tinha ido parar ali e eu fui obrigada a confessar tudo; como recompensa por minha covardia e desumanidade, fui mandada embora.

Esta foi a primeira apresentação de Heathcliff à família. Quando regressei, uns dias mais tarde (pois não considerei minha expulsão definitiva), soube que o tinham batizado com o nome de "Heathcliff": era o nome de um filho que havia morrido ainda criança e desde então tem sido este seu nome, tanto o próprio como o sobrenome. A senhorita Cathy e ele se tornaram grandes amigos; mas Hindley o detestava; e, para ser sincera, eu também; e o atormentávamos e zombávamos dele vergonhosamente, pois eu não tinha suficiente bom senso para avaliar a injustiça que cometia, nem a patroa intervinha em favor dele quando o via maltratado.

Parecia uma criança mal-humorada e paciente; endurecida, talvez, pelos maus tratos; era capaz de aguentar as bofetadas de Hindley sem pestanejar ou sem verter uma lágrima, e meus beliscões o faziam apenas suspirar e arregalar os olhos, como se ele próprio se tivesse machucado por acidente e ninguém fosse culpado.

Essa situação enfureceu o velho Earnshaw quando descobriu que o filho batia no pobre órfão, como ele o chamava. O velho desenvolvera um estranho afeto pelo menino, a ponto de acreditar em tudo o que ele dizia (no tocante a isso, falava muito pouco, mas geralmente dizia a verdade) e o mimava bem mais que a Cathy, que era demasiado travessa e caprichosa para ser sua predileta.

Assim, desde o começo, ele criou um mau ambiente dentro de casa. E quando a senhora Earnshaw morreu, o que ocorreu menos de dois anos mais tarde, Hindley já estava acostumado a considerar o pai mais como um opressor do que um amigo, e Heathcliff como usurpador do afeto do pai e de seus próprios privilégios. Assim, foi crescendo cada vez mais azedo ao afagar essas injustiças.

Eu compartilhava um pouco com isso, mas quando as crianças adoeceram com sarampo e tive de tratar delas e assumir os cuidados de uma mulher adulta, mudei de ideia. Heathcliff estava gravemente doente e, na pior fase da doença, queria que eu ficasse constantemente junto de seu travesseiro.

Acho que sentia que eu fazia de tudo por ele, mas não tinha o discernimento suficiente para ver que eu o fazia por obrigação. Devo dizer, no entanto, que ele foi a criança mais dócil que jamais tratei. A diferença entre ele e os outros me obrigou a ser menos parcial. Cathy e o irmão me atormentavam terrivelmente; ele era dócil como um cordeiro, embora fosse sua fibra, e não sua brandura, que o levava a dar pouco trabalho.

Ele se restabeleceu e o médico afirmou que a cura devia ser atribuída em grande parte a mim, e elogiou minha dedicação. Fiquei orgulhosa com as palavras dele e mais compreensiva com o menino que me fez merecer esses elogios; e assim Hindley perdia seu último aliado. Ainda assim nunca me afeiçoei muito a Heathcliff e muitas vezes me perguntava o que meu patrão via nesse menino mal-humorado para admirá-lo tanto, porquanto nunca, se bem me lembro, havia retribuído sua benevolência com qualquer sinal de gratidão. Não era insolente para com seu benfeitor; era simplesmente insensível, embora soubesse perfeitamente que grande ascendência sobre o coração do patrão e estivesse ciente de que lhe bastava falar para que todos se sentissem obrigados a atender a seus desejos. Como exemplo, recordo que uma vez o senhor Earnshaw comprou dois potros numa feira da região e os deu aos dois meninos. Heathcliff ficou com o mais bonito, mas logo o potro começou a mancar; quando notou isso, disse a Hindley:

– Você deve trocar de cavalo comigo. Não gosto do meu e, se não quiser, vou contar a seu pai as três surras que me deu esta semana e ainda vou lhe mostrar o braço, que ainda está todo roxo até o ombro.

Hindley mostrou-lhe a língua e lhe deu um tapa na orelha.

– Seria melhor que o fizesse logo – persistiu ele, correndo para a varanda (eles estavam no estábulo). – Deve fazê-lo; e se eu falar dessas bofetadas, você vai recebê-las de volta com juros.

– Vá embora, cão! – gritou Hindley, ameaçando-o com um peso da balança, usado para pesar batatas e feno.

– Atire-o – replicou ele, ficando parado. – Vou contar como me ameaçou de me jogar para fora de casa logo que ele morrer; e há de ver se não é você que vai ser tocado imediatamente para fora de casa.

Hindley atirou o peso, atingindo-o no peito. Ele caiu, mas levantou-se imediatamente, sem fôlego e branco; e, se eu não interviesse, teria ido logo contar tudo ao patrão e teria obtido plena vingança, pois sua condição física advogava em favor dele.

– Fique então com meu potro, cigano! – disse o jovem Earnshaw. – E espero que lhe quebre o pescoço. Leve-o e vá para o inferno, miserável intruso! E tire tudo o que meu pai tem; e somente depois mostre-lhe o que você é, filho de satanás... E então espero que ele lhe arrebente os miolos!

Heathcliff já tinha ido soltar o animal, transferindo-o para sua baia; estava passando atrás dela quando Hindley, como conclusão de suas palavras, empurrou-o para debaixo das patas do cavalo; e sem se deter para examinar se suas esperanças se haviam cumprido, fugiu o mais depressa que pôde. Fiquei surpresa ao ver como o menino se levantou friamente e prosseguiu com seus afazeres, trocando as selas e tudo o mais, sentando-se depois sobre um fardo de feno para recuperar-se da tontura que o violento golpe provocara, antes de voltar para casa. Persuadi-o facilmente para que me deixasse explicar que as contusões tinham sido provocadas pelo cavalo; ele pouco se importava com a história que iria contar, visto que havia conseguido o que queria. Na verdade, ele se queixava tão raramente de agressões como essa, que realmente passei a achar que ele não era vingativo. Eu estava completamente enganada, como verá mais adiante.

CAPÍTULO 5

Com o tempo, o senhor Earnshaw começou a decair. Ele sempre tinha sido ativo e saudável, mas agora suas forças o abandonaram subitamente. E quando ficou confinado a um canto da lareira, começou a ficar dolorosamente irritável. Qualquer coisa o aborrecia e a mais leve suspeita de menosprezo de sua autoridade o deixava praticamente fora de si. Isso se verificava especialmente quando alguém tentava impor-se ou dominar seu predileto. Era doentiamente ciumento, não permitindo que uma palavra inoportuna fosse proferida contra o menino, parecendo que se havia fixado em sua cabeça a ideia de que, pelo fato de ele gostar de Heathcliff, todos os outros o detestavam e ansiavam por lhe causar algum mal. Isso foi prejudicial para o menino pois os mais amáveis dentre nós não queriam aborrecer o patrão; por isso alimentávamos todas as suas vontades e esse nosso modo de agir era um rico alimento para o orgulho e o mau caráter do menino. Acabou se tornando um mal necessário; por duas ou três vezes, manifestações de escárnio de Hindley, enquanto seu pai estava perto, provocavam a ira deste último; agarrava a bengala para bater nele, mas como não conseguia atingi-lo, tremia de raiva.

Finalmente, nosso pároco (tínhamos um pároco que ganhava a vida ensinando aos pequenos Linton e Earnshaw e cultivando seu pedaço de terra) aconselhou que o jovem deveria ser enviado a um colégio, e o senhor Earnshaw concordou, embora com alguma relutância, pois dizia:

- Hindley é um incapaz e nunca haverá de prosperar para onde quer que vá.

Eu sinceramente esperava que pudéssemos ter paz enfim. Magoava-me pensar que o patrão pudesse sofrer por sua boa ação. Imaginava que os dissabores da idade e a doença proviessem das desavenças familiares; como assim estava, agia de acordo; na realidade, bem sabe, senhor, ele estava em seu declínio. Poderíamos, apesar de tudo, ter vivido de forma tranquila, não fossem duas pessoas... a senhorita Cathy e Joseph, o criado. Acho que o senhor o viu por lá. Ele era, e provavelmente ainda é, o fariseu mais inflexível e enfadonho que alguma vez vasculhou a *Bíblia* em busca de promessas para o próprio benefício e de pragas para lançar contra seu próximo. Com sua habilidade em pregar sermões e proferir discursos piedosos contribuiu deixar uma grande impressão no senhor Earnshaw. Quanto mais fraco o patrão ficava, maior influência ele exercia. Era incansável em aborrecer o patrão com suas teorias sobre a alma e sobre a educação rígida das crianças. Incentivou-o a considerar Hindley como um devasso; e, noite após noite, desfiava resmungando uma longa lista de queixas contra Heathcliff e Catherine, tentando sempre explorar a fraqueza do patrão e dirigindo as mais pesadas recriminações contra a última.

De fato, ela tinha uma maneira de ser que eu nunca havia visto em outra criança antes; e acabava com nossa paciência cinquenta vezes ou mais ao dia: desde a hora em que descia do andar superior até a hora de deitar, não tínhamos um minuto de sossego, em razão de suas travessuras. Seu humor andava sempre em alta e sua língua não tinha descanso... cantando, rindo e xingando quem não a acompanhasse no mesmo tom. Era uma menina selvagem e maldosa... mas tinha os olhos mais lindos, o sorriso mais doce e os pés mais graciosos das redondezas. E, apesar de tudo, creio que não o fazia por mal, pois quando fazia alguém chorar de verdade, raramente saía de perto e gentilmente afagava essa pessoa porquanto isso também a confortava. Ela adorava Heathcliff. O maior castigo que podiam lhe infligir era separá-la dele; mas era repreendida muito mais que qualquer um de nós por causa dele. Nos jogos, gostava sobremaneira de atuar como líder, gesticulando e controlando os companheiros; fez isso comigo, mas eu não podia suportar tapas e ordens, e a adverti a respeito.

Acontece que o senhor Earnshaw não compreendia as brincadeiras das crianças; sempre havia sido rígido e severo com elas; e Catherine, por seu lado, não fazia ideia por que o pai podia ser mais intolerante e menos paciente em sua condição doentia do que era antes. As enfadonhas recriminações dele despertavam nela um maldoso prazer em provocá-lo; nada lhe dava mais alegria do que nos ver a todos xingá-la ao mesmo tempo e ela a nos desafiar com seu olhar altivo e descarado e com palavras sempre prontas, ridicularizando as imprecações de cunho religioso de Joseph, atormentando-me e fazendo exatamente o que o pai dela mais detestava... mostrando como sua pretensa insolência, que ele a considerava real, tinha mais poder sobre Heathcliff do que a bondade dele; mostrando como o menino lhe obedecia em tudo, enquanto os desejos dele, pai, só eram satisfeitos quando o menino bem entendia.

Depois de se comportar tão mal quanto possível durante o dia todo, à noite, por vezes, ela se achegava cheia de afeto ao pai, procurando fazer as pazes.

– Não, Cathy – dizia o velho – não posso gostar de você; pior que seu irmão você é. Vá, recite suas orações e peça perdão a Deus. Chego a me perguntar se sua mãe e eu não deveríamos ter-nos arrependido de tê-la criado!

De início, isso a fazia chorar; depois, ao ver-se continuamente rejeitada, tornou-se insensível e ria sempre que eu lhe dizia para pedir desculpas por suas faltas e suplicar para ser perdoada.

Por fim, chegou o dia em que os problemas na terra do senhor Earnshaw terminaram. Morreu tranquilamente numa noite de outubro, sentado em sua poltrona ao lado da lareira. Um vento forte soprava em torno da casa e zunia na chaminé; parecia uma noite bravia e tempestuosa, mas não estava frio e nós estávamos todos reunidos... eu, um pouco mais distante da lareira, ocupada na costura, e Joseph lendo a *Bíblia* perto da mesa (pois os criados geralmente se sentavam na sala depois de terminar o serviço). A senhorita Cathy tinha estado doente e estava quieta, com a cabeça recostada nos joelhos do pai; e Heathcliff estava deitado no chão, com a cabeça apoiada no colo dela. Lembro-me de o patrão, antes de cair no sono, acariciava o lindo cabelo dela... gostava de vê-la dócil... e dizia:

– Por que será que você não pode ser sempre uma boa menina, Cathy?

Ela voltou sua cabeça para cima, riu e respondeu:

– Por que será que não pode ser sempre um homem bom, pai?

Mas logo que o viu novamente aborrecido, beijou-lhe a mão e disse que iria cantar para ele adormecer. Começou a cantar bem baixinho, até que a mão dele se soltou da mão dela e a cabeça se inclinou sobre o peito. Então pedi a ela para silenciar e não se mexer, com medo de que ele acordasse. Ficamos todos mudos como ratos durante meia hora. Poderíamos ter ficado assim por mais tempo, se não fosse Joseph, que, terminando seu capítulo de leitura, se levantou e disse que era preciso acordar o patrão para fazer as orações e ir para a cama. Achegou-se a ele, chamou-o, tocando-lhe o ombro; mas ele não se mexeu; tomou então a vela e olhou-o mais de perto. Achei que havia algo errado quando ele afastou a vela; apanhando as crianças pelos braços, sussurrei-lhes que subissem para o andar de cima e não fizessem qualquer ruído... poderiam fazer suas orações sozinhas naquela noite... pois ele tinha muito a fazer ainda.

– Primeiro o pai tem de me dar boa-noite – disse Catherine, abraçando-o pelo pescoço antes que pudéssemos detê-la. A pobrezinha logo percebeu a triste situação e gritou: – Oh! Ele morreu, Heathcliff! Ele morreu!

E ambos desataram a chorar desoladamente. Também eu passei a chorar com eles, alta e amargamente. Mas Joseph perguntou pelo motivo de tal choradeira por causa de um santo no céu. Mandou-me vestir a capa e correr para Gimmerton em busca do médico e do pároco. Não podia imaginar qual a utilidade dos dois naquela hora, mas eu fui, sob vento e chuva, e voltei com o médico; o outro me disse que só poderia vir pela manhã. Deixando Joseph para dar explicações, corri para o quarto das crianças; a porta estava aberta, vi que ainda não se haviam deitado, embora já passasse da meia-noite; mas estavam mais calmas e não necessitavam de meu consolo. Aquelas pobres almas se confortavam mutuamente com melhores pensamentos do que eu poderia ter. Nenhum padre no mundo jamais conseguiria descrever o céu de forma tão bela como eles, em sua inocente conversa. E enquanto soluçava e escutava, não pude deixar de desejar que todos nós haveríamos de estar ali, salvos, um dia.

CAPÍTULO 6

O senhor Hindley voltou para casa para o funeral; e... uma coisa que nos espantou e deixou os vizinhos comentando a torto e a direito... trouxe com ele uma esposa. Quem era ela e onde havia nascido, ele nunca nos havia informado; provavelmente não era rica nem tinha nome para recomendá-la, caso contrário não teria ocultado do pai seu casamento.

Ela não era pessoa que perturbasse a tranquilidade da casa com seu jeito. Tudo o que ela via, a partir do momento em que passou pelo limiar da porta, parecia deliciá-la; o mesmo ocorria com tudo o que a rodeava, exceto os preparativos para o funeral e a presença dos pranteadores. Achei que ela fosse um tanto tola, por causa de seu comportamento nessa ocasião. Correu para o quarto e me obrigou a ir com ela, embora eu tivesse de vestir as crianças. E ali ficou sentada, tremendo e contorcendo as mãos, fazendo sempre a mesma pergunta: "Já foram embora?". Então começou a descrever de forma histérica o efeito que nela produzia ao ver gente de luto; sobressaltava-se e tremia e, por fim, caiu em prantos... e quando lhe perguntei do que se tratava, respondeu que não sabia, mas que tinha muito medo de morrer! Imaginei que ela tinha tão poucas probabilidades de morrer quanto eu mesma. Era bastante magra, mas jovem, de aspecto saudável e seus olhos reluziam como dois diamantes. Observei, porém, que ao subir as escadas, sua respiração se acelerava; que o menor ruído repentino a fazia estremecer e que, às vezes, tossia de modo desagradável, mas eu não sabia o que esses sintomas pressagiavam e não me sentia muito inclinada a simpatizar com ela. Geralmente nós não costumamos nos interessar por forasteiros por aqui, senhor Lockwood, a não ser que eles sejam os primeiros a se interessar por nós.

O jovem Earnshaw tinha mudado consideravelmente durante os três anos de ausência. Havia emagrecido, estava mais pálido e falava e se vestia de modo diferente; e, no mesmo dia de seu retorno, disse a Joseph e a mim que, a partir daquele momento, deveríamos nos acomodar nos fundos da cozinha e deixar a casa para ele. Na verdade, ele teria acarpetado e forrado de papel de parede um pequeno cômodo como sala de estar, mas a mulher dele tinha gostado tanto daquele chão branco, da enorme lareira em brasa, dos pratos de estanho, do guarda-louça, do canil e o amplo espaço que havia para se movimentar enquanto estavam acomodados na sala, que ele achou desnecessário fazer isso para o conforto da mulher e, portanto, mudou de ideia.

Ele ficou também muito contente por encontrar uma irmã em sua nova família; e ficava conversando à toa com Catherine, beijando-a e dando-lhe muitos presentes, no início. Sua afeição logo se cansou, porém, e enquanto ela começou a ficar rabugenta, Hindley foi se tornando sempre mais tirânico. Algumas palavras dela que evidenciassem seu desgosto em relação a Heathcliff eram suficientes para despertar nele todo o seu antigo ódio contra o rapaz. Afastou-o da companhia deles, alojou-o com os criados, privou-o das aulas do pároco e insistia que deveria trabalhar no campo, obrigando-o, pois, a fazer isso como qualquer outro trabalhador da fazenda.

Heathcliff suportou relativamente essa degradação, de início, porque Cathy lhe transmitia o que ela aprendia e trabalhava ou brincava com ele nos campos. Ambos tinham prometido crescer como selvagens; e como o jovem patrão não se importava de modo algum com seu comportamento e com o que faziam, os dois viviam livres do controle dele. Nem sequer se preocupava em saber se iam à igreja aos domingos, somente Joseph e o pároco recriminavam essa negligência quando ambos faltavam; só então se lembrava de dar uma surra em Heathcliff e deixar Catherine sem jantar ou sem ceia. Mas um dos principais divertimentos deles era correr para os pântanos pela manhã e permanecer por lá o dia inteiro; e o castigo decorrente passou a ser encarado como brincadeira. O pároco podia obrigar Catherine a decorar capítulos inteiros da *Bíblia* e Joseph podia bater em Heathcliff até lhe doer o braço; esqueciam tudo um minuto depois de estarem juntos novamente, pelo menos o minuto em que engendravam algum perverso plano de vingança. E muitas vezes chorei em silêncio ao vê-los crescer cada dia mais estouvados; e não ousava proferir uma só palavra, com medo de perder o pouco poder que ainda tinha sobre aquelas criaturas mal-amadas. Certo domingo, ao entardecer, foram banidos da sala por causa do barulho que faziam ou por qualquer diabrura do gênero; e quando fui chamá-los para jantar, não consegui encontrá-los em lugar algum. Procuramos por toda a casa, de cima abaixo, no pátio e nos estábulos. Nada deles. Por fim, Hindley, num acesso de raiva, nos ordenou trancar as portas e não os deixar entrar em casa naquela noite. Os criados foram para a cama e eu, preocupada demais para me deitar, abri a janela e pus minha cabeça para fora à escuta, embora estivesse chovendo, decidida a fazê-los entrar apesar da proibição, se retornassem. De repente, ouvi passos subindo pela estrada e vi a luz de uma lanterna brilhar através do portão. Joguei um xale por sobre a cabeça e corri para evitar que batessem à porta e acordassem o senhor Earnshaw. Era o próprio Heathcliff. Fiquei assustada ao vê-lo sozinho.

- Onde está a senhorita Catherine? - perguntei de imediato. - Nenhum acidente, espero.
- Está na granja de Thrushcross - respondeu ele. - E eu também podia estar lá, mas eles não me convidaram para ficar.
- Bem, vai pagar por isso! - disse eu. - Parece que nunca está contente até que aconteça o pior. O que foi que os levou a aventurar-se até a granja de Thrushcross?
- Deixe-me tirar as roupas molhadas e já vou lhe contar tudo, Nelly - respondeu ele.

Pedi-lhe que tivesse cuidado para não acordar o patrão e, enquanto ele trocava de roupa e eu esperava para apagar a vela, prosseguiu:

- Cathy e eu fugimos pela lavanderia e decidimos dar um passeio em liberdade; ao vislumbrarmos um raio de luz vindo da granja, achamos que podíamos ir e ver se os Linton também passavam o domingo à noite de pé e tremendo pelos cantos, enquanto os pais, sentados, ficam comendo e bebendo, cantando e rindo e queimando seus olhos perto da lareira. Você acha que fazem isso? Ou então ficam lendo sermões ou sendo catequizados por um criado e obrigados a decorar uma lista de nomes das Sagradas Escrituras, caso não respondam corretamente?
- Provavelmente não - repliquei. - São crianças bem-comportadas e não merecem, sem dúvida, o mesmo tratamento que vocês recebem pela má conduta.
- Não venha com conversa, Nelly - disse ele. - Bobagem! Corremos do topo do morro até o parque, sem parar. Catherine perdeu a corrida porque estava descalça. Falando disso, amanhã terá de procurar os sapatos dela no pântano. Passamos por uma cerca rompida, subimos às apalpadelas pelo caminho e nos sentamos num canteiro de flores debaixo da janela da sala de estar. Era dali que vinha a luz; eles não tinham fechado as venezianas e as cortinas estavam entreabertas. Conseguíamos olhar para dentro ficando de pé e, agarrando-nos no parapeito, vimos... Ah, como era lindo!... Um lugar esplêndido, com o piso acarpetado de vermelho, cadeiras e mesas cobertas com a mesma cor e um teto branco como a neve com um friso dourado e um lustre de pedras de vidro pendendo do centro por meio de

correntes de prata, que espargia luz como pequenos círios. O senhor e a senhora Linton não estavam na sala; Edgar e as irmãs tinham todo o espaço só para eles. Será que estavam felizes? Para nós, teria sido como se estivéssemos no céu! Agora, adivinhe o que aquelas boas crianças estavam fazendo? Isabella... acho que deve ter 11 anos, um ano a menos que Cathy... estava berrando no canto mais afastado da sala, gritando como se bruxas estivessem lhe enfiando agulhas em brasa. Edgar estava perto da lareira, chorando baixinho e, no meio da mesa, estava deitado um cachorrinho que abanava a pata e gania, o que, pelas acusações mútuas, logo entendemos que cada um tinha puxado ao mesmo tempo o cãozinho para seu lado. Que idiotas! Era assim que se divertiam! Brigavam para ver quem iria ficar com um amontoado de pelo quente e depois passavam a chorar porque ambos, depois de lutar para tê-lo, já não o queriam mais. Desatamos a rir com essas crianças mimadas e realmente sentimos desprezo por elas! Quando haveria de me surpreender querendo ter o que Catherine quisesse? Ou quando iria nos ver procurando nos divertir berrando, soluçando e rolando no chão pelos cantos da casa? Não trocaria por nada minha vida aqui pela do Edgar Linton na granja de Thrushcross... nem mesmo se tivesse o privilégio de atirar Joseph do alto de uma torre e pintar a fachada desta casa com o sangue de Hindley!

– Psiu! – interrompi. – Você não me contou ainda, Heathcliff, como Catherine ficou para trás!

– Já lhe disse que rimos muito – respondeu ele. – Os Linton nos ouviram e correram como flechas para a porta; fez-se silêncio e então um grito: "Oh, mamãe, mamãe! Venha para cá! Oh, papai!". Realmente urravam qualquer coisa desse tipo. Fizemos ruídos assustadores para terrificá-los ainda mais, e então descemos do parapeito porque alguém estava puxando as trancas da porta e achamos que era melhor fugir. Eu segurava Cathy pela mão e a puxava quando, de repente, ela caiu. "Fuja, Heathcliff, corra!" – sussurrou ela. "Soltaram o cachorro e ele me agarrou!" O diabo do cachorro lhe havia abocanhado o tornozelo, Nelly; ouvi seu abominável rosnar. Mas ela não gritou... não! Recusava-se a fazer isso, mesmo que tivesse sido trespassada pelos chifres de uma vaca. Mas eu gritei e vociferei tantas pragas que bastariam para aniquilar todos os espíritos malignos da cristandade; e apanhei uma pedra, coloquei-a na boca do cão e tentei, com todas as minhas forças, enfiá-la goela abaixo do animal. Finalmente, a besta de um criado apareceu com uma lanterna, gritando: "Pega, Skulker, pega!" Mas mudou de tom quando viu o que Skulker agarrava. O cão estava quase sufocando; sua grande língua vermelha pendia um palmo para fora da boca e de seus beiços escorria uma baba sangrenta.

O homem soergueu Cathy, que perdera os sentidos, não de medo, estou certo, mas de dor. Levou-a para dentro de casa; eu o segui, murmurando imprecações e ameaças.

– Qual é a presa, Robert? – gritou Linton, da entrada.

– O Skulker apanhou uma menina, senhor – replicou ele. – E há também um rapaz – acrescentou, segurando-me – que parece um ladrãozinho! Com certeza, os ladrões tinham a intenção de introduzi-los pela janela para que lhes abrissem a porta depois que estivéssemos dormindo, de modo que poderiam nos matar a todos com facilidade. Cale a boca, ladrão desbocado! Poderá ir para a forca por isso. Não largue a arma, senhor Linton!

– Não, não, Robert – disse o velho tolo. – Os velhacos sabiam que ontem era o dia de receber meus rendimentos; pensavam que podiam me roubar facilmente. Entrem, vou dar-lhes uma bela recepção. John, tranque a porta. Dê de beber a Skulker, Jenny. Desafiar um magistrado em sua fortaleza e, ainda por cima, no dia do Senhor! Onde é que a insolência deles vai parar? Oh! Minha querida Mary, olhe só! Não fique com medo, é apenas um garoto... apesar da horrível carranca que é seu rosto; não seria um favor para todos enforcá-lo de uma vez, antes que dê vazão à sua natureza em atos e malfeitos?

Ele me puxou para debaixo do lustre e a senhora Linton pôs os óculos e levantou as mãos horrorizada. As covardes crianças também se aproximaram e Isabella balbuciou:

– Coisa medonha! Tranque-o no porão, papai. Ele é exatamente igual ao filho da cigana que roubou meu faisão de estimação. Não é, Edgar?

Enquanto me examinavam, Cathy recuperou os sentidos; tinha ouvido as últimas palavras e riu. Edgar Linton, depois de fitá-la mais detalhadamente, colheu suficientes indícios para reconhecê-la. Eles nos veem na igreja, como sabe, embora raramente fiquemos juntos.

– É a senhorita Earnshaw! – sussurrou para a mãe – e olhe só como Skulker a machucou... como o pé dela sangra!

– Senhorita Earnshaw? Bobagem! – exclamou a senhora. – A senhorita Earnshaw correndo pelos campos com um cigano! E além do mais, querido, a menina está de luto... é ela mesma... e pode ficar aleijada pelo resto da vida!

– Mas que descuido imperdoável do irmão! – exclamou o senhor Linton, voltando-se para Catherine. – Ouvi de Shielders (esse era o nome do pároco, senhor) que ele a deixa crescer como perfeita pagã. Mas quem é este? Onde é que ela foi arranjar esse companheiro? Ah! Aposto que é aquela estranha aquisição que meu falecido vizinho fez em sua célebre viagem a Liverpool... um degredado indiano ou um americano ou um espanhol.

- Em qualquer dos casos, um mau elemento - observou a velha senhora - e quase impróprio para uma casa decente! Já reparou na linguagem dele, Linton? Estou chocada que meus filhos o tenham ouvido.

Recomecei a rogar pragas... não fique zangada, Nelly... e Robert recebeu ordens de alijar da casa. Recusei ir embora sem Cathy; ele me arrastou para o jardim, colocou a lanterna em minhas mãos, garantiu-me que o senhor Earnshaw seria informado de meu comportamento e, mandando-me seguir andando imediatamente, trancou a porta novamente. As cortinas estavam ainda entreabertas num dos cantos e eu voltei para meu posto de vigia, porque, se Catherine desejasse retornar, eu pretendia partir as grandes vidraças em mil fragmentos, a menos que a deixassem ir embora comigo. Mas ela estava calmamente sentada no sofá. A senhora Linton tirou-lhe a capa cinzenta, que tínhamos tomado da mulher que ordenhava as vacas, para nossa excursão, sacudindo-lhe a cabeça e repreendendo-a, assim suponho. Ela era uma menina de família e eles lhe ofereciam um tratamento diferente do meu. Então a criada trouxe uma bacia de água quente e lavou os pés dela; o senhor Linton ofereceu-lhe um copo de bebida quente e Isabella esvaziou um prato de doces no colo dela, enquanto Edgar, de pé, a olhava embasbacado a distância. Pouco depois, secaram e pentearam seu lindo cabelo, deram-lhe um par de chinelos enormes e a acomodaram perto da lareira. Eu a deixei, tão feliz quanto ela podia estar, dividindo seus doces com o cachorrinho e Skulker, cujo focinho ia apertando enquanto ele comia; e espargia uma centelha de alegria nos olhos vagos e azuis dos Linton... um pálido reflexo do próprio rosto

Encantador. Vi que eles estavam tomados de estúpida admiração. Mas ela é incomensuravelmente superior a todos eles... a qualquer pessoa deste mundo, não é, Nelly?

- Esta história vai lhe render mais do que possa calcular - retruquei, cobrindo-o e apagando a vela. - Você é incurável, Heathcliff, e o senhor Hindley vai tomar atitudes drásticas, verá se não vai.

Minhas palavras se revelaram mais verdadeiras do que eu desejava. A infeliz aventura enfureceu Earnshaw. E depois o senhor Linton, para piorar as coisas, veio nos visitar no dia seguinte e pregou ao jovem patrão um tal sermão sobre como educava sua família, o que o animou a refletir seriamente no assunto. Heathcliff não recebeu qualquer punição, mas foi informado que a primeira palavra que dirigisse à senhorita Catherine lhe valeria a expulsão; e a senhora Earnshaw se encarregou de manter a cunhada em devido isolamento, assim que esta regressasse; empregando astúcia e não força, sabedora de que com a força não haveria de consegui-lo.

CAPÍTULO 7

Cathy ficou cinco semanas na granja de Thrushcross, até o Natal. Por essa época, seu tornozelo estava completamente curado e seus modos se haviam aprimorado muito. A patroa a visitava regularmente e começou a realizar seu plano de reforma, tentando despertar nela o respeito próprio, à custa de belas roupas e outros presentes, que a menina aceitava de bom grado. De tal modo que, em vez daquela criança selvagem e sem chapéu pulando pela casa, sempre pronta a nos abraçar, surgiu certo dia, montada num belo potro negro, como uma pessoa digna, com seu cabelo encaracolado e castanho pendendo sob um chapéu emplumado, vestindo uma longa saia que era obrigada a soerguer com as mãos para não enroscar seus pés nela. Hindley ajudou-a a descer do cavalo, exclamando com grande contentamento:

- Olhe só, Cathy, você está uma beleza! Quase não a reconheci. Parece mesmo uma senhora. Isabella Linton não pode ser comparada com ela, não é, Frances?

- Isabella não tem os atributos naturais de Cathy - respondeu a esposa. - Mas é importante que se porte bem e não volte a ser uma menina rebelde. Ellen, ajude a senhorita Catherine com suas coisas... Espere, querida, você vai estragar o penteado dela... deixe que eu desamarre as tiras do chapéu.

Ajudei-a a despir as roupas de montaria e sob elas resplandeciam uma grande saia de seda, calças brancas e sapatos de verniz; e embora seus olhos brilhassem de alegria ao ver os cães correrem para acolhê-la, não se atreveu tocá-los, com receio de que lhe sujassem seu esplêndido vestido. Ela me beijou com afabilidade. Como eu estava toda suja de farinha por estar preparando o bolo de Natal, certamente não iria me dar um abraço. Depois ela olhou em volta à procura de Heathcliff. O senhor e a senhora Earnshaw esperavam ansiosamente por esse encontro, pensando que por ele poderiam avaliar, em certa medida, que chances teriam em conseguir separar os dois amigos.

Foi difícil descobrir Heathcliff, de início. Se ele já era descuidado e rebelde antes da ausência de Catherine, desde então estava dez vezes pior. Ninguém a não ser eu mesma tinha a liberdade de chamá-lo de menino sujo e mandá-lo tomar banho uma vez por semana; e crianças dessa idade raramente sentem prazer natural por água e sabão. Por isso, sem falar das roupas com que andava há três meses pela lama e pelo pó, nem de seu espesso cabelo despenteado, o rosto e as mãos estavam sombriamente encardidos. Podia muito bem esconder-se atrás do sofá a observar tal radiante e graciosa menina entrando em casa, em vez da companheira de cabelo desgrenhado, como ele esperava.

– Heathcliff não está aqui? – perguntou ela, tirando as luvas e mostrando dedos maravilhosamente brancos de quem nada faz e fica sempre dentro de casa.

– Heathcliff, pode aparecer – gritou o senhor Hindley, exultante com o constrangimento do rapaz e gratificado em ver como o jovem salafrário seria impelido a apresentar-se. – Pode vir e dar as boas-vindas à senhorita Catherine, como os demais criados.

Cathy, lançando um olhar para o esconderijo de seu amigo, correu para abraçá-lo; deu-lhe sete ou oito beijos nas faces num segundo, mas logo se deteve e, dando um passo para trás, desatou a rir, exclamando:

– O quê! Como está negro e malposto! E como... como está engraçado e horrível! Mas isso é porque estou acostumada com Edgar e Isabella Linton. Então, Heathcliff, você me esqueceu?

Ela tinha razão em fazer a pergunta, pois vergonha e orgulho cobriam sombriamente o semblante dele e o mantinham imóvel.

– Estenda-lhe a mão, Heathcliff – disse o senhor Earnshaw, condescendente. – Uma vez pelo menos, isso é permitido.

– Não! – replicou o rapaz, como se tivesse finalmente encontrado a língua.

– Não estou aqui para ser zombado. Não vou suportar isso!

E teria fugido realmente, se a senhorita Cathy não o segurasse.

– Não pretendia rir de você – disse ela. – Mas não consegui me conter. Heathcliff, aperte minhas mãos pelo menos! Por que está mal-humorado? Foi só porque você parecia estranho. Se lavar o rosto e pentear o cabelo, vai ficar ótimo; mas você está tão sujo!

Ela olhou, preocupada, para os dedos enegrecidos que segurava entre os dela e também para seu vestido, que, receava, não tinha ficado mais bonito pelo contato com as roupas dele.

– Não precisava ter me tocado! – disse ele, acompanhando o olhar dela e retirando bruscamente a mão. - Posso ficar sujo quanto quiser; gosto de ficar sujo e vou ficar sujo!

Dizendo isso, precipitou-se para fora da sala, entre a satisfação do patrão e da patroa e a séria perturbação de Catherine, que não conseguia compreender como suas observações poderiam ter produzido tal manifestação de mau humor.

Depois de ter servido de criada da recém-chegada, depois de ter colocado meus bolos no forno e depois de ter deixado a casa e a cozinha enfeitadas para a ceia de Natal, eu me preparava finalmente para me sentar e me distrair entoando algumas canções, sozinha, sem dar atenção às afirmações de Joseph, as quais considerava as alegres cantilenas que eu escolhera como canções sem graça. Ele se havia retirado para suas orações em seu quarto e o senhor e a senhora Earnshaw tentavam conquistar a atenção da senhorita Cathy por meio de várias bagatelas que tinham trazido para que ela as desse de presente aos filhos dos Linton, como forma de agradecimento por sua amabilidade. Eles os haviam convidado para passar o dia seguinte no Morro dos Ventos Uivantes e o convite havia sido aceito com uma condição: a senhora Linton havia pedido que seus filhos fossem mantidos cuidadosamente distantes daquele "rapaz malcriado e blasfemador". Nessas circunstâncias, fiquei sozinha. Sentia o rico aroma dos condimentos aquecidos e admirava o brilho dos utensílios de cozinha, o relógio reluzente, as canecas de prata alinhadas numa bandeja, prontas para receber a cerveja a ser servida na ceia; e, acima de tudo, contemplava a pureza imaculada mantida por meu especial cuidado... o polido e bem varrido assoalho. Dava meu velado aplauso a cada objeto, lembrando-me da maneira como o velho senhor Earnshaw costumava entrar quando tudo estava limpo e me chamava de moça caprichosa, e punha em minha mão 1 xelim como presente de Natal. Depois disso, comecei a pensar no afeto dele por Heathcliff e no receio que tinha de que o ignorassem após sua morte. Isso naturalmente me levava a considerar a atual situação do pobre rapaz e, então, passei do canto ao choro. Mas logo concluí que fazia muito mais sentido me esforçar em corrigir alguns dos erros dele do que verter lágrimas por causa deles. Levantei-me e fui para o pátio à procura dele.

Não estava longe. Encontrei-o no estábulo escovando o pelo luzidio do novo potro e dando de comer aos outros animais, como costumava fazer.

- Depressa! - disse eu. - A cozinha está tão confortável e Joseph está no quarto. Depressa e deixe que o vista bem antes que a senhorita Catherine apareça. E então podem sentar juntos, com toda a lareira para vocês dois, e ficar conversando à vontade até a hora de deitar.

Ele continuou com sua tarefa e não virou a cabeça em minha direção.

- Venha... vai vir ou não? - continuei. - Fiz um bolo para os dois... deve estar quase pronto. E você precisa de meia hora para se arrumar.

Esperei cinco minutos, mas não obtive resposta.

Catherine jantou com o irmão e a cunhada. Joseph e eu tivemos uma refeição atribulada, temperada por recriminações de um lado e insolência, de outro. Os pedaços de bolo e queijo para Heathcliff ficaram em cima da mesa durante toda a noite. Ele continuou trabalhando até às 9 horas da noite e depois, mudo e amuado, foi para o quarto. Cathy ficou acordada até tarde, tendo um mundo de coisas a organizar para receber os novos amigos; veio até a cozinha apenas uma vez para falar com seu velho amigo, mas como ele não estava, ficou um instante, só para perguntar o que estava acontecendo com ele, e saiu em seguida. Na manhã seguinte, ele se levantou cedo e, como era dia santo, foi descarregar seu mau humor nos pântanos, reaparecendo somente quando a família já tinha ido para a igreja. O jejum e a reflexão pareciam ter-lhe melhorado o espírito. Abraçou-me por um tempo e, tendo criado coragem, exclamou abruptamente:

- Nelly, faça de mim uma pessoa decente. Vou ser alguém bom.
- Estava na hora, Heathcliff - disse eu. - Você ofendeu Catherine; e ela está até arrependida de ter voltado para casa, atrevo-me a dizer! Parece até que tem inveja dela, porque é tratada bem melhor que você.

A noção de *invejar* Catherine era incompreensível para ele. Mas a noção de tê-la magoado ele a entendeu muito bem.

- Ela disse que estava ofendida? - perguntou ele, muito sério.
- Ela chorou quando lhe disse que você tinha saído novamente esta manhã.
- Bem, eu chorei durante a noite passada - retrucou ele. - E tinha mais motivos para chorar do que ela.
- Sim, você tinha o motivo de ir para a cama com o coração cheio de orgulho e o estômago vazio - disse eu. - Pessoas orgulhosas criam tristezas para si mesmas. Mas, se você está arrependido de sua irritabilidade, deve pedir perdão, ora, quando ela entrar. Você deve subir, dar-lhe um beijo e dizer... você sabe melhor do que eu o que dizer. Basta que o faça com sinceridade e não como se você pensasse que ela se transformou numa estranha por causa de seus esplêndidos vestidos. E agora, embora eu ainda tenha de preparar o jantar, vou arranjar um tempo para arrumá-lo de tal modo que, a seu lado, Edgar Linton pareça um tonto; aliás, isso ele já é. Você é mais novo e, ainda assim, com certeza é mais alto e espadaúdo do que ele; você poderia derrubá-lo num piscar de olhos, não acha?

O rosto de Heathcliff se iluminou por um momento; então ficou triste mais uma vez e suspirou.

- Mas, Nelly, ainda que o deitasse ao chão vinte vezes, isso não o deixaria menos bonito que eu. O que gostaria de ter era ter o cabelo louro e a pele branca, vestir-me e comportar-me tão bem e ter a oportunidade de ser tão rico como ele!

— E andar clamando pela mãe a todo momento — acrescentei — e tremer de medo se um rapaz da redondeza levantasse os punhos contra você e ficar trancado em casa o dia todo sempre que chover... Oh! Heathcliff, que espírito mesquinho que você tem! Venha até o espelho e vou lhe mostrar o que deve almejar. Já reparou nessas duas linhas entre os olhos e nessas sobrancelhas espessas que, em vez de ficar arqueadas se afundam no meio, e aquele casal de diabinhos negros, tão profundamente enterrados, que nunca abrem as janelas atrevidamente, mas que espreitam cintilando atrás delas como dois espiões do demônio? Anseie e aprenda a disfarçar as rudes rugas para levantar essas sobrancelhas sem medo e transformar esses diabinhos em anjos inocentes e puros, deixando de desconfiar e de duvidar de tudo e ver sempre inimigos onde só há amigos. Não cultive essa expressão de cão raivoso que parece saber que os pontapés que leva são merecidos e ainda odeia todo mundo, como o que desfere os pontapés por aquilo que sofre.

— Em outras palavras, devo desejar os grandes olhos azuis e mesmo a testa lisa de Edgar Linton — replicou ele. — É o que desejo... mas não adianta nada.

— Um bom coração o ajudará a ter um rosto bonito, meu rapaz — continuei —, nem que ele seja inteiramente negro; e um mau coração transforma o rosto mais lindo em algo pior do que feio. E agora que está lavado, penteado e menos mal-humorado... diga-me se não se acha um rapaz bonito? Pois eu lhe digo que sim! Você parece um príncipe disfarçado. Quem sabe se seu pai não era imperador da China e sua mãe uma rainha indiana, cada um deles capaz de comprar, só com o rendimento de uma semana, o Morro dos Ventos Uivantes e a granja de Thrushcross? Você pode muito bem ter sido raptado por piratas malvados e trazido para a Inglaterra. Se eu estivesse em seu lugar, levaria em alta conta minha ascendência e o pensamento do que eu era me daria coragem e dignidade para suportar as opressões de um pequeno fazendeiro!

Assim falava eu e Heathcliff foi perdendo, aos poucos, sua expressão carrancuda e passava a mostrar-se bastante simpático quando, de repente, nossa conversa foi interrompida pelo ruído de rodas se aproximando pela estrada e entrando no pátio. Ele correu para a janela e eu para a porta, a tempo de ver os dois irmãos Linton apear da carruagem da família, sufocados em capas e peliças, e os Earnshaw desmontar de seus cavalos; eles iam para a igreja com frequência a cavalo, no inverno. Catherine deu a mão a cada uma das crianças, levou-as para dentro e as acomodou diante da lareira, que depressa coloriu a palidez de suas faces. Recomendei a meu companheiro que se apressasse a ir ao encontro deles, mostrando bom humor, e ele, de boa vontade, obedeceu; mas não poderia ter tido mais azar, pois, ao abrir a porta que dava para a cozinha de um lado, Hindley a abriu do outro lado. Os dois ficaram frente a frente; e o patrão, irritado ao vê-lo limpo e alegre, ou talvez para cumprir a promessa que havia feito à senhora Linton, empurrou-o bruscamente para trás e, zangado, deu ordens a Joseph: "mantenha esse sujeito fora da sala... tranque-o no sótão até o fim do jantar. Ele vai ficar enfiando os dedos nos bolos e roubar as frutas, se for deixado sozinho com eles por um minuto".

- Não, senhor! - não pude deixar de intervir. - Ele não vai tocar em nada, tenho certeza; e acho que ele merece ter sua porção nas guloseimas tanto quanto nós.

- Vai ter a porção de minha mão, se o apanhar aqui embaixo até o anoitecer - bradou Hindley. - Vá embora, vagabundo! Como! Agora está tentando enfeitar-se como um bufão? Espere até que eu ponha as mãos nesses elegantes cabelos encaracolados... vai ver se não os deixo ainda mais compridos.

- Já estão suficientemente longos - observou o jovem Linton, espiando pela porta entreaberta. - Admira-me que não o deixem com dor de cabeça. Parece a crina de um potro caindo-lhe pelos olhos!

Ele fez essa observação sem qualquer intenção de insultar, mas a natureza violenta de Heathcliff não estava preparado para suportar essa impertinência da parte de alguém que ele já odiava como seu inimigo. Apanhou uma terrina de caldo fervente de maçã (a primeira coisa que estava a seu alcance) e a jogou na cara do outro, que, instantaneamente, começou a gritar, atraindo a atenção de Isabella e Catherine, que acorreram até o local. O senhor Earnshaw agarrou imediatamente o culpado e o levou para seu quarto, onde, sem dúvida, ministrou um amargo remédio para aplacar os ímpetos, pois ele apareceu depois vermelho e ofegante. Tomei o pano de prato e, um tanto de má vontade, limpei o nariz e a boca de Edgar, dizendo-lhe que era bem feito por se intrometer. A irmã dele começou a chorar e a dizer que queria ir para casa; Cathy ficou de pé, confusa, corando de vergonha.

- Não devia ter falado com ele! - disse ela, ralhando com Edgar. - Ele estava nervoso e agora você estragou a visita; e ele vai apanhar; detesto vê-lo castigado! Já perdi a vontade de jantar. Por que foi falar dele, Edgar?

- Eu não disse nada - soluçou o jovem, escapando de minhas mãos e acabando de limpar-se com seu lenço de cambraia. - Prometi a mamãe que não haveria de dizer uma só palavra para ele, e assim fiz.

- Bem, não chore! - replicou Catherine, com desdém. - Você não está morto. Não crie mais confusão; meu irmão está chegando, fique quieto! Psiu, Isabella! Alguém a machucou?

- Vamos, vamos, crianças... tomem seus lugares! - exclamou Hindley, irrompendo pela sala. - Aquele bruto de um moleque me tirou do sério. Da próxima vez, Edgar, faça respeitar a lei com os próprios punhos... irá lhe abrir o apetite!

O pequeno grupo recuperou a calma à vista da excelente refeição. Estavam com fome depois da breve viagem e logo se consolaram porque nada de mais grave lhes havia acontecido. O senhor Earnshaw preparou-lhes apetitosos pratos e a patroa conseguiu animá-los com sua bela conversa. Eu mantinha-me atrás da cadeira dela e fiquei indignada ao observar que Catherine, de olhos enxutos e ar indiferente, começava a cortar calmamente uma asa de ganso. "Uma criança insensível", pensei comigo mesma; "com que indiferença ela se esquece dos problemas de seu amigo de infância. Nunca poderia imaginar que fosse tão egoísta." Estava prestes a levar uma garfada à boca, mas pousou o garfo novamente no prato; suas faces coraram e as lágrimas escorreram por sobre elas. Deixou cair o garfo no chão e rapidamente se abaixou para apanhá-lo e esconder sua emoção sob a toalha. Não a julguei mais como alguém insensível, pois percebi que aquele dia fora para ela um purgatório, na tentativa de encontrar uma oportunidade para ficar sozinha ou para fazer uma visita a Heathcliff, que havia sido trancado pelo patrão no sótão, como eu própria descobri ao tentar levar-lhe às escondidas um prato de comida.

Mais tarde, à noite, houve baile. Cathy pediu para que ele fosse libertado, visto que Isabella não tinha parceiro para dançar; seus pedidos não foram atendidos e eu fui indicada para suprir essa falta. Livramo-nos de toda a tristeza com o entusiasmo desse exercício e nossa alegria aumentou ainda mais com a chegada da banda de Gimmerton com seus quinze elementos: trombeta, trombone, clarinetes, fagotes, cornetas e um contrabaixo, além dos cantores. Todos os anos, nesse dia de Natal, percorriam todas as residências respeitáveis recolhendo donativos, e nos sentimos honrados em poder escutá-los.

Depois das habituais canções de Natal, pedimos outras canções e cantos a várias vozes. A senhora Earnshaw gostava de música e por isso eles ficaram bastante tempo cantando para nós.

Catherine também gostava de música, mas disse ressoava mais suave no topo da escada e subiu no escuro; eu a segui. Eles fecharam a porta da sala, que estava repleta, e não deram por nossa falta. Catherine não ficou no patamar da escada, mas subiu até o sótão, onde Heathcliff estava confinado e o chamou. Por algum tempo, ele se recusou teimosamente a responder; ela insistiu e, finalmente, o persuadiu a manter contato com ela através da porta. Deixei-os conversar sossegadamente até que achei que os cantos estavam prestes a terminar e que os cantores haveriam de fazer uma pausa para tomar um refresco. Então subi a escada para avisá-la. Em vez de encontrá-la do lado de fora, ouvi a voz dela vindo de dentro. A macaquinha tinha saído por uma claraboia, atravessado o telhado e entrado pela claraboia do sótão. E foi com a maior dificuldade que a persuadi a sair de lá. Quando finalmente saiu, Heathcliff veio com ela. Insistiu para que o levasse para a cozinha, uma vez que meu colega de serviço tinha ido para a casa de um vizinho, a fim de fugir do som de nossa "salmodia do diabo", como gostava de chamá-la. Disse-lhes que não pretendia, de modo algum, encorajar suas trapaças, mas como o prisioneiro não tinha comido nada desde o jantar do dia anterior, fecharia os olhos por essa vez e o deixaria enganar o senhor Hindley. Descemos e puxei um banco para perto da lareira, onde ele se sentou; ofereci-lhe uma quantidade de coisas boas, mas ele não estava bem e comeu pouco; e todas as minhas tentativas de entretê-lo foram inúteis. Apoiou os cotovelos nos joelhos e o queixo entre as mãos, e permaneceu absorto em profunda meditação. Quando lhe perguntei em que estava pensando, respondeu muito sério:

– Estou tentando definir como poderei me vingar de Hindley. Não me importa quanto tempo vou ter de esperar, desde que possa, finalmente, fazê-lo. Só espero que ele não morra antes!

– Que vergonha, Heathcliff! – disse eu. – Só a Deus cabe punir os maus; devemos aprender a perdoar.

– Não, Deus nunca terá a satisfação que eu vou ter. – retrucou ele – Desejo somente descobrir a melhor maneira! Deixe-me a sós, que vou planejar como fazer; enquanto penso nisso não sinto dor.

– Mas, senhor Lockwood, esqueci que essas histórias não o divertem. Estou aborrecida por ficar tanto tempo falando dessas coisas, enquanto seu mingau de aveia esfria e o senhor já está caindo de sono! Poderia ter contado toda a história de Heathcliff em meia dúzia de palavras.

Interrompendo assim seu relato, a governanta se levantou e passou a arrumar seus itens de costura. Mas eu me sentia incapaz de me afastar da lareira e estava muito longe de cair de sono.

– Sente-se, senhora Dean – exclamei. – Fique sentada por mais meia hora. Fez muito bem em contar a história vagarosamente. Esse é o método que me agrada e pode terminá-lo no mesmo estilo. Estou interessado em cada personagem que mencionou, mais ou menos.

– O relógio está prestes a bater 11 horas, senhor.

– Não importa... não estou habituado a ir para a cama muito cedo. À 1 ou às 2 horas é bastante cedo para quem fica deitado até às 10.

– Não devia ficar na cama até às 10. Desse modo perde a melhor parte da manhã. Quem não faz metade de seu trabalho até às 10 horas, corre o risco de deixar a outra metade por fazer.

– De qualquer maneira, senhora Dean, volte a sentar-se porque amanhã pretendo prolongar a noite até a tarde. Sinto que apanhei, pelo menos, um obstinado resfriado.

– Espero que não, senhor. Bem, deverá permitir-me que salte cerca de três anos; durante esse espaço de tempo, a senhora Earnshaw...

- Não, não; não vou permitir nada disso! A senhora conhece a disposição da mente pela qual, se estivesse sentada sozinha e a gata estivesse lambendo seus filhotes sobre o tapete à sua frente, observaria a operação tão atentamente que, se o bichano deixasse de lamber uma orelha que fosse, a senhora ficaria fora de si?
- Uma atividade terrivelmente sem sentido, diria eu.
- Pelo contrário, uma atividade realmente cansativa. É a minha, neste momento; e por isso lhe peço que continue com todas as minúcias. Já reparei que as pessoas desta região exercem sobre as pessoas da cidade a mesma atração que a aranha numa masmorra exerce sobre a aranha num chalé, para seus diversos ocupantes; e, ainda assim, essa profunda atração não se deve exclusivamente à situação dos observadores. As pessoas desta terra vivem realmente de forma mais autêntica, mais concentradas em si mesmas, e menos na superfície, na mudança e nas frívolas coisas exteriores. Eu poderia imaginar que aqui seria quase possível um amor que durasse a vida inteira. Logo eu, que era um incrédulo contumaz que um amor pudesse durar mais de um ano. No primeiro caso, é como se apresentássemos a um homem faminto um único prato de comida, sobre o qual pode concentrar todo o seu apetite e ficar satisfeito; no segundo, é como se puséssemos esse indivíduo diante de uma mesa repleta de iguarias preparadas por cozinheiros franceses: ele pode talvez auferir o mesmo prazer, como o homem do primeiro caso, mas no conjunto dos pratos; cada um, porém, é uma mera parcela no seu olhar e na sua memória.
- Oh! Aqui somos os mesmos como em qualquer outro lugar, quando chegar a nos conhecer realmente - observou a senhora Dean, um tanto confusa diante de minhas palavras.
- Minhas desculpas - repliquei. - A senhora, minha boa amiga, é a evidência marcante contra essa afirmação. Excetuando alguns provincianismos de pouca importância, a senhora não possui qualquer vestígio das características que estou habituado a considerar como peculiares de sua classe. Tenho a certeza de que a senhora reflete muito mais do que a maioria dos criados. A senhora foi impelida a cultivar a capacidade de reflexão por falta de oportunidade para desperdiçar sua vida em frivolidades.

A senhora Dean riu.

- Certamente que me considero uma mulher segura e equilibrada - disse ela -, não exatamente porque tenha vivido entre estes montes e porque tenha visto sempre um mesmo tipo de rostos e uma mesma série de ações, ano após ano. Mas me submeti a uma rígida disciplina que me ensinou a ser sábia; e, além disso, li muito mais do que possa imaginar, senhor Lockwood. Não poderia abrir nenhum livro desta biblioteca que não tenha folheado e do qual não tenha haurido algum ensinamento; exceto aqueles das prateleiras de grego, latim e francês, embora os possa distinguir uns dos outros; e isso é mais do que se pode esperar da filha de um homem pobre. Se for, no entanto, para seguir contando minha história em todos os pormenores, acho melhor continuar de onde parei; e em vez de saltar três anos, ficarei contente em passar para o verão seguinte... o verão de 1778, isto é, há vinte e três anos aproximadamente.

CAPÍTULO 8

Numa manhã de um belo dia de junho, nasceu um lindo bebê, o primeiro de quem fui ama e o último da velha estirpe dos Earnshaw. Estávamos ocupados com o feno num campo distante quando a menina, que nos trazia normalmente a merenda, veio, uma hora mais cedo que o habitual, correndo pela trilha da pradaria e me chamando enquanto corria.

- Oh! É um esplêndido menino! - gritava, ofegante. - O menino mais lindo jamais visto! Mas o médico diz que a senhora não escapa; diz que está com uma doença grave há meses. Eu o ouvi falar disso ao senhor Hindley e agora não há nada que a salve, e deverá morrer antes do inverno.

A senhora tem de ir para casa imediatamente, pois deve cuidar do bebê, Nelly: dar-lhe leite com açúcar e olhar por ele dia e noite. Quem me dera estar em seu lugar, porque será todo seu quando a mãe dele vier a faltar.

- Mas ela está muito mal? - perguntei, largando o ancinho e apertando a touca.

- Acho que sim; ainda assim se mostra corajosa - replicou a menina. - E fala como se fosse viver o suficiente para ver o filho crescer. Está fora de si de alegria que dá gosto ver! Se eu estivesse no lugar dela, tenho certeza de que não morreria; eu melhoraria logo só pelo fato ver o bebê, apesar do que diz o Dr. Kenneth.

Fiquei até com raiva dele. A senhora Archer levou o anjinho até a sala para mostrá-lo ao pai e o rosto deste começou a se iluminar quando o velho pressagiador se adiantou e passou a dizer: "Earnshaw, é um milagre que sua mulher tenha sobrevivido para lhe dar este filho. Quando ela aqui chegou, eu estava convencido de que não duraria tanto tempo. E agora devo adverti-lo de que provavelmente não vai passar deste inverno. Não se desespere e não se martirize demais, pois é um caso perdido. Além do mais, o senhor devia ter pensado melhor antes de escolher uma moça tão frágil!"

– E qual foi a resposta do patrão? – perguntei.

– Acho que praguejou, mas não dei muita atenção a ele. Eu estava mais concentrada em admirar o rebento – e ela recomeçou a descrevê-lo, em arroubos. Eu, que fiquei tão preocupada quanto ela, corri ansiosamente para casa para admirar também o menino, embora estivesse muito triste por causa de Hindley. Em seu coração, ele só tinha espaço para dois ídolos... a mulher e ele próprio. Amava ambos, mas adorava um só, e eu não conseguia imaginar como é que haveria de suportar a perda dela. Quando chegamos ao Morro dos Ventos Uivantes, ele estava parado de pé, diante da porta da frente. E, ao passar por ele, perguntei-lhe como estava o bebê.

– Quase pronto para correr por aí, Nelly! – respondeu ele, com um sorriso alegre.

– E a patroa? – aventurei-me a perguntar. – O médico diz que ela...

– Que o médico vá para o inferno! – interrompeu ele, enrubescendo. – Frances está bastante bem; vai estar perfeitamente bem daqui a uma semana. Vai subir para vê-la? Diga-lhe, por favor, que irei para junto dela, se prometer não falar. Deixei-a porque não conseguia refrear a língua e ela deve... diga-lhe que o Dr. Kenneth recomenda que deve ficar quieta.

Dei esse recado à senhora Earnshaw. Ela parecia eufórica e retrucou alegremente:

– Eu mal abri a boca, Ellen, e ele saiu duas vezes chorando. Bem, diga-lhe que prometo que não vou falar, mas que isso não me impede de rir dele!

Coitada! Até a semana que antecedeu sua morte, aquele coração alegre nunca a abandonou. E o marido insistia obstinadamente, não, furiosamente afirmando que a saúde dela melhorava a cada dia. Quando o Dr. Kenneth o informou de que os medicamentos não faziam qualquer efeito naquela fase da doença e de que não precisava fazer mais despesas com seus serviços, ele retorquiu:

– Sei que não precisa continuar... ela está bem... não precisa mais de qualquer atendimento de sua parte! Nunca esteve gravemente enferma. Era uma febre, e já passou. O pulso dela está de todo normal como o meu e a febre baixou.

Contou a mesma história à mulher e ela pareceu acreditar nele. Mas certa noite, enquanto estava apoiada no ombro dele, dizendo-lhe que conseguiria levantar-se no dia seguinte, teve um acesso de tosse... muito leve... ele a soergueu em seus braços; ela o abraçou, seu rosto se alterou e expirou.

Como a menina havia antecipado, o menino Hareton ficou totalmente entregue a meus cuidados. O senhor Earnshaw, desde que o visse saudável e sem chorar, se dava por satisfeito. Ele próprio é que ficava cada dia mais desesperado; sua tristeza era daquele tipo que não dava lugar a lamentos. Não chorava nem rezava; praguejava e provocava; amaldiçoava a Deus e a todos, e se entregou a uma vida de temerária dissipação. Os criados não suportavam mais sua conduta tirânica e má. Joseph e eu éramos os únicos que conseguíamos aturá-lo. Eu não tinha coragem de deixar meu encargo e, além disso, bem sabe, eu tinha sido sua irmã de leite, de forma que perdoava mais prontamente o comportamento dele do que um estranho. Joseph ficou para controlar arrendatários e lavradores e também porque era sua vocação estar onde houvesse muita maldade para reprimir. Os maus hábitos e as más companhias do patrão constituíam um péssimo exemplo para Catherine e Heathcliff. O tratamento que dispensava a este último era suficiente para transformar um santo em demônio. E, na verdade, parecia que o menino estivesse possesso por algo de diabólico naquele período. Deliciava-se em contemplar a autodestruição de Hindley e se tornava cada dia mais notável em sua obstinação selvagem e ferocidade. Não poderia lhe contar nem a metade sobre o inferno que era essa casa. O pároco deixou de aparecer e, por fim, nenhuma pessoa decente se aproximava de nós, excetuando as visitas de Edgar Linton à senhorita Cathy. Aos 15 anos, ela já era a rainha desta região; não tinha igual nem rival; e por isso se tornou uma criatura arrogante e obstinada. Confesso que, depois de passada a infância dela, comecei a não gostar dela e a recriminei com frequência, na tentativa de acabar com sua arrogância; apesar disso, nunca mostrou aversão para comigo. Tinha uma extraordinária constância em relação a velhas amizades; até mesmo seu afeto por Heathcliff nunca se alterou; e o jovem Linton, com toda a sua superioridade, jamais conseguiu causar-lhe tão profunda impressão. Linton foi meu último patrão; aquele, acima da lareira, é o retrato dele. Antes estava dependurado de um lado e o da esposa dele, do outro; mas o dela foi retirado, caso contrário poderia ver como ela era. Consegue vê-lo aqui?

A senhora Dean ergueu a vela e iluminou um rosto de feições suaves, extraordinariamente parecido com o da jovem senhora do Morro dos Ventos Uivantes, mas com uma expressão mais pensativa e afável. Formava um belo quadro. O longo cabelo loiro, levemente encaracolado nas têmporas, os olhos grandes e sérios, a compleição quase elegante demais. É difícil imaginar como Catherine Earnshaw pôde esquecer seu amigo de infância em favor desse indivíduo. Maravilhava-me também como ele, com um temperamento semelhante a seu aspecto físico, poderia corresponder à minha imagem de Catherine Earnshaw.

- Um retrato muito bonito - observei para a governanta. - É parecido?
- Sim - respondeu ela. - Mas parecia melhor quando estava feliz; esse é seu semblante normal do dia a dia; faltava-lhe geralmente bom humor.

Catherine havia mantido sua amizade com os Linton desde sua permanência de cinco semanas entre eles; e como não pretendia mostrar seu lado mau na companhia deles e tinha o bom senso de ter vergonha de ser rude onde havia sido tratada com invariável cortesia, passou a impor-se inconscientemente ao velho casal por meio de uma estudada cordialidade, conquistando a admiração de Isabella e o coração e a alma do irmão, conquistas que lhe agradaram desde o início... pois era muito ambiciosa... e que a levaram a adotar uma dupla personalidade, sem exatamente pretender enganar alguém. Quando ouvia chamar Heathcliff de "jovem malvado" e "pior que um bruto", ela tomava cuidado para não agir como ele, mas em casa mostrava pouca inclinação para levar em prática a polidez, porque só iriam rir dela, e para refrear uma natureza rebelde quando isso não lhe resultasse em crédito ou elogio.

O senhor Edgar raramente tinha coragem para visitar abertamente o Morro dos Ventos Uivantes. Tinha pavor da reputação de Earnshaw e tremia de medo ao encontrá-lo, embora fosse sempre recebido com as melhores provas de civilidade de nossa parte; o próprio patrão, sabendo ao que ele vinha, evitava ofendê-lo; e, se não conseguia ser afável, não aparecia. Não acho que a presença dele fosse desagradável para Catherine. Ela não era ardilosa nem dada a namoricos e evidentemente detestava ver seus dois amigos juntos, pois quando Heathcliff menosprezava Linton frente a frente, ela não ousava aderir como fazia na ausência dele; e quando Linton expressava repulsa e antipatia por Heathcliff, ela não se atrevia a mostrar-se indiferente, como se as críticas feitas ao amigo de infância não tivessem qualquer importância para ela. Muitas vezes ri de suas perplexidades e mágoas ocultas, que ela em vão tentava esconder de minha troça. Isso parece maldade, mas ela era tão orgulhosa que era quase impossível ter pena de suas angústias, até que se dobrasse e se tornasse mais humilde. Finalmente decidiu abrir-se para confessar e confiar em mim: não havia mais ninguém a quem pudesse recorrer como conselheira.

Certa tarde, o senhor Hindley ausentou-se de casa e Heathcliff resolveu, em vista disso, dar-se uma folga. Acho que tinha então 16 anos e, embora não fosse feio de rosto ou falho de inteligência, ele conseguia transmitir uma impressão de repulsa interior e exterior que seu aspecto atual não deixa vestígios. Em primeiro lugar, tinha perdido, por essa época, os benefícios de sua educação anterior: o trabalho, pesado e contínuo, do raiar do dia ao pôr do sol, havia extinguido toda a sua curiosidade de outrora em busca do saber e todo o seu interesse pelos livros ou pela aprendizagem. O sentimento de superioridade, instilado nele pelo favoritismo do velho senhor Earnshaw, se havia esvaído. Lutava com empenho para manter-se à altura de Catherine nos estudos, e desistiu com pungente embora silencioso pesar; mas desistiu por completo; e não houve mais estímulo algum que o fizesse dar um passo para chegar à sua antiga posição quando viu que deveria, necessariamente, retroceder a seu nível anterior. Como decorrência, o aspecto físico passou a espelhar sua degradação mental: adotou um porte desleixado e uma aparência ignóbil; sua disposição naturalmente reservada era exagerada chegando quase a um excesso idiota de insociável melancolia; e, aparentemente, sentia um prazer mórbido em despertar a aversão, e não a estima, dos poucos que o conheciam.

Catherine e ele ainda eram companheiros inseparáveis durante os intervalos do trabalho dele; mas ele havia deixado de expressar seu profundo afeto por ela em palavras e recuava com zangada suspeita das carícias juvenis dela, como se soubesse que não haveria satisfação alguma na profusão desses sinais de afeto para com ele. Na mesma ocasião já citada, enquanto eu estava ajudando a senhorita Cathy a vestir-se, ele entrou em casa para comunicar sua intenção de não fazer nada. Ela não contava que ele fosse folgar naquele dia e, imaginando que toda a arrumação da casa ficaria ao encargo dela, deu um jeito de informar o senhor Edgar da ausência do irmão e se preparava então para recebê-lo.

- Cathy, está ocupada esta tarde? - perguntou Heathcliff. - Vai a algum lugar?
- Não, está chovendo - respondeu ela.
- Por que então está com esse vestido de seda? - disse ele. - Não há ninguém vindo para cá?
- Que eu saiba, não - gaguejou a senhorita. - Mas você devia estar no campo agora, Heathcliff. Acabamos de almoçar faz uma hora; cheguei a pensar que tinha saído.
- Não é todo dia que Hindley nos livra de sua maldita presença - observou o rapaz. - Hoje não vou mais trabalhar; vou ficar com você.
- Oh! Joseph vai contar tudo - advertiu ela. - É melhor que vá!
- Joseph foi carregar cal lá pelos lados de Pennistone Crags; vai ter trabalho até escurecer e nunca chegará a saber.
Dizendo isso, aproximou-se da lareira e sentou-se.

Catherine refletiu um instante, de sobrancelhas carregadas... e achou necessário aplainar o caminho para uma intrusão.

- Isabella e Edgar Linton disseram que viriam nos visitar esta tarde - disse ela, depois de um minuto de silêncio. - Como está chovendo, é provável que não venham; mas pode ser que apareçam; e, se vierem, você corre o risco de ser xingado sem necessidade.

- Cathy, pede a Ellen para dizer que você está ocupada - insistiu ele. - Não me troque por esses seus amigos desprezíveis e imbecis! Às vezes fico a ponto de me queixar que eles... mas não o faço...

- Que eles o quê? - exclamou Catherine, encarando-o com semblante perturbado. - Oh, Nelly! - acrescentou ela, petulante, afastando a cabeça de minhas mãos. - A senhora me despenteou todo o cabelo! Chega, deixe-me sozinha. Você está a ponto de queixar-se de que, Heathcliff?

- Nada... olhe apenas para o calendário na parede - apontou ele para uma folha emoldurada, pendurada perto da janela e continuou: - As cruzes significam as tardes que você passou com os Linton; os pontos para aquelas que passou comigo. Está vendo? Marquei todos os dias.

- Sim... bem tolo; como se eu reparasse nessas coisas! - replicou Catherine, em tom irritadiço. - E qual é o sentido disso?

- Para mostrar que eu me importo com você - respondeu Heathcliff.

- E deveria eu permanecer sempre junto com você? - perguntou ela, ficando mais irritada. - Qual o benefício que teria? Sobre que você haveria de falar? Você parece um mudo ou um bebê, sempre que me diz ou faz alguma coisa para me divertir.

- Nunca me disse antes que eu falava pouco ou que não gostava de minha companhia, Cathy - exclamou Heathcliff, totalmente agitado.

- Não é companhia alguma quando a pessoa nada sabe ou nada diz - resmungou ela.

O companheiro se levantou, mas não teve tempo de expressar seus sentimentos, pois ouvimos o trotar de um cavalo nas lajes e, depois de bater levemente, o jovem Linton entrou, com o rosto radiante de alegria pelo inesperado convite. Sem dúvida, Catherine deixou transparecer a diferença entre seus dois amigos, enquanto um entrava e o outro saía. O contraste se assemelhava ao que se vê comparando uma região montanhosa, desolada e sombria a um belo e fértil vale; e o tom de voz e a saudação dele eram totalmente opostos a seu aspecto. Tinha uma maneira de falar suave e baixa e pronunciava as palavras como o senhor, isto é, com menos rudeza e mais brandura do que nós.

- Não cheguei cedo demais, não é? - perguntou ele, lançando um olhar para mim.

Eu tinha começado a limpar a prataria e a arrumar algumas gavetas do armário.

- Não - respondeu Catherine. - O que está fazendo aí, Nelly?

- Meu trabalho, senhorita - respondi. (O senhor Hindley me havia dado ordens para não deixar a menina sozinha em qualquer visita que os Linton fizessem.)

Ela se aproximou de mim e cochichou de mau humor:

- Suma daqui junto com seus espanadores; quando há visitas em casa, os criados não devem ficar polindo e limpando a sala em que elas estão acomodadas!

- É uma boa oportunidade, agora que o patrão está ausente - retruquei em voz alta. - Ele detesta que fique remexendo nessas coisas na presença dele. Tenho certeza de que o senhor Edgar me perdoará.

- Eu também não gosto que fique remexendo em *minha* presença - exclamou a jovem imperiosamente, não deixando tempo para falar a seu hóspede; não conseguia recuperar a calma depois da pequena discussão com Heathcliff.

Sinto muito, senhorita Catherine - foi minha resposta; e prossegui com empenho em meus afazeres.

Ela, supondo que Edgar não pudesse vê-la, arrancou o pano de minhas mãos e me deu um beliscão, prolongado e com maldade, no braço. Já disse que não gostava muito dela e, vez por outra, me dava certo prazer em mortificar sua vaidade; além disso, me machucou demais; por isso me levantei e gritei:

- Oh! Senhorita Cathy, que coisa odiosa! A senhorita não tem o direito de me beliscar; não vou suportar isso.

- Nem a toquei, criatura mentirosa! - gritou ela, com os dedos prontos para repetir o ato e as orelhas vermelhas de raiva. Nunca conseguia dissimular esses acessos, que a deixavam sempre com o rosto em brasa.

- O que é isso, então? - retorqui, mostrando uma evidente testemunha roxa no braço para refutá-la.

Ela bateu com o pé no chão, hesitou um instante e então, impelida por seu perverso mau gênio, deu-me uma solene bofetada no rosto, que encheu meus olhos de lágrimas.

- Catherine, querida! Catherine! - interveio Linton, profundamente chocado com a dupla falta, de falsidade e violência, que seu ídolo havia cometido.

- Saia da sala, Ellen! - repetiu ela, tremendo de alto a baixo.

O pequeno Hareton, que me seguia em toda parte e que estava sentado no chão perto de mim, ao ver minhas lágrimas desatou a chorar, queixando-se entre soluços que "a tia Cathy é má", o que canalizou a fúria dela contra a infeliz cabeça do menino; tomou-o pelos ombros e o sacudiu até que a pobre criança ficou branca como a cera; instintivamente, Edgar agarrou as mãos de Cathy para tentar livrar o pequeno Hareton. Num instante, uma delas girou no ar e aplicou na orelha do atônito jovem uma bofetada que não deixava dúvida que não era brincadeira. Ele recuou, consternado. Tomei Hareton em meus braços e fui para a cozinha, deixando a porta aberta, pois tinha curiosidade em ver de que forma iriam resolver aquele desentendimento. O visitante agredido foi para o canto onde tinha pousado o chapéu, pálido e com os lábios tremendo.

"Bem feito!", disse para comigo. "Aprenda e vá embora! Não deixa de ser muito bom para você ter uma amostra do caráter dela."

- Aonde vai? - perguntou Catherine, correndo para a porta. Ele foi para o lado e tentou passar.

- Não deve ir embora! - exclamou ela, autoritária.

- Devo e vou! - replicou ele, com a voz sufocada.

- Não - insistiu ela, agarrando a maçaneta da porta. - Ainda não, Edgar Linton. Sente-se. Não vai me deixar neste estado. Eu me sentiria arrasada a noite inteira e não quero ficar triste por sua causa.

- Acha que posso ficar, depois de me ter agredido? - perguntou Linton.

Catherine emudeceu.

- Deixou-me com medo e fiquei com vergonha de você - continuou ele. - Nunca mais vou voltar aqui!

Os olhos dela começaram a brilhar e a piscar.

- E contou deliberadamente uma mentira! - disse ele.

- Não disse! - gritou ela, recuperando a fala. - Não fiz nada deliberadamente. Bem, vá, se quiser... vá embora! E agora vou chorar... chorar até adoecer.

Caiu de joelhos ao pé de uma cadeira e irrompeu num choro descontrolado. Edgar persistiu em sua decisão até o pátio; e ali parou. Resolvi encorajá-lo.

- A senhorita é muito caprichosa, senhor - gritei-lhe. - Má como qualquer criança mimada; é melhor que vá para casa ou ele vai se fazer de doente, só para nos acabrunhar.

O frouxo olhou de soslaio pela janela: tinha tanta vontade de ir embora como um gato tem de largar um rato meio morto ou um pássaro comido pela metade. "Ah!", pensei, "não tem salvação; está condenado e voa para o próprio destino!" E assim foi. Deu meia-volta abruptamente e entrou, fechando a porta atrás de si. E quando voltei, instantes depois, para informá-los de que Earnshaw tinha regressado, caindo de bêbado, pronto para deixar tudo de pernas para o ar (seu modo costumeiro de comportar-se nessa condição), percebi que a discussão tinha simplesmente gerado uma maior intimidade entre eles... havia rompido as barreiras da timidez juvenil e lhes havia permitido abandonar o disfarce da amizade e declarar-se namorados.

A informação da chegada do senhor Hindley fez Linton correr apressadamente para o cavalo e Catherine subir para o quarto. Eu tratei de esconder o pequeno Hareton e descarregar a espingarda do patrão, porque, em seu insano estado de embriaguez, gostava de brincar com a arma, pondo em risco a vida de quem o provocasse ou mesmo que lhe chamasse particularmente a atenção. Tive o cuidado então de deixá-la sem munição, para que os danos fossem mínimos, caso ele chegasse ao ponto de puxar o gatilho.

CAPÍTULO 9

Ele entrou rogando pragas, terríveis só de ouvir e me flagrou no ato de alojar o filho dele no armário da cozinha.

Hareton ficava tomado de terror ao defrontar-se com os acessos brutais de ternura do pai ou com seus ataques de loucura, pois, se no primeiro caso, corria o risco de morrer sufocado por abraços e beijos, no segundo, de ser atirado dentro da lareira ou esmagado contra à parede. E o pobrezinho permanecia totalmente quieto onde quer que eu o colocasse.

— Pois é, finalmente descobri tudo! — gritou Hindley, agarrando-me pelo pescoço e me empurrando para trás, como se fosse um cão. — Por Deus e pelo diabo, vocês todos juraram matar essa criança! Agora percebo porque ela está sempre fora de meu alcance. Mas, com a ajuda de satanás, vou fazer você engolir a faca de cozinha, Nelly! Não é caso de rir, pois acabei de enfiar Kenneth de cabeça para baixo no pântano de Blackhorse; e quem mata um mata dois... e quero matar alguns de vocês. Não vou descansar enquanto não o fizer!

— Mas não com a faca da cozinha, senhor Hindley! — respondi. — Estive cortando arenques com ela. Prefiro levar um tiro, se quiser.

— Você estaria melhor no inferno! — berrou ele. — E é para lá que vai. Nenhuma lei da Inglaterra pode impedir um homem de manter sua casa decente, e a minha está uma abominação! Abra a boca!

Empunhou a faca e colocou a ponta entre meus dentes; mas, de minha parte, nunca me intimidava com seus delírios. Cuspi e afirmei que tinha um gosto detestável... não a haveria de engolir de jeito nenhum.

— Oh! — exclamou ele, soltando-me. — Vejo que aquele horrendo miserável não é Hareton. Peço desculpas, Nelly. Se for, merece ser esfolado vivo por não correr para me abraçar e por ficar gritando como se eu fosse um gnomo. Vem cá, menino desnaturado! Vou te ensinar a amansar um pai desiludido, mas de bom coração. Veja só, não acha que o menino ficaria mais bonito de orelhas cortadas? Os cães ficam mais ferozes e eu gosto de algo feroz... alcance-me a tesoura... algo feroz e bem aparado! Além disso, é afetação infernal... vaidade diabólica cuidar tanto de nossas orelhas... já somos bastante burros mesmo sem elas. Quieto, menino, quieto! Pois então, aqui está meu querido menino! Vamos, enxugue as lágrimas... lindo menino, me dá um beijo. O quê? Não quer? Me dá um beijo, Hareton! Que diabos, um beijo! Por Deus, se vou criar um monstro desses! Tão certo como estou vivo, ainda vou quebrar o pescoço deste fedelho.

O pobre Hareton berrava e esperneava nos braços do pai com toda a força, e redobrou os gritos quando o pai o carregava escada acima e o ergueu sobre o corrimão. Gritei que poderia assustar o menino e levá-lo a ter um ataque, e corri para resgatá-lo. Quando os alcancei, Hindley se debruçou por sobre o corrimão para checar um ruído vindo de baixo, quase se esquecendo do que tinha nas mãos.

- Quem está aí? - perguntou, ao ouvir alguém se aproximando do pé da escada.

Debrucei-me também, com o propósito de fazer um sinal a Heathcliff, cujos passos reconheci, para não avançar mais; e, no instante em que desviei os olhos de Hareton, ele fez um movimento rápido, livrou-se das descuidadas mãos que o seguravam e caiu.

Mal tivemos tempo de sentir um arrepio de terror antes de ver que o pequeno infeliz estava são e salvo. Heathcliff chegou embaixo exatamente no momento crítico e, num reflexo rápido, aparou a queda; colocando-o em pé no chão, olhou para cima, a fim de descobrir o causador do acidente. Um avarento que se tivesse desfeito de um bilhete premiado por 5 xelins e descobrisse no dia seguinte que tinha perdido, com esse negócio, 5 mil libras, não ficaria com o semblante mais pálido do que ele ao ver, lá em cima, a figura do senhor Earnshaw. Expressava, melhor do que quaisquer palavras, a mais intensa angústia por ter sido ele próprio o instrumento que impedira a própria vingança. Se já estivesse escuro, não duvido que tivesse tentado remediar o erro esmagando a cabeça de Hareton contra os degraus; mas testemunhamos o salvamento que operou. E eu já me estava lá embaixo com meu precioso fardo apertado contra o peito. Hindley desceu mais devagar, já sóbrio e embaraçado.

- A culpa é sua, Ellen! - disse ele. - Devia tê-lo mantido longe da vista, devia tê-lo arrancado de mim! Está ferido?

– Ferido? – gritei, furiosa. – Se não morreu, vai ficar um idiota! Oh! Pergunto-me por que a mãe não se levanta do túmulo para ver como o senhor o trata. O senhor é pior que um bárbaro... tratando dessa maneira o sangue de seu sangue!

Ele tentou tocar a criança, que, ao ver-se em meus braços, parou imediatamente de soluçar. Mas quando o primeiro dedo do pai o tocou, começou a gritar ainda mais alto e a estrebuchar como se tivesse convulsões.

– Não se aproxime dele! – acrescentei. Ele o odeia... todos os odeiam... essa é a verdade! Que bela família tem e em que belo estado o senhor chegou!

– E vou chegar num mais belo ainda, Nelly! – riu o descontrolado homem, recuperando sua crueldade. – E agora, mande-se daqui com ele! E você, Heathcliff, escute bem! Suma também para bem longe de minha vista e de meus ouvidos. Ainda não vai ser esta noite que o mato; a menos que, talvez, ponha fogo à casa; mas isso fica por conta de minha vontade.

Enquanto dizia isso, tirou do armário uma garrafa de aguardente e despejou um pouco num copo.

– Não, não faça isso – implorei. – Senhor Hindley, tenha cuidado. Tenha compaixão desse pobre menino, pelo menos, se não se importa consigo mesmo!

– Qualquer outro fará mais por ele do que eu – respondeu ele.

– Tenha piedade de sua alma! – disse eu, tentando tirar-lhe o copo da mão.

– Eu não! Pelo contrário, terei o maior prazer em mandá-la para a perdição, a fim de punir seu criador – exclamou o blasfemo.

"Este trago é para a amável perdição de minha alma." Bebeu e mandou-nos embora de modo impaciente, concluindo sua ordem com uma sequência de horrendas imprecações, abomináveis demais para repeti-las ou recordá-las.

– É uma pena que não se mate com a bebida – observou Heathcliff, devolvendo-lhe algumas imprecações quando a porta foi fechada. – Ele faz de tudo para isso, mas tem uma saúde de ferro. O Dr. Kenneth diz que aposta sua égua que ele vai viver mais do que qualquer um por esses lados de Gimmerton e que só vai para o túmulo quando for um pecador muito velho, a menos que tenha a boa sorte de lhe acontecer algum imprevisto.

Fui para a cozinha e sentei-me para ninar meu cordeirinho até ele adormecer. Heathcliff, como pensei, saiu em direção do celeiro. Descobri mais tarde que ele só havia ido até o outro lado da poltrona, deitando-se num banco encostado na parede, longe da lareira, e ali permaneceu calado.

Eu estava embalando Hareton, murmurando uma canção que começava assim:
"Ia alta a noite, as crianças choravam,
O ratinho debaixo do chão escutava,"
quando a senhorita Cathy, que de seu quarto ouvira a confusão, pôs a cabeça para dentro da porta e sussurrou:

- Está sozinha, Nelly?

- Sim, senhorita - respondi.

Entrou e se aproximou da lareira. Eu, julgando que ela ia dizer alguma coisa, levantei os olhos. A expressão de seu rosto parecia perturbada e ansiosa. Seus lábios se entreabriram, como se fosse falar, tomou fôlego, mas escapou-lhe um suspiro em vez de uma frase. Recomecei a cantarolar, sem esquecer seu recente comportamento.

- Onde está Heathcliff? - perguntou, interrompendo-me.

- Em seu trabalho no estábulo - foi minha resposta.

Ele não me desmentiu; talvez tivesse adormecido.

Seguiu-se então uma longa pausa, durante a qual vi uma ou duas lágrimas rolar pela face de Catherine e cair no chão. "Será que está arrependida de sua vergonhosa conduta?" - perguntei a mim mesma. Seria uma novidade, mas pode chegar a esse ponto... como deve chegar... eu é que não vou ajudá-la! Não, nada mesmo a perturbava, a não ser as próprias preocupações.

- Oh! Meu Deus! - exclamou ela, finalmente - Como sou infeliz!

- Uma pena - observei. - Você é muito difícil de contentar. Tantos amigos e tão poucos cuidados, e mesmo assim não está contente!

- Nelly, pode guardar um segredo meu? - prosseguiu ela, ajoelhando-se a meu lado e levantando seus cativantes olhos para mim, com aquele tipo de olhar que desvanece o mau caráter, mesmo quando temos todo o direito de não tolerar.

- Vale a pena guardá-lo? - perguntei, menos zangada.

- Sim, e me preocupa; tenho de desabafar! Gostaria de saber o que devo fazer. Hoje, Edgar Linton me pediu em casamento e eu lhe dei uma resposta. Agora, antes de lhe dizer se aceitei ou recusei, quero que me diga qual das respostas devia ter dado.

- Francamente, senhorita Catherine, como posso saber? - repliquei. - Com certeza, considerando sua exibição na presença dele esta tarde, posso dizer que seria mais sábio recusá-lo; se o pedido tenha sido feito depois disso, ele é incorrigivelmente estúpido ou doido varrido.

- Se falar desse jeito, não vou lhe contar mais nada - retrucou ela, levantando-se de modo impertinente. - Eu o aceitei, Nelly. Seja direta e diga se fiz mal!

- Você o aceitou! Então de que adianta discutir o assunto? Você deu sua palavra e não pode voltar atrás.

- Mas diga se deveria ter agido assim... diga! - exclamou ela, num tom irritadiço, esfregando as mãos e franzindo a testa.

- Há muitas coisas a considerar antes de poder responder a essa pergunta apropriadamente - disse eu, sentenciosamente. - Antes de mais nada, você ama o senhor Edgar?

— Quem pode evitá-lo? Claro que sim — respondeu ela.

Então a submeti ao seguinte interrogatório, que não deixava de vir a propósito para uma moça de 22 anos.

— Por que o ama, senhorita Cathy?

— Bobagem, eu o amo... é o que basta.

— De modo algum; deve dizer por quê?

— Bem, porque é bonito e gosto de estar com ele.

— Nada bom — foi meu comentário.

— E porque é jovem e alegre.

— Continua sendo nada bom.

— E porque ele me ama.

— Indiferente, em qualquer caso.

— E porque ele vai ficar rico e eu vou gostar de ser a mulher mais importante das redondezas e ficarei orgulhosa por ter semelhante marido.

— Pior de tudo! E agora diga como é que o ama.

— Como todo mundo ama... Está sendo tola, Nelly.

— De modo algum... Responda!

— Amo o chão que ele pisa e o ar que ele respira e tudo o que ele toca e todas as palavras que ele diz. Amo todo o seu aspecto e todas as suas ações; amo-o todo ele, inteiramente. E agora?

— E por quê?

— Não, está fazendo disso uma brincadeira; é pura maldade! Para mim, não é brincadeira nenhuma! — disse a jovem, fazendo uma careta e virando a cabeça para a lareira.

— Estou bem longe de brincar, senhorita Catherine — repliquei. — Ama o senhor Edgar porque é bonito, jovem, alegre, rico e porque ele a ama. O último motivo, porém, não vale nada. Você deveria amá-lo sem isso, provavelmente; e não seria por isso que o amaria, se ele não possuísse as outras quatro qualidades.

— Não, certamente que não; só teria pena dele... talvez o odiasse, se fosse feio e tolo.

— Mas no mundo há muitos outros jovens bonitos e ricos; e possivelmente mais bonitos e ricos do que ele. O que haveria de impedi-la de amá-los?

— Se houver algum, está fora de meu alcance. Não tenho visto nenhum como Edgar.

— Pode ver algum; e não vai ser bonito e jovem para sempre e nem sempre pode ser rico.

— Mas é agora; e só o presente me interessa. Gostaria que falasse mais racionalmente.

— Bem, isso resolve a questão; se só lhe interessa o presente, case-se com o senhor Linton.

- Não preciso de sua permissão para tanto... vou me casar com ele; ainda assim, não me disse se faço bem.

- Faz muito bem, se as pessoas fazem bem em casar-se pensando só no presente. E agora, vamos saber por que se sente infeliz. Seu irmão vai aprovar; os pais dele não vão levantar objeções, acho; vai escapar de uma casa desorganizada e desconfortável e vai entrar numa rica e respeitável; e você ama o Edgar e Edgar a ama. Tudo parece tranquilo e fácil: onde está o obstáculo?

- *Aqui* e *aqui*! - replicou Catherine, batendo com uma mão na testa e com a outra no peito. - Nos lugares onde a alma vive. Na alma e no coração, estou convencida de que estou errada!

- Isso é muito estranho! Não consigo perceber.

- É meu segredo. Mas se não caçoar de mim, vou contá-lo. Não consigo fazê-lo muito claramente, mas vou lhe dar uma ideia de como me sinto.

Voltou a sentar-se a meu lado. Sua expressão tornou-se mais triste e mais grave e suas mãos entrelaçadas tremiam.

- Nelly, nunca tem sonhos esquisitos? - disse ela, de repente, depois de alguns minutos de reflexão.

- Sim, de vez em quando - respondi.

- Eu também. Tive sonhos em minha vida que sempre permaneceram comigo e que mudaram minhas ideias; espalharam-se dentro de mim como vinho na água, e alteraram a cor de minha mente. E este é um deles. Vou contá-lo... mas procura não sorrir em nenhuma parte dele.

- Oh! não conte, senhorita Catherine! - exclamei. - Já estamos acabrunhadas demais sem conjurar espíritos e visões para nos deixar perplexas. Vamos lá, seja alegre e natural! Olhe para o pequeno Hareton! Ele não sonha nada de sombrio. Como sorri docemente em seu sono!

- Sim; e como o pai dele amaldiçoa docemente em sua solidão!... Deve lembrar-se dele, penso, quando era exatamente igual a este rechonchudo, tão pequeno e tão inocente. Mas Nelly, vai ter de me ouvir; não demora muito; e não consigo estar alegre esta noite.

- Não quero ouvi-lo, não quero ouvi-lo! - repeti apressadamente. Eu era muito supersticiosa quanto a sonhos na época, e ainda sou; e Catherine tinha um brilho estranho em seu aspecto que me fazia recear algo de que eu pudesse extrair uma profecia e prever uma terrível catástrofe. Ela se mostrou ofendida, mas não continuou. Abordando aparentemente outro assunto, em pouco tempo recomeçou.

- Se eu estivesse no céu, Nelly, iria me sentir extremamente infeliz.

- Porque você não é digna de ir para lá - retruquei. - Todos os pecadores se sentiriam infelizes no céu.

- Mas não é por isso. Uma vez sonhei que estava lá.
- Já lhe disse que não quero ouvir seus sonhos, senhorita Catherine! Vou para a cama - interrompi novamente.

Ela riu e me obrigou a sentar de novo, pois havia feito um movimento para me levantar da cadeira.

- Não é nada disso - exclamou ela. - Só ia dizer que o céu não parecia ser minha casa e desatei a chorar para voltar para a terra; e os anjos estavam tão zangados que me lançaram no meio do urzal no alto do Morro dos Ventos Uivantes, onde acordei soluçando de alegria. Isso serve para explicar meu segredo bem como o outro. Não me sinto mais coagida a casar-me com Edgar Linton como não o sou para estar no céu; e se o malvado do homem que está lá dentro não tivesse rebaixado tanto Heathcliff, eu nem teria pensado nisso. Seria degradante para mim casar-me com Heathcliff agora; por isso ele nunca vai saber como o amo; e não porque ele é bonito, Nelly, mas porque ele é mais parecido comigo do que eu própria. Seja de qual for a matéria que nossas almas são feitas, a dele e a minha são iguais; e a de Linton é tão diferente como um raio lunar de um relâmpago ou como a geada do fogo.

Antes de o discurso terminar, percebi a presença de Heathcliff. Tendo notado um leve movimento, virei a cabeça e o vi levantar-se do banco e sair às escondidas. Tinha escutado até ouvir Catherine dizer que seria degradante para ela casar-se com ele, e depois não quis ouvir mais nada. Minha companheira, sentada no chão, foi impedida pelo espaldar da poltrona de notar sua presença ou saída; mas eu estremeci e pedi para que se calasse.

- Por quê? - perguntou ela, olhando nervosamente em volta.
- Joseph está aqui - respondi, ouvindo oportunamente o ruído das rodas da carroça subindo pela estrada. - E Heathcliff vai vir com ele. Não tenho certeza se ele não estava à porta neste momento.
- Oh! Ele não poderia me ouvir desde a porta! - disse ela. - Deixe Hareton comigo enquanto vai preparar a ceia e, quando estiver pronta, me convide a cear com a senhora. Quero enganar minha desconfortável consciência e estar convencida de que Heathcliff não tem qualquer noção sobre essas coisas. Não tem, não é? Não sabe o que é estar apaixonado!
- Não vejo razão para que ele não saiba, e tão bem como a senhorita - retruquei. - E se a senhorita é sua eleita, ele será a criatura mais infeliz que jamais nasceu! Tão logo vier a ser a senhora Linton, ele vai perder a amiga, a amada e tudo! Já levou em consideração como haverá de suportar a separação e como ele irá suportar ficar completamente sozinho no mundo? Porque, senhorita Catherine...
- Ele completamente sozinho! Nós separados! - exclamou ela, com um tom de indignação. - Quem vai nos separar, por favor? Quem ousar vai ter o

destino de Milo! Não enquanto eu viver, Ellen, pois nenhum mortal o conseguirá. Todos os Linton da face da terra se reduziriam a nada antes que eu me permitisse a abandonar Heathcliff. Oh! isso não é o que pretendo... isso não é o que eu quero! Nunca poderia ser a senhora Linton por tal preço! Ele continuará sendo para mim o que tem sido toda a vida. Edgar deverá superar a antipatia por ele e, pelo menos, tolerá-lo. Ele vai fazer isso quando conhecer meus verdadeiros sentimentos por Heathcliff. Nelly, sei que me acha uma egoísta miserável, mas nunca pensou que, se eu me casasse com Heathcliff, haveríamos de pedir esmola? Ao passo que, se casar com Linton, posso ajudar Heathcliff a levantar-se e livrar-se da opressão de meu irmão.

– Com o dinheiro de seu marido, senhorita Catherine? – perguntei. – Verá que ele não é tão maleável como pensa; e, embora dificilmente possa me arvorar em juiz, acho que este é o pior motivo que deu para tornar-se a esposa do jovem Linton.

– Não é – retrucou ela. – É o melhor! Os outros eram só para satisfazer meus caprichos e também por causa de Edgar, para satisfazê-lo. Este é por causa de uma pessoa que compreende em sua pessoa meus sentimentos por Edgar e por mim mesma. Não sei como explicá-lo, mas certamente a senhora como todos têm a noção de que há ou deveria haver uma existência para além de nós próprios. Para que serviria minha criação, se eu me resumisse totalmente a isso aqui? Meus grandes desgostos neste mundo foram os desgostos de Heathcliff, e eu observei e senti cada um deles desde o começo; o que realmente me mantém viva é ele. Se tudo o mais perecesse e *ele* ficasse, eu continuaria a existir; e, se tudo o mais permanecesse e ele fosse aniquilado, o universo se tornaria uma imensidão desconhecida; não me pareceria fazer parte dela... Meu amor por Linton é como a folhagem dos bosques: o tempo o mudará, estou ciente disso, como o inverno muda as árvores. Meu amor por Heathcliff se parece com as eternas rochas sob o solo: uma fonte de pouco deleite visível, mas necessária. Nelly, eu *sou* Heathcliff! Ele está sempre em minha mente; não como um prazer, como eu não sou um prazer para mim mesma, mas como meu próprio ser. Por isso não fale novamente de nossa separação; é impraticável; e...

Fez uma pausa e escondeu o rosto nas dobras de minha saia; mas eu a empurrei para o lado energicamente. Tinha perdido a paciência com a loucura dela!

– Se eu conseguir dar algum sentido a seu despropósito, senhorita – disse eu –, só vai servir para me convencer que ignora completamente os deveres que irá assumir ao se casar; ou que é uma moça má e sem princípios. Mas não me importune com mais segredos; não prometo guardá-los.

– Vai guardar este? – perguntou ela, ansiosamente.

— Não, não prometo nada — repeti.

Ela ia insistir de novo, quando a entrada de Joseph terminou com nossa conversa; Catherine puxou a cadeira para um canto e tomou conta de Hareton enquanto eu preparava a ceia. Uma vez pronta, meu colega e eu começamos a discutir sobre quem deveria levar a comida para o senhor Hindley; e quando chegamos a um acordo, a ceia já estava quase fria. Resolvemos que o melhor era esperar que ele a pedisse, se quisesse comer, pois tínhamos bastante medo de chegar à sua presença depois de ele ter ficado sozinho por algum tempo.

— E como é que ainda não voltou do campo a uma hora dessas? O que estará fazendo esse preguiçoso? — perguntou o velho, olhando em volta por Heathcliff.

— Vou chamá-lo — repliquei. — Está no celeiro, sem dúvida.

Fui e chamei, mas não obtive resposta. Ao voltar, sussurrei a Catherine que ele devia ter ouvido boa parte do que ela havia dito, com certeza; e lhe contei como o vi sair da cozinha precisamente no momento em que ela se queixava da conduta do irmão para com ele. Ela se levantou de um pulo, claramente assustada, largou Hareton em cima do banco e foi correndo procurar pelo amigo, sem se dar tempo para pensar por que motivo estaria tão agitada ou de que maneira a conversa dela o teria afetado. Esteve ausente por tanto tempo que Joseph propôs que não deveríamos esperar mais tempo. Ele astuciosamente conjeturou que se demoravam para evitar ter de ouvir as intermináveis orações dele. Eram "bastante maus para qualquer coisa boa", afirmou ele. E, na intenção deles, acrescentou, nessa noite, uma oração especial ao habitual quarto de hora de súplicas antes da refeição, e teria acrescentado outra no final da ação de graças, se nossa jovem patroa não tivesse entrado de repente com a ordem urgente de que tomasse a estrada e fosse buscar Heathcliff onde quer que estivesse e o trouxesse de volta imediatamente!

— Quero falar com ele e *devo*, antes de subir a meu quarto — disse ela. — O portão está aberto; ele deve estar por aí, fora do alcance de qualquer chamado, pois não respondeu, embora eu gritasse do alto do curral com toda a força de meus pulmões.

De início, Joseph fez alguma objeção; porém, ela estava empenhada demais no assunto para aceitar uma recusa e, finalmente, ele pôs o chapéu na cabeça e saiu resmungando. Nesse meio-tempo, Catherine andava de um lado para outro, exclamando:

— Pergunto-me onde deve estar... pergunto-me onde pode estar! O que foi que eu disse, Nelly? Já me esqueci. Terá ficado ofendido com meu mau humor desta tarde? Meu Deus! Diga-me o que falei para deixá-lo ofendido! O que mais quero é que volte. Quero mesmo que volte!

– Tanto barulho por nada! – exclamei, embora também estivesse bastante apreensiva. – Como se assusta por pouco! Certamente não é grande motivo de alarme, se Heathcliff resolveu dar um passeio pelos pântanos à luz do luar ou se foi deitar-se no paiol demasiadamente mal-humorado para falar conosco. Acredito que deve estar escondido por lá. Vai ver como vou desentocá-lo!

Saí para continuar a busca; o resultado foi desanimador, e as buscas de Joseph acabaram da mesma maneira.

– A coisa vai de mal a pior! – observou Joseph ao voltar. – Ele deixou o portão batendo e o pônei da senhorita pisoteou dois carreiros de trigo a caminho do prado! Amanhã vai ser de amargar quando o patrão ficar sabendo e vai tomar providencias. Paciência demais teve ele com esses desmandos... paciência demais! Mas isso não vai durar para sempre... vocês vão ver, todos vocês! Não devem levá-lo a perder a cabeça agora!

– Encontrou Heathcliff, seu burro? – interrompeu Catherine. – Foi procurá-lo, como mandei?

– Teria preferido ir à procura do cavalo – replicou ele. – Faria mais sentido. Mas cavalo ou homem é tudo a mesma coisa numa noite como esta... preta como a chaminé! E Heathcliff não é um menino para responder a *meu* assobio... talvez seja menos duro de ouvido com a senhorita.

Era uma noite escura demais para o verão: as nuvens pareciam ameaçar trovoadas e eu disse que era melhor ficar sentados aguardando; a chuva que se aproximava certamente o traria para casa sem maiores problemas.

Catherine, porém, não se deixava tranquilizar. Continuou a andar de um lado para outro, do portão para a porta, num estado de agitação que não lhe dava descanso; e, finalmente, ficou parada a um lado do muro, perto da estrada, onde, sem dar atenção a minhas advertências e ao rugir dos trovões, bem como aos grossos pingos de chuva que começaram a cair em torno dela, permaneceu imóvel, chamando por ele de vez em quando, e depois escutando e chorando desoladamente. Ela que costumava bater em Hareton ou em qualquer criança se desatassem a chorar.

Em torno da meia-noite, quando ainda estávamos acordados, a tempestade se abateu com toda a fúria sobre o Morro. O vento era violento, bem como o eram os trovões, e um ou outro rachou uma árvore de alto a baixo num dos cantos da casa; um enorme galho caiu sobre o telhado e derrubou uma parte da chaminé do lado Leste, deixando cair uma chuva de pedras e fuligem dentro da lareira. Pensamos que um raio tivesse caído no meio da sala; Joseph caiu de joelhos, implorando ao Senhor que se lembrasse dos patriarcas Noé e Lot, e que, como em tempos de outrora, poupasse os justos, embora punisse os ímpios. Eu tinha certa sensação de que isso devia ser uma espécie de juízo divino a abater-se sobre nós. A meu ver, Jonas era o senhor Earnshaw, e sacudi a maçaneta da porta da espelunca dele para me certificar se ainda estava vivo. Ele respondeu de forma bem audível, de modo que fez meu companheiro vociferar mais clamorosamente do que antes, dizendo que havia uma enorme diferença entre os santos como ele e os pecadores como o patrão. Mas o pandemônio cessou depois de vinte minutos, deixando-nos todos incólumes, exceto Catherine, que ficou inteiramente encharcada por sua obstinação em recusar-se a procurar abrigo, ficando sem chapéu e sem capa, apanhando toda a chuva. Entrou e recostou-se na poltrona, totalmente molhada como estava, encostando o rosto no espaldar e escondendo-a entre as mãos.

— Bem, senhorita! — exclamei, tocando seu ombro. — Não está inclinada a morrer, não é? Sabe que horas são?

Meia-noite e meia. Vamos, venha para a cama! Não vale a pena esperar mais tempo por esse doido de rapaz; deve ter ido a Gimmerton e vai passar a noite por lá. Acha que não iríamos esperar por ele até essas horas; pelo menos, acha que somente o senhor Hindley deverá estar acordado, e gostaria de evitar que o patrão lhe abrisse a porta.

— Não, não. Ele não está em Gimmerton — disse Joseph. — Não haveria de admirar se ele estivesse no fundo de um buraco. Essa punição não veio sem motivo e eu tomaria cuidado, senhorita... poderá ser a próxima. Agradeça aos céus por tudo! Tudo o que o Senhor faz é para o bem dos escolhidos e para castigo dos maus! Não é o que dizem as Escrituras?

E começou a citar diversas passagens, apontando os capítulos e os versículos onde podíamos encontrá-las.

Eu, tendo pedido em vão à teimosa menina para que se levantasse do banco e tirasse a roupa molhada, deixei a ele pregando e a ela tiritando de frio, e tratei de ir para a cama com o pequeno Hareton, que tinha adormecido tão depressa como se todos em torno dele estivessem dormindo. Ouvi Joseph lendo por algum tempo ainda; depois passei a ouvir seu vagaroso passo subindo a escada e então eu caí no sono.

Ao descer, um pouco mais tarde que o habitual na manhã seguinte, vi, iluminada pelos raios de Sol que entravam pelas frestas das venezianas, a senhorita Catherine ainda sentada, perto da lareira. A porta da rua estava entreaberta, a luz entrava pelas janelas abertas; Hindley se havia levantado e estava de pé junto da lareira, perturbado e sonolento.

— O que a aflige, Cathy? — perguntava ele quando entrei. — Parece tão abatida como um filhote de cão afogado. Por que está tão molhada e pálida, menina?

— Molhei-me totalmente — respondeu ela, relutante. — E estou com frio, é tudo.

— Oh! Ela é teimosa! - exclamei, ao perceber que o patrão estava razoavelmente sóbrio. - Ficou molhada na chuvarada de ontem e ali permaneceu sentada a noite inteira; e eu não consegui fazer com que se movesse dali.
O senhor Earnshaw olhava para nós surpreso.
— A noite inteira? - repetiu ele. - O que é que a fez passar a noite em claro? Não foi de medo dos trovões, certamente. As trovoadas terminaram horas atrás.
Nenhum de nós queria falar da ausência de Heathcliff enquanto pudéssemos mantê-la em segredo. Por isso respondi que não sabia o que é que lhe tinha passado pela cabeça para ficar ali sentada toda a noite e ela não disse nada. A manhã estava fresca e agradável; abri a janela e a sala se encheu de aromas vindos do jardim; mas Catherine me pediu asperamente:
— Ellen, feche a janela. Estou morrendo de frio! - Batia os dentes e se encolheu ainda mais perto das brasas quase extintas.
— Está doente - disse Hindley, tomando-lhe o pulso - Acredito que foi por isso que não quis ir para a cama. Com os diabos! Não quero ser perturbado com mais doenças aqui. O que foi que levou você a ficar na chuva?
— Correndo atrás de rapazes, como sempre! - resmungou Joseph, aproveitando a oportunidade por causa de nossa hesitação para soltar sua maldosa língua. - Se eu fosse o senhor, patrão, fechava a porta na cara de todos eles, pura e simplesmente! Não há dia em que o senhor não esteja que esse gato do Linton não venha furtivamente para cá; e a senhorita Nelly também não perde nada! Fica espiando da cozinha e quando o senhor entra por uma porta, ele sai por outra; e então nossa dama vai namorar no outro lado! Belo comportamento, andando pelos campos depois da meia-noite com esse pobre diabo do cigano Heathcliff! Eles acham que sou cego, mas não sou, de modo algum... vi o jovem Linton entrar e sair e vi *você* (voltando-se para mim), sua inútil, sua bruxa relaxada, levantar-se e ir correndo avisá-los mal ouve o trotear do cavalo do patrão na estrada.
— Cale-se, intrometido! - gritou Catherine. - Nada de insolência comigo! Edgar Linton veio ontem por acaso, Hindley: e fui eu que lhe disse para ir embora, porque sabia que o senhor gostaria de encontrar-se com ele no estado em que o senhor estava.
— Mente, sem dúvida, Cathy - replicou o irmão - e você é uma simplória confusa! Mas pouco importa o Linton agora. Diga-me, não esteve com Heathcliff ontem à noite? Diga a verdade agora. Não tenha medo de prejudicá-lo, embora o odeie mais que nunca; faz pouco tempo, aprontou-me uma que, em consciência, me levaria a quebrar-lhe o pescoço. E para que isso não aconteça, esta manhã mesmo vou mandá-lo tratar da vida dele e, depois de ele se ir embora, vou avisar a todos a tomar cuidado, pois terei

ainda menos paciência com vocês.

- Nem vi Heathcliff ontem à noite - retrucou Catherine, começando a soluçar. - E se o mandar embora, eu vou com ele. Mas talvez nem precise mais se preocupar, talvez, ele já foi embora.

Ao dizer isso, prorrompeu num choro incontrolável e o restante de suas palavras era incompreensível.

Hindley descarregou sobre ela uma torrente de impropérios e mandou-a subir imediatamente para o quarto, se não quisesse ter mais motivos para chorar. Obriguei-a a obedecer; e nunca vou esquecer a cena que fez quando chegamos ao quarto. Foi assustador. Achei que ela ia ficar louca e pedi a Joseph que fosse depressa chamar o médico. Era o começo do delírio. O Dr. Kenneth, logo que a viu, disse que estava gravemente doente e com febre. Depois de lhe fazer uma sangria, me recomendou que lhe desse somente soro de leite e mingau de aveia bem líquido, e que tomasse cuidado para que ela não se jogasse escada abaixo ou pulasse da janela. E então ele a deixou, porque tinha muito a fazer na região, onde 2 ou 3 milhas era a distância média entre uma residência e outra.

Embora não possa dizer que eu seja uma boa enfermeira e Joseph e o patrão não fossem melhores, e embora nossa paciente fosse teimosa e exigente como todo doente, ela ficou curada. A velha senhora Linton veio nos visitar várias vezes, para colocar as coisas em ordem, recriminar-nos e dar-nos suas orientações; e quando Catherine já estava convalescente, insistiu em levá-la à grande de Thrushcross e ficamos muito gratos pela iniciativa dela. Mas a pobre senhora deve ter tido razões para se arrepender de sua bondade: ela e o marido foram acometidos de febre alta e ambos morreram com poucos dias de intervalo entre um e outro.

Nossa jovem dama voltou para casa mais insolente, mais irascível e mais altiva do que nunca. Não tínhamos notícias de Heathcliff desde a noite do temporal. E um dia tive a infelicidade, depois que ela me provocou além dos limites, de responsabilizá-la pelo desaparecimento dele, o que não deixava de ser verdade, como ela bem sabia. A partir de então, por vários meses, não me dirigiu mais a palavra, exceto com relação a meu serviço de criada.

Joseph foi também preterido: teimava em dizer o que bem entendia e fazia-lhe pregações como se ela ainda fosse uma criança; mas ela se julgava uma mulher e nossa patroa e achava que sua recente doença lhe dava direito a ser tratada com mais consideração. Além do mais, o médico tinha dito que ela não poderia ser submetida a maiores inconvenientes; ela devia fazer o que bem entendesse; e se alguém se erguesse para contrariá-la, era como se quisesse matá-la. Mantinha-se distante do senhor Earnshaw e dos companheiros dele; orientado pelo Dr. Kenneth e atemorizado pelas sérias ameaças de ataques de loucura que muitas vezes acompanhavam seus acessos de fúria, o irmão lhe permitia fazer o que ela quisesse e geralmente evitar tudo o que pudesse agravar seu gênio irascível. Era até demasiado indulgente ao satisfazer os caprichos dela, não por afeto, mas por orgulho: desejava sinceramente vê-la honrar a família por meio de uma aliança com os Linton e, enquanto o deixava em paz, ela podia nos pisar como escravos por qualquer ninharia. Edgar Linton, como tantos que o precederam e tantos outros que hão de vir depois dele, estava perdidamente apaixonado e se julgava o homem mais feliz do mundo no dia em que a levou ao altar da capela de Gimmerton, três anos depois a morte do pai.

Bem contra minha vontade, fui persuadida a deixar o Morro dos Ventos Uivantes e a vir morar aqui com ela. O pequeno Hareton tinha quase 5 anos e eu tinha começado a lhe ensinar as primeiras letras. A despedida foi triste, mas as lágrimas de Catherine foram mais decisivas que as nossas. Quando me recusei a ir e quando descobriu que as súplicas dela não me demoviam, ela foi queixar-se ao marido e ao irmão. O primeiro me ofereceu um salário polpudo; o segundo me mandou fazer as malas: não queria mulheres na casa, disse ele, agora que já não havia patroa; e quanto a Hareton, o pároco o tomaria a seus cuidados mais tarde. E assim, só me restava uma escolha: fazer o que me mandavam. Eu disse ao patrão que queria me ver livre de todas as pessoas decentes só para correr para a ruína um pouco mais depressa. Beijei Hareton, disse adeus e, a partir de então, ele tem sido um estranho; e é muito embaraçoso pensar nisso, mas não tenho dúvida de que se esqueceu completamente da Ellen Dean e de que houve tempo em que ele foi tudo na vida para ela, e ela para ele!

Nesse ponto da história, a governanta olhou para o relógio que estava acima da lareira e ficou admirada ao ver os ponteiros marcarem 1 e meia. Não quis ficar nem mais um segundo; na verdade, eu também me sentia um tanto disposto a adiar a sequência da narrativa. E agora que ela se recolheu e que eu fiquei meditando ainda por mais uma ou duas horas, tenho de criar coragem para ir também, apesar de persistente dor de cabeça e das pernas.

CAPÍTULO 10

Um encantador início para uma vida de eremita! Quatro semanas de tortura, agitação e doença! Oh, esses gélidos ventos e esse tristonho céu do Norte, estradas intransitáveis e médicos de província sempre morosos! Oh, essa carência da fisionomia humana e, pior de tudo, a terrível intimação de Kenneth de que nem pense em sair de casa antes da primavera!

O senhor Heathcliff acaba de me honrar com sua visita. Há cerca de sete dias ele me mandou dois faisões... os últimos da estação. Tratante! No final das contas, ele não está isento de culpa nessa minha doença; e era isso que eu fazia questão de lhe dizer. Mas, enfim, como poderia ofender um homem que teve a gentileza de sentar à minha cabeceira durante uma boa hora falando de outras coisas além de pílulas, tisanas, emplastros e sanguessugas?

Foram momentos agradáveis. Estou fraco demais para ler, ainda que gostasse de me distrair com algo interessante. Por que não chamar a senhora Dean para concluir sua história? Consigo me lembrar das partes principais até o ponto em que parou. Sim, lembro-me de que seu herói tinha fugido e ninguém teve mais notícias dele por três anos. E a heroína se havia casado. Vou tocar a campainha. Ela vai gostar de me ver com tanta disposição para conversar alegremente. A senhora Dean chegou.

– Ainda faltam vinte minutos, senhor, para tomar o remédio – começou ela.

– Chega, chega disso! – repliquei. – Desejo ter...

– O médico disse que deve parar com os pós.

– De todo o coração! Mas não me interrompa. Chegue mais perto e sente-se aqui. Fique com seus dedos longe dessa medonha fileira de frascos. Tire seus itens de costura da bolsa... isso mesmo... agora continue a história do senhor Heathcliff do ponto em que a deixou até hoje. Terminou os estudos dele no continente e voltou como um cavalheiro? Ou conseguiu alguma bolsa de estudos na Universidade ou fugiu para a América e ganhou fama à custa da exploração do país adotivo? Ou fez fortuna mais depressa pelas estradas da Inglaterra?

- Ele pode ter feito um pouco de tudo isso, senhor Lockwood, mas não posso dar minha palavra a respeito. Já disse antes que não sei como ganhou dinheiro, nem sei que meios utilizou para conseguiu sair da completa ignorância em que se encontrava; mas, com sua licença, vou prosseguir a meu modo, se achar que isso o distrai e não o aborrece. Está se sentindo melhor esta manhã?

- Muito.

- É uma boa notícia.

Parti com a senhorita Catherine para a granja de Thrushcross e, para minha agradável desilusão, ela se comportou infinitamente melhor do que eu ousava esperar. Parecia quase apaixonada demais pelo senhor Linton e até se mostrava muito afetuosa com a irmã dele. Eram ambos, com certeza, muito atenciosos com o conforto dela. Não era o espinheiro que se inclinava para as madressilvas, mas as madressilvas que abraçavam o espinheiro. Não houve concessões de parte a parte: uma se mantinha inflexível e os outros é que cediam. E quem pode ser malvado ou de mau gênio quando não encontra oposição nem indiferença? Observei que o senhor Edgar morria de medo de irritá-la. Tentava disfarçar, mas sempre que me ouvia responder categoricamente ou via algum dos outros criados mostrar má vontade diante das imperiosas ordens dela, ele deixava transparecer sua preocupação por um semblante de desgosto, que nunca acontecia quando o assunto era com ele. Muitas vezes me repreendeu severamente por meu atrevimento e chegou a dizer que uma punhalada não lhe infligiria dor maior do que sofria ao ver a esposa desrespeitada. Para não afligir um patrão tão bondoso, aprendi a ser menos melindrosa e, durante meio ano, a pólvora se mostrou tão inofensiva como a areia, porque não houve fogo que chegasse perto para fazê-la explodir. Catherine tinha fases de tristeza e de silêncio de vez em quando; eram respeitadas com solidário silêncio pelo marido, que as atribuía a uma alteração de caráter, causada por sua grave doença, pois nunca estivera sujeita à depressão anteriormente. O retorno da alegria era por ele recebido com igual alegria.

Creio que posso afirmar que eles estavam realmente de posse de profunda e crescente felicidade.

Mas isso acabou. Bem, devemos pensar em nós mesmos na longa caminhada; os mansos e generosos são apenas mais justos em seu egoísmo do que os prepotentes; e a felicidade deles termina quando circunstâncias revelam que o que mais interessa a um não é a principal preocupação do outro. Numa alegre calma de setembro, eu vinha do pomar com um pesado cesto de maçãs que tinha colhido. Começava a escurecer e a lua espreitava por cima do alto muro do pátio, projetando sombras indefinidas nos cantos formados pelas inúmeras partes salientes da casa. Coloquei meu cesto nos degraus da escada que dava para a porta da cozinha e demorei-me para descansar e respirar um pouco mais daquela suave e doce brisa; meus olhos fitavam a lua e estava de costas para a entrada quando ouvi uma voz atrás de mim dizer:

- É você, Nelly?

Era uma voz grave, com sotaque estrangeiro; ainda assim havia algo no modo de pronunciar meu nome que me soava familiar. Virei-me com medo para ver quem falava, pois as portas estavam fechadas e não tinha visto ninguém se aproximar dos degraus. Algo se movia no alpendre; então, ao aproximar-se, divisei um homem alto, vestido com roupas escuras, de pele e cabelos também escuros. Estava encostado à porta e segurava a maçaneta como se quisesse abri-la. "Quem pode ser?", pensei. "O senhor Earnshaw? Oh, não! A voz não se parece com a dele."

- Esperei aqui por uma hora - prosseguiu ele, enquanto eu continuava olhando. - E, durante todo esse tempo, tudo em volta estava tão quieto como a morte. Não me atrevi a entrar. Não me reconhece? Olhe, não sou nenhum estranho!

Um raio de lua iluminou o rosto dele: as faces eram pálidas e meio recobertas por suíças negras; as sobrancelhas carregadas, os olhos encovados e singulares. Lembro-me bem dos olhos.

- O quê! - exclamei, sem saber se olhar para ele como um visitante de outro mundo, e ergui minhas mãos estupefata. - O quê! Você voltou? É você mesmo? É?

- Sim, Heathcliff - respondeu ele, desviando o olhar de mim e mirando-o para as janelas que refletiam várias luas cintilantes, mas não mostravam qualquer luz no interior. - Eles estão em casa? Onde está ela? Nelly, você não está contente! Não precisa ficar tão perturbada. Ela está aqui? Fale! Quero ter uma palavra com ela... sua patroa. Vá e diga-lhe que uma pessoa de Gimmerton deseja vê-la.

- Como vai reagir a isso? - exclamei. - O que ela vai fazer? A surpresa me desconcerta... vai deixá-la fora de si! E você é realmente Heathcliff! Mas mudado! Não, não há como compreender. Por acaso ingressou no exército?

- Vá e transmita-lhe meu recado - interrompeu ele, impacientemente. - Não vou ter sossego enquanto não o fizer!

Girou o trinco e eu entrei; mas quando cheguei à sala de estar, onde o senhor e a senhora Linton estavam, não consegui convencer-me a prosseguir.

Por fim, resolvi arranjar uma desculpa, perguntando se queriam que acendesse as velas, e abri a porta.

Estavam sentados junto a uma janela, cujas venezianas estavam abertas e recostadas contra a parede pelo lado de fora, contemplando, para além das árvores do jardim e do parque verdejante, o vale de Gimmerton, com uma longa linha de neblina que serpenteava até o alto dos montes (pois logo depois de passar a capela, como deve ter reparado, a água que corre dos pântanos se junta num córrego que segue a curva do vale profundo). O Morro dos Ventos Uivantes se erguia acima desse vapor prateado, mas não se podia ver nossa antiga casa, que estava localizada no outro lado do morro. Tanto a sala como seus ocupantes e a paisagem que contemplavam pareciam extraordinariamente tranquilas. Permaneci relutante em cumprir minha missão; e estava realmente para ir embora sem cumpri-la, depois de ter perguntado sobre as velas, quando um impulso de minha loucura me fez retroceder e murmurar:

- Alguém de Gimmerton deseja vê-la, minha senhora.
- O que quer? - perguntou a senhora Linton.
- Não lhe perguntei a respeito - respondi.
- Bem, feche as cortinas, Nelly - disse ela - e traga-nos chá. Já volto.

Ela saiu da sala e o senhor Edgar perguntou quem era, sem mostrar muito interesse.

- Alguém por quem a patroa não espera - repliquei. - Esse Heathcliff... lembra-se dele, senhor? O rapaz que morava na casa do senhor Earnshaw.
- O quê!? O cigano... O moço do arado? - exclamou ele. - Por que não disse a Catherine que era ele?
- Psiu! O senhor não deve chamá-lo por esses nomes, patrão - disse eu. - Ela ia ficar muito ofendida se o ouvisse. Ficou com o coração destroçado quando ele fugiu. Acho que o regresso dele vai enchê-la de júbilo.

O senhor Linton caminhou até o outro lado da sala, até uma janela que dava para o pátio. Abriu-a e debruçou-se para fora. Acreditou que eles deviam estar lá embaixo, pois se apressou a exclamar:

- Não fique aí, meu amor! Mande entrar essa pessoa, se for alguém especial.

Daí a pouco ouvi o trinco girar e Catherine correu escada acima, ofegante e fora de si, excitada demais para mostrar contentamento; na verdade, pelo semblante dela, parecia mais provável supor uma terrível calamidade.

- Oh! Edgar, Edgar! - ofegava ela, lançando seus braços em torno do pescoço dele. - Oh! Querido Edgar! Heathcliff voltou... está aqui!

E não largava o marido com seu abraço apertado.

- Está bem, está bem - exclamou o marido, de mau humor. - Mas não me estrangule por isso! Nunca me impressionou como um belo tesouro. Não é preciso ficar tão histérica!

- Sei que jamais gostou dele - retrucou ela, reprimindo um pouco a intensidade de sua emoção. - Mas, por minha causa, vocês devem ser amigos agora. Posso convidá-lo a subir?
- Aqui - disse ele -, na sala?
- Para onde mais? - perguntou ela.

Ele parecia incomodado e sugeriu que a cozinha seria um local mais apropriado. A senhora Linton olhou-o com uma expressão estranha... meio zangada, meio risível ante o enfado dele.

- Não - acrescentou ela, depois de um momento. - Não posso sentar na cozinha. Prepare duas mesas aqui, Ellen: uma para o patrão e a senhorita Isabella, uma vez que pertencem à nobreza, e outra para Heathcliff e eu, que somos da plebe. Acha que está bem assim, querido? Ou devo mandar acender uma lareira em outro lugar? Se assim for, é só mandar. Vou lá embaixo buscar meu convidado. Receio que a alegria é grande demais para ser real!

Ela se preparava para descer as escadas, mas Edgar a deteve.

- Vá *você* pedir para que suba - disse ele, dirigindo-se a mim. - e você, Catherine, pode mostrar-se contente, mas sem chegar ao absurdo. Não é preciso que todo o pessoal da casa testemunhe a recepção que vai dar a um criado fugido como se fosse irmão seu.

Desci e encontrei Heathcliff esperando debaixo do alpendre, evidentemente antecipando um convite para entrar. Seguiu-me sem dizer palavra e levei-o à presença do patrão e da patroa, cujas faces enrubescidas denunciavam sinais de acesa discussão. Mas o rosto da patroa enrubesceu por outro sentimento quando o amigo apareceu à porta: correu para ele, tomou-o pelas mãos e o levou até o senhor Linton; e então agarrou os relutantes dedos de Linton e os apertou entre os do visitante. Agora, totalmente revelado pelo fogo da lareira e pela luz dos candelabros, eu estava impressionada, mais do que nunca, ao observar a transformação de Heathcliff. Ele se havia tornado um homem alto, atlético, bem constituído; ao lado dele, meu patrão parecia um jovem magricela. Seu porte aprumado sugeria a ideia de ter servido no exército; sua expressão era muito mais madura e decidida que a do senhor Linton; parecia transparecer inteligência e não retinha sinais da degradação de outros tempos. Uma semicivilizada ferocidade se vislumbrava ainda nas sobrancelhas carregadas e nos olhos cheios de fogo atroz, mas reprimido; e sua postura era de grande dignidade, totalmente despida de rudeza, embora austera demais para ser graciosa.

A surpresa de meu patrão igualava ou superava a minha. Permaneceu por um minuto hesitante, sem saber como haveria de se dirigir ao homem do arado, como o havia chamado. Heathcliff retirou a mão esguia e ficou de pé olhando para ele friamente, até que o outro se decidiu a falar.

- Sente-se, senhor - disse ele, finalmente. - A senhora Linton, em nome dos velhos tempos, pediu-me que lhe fizesse uma cordial recepção; e, claro, fico sempre muito grato quando algo que a agrada ocorre.

- E eu também - replicou Heathcliff. - De modo especial, se for algo em que tenho parte. Vou ficar uma ou duas horas de boa vontade.

Sentou-se de frente para Catherine, que não tirava os olhos dele, como se temesse que ele se evaporasse mal ela desviasse o olhar. Ele não levantava os olhos com frequência para ela: uma rápida olhada de vez em quando era tudo o que fazia; mas era cada vez mais visível o indisfarçável prazer que sentia nessa troca de olhares. Ambos estavam envolvidos demais em sua mútua alegria para dar lugar a constrangimentos. O mesmo não ocorria com o senhor Edgar: ficava sempre mais pálido de contrariedade; sentimento que atingiu o auge quando sua mulher se levantou e, passando por sobre o tapete, tomou as mãos de Heathcliff novamente e ria quase fora de si.

- Amanhã vou achar que isso foi um sonho! - exclamou ela. - Não vou conseguir acreditar que o vi, que o toquei e falei com você uma vez mais. E ainda assim, cruel, Heathcliff, você não merece esta recepção. Ficar ausente e sem dar notícias durante três anos e sem nunca pensar em mim!

- Um pouco mais do que você pensou em mim - murmurou ele. - Fiquei sabendo de seu casamento, Cathy, não faz muito tempo. Enquanto estive esperando lá embaixo no pátio, tracei este plano... ver rapidamente seu rosto, um olhar de surpresa talvez e um pretenso prazer; mais tarde, acertar contas com Hindley e então, frustrar a lei, executando eu mesmo minha sentença de morte. Mas sua acolhida tirou essas ideias de minha cabeça; tome cuidado, porém, para não me receber com outro aspecto da próxima vez! Não, não vai me mandar embora de novo. Você realmente teve pena de mim, não é? Bem, eu tinha meus motivos. Passei por maus bocados desde o momento em que ouvi sua voz pela última vez; e deve me perdoar, pois lutei somente por você!

- Catherine, se não quiser tomar o chá frio, por favor venha à mesa - interrompeu Linton, esforçando-se para manter seu tom habitual e a justa medida de polidez. - O senhor Heathcliff vai ter uma longa caminhada até onde possa pernoitar, e eu estou com sede.

Ela tomou seu lugar na frente da chaleira; e a senhorita Isabella veio ao toque da campainha. Então, depois de lhes ajeitar as cadeiras à mesa, deixei a sala. A pequena refeição não chegou a durar dez minutos. A xícara de Catherine ficou vazia: ela não conseguira comer nem beber. Edgar respingou o chá no pires e mal sorveu um gole. O hóspede não prolongou sua visita por mais de uma hora naquela noite. Perguntei-lhe, ao vê-lo partir, se ia para Gimmerton.

- Não, vou para o Morro dos Ventos Uivantes - respondeu ele. - O senhor Earnshaw convidou-me esta manhã quando o visitei.

O senhor Earnshaw *o* convidara! E *ele* visitou o senhor Earnshaw! Pensei vezes sem conta nessas frases depois que ele partiu. Será que está se tornando um tanto hipócrita e teria vindo para a região com a intenção de perpetrar alguma maldade? E seguia pensando. Tive um pressentimento do fundo do coração, que teria feito melhor se tivesse ficado longe dali.

Em torno da meia-noite, fui despertada do primeiro sono pela senhora Linton, que entrara em meu quarto, tomando assento ao lado de minha cama e puxando os meus cabelos para me acordar.

- Não consigo dormir, Ellen - disse ela, tentando desculpar-se. - Quero que alguém vivo me faça companhia em minha felicidade! Edgar está amuado porque estou contente com algo que não lhe interessa; recusa-se a abrir a boca, exceto para dizer coisas mesquinhas e idiotas; e afirmou que eu era cruel e egoísta ao querer conversar quando ele está tão indisposto e sonolento. Sempre inventa estar indisposto diante da menor contrariedade! Eu me permiti tecer alguns elogios a Heathcliff, e ele, fosse pela dor de cabeça ou por um acesso de ciúmes, começou a chorar; então me levantei e o deixei.

- E para que foi elogiar Heathcliff para ele? - perguntei. - Quando eram pequenos não se aturavam e Heathcliff também detestaria ouvi-la elogiar Edgar. A natureza humana é assim. Não fale mais dele ao senhor Linton, a menos que queira desencadear uma guerra aberta entre eles.

- Mas não acha que é sinal de fraqueza? - prosseguiu ela. - Eu não sou invejosa; nunca me sinto incomodada pelo brilho dos cabelos louros de Isabella e pela brancura da pele dela, nem pela delicada elegância nem pela predileção que toda a família tem por ela. Até você, Nelly, se por vezes temos uma discussão, corre logo em defesa de Isabella; e eu cedo como uma mãe tola: começo a chamá-la de querida e a afagá-la até acalmá-la. O irmão gosta de ver-nos sempre cordiais, e isso me agrada. Mas os dois são muito parecidos: crianças mimadas, que acham que o mundo gira em torno delas; e embora eu lhes satisfaça os caprichos, acho que um bom castigo melhoraria a todos de igual modo.

- Está enganada, senhora Linton - disse eu. - São eles que satisfazem os caprichos que você tem. Sei o que aconteceria se não o fizessem. E bem pode dar-se ao luxo de lhes satisfazer alguns caprichos, desde que eles se antecipem a todos os seus desejos. Mas olhe que pode acabar por tropeçar em algo de igual importância para ambos os lados; e então, aqueles a quem chama de fracos são bem capazes de serem obstinados como você.

- E então travamos uma luta até a morte, não é assim, Nelly? - retorquiu ela, rindo. - Não! Digo-lhe que tenho tanta confiança no amor de Linton que acredito que se o matasse, ele não iria retaliar.

Aconselhei-a a estimá-lo ainda mais por causa de tamanha afeição da parte dele.

- E o estimo - respondeu. - Mas ele não precisa pôr-se a chorar por ninharias. É infantil e, em vez de se debulhar em lágrimas porque eu disse que Heathcliff era agora digno do respeito de qualquer pessoa e que seria uma honra para o primeiro cavalheiro que lhe conquistasse a amizade, ele é que devia ter dito isso para mim e podia até mesmo passar a gostar dele; considerando que Heathcliff tem suas razões para não se dar com Edgar, tenho certeza de que se portou de forma irrepreensível.

- O que pensa da ida dele para o Morro dos Ventos Uivantes? - perguntei. - Aparentemente, mudou em todos os aspectos; como um bom cristão, estendendo a mão direita da amizade a todos os seus inimigos!

- Ele explicou tudo - replicou ela. - Também, como você, fiquei intrigada. Disse que foi lá para lhe pedir informações a meu respeito, supondo que você ainda morava lá; e Joseph chamou Hindley, que veio para fora e começou a perguntar-lhe o que tinha feito e como tinha conseguido levar a vida; e finalmente o mandou entrar. Havia mais pessoas lá dentro, jogando cartas; Heathcliff se juntou a eles; meu irmão perdeu algum dinheiro com ele e, vendo que estava bem de dinheiro, convidou-o a voltar lá à noite e ele aceitou. Hindley não é nada prudente ao escolher seus amigos; nem se deu ao trabalho de ponderar as razões que poderiam levá-lo a desconfiar de alguém a quem havia ofendido gravemente. Mas Heathcliff afirma que a principal razão que o levou a reatar relações com seu antigo algoz é o desejo de se instalar perto da granja, além do apego que sente pela casa, onde vivemos os dois, e também a esperança de que terei mais oportunidades de visitá-lo ali do que se ficasse alojado em Gimmerton. Faz questão de oferecer um bom dinheiro para ter a permissão de morar no Morro; e, sem dúvida, a ganância de meu irmão vai levá-lo a aceitar; ele sempre foi ávido por dinheiro, embora o que recolhe com uma mão joga fora com a outra.

- É um belo lugar para um jovem fixar residência! - disse eu. - Não receia as consequências, senhora Linton?

- Nenhuma por causa de meu amigo - replicou ela. - Seu espírito forte vai mantê-lo longe dos perigos; alguma, por causa de Hindley, mas este não pode tornar-se moralmente pior do que já é; e em caso de violência física, eu vou estar entre os dois. O que aconteceu esta noite me reconciliou com Deus e com a humanidade! Estava em clara rebelião conta a Providência. Oh! Suportei a mais profunda e amarga miséria, Nelly! Se essa criatura com quem vivo soubesse o quanto sofri, teria vergonha de empanar o fim desse sofrimento com sua vã petulância. Foi para poupá-lo que suportei tudo sozinha: se eu deixasse transparecer a agonia que frequentemente me perpassava, ele teria aprendido a ansiar pelo alívio dela tão ardentemente quanto eu. Mas tudo já passou e não vou me vingar por sua tolice; sinto-me capaz de suportar de tudo doravante! Se a mais perversa das criaturas me desse uma bofetada no rosto, não só lhe ofereceria a outra face, como lhe pediria perdão por tê-la provocado; e, como prova, vou agora mesmo fazer as pazes com Edgar. Boa noite! Sou um anjo!

E nessa autocomplacente convicção, se retirou; e o êxito da resolução levada a cabo era evidente no dia seguinte. O senhor Linton não só tinha abjurado de sua impertinência (embora seu humor parecesse ainda subjugado pela exuberante vivacidade de Catherine), mas também não se aventurava a objeções a que Isabella a acompanhasse nessa tarde até o Morro dos Ventos Uivantes; e ela o recompensou com tantas manifestações de afeto e carinho, que durante vários dias a casa parecia um paraíso; todos, patrão e criados, desfrutavam dessa perpétua felicidade.

Heathcliff... senhor Heathcliff, passarei a tratá-lo no futuro... usou a liberdade de visitar a granja de Thrushcross cautelosamente, de início: parecia querer avaliar até que ponto o dono suportaria sua intrusão.

Catherine também achou por bem moderar suas demonstrações de alegria ao recebê-lo. E ele, aos poucos, conquistou seu direito de ser naturalmente esperado. Conservara muito da reserva que o caracterizara na adolescência e que servia para reprimir toda demonstração mais exaltada de seus sentimentos. A inquietação de meu patrão conheceu uma calmaria, e circunstâncias posteriores a desviaram para outra direção por algum tempo.

Sua nova fonte de preocupações surgiu da inesperada desdita de Isabella Linton, deixando evidente uma súbita e irresistível atração pelo tolerado visitante. Nessa época, ela era uma encantadora jovem de 18 anos; infantil nos modos, embora detentora de viva inteligência, vivos sentimentos e um vivo temperamento, até demais quando irritada. O irmão, que a amava ternamente, ficou apavorado com essa absurda preferência. Deixando de lado a degradação de uma aliança com um homem sem nome e a possibilidade de sua propriedade, na falta de um herdeiro do sexo masculino, poder parar nas mãos de tal sujeito, ele era suficientemente inteligente para perceber as intenções de Heathcliff, para saber que, embora externamente tivesse mudado, a mente dele era imutável e inalterada. E ele temia essa mente: provocava nele revolta; fugia totalmente da ideia de entregar Isabella à guarda de tal homem. Mais ainda se preocuparia se soubesse que a afeição dela nascera sem ser solicitada e não despertava no objeto amado reciprocidade de sentimentos, pois, no momento em que descobriu sua existência, logo jogou a culpa no deliberado desígnio de Heathcliff.

Todos havíamos reparado, durante algum tempo, que a senhorita Linton aflita e ansiosa por alguma coisa. Mostrava-se irritada e aborrecida, implicando com Catherine e importunando-a continuamente, com o risco iminente de lhe esgotar a paciência. Nós a perdoamos, até certo ponto, por causa de sua saúde frágil: estava mirrando e definhando a olhos vistos. Mas um dia, quando foi particularmente caprichosa, rejeitando o café da manhã, queixou-se de que os criados não faziam o que ela lhes ordenava, que a patroa a tratava como se ela não fosse nada na casa, e que Edgar a ignorava, que havia apanhado um resfriado por terem deixado as portas abertas e que nós deixávamos o fogo da sala de estar a extinguir-se com o propósito de atormentá-la, e mais uma centena de outras acusações frívolas. Foi então que a senhora Linton insistiu peremptoriamente para que fosse para a cama e, recriminando-se duramente, ameaçou chamar o médico. A menção do Dr. Kenneth levou-a a clamar, no mesmo instante, que gozava de perfeita saúde e que era somente a rispidez de Catherine que a deixava infeliz.

– Como pode dizer que sou ríspida, menina mimada? – exclamou a patroa, perplexa com a descabida afirmação. – Está perdendo a razão. Quando é que fui ríspida?

– Ontem – soluçou Isabella. – E agora também!

– Ontem! – falou a cunhada. – Em que ocasião?

– Durante nossa caminhada ao longo do pântano; mandou-me dar uma volta por onde quisesse, enquanto a senhora passeava com o senhor Heathcliff.

– E é essa sua noção de rispidez? – disse Catherine, rindo. – Não era uma insinuação de que sua companhia era supérflua? Nós não nos importávamos se você permanecesse conosco ou não; eu simplesmente pensei que a conversa com Heathcliff não tinha nada que pudesse interessá-la.

– Oh, Não! – choramingou a jovem. – Mandou-me embora porque sabia que eu queria ficar ali!

– Está boa da cabeça? – perguntou a senhora Linton, voltando-se para mim. – Vou repetir nossa conversa, palavra por palavra, Isabella; e vai me apontar que encanto poderia ter para você.

– Não me interessa a conversa – replicou ela. – Eu queria estar com...

– Então? – disse Catherine, percebendo que hesitava em terminar a frase.

– Com ele; e não vou deixar que me mande sempre embora! – continuou ela, exaltada. – Você parece um cão roendo um osso, Cathy; e só você pode ser amada, mais ninguém!

– Mas que impertinente, macaquinha! – exclamou a senhora Linton, surpresa. – Mas não posso acreditar nessa idiotice! É impossível que possa atrair a admiração de Heathcliff... que o considere uma pessoa agradável! Espero tê-la entendido mal, Isabella.

- Não, não entendeu mal - disse a jovem apaixonada. - Eu o amo mais do que você já amou Edgar; e ele poderia me amar, se você o deixasse!
- Não gostaria de estar em seu lugar nem por um reino! - afirmou Catherine, enfaticamente; e parecia estar falando com sinceridade. - Nelly, ajude-me a convencê-la de sua loucura. Diga-lhe o que é Heathcliff: um enjeitado, sem refinamento, sem cultura; um deserto de espinheiros e pedras! Mais depressa soltaria aquele canarinho no parque num dia de inverno do que aconselhá-la a entregar seu coração a ele! É o deplorável desconhecimento do caráter dele, menina, e nada mais que fez com que esse sonho entrasse em sua cabeça. Por favor, não pense que ele esconda rios de benevolência e afeição sob essa rudeza exterior! Ele não é um diamante bruto... uma ostra rústica que esconde uma pérola; é um homem terrível, sem piedade, feroz. Nunca lhe digo "Deixe este ou aquele inimigo em paz, porque seria mesquinho ou cruel prejudicá-lo"; mas lhe digo "Deixe-os em paz, porque eu detestaria vê-los maltratados". E ele poderia esmagá-la como um ovo de pardal, Isabella, se a julgasse um fardo incômodo. Sei que não poderia amar uma Linton; e ainda assim, seria capaz de casar com sua fortuna e suas expectativas: a avareza está crescendo nele como um pecado costumeiro. Este é o retrato que faço dele: e sou amiga dele... tão amiga que, se ele pensasse seriamente em conquistá-la, eu poderia, talvez, ficar calada e ver você cair na armadilha dele.

A senhorita Linton fitava a cunhada com indignação.

- Vergonha! Vergonha! - repetiu ela, zangada. - Você é pior que vinte inimigos, amiga venenosa!
- Ah! Então não acredita em mim? - disse Catherine. - Pensa que falo por maldoso egoísmo?
- Tenho certeza que sim - retorquiu Isabella. - E me arrepio diante de você.
- Ótimo! - exclamou a outra. - Faça como quiser, se essa é sua intenção. Dou o assunto por encerrado e deixo a questão à sua impertinente insolência.
- E eu devo sofrer por causa do egoísmo dela! - soluçou ela, enquanto a senhora Linton saía da sala. - Todos, todos estão contra mim; ela frustrou meu único consolo. Mas só disse mentiras, não foi? O senhor Heathcliff não é um demônio; é um homem honrado, honesto; senão, como poderia lembrar-se dela?
- Tire-o de seus pensamentos, senhorita - disse eu. - Ele é uma ave de mau agouro, não é um companheiro para você. A senhora Linton falou com dureza e, ainda assim, não posso contradizê-la. Ela conhece o coração dele melhor do que eu ou qualquer outra pessoa; e nunca o faria parecer pior do que é. As pessoas honestas não escondem seus atos. O que ele andou fazendo para viver? Como ficou rico? Por que vai morar no Morro dos

Ventos Uivantes, na casa de um homem que ele abomina? Ouvi dizer que o senhor Earnshaw está cada vez pior desde que ele chegou. Passam a noite inteira jogando e Hindley andou pedindo dinheiro emprestado, dando a propriedade como garantia, e nada faz a não ser jogar e beber; foi o que ouvi dizer a semana passada... foi Joseph quem me contou... encontrei-me com ele em Gimmerton.

– Nelly – disse ele –, vamos ter a polícia lá em casa; vai fazer investigações por causa das brigas. Houve um que ficou quase sem um dedo e outro que sangrava como um vitelo. Era o patrão, sabe, que devia ir preso. Mas esse tem tanto medo do banco dos réus ou dos juízes, como de Paulo, Pedro, João, Mateus ou outro qualquer! Parece até que gosta... que faz de tudo para chegar a isso. Aquele Heathcliff não passa de um belo espertalhão! Capaz de rir como ninguém de uma boa piada. Nunca fala nada de sua vida entre nós quando vai à granja? Pois essa é a vida dele por lá: levanta-se ao pôr do sol e daí em diante é só jogar dados e beber, de janelas fechadas e velas acesas até a tarde do outro dia; então o doido do patrão sobe para o quarto gritando e praguejando de modo que as pessoas decentes têm de tapar os ouvidos, envergonhadas; e o pilantra fica ali contando quanto ganhou, comendo, dormindo e ainda vai conversar com a mulher do vizinho. Tenho certeza de que conta a Catherine como o dinheiro do pai dela vai passando para o bolso dele, e como o irmão dela se afunda cada vez mais, enquanto ele vai lhe dando alguma ajuda!

– Sabe, senhorita Linton – continuei –, Joseph é um velho tratante, mas não é mentiroso; e, se o que ele diz da conduta de Heathcliff for verdade, você não pensaria nunca em querer semelhante marido, não é?

– Está de conluio com eles, Ellen! – replicou ela. – Não vou dar ouvidos a suas calúnias. Que malevolência deve ter para desejar me convencer de que não há felicidade neste mundo!

Se ela se teria curado sozinha dessa fantasia ou se persistiu em acalentá--la para sempre, não posso dizer; ela teve pouco tempo para refletir. No dia seguinte houve um julgamento na cidade vizinha; meu patrão teve de comparecer e o senhor Heathcliff, sabendo da ausência do outro, veio mais cedo que o habitual. Catherine e Isabella estavam sentadas na biblioteca, ainda zangadas uma com a outra, mas em silêncio; a última, preocupada com sua recente indiscrição e a revelação que havia feito de seus sentimentos secretos num fugaz acesso de paixão; a primeira, depois de muita reflexão sobre o ocorrido, realmente ofendida com sua companheira e, se agora risse de novo de tanta petulância, estava inclinada a não dar essa impressão à outra. Riu mesmo ao ver Heathcliff passar diante da janela. Eu estava varrendo a lareira e notei um sorriso malicioso nos lábios. Isabella, absorta em suas meditações ou leitura, não se mexeu até a porta se abrir; e era tarde demais para tentar escapar, o que de bom grado teria feito, se tivesse sido possível.

– Entre; está tudo bem! – exclamou a senhora alegremente, puxando uma cadeira para junto da lareira. – Aqui estão duas pessoas muito tristes, precisando de uma terceira para derreter o gelo entre elas; e você é exatamente aquele que nós duas escolheríamos. Heathcliff, tenho a honra de lhe apresentar, finalmente, alguém que o estima ainda mais do que eu própria. Espero que se sinta lisonjeado. Não, não é Nelly; não olhe para ela! Minha pobre cunhada está de coração partido pela mera simples contemplação da beleza física e moral que você possui. Está em suas mãos vir a ser cunhado de Edgar! Não, não, Isabella, você não vai fugir – continuou ela, detendo, com pretenso ar de brincadeira, a confusa moça, que se havia levantado indignada. – Estávamos discutindo como duas gatas sobre você, Heathcliff, e eu fui claramente vencida em protestos de devoção e admiração; e, ainda por cima, fui informada de que, se eu tivesse pelo menos a delicadeza de me manter afastada, minha rival, como ela própria se considera, desfecharia uma seta diretamente em seu coração, que o prenderia para sempre e lançaria minha imagem ao eterno esquecimento!

– Catherine! – disse Isabella, recuperando a dignidade, sem tentar livrar-se da mão que a segurava. – Eu lhe agradeceria se respeitasse a verdade e não me caluniasse, nem mesmo por brincadeira! Senhor Heathcliff, tenha a bondade de pedir à sua amiga que me solte. Ela se esquece de que o senhor e eu não somos amigos íntimos e que o que a diverte é para mim indizivelmente doloroso.

Como o visitante não respondesse, mas se sentasse e se mostrasse totalmente indiferente aos sentimentos que ela pudesse nutrir por ele, voltou-se e sussurrou um sério apelo à sua torturadora para que a liberasse.

– De modo algum! – exclamou a senhora Linton em resposta. – Nunca mais vai dizer que sou um cão roendo um osso. Você tem de ficar aqui de qualquer jeito! Heathcliff, por que não se mostra satisfeito com a bela novidade? Isabella jura que o amor do Edgar por mim não é nada comparado ao que ela sente por você. Tenho certeza de que foi mais ou menos isso que ela disse, não é, Ellen? E não come nada desde nossa caminhada de anteontem, de desgosto e raiva por eu tê-la excluído de sua companhia, com a ideia de que isso é inaceitável.

– Acho que a interpretou mal – disse Heathcliff, virando a cadeira para ficar de frente para elas. – Seja como for, ela só deseja agora estar longe de mim!

E fitou duramente o objeto do discurso, como podemos fazer com um animal estranho e repulsivo: uma centopeia das Índias, por exemplo, que a curiosidade nos leva a examinar de perto, apesar da aversão que provoca. A pobrezinha não podia aturar isso; ficou branca e vermelha sucessivamente e, enquanto lágrimas umedeciam suas pestanas, usava a força de seus pequenos dedos para se livrar do apertão de Catherine; percebendo que, mal afastava um dedo do braço, logo outro se cravava e que não conseguia soltá-los todos de uma vez, começou a usar as unhas afiadas, que logo ornamentaram a opressora com arranhões vermelhos em forma de meia-lua.

- Mas ela parece um tigre! - exclamou a senhora Linton, soltando-a e sacudindo a mão dolorida. - Vá embora, pelo amor de Deus, e suma com sua cara de megera! Que tolice mostrar essas garras a ele. Não pode imaginar as conclusões que ele vai tirar? Cuidado, Heathcliff! São armas mortíferas... cuidado com seus olhos.

- Iria lhe arrancar os dedos, caso me ameaçassem - respondeu ela, de modo brutal, quando a porta se fechou atrás dela.

- Mas por que razão irritou a criatura dessa maneira, Cathy? Não estava dizendo a verdade, não é?

- Claro que estava - retrucou ela. - Há várias semanas que anda perdida de amores por você, delirando por você esta manhã e despejando um dilúvio de impropérios contra mim, porque lhe apresentei claramente seus defeitos, com o propósito de mitigar a adoração que ela tem por você. Mas deixemos isso de lado. Eu quis castigar sua petulância, nada mais. Gosto demais dela, meu caro Heathcliff, para deixá-lo que a agarre e a devore.

- E eu gosto dela bem menos para tentar - disse ele. - A menos que fosse à moda dos vampiros. Haveria de ouvir falar de coisas estranhas, se eu vivesse sozinho com essa insípida cara de cera: a mais simples seria pintar nessa pele branca as cores do arco-íris e transformar seus olhos azuis em pretos, dia sim, dia não; parecem-se detestavelmente com os de Linton.

- Deliciosamente! - observou Catherine. - São olhos de pomba... de anjo!

- Ela é herdeira do irmão, não é? - perguntou ele, depois de breve silêncio.

- Ficaria triste ao pensar nisso - retrucou a companheira. - Meia dúzia de sobrinhos vão lhe tirar o título, se Deus quiser! Tire de sua cabeça esse assunto por ora; está propenso demais a ambicionar a fortuna de seu vizinho; lembre-se que a fortuna *desse* vizinho é minha.

- Se fosse *minha*, não haveria deixar de sê-lo - disse Heathcliff. - Mas, embora Isabella Linton possa ser tola, não é louca; e, em resumo, é melhor encerrar o assunto, como você sugeriu.

E foi o que fizeram, pelo menos em palavras; e Catherine, provavelmente, também em pensamento. O outro, tenho certeza, pensou nisso muitas vezes no decorrer da tarde. Eu o via sorrir para si mesmo... um sorriso malicioso... e deter--se em agourenta meditação sempre que a senhora Linton se ausentava da sala.

Decidi vigiar seus movimentos. Meu coração pendia invariavelmente para o lado do patrão mais do que para o de Catherine; com razão, eu pensava, pois ele era bondoso, digno de confiança e honrado, ao passo que ela... ela não podia ser classificada como o *oposto*, mas parecia permitir-se tantas liberdades que eu confiava muito pouco em seus princípios e tinha menos simpatia ainda por seus modos. Queria que algo acontecesse que pudesse ter o efeito de libertar pacificamente, do senhor Heathcliff, tanto o Morro dos Ventos Uivantes como a granja, deixando-nos viver como tínhamos vivido antes da chegada dele. Suas visitas eram para mim um contínuo pesadelo; e, suspeitava, para meu patrão também. A presença dele no Morro era um incômodo que fugia de qualquer explicação. Parecia-me que Deus havia abandonado a ovelha desgarrada aos próprios descaminhos e uma fera rondava entre a ovelha e o redil, esperando o momento para atacar e destruir.

CAPÍTULO 11

À s vezes, enquanto meditava sozinha sobre tudo isso, eu me levantava tomada de súbito terror, punha a touca e ia ver como estavam as coisas na fazenda. Tinha clara consciência de que era meu dever avisar o patrão sobre o que as pessoas falavam em relação a seu comportamento; e então me lembrei de seus indiscutíveis maus hábitos e, sem esperança de ajudá-lo, desisti de entrar de novo naquela casa lúgubre, duvidando que pudesse dispor-se a ouvir minhas palavras.

Uma vez passei pelo velho portão, saindo de meu caminho habitual num passeio até Gimmerton. Foi mais ou menos no período em que parei em minha narrativa. Era uma tarde ensolarada, mas gelada, a terra nua e a estrada dura e seca. Cheguei até uma pedra onde a estrada segue para o pântano, à esquerda; era um tosco marco de arenito com as letras M. V. U. gravadas em seu lado norte; no lado leste, G., e no sudeste, G. T. Serve de poste de orientação para a granja de Thrushcross, para o Morro dos Ventos Uivantes e para o vilarejo. O Sol dourava o topo cinzento do marco, relembrando-me o verão. Não sei explicar por que, mas, de repente, uma torrente de sensações de infância fluiu em meu coração. Hindley e eu o tínhamos como um local favorito vinte anos atrás. Contemplei longamente o bloco gasto pelo tempo e, inclinando-me, percebi um buraco perto da base, ainda cheio de cascas dos caracóis e seixos, que gostávamos de armazenar ali junto com outras coisas perecíveis; e, como se fosse real, parecia que eu observava meu companheiro de outros tempos sentado na relva seca, com sua angulada cabeça escura inclinada para frente e sua mão pequena escavando a terra com um pedaço de ardósia. "Pobre Hindley!", exclamei involuntariamente.

Levei um susto: meus olhos corpóreos se iludiram fazendo-me crer, por momentos, que a criança levantou a cabeça e me fitava firmemente. Sumiu num piscar de olhos, mas imediatamente senti um irresistível anseio de estar no Morro. A superstição me obrigou a ceder a esse impulso: supondo que estaria morto! Pensei... ou haveria de morrer logo!... supondo que seria um sinal de morte próxima! Quanto mais me aproximava da casa mais ficava agitada; e quando a avistei, passei a tremer inteiramente. A aparição me havia precedido: lá estava de pé, olhando através do portão. Foi a primeira ideia que me ocorreu ao observar um menino de cabelos emaranhados e olhos castanhos encostando seu rosto avermelhado nas grades. Uma reflexão mais demorada me sugeriu que esse devia ser Hareton, *meu* Hareton; não estava muito diferente de quando o havia deixado, dez meses antes.

- Deus o abençoe, querido! - exclamei, esquecendo instantaneamente meus tolos receios. - Hareton, sou a Nelly! Nelly, sua ama.

Ele recuou, ficando fora do alcance de meu braço, e apanhou uma grande pedra.

- Vim para ver seu pai, Hareton - acrescentei, adivinhando por seu ato que Nelly, se ainda estivesse viva na memória dele, não a reconhecia em minha pessoa.

Levantou a pedra para arremessá-la; comecei então um discurso para acalmá-lo, mas que não conseguiu deter sua mão: a pedra acertou meu chapéu e jorrou, dos lábios trêmulos do menino, uma enxurrada de impropérios que, se os entendesse ou não, eram proferidos com real ênfase e distorceu suas feições de criança numa chocante expressão de maldade. Pode ter certeza de que me senti mais magoada que ofendida. Quase chorando, tirei uma laranja de minha bolsa e a ofereci para acalmá-lo. Ele hesitou e então arrancou-a de minha mão como se pensasse que eu só pretendia enganá-lo e deixá-lo desapontado. Mostrei-lhe outra, mantendo-a fora de seu alcance.

- Quem lhe ensinou essas belas palavras, menino? - perguntei. - O pároco?
- Que vá para o diabo o pároco e você também! Dê-me isso! - replicou ele.
- Diga onde toma lições e lhe darei a laranja - disse eu. - Quem é seu professor?
- O diabo de meu pai - foi a resposta.
- E o que aprende de seu pai? - continuei.

Deu um pulo para alcançar a fruta, mas eu a levantei mais alto.

- O que ele lhe ensina? - perguntei.
- Nada - respondeu ele. - Só que não me meta na vida dele. Meu pai não me suporta porque lhe rogo pragas.
- Ah! Então é o diabo quem lhe ensina a rogar pragas a seu pai - observei.
- Não - balbuciou.
- Quem é, então?

— Heathcliff.

Perguntei-lhe se gostava do senhor Heathcliff.

— Sim — respondeu novamente.

Desejando saber as razões por que ele gostava de Heathcliff, só pude colher estas frases:

— Não sei. Devolve a meu pai o que este faz contra mim... xinga meu pai por este me xingar. E diz que posso fazer o que eu quiser.

— Então o pároco não lhe ensina a ler e a escrever? — prossegui.

— Não, ele me disse que o pároco vai engolir... os dentes goela abaixo... se acaso se atrever a passar a soleira da porta... Heathcliff prometeu isso!

Dei-lhe a laranja e pedi que avisasse o pai de que uma mulher chamada Nelly Dean o esperava no portão do jardim para falar com ele. Subiu a rampa e entrou em casa; mas, em vez de Hindley, quem apareceu à porta foi Heathcliff; e eu dei meia volta imediatamente e corri estrada abaixo o mais depressa que pude, sem parar até alcançar o marco de orientação, sentindo-me tão apavorada como se o diabo estivesse a meu encalço. Isso não tem muita relação com o caso da senhorita Isabella, a não ser que me impeliu a ficar mais alerta que nunca e a fazer o máximo para evitar que essa má influência se estendesse até a granja, mesmo que eu pudesse desencadear uma tempestade doméstica ao contrariar os desejos da senhora Linton.

Na vez seguinte em que Heathcliff apareceu, minha jovem dama Isabella estava, por acaso, dando de comer a alguns pombos no pátio. Por três dias, não dirigira a palavra à cunhada, mas tinha deixado igualmente de expressar suas irritantes queixas, o que era um alívio para nós. Eu sabia que Heathcliff não tinha o hábito dispensar uma única atenção desnecessária à senhorita Linton.

Agora, logo que a avistou, sua primeira precaução foi dar uma rápida olhada na fachada da casa. Eu estava de pé junto à janela da cozinha, mas me retirei para ficar fora de vista. Ele então atravessou o pátio em direção a ela e disse algo que a deixou aparentemente embaraçada e com vontade de se afastar; para evitar isso, ele a segurou pelo braço. Ela desviou o rosto; parece que ele lhe fez alguma pergunta que ela não fazia questão de responder. Olhou de novo para a casa e, julgando que ninguém o via, o pilantra teve o descaramento de abraçá-la.

— Judas! Traidor! — bradei. — Além de tudo, é também um hipócrita? Um claro impostor!

— Quem é, Nelly? — disse a voz de Catherine, que vinha de trás de minhas costas.

Eu me distraíra tanto em vigiar os dois lá fora, que não me dei conta da entrada dele.

– Seu imprestável amigo! – respondi com veemência. – Aquele furtivo tratante! Ah! Já nos lançou um olhar... ele está entrando! Será que vai ter coragem de encontrar uma desculpa plausível para fazer a corte à senhorita, depois que lhe disse que a odiava?

A senhora Linton viu Isabella libertar-se e correr para o jardim; e um minuto depois, Heathcliff abriu a porta. Não poderia evitar de dar vazão à minha indignação; mas Catherine, zangada, pediu silêncio e ameaçou mandar-me sair da cozinha se me atrevesse a intrometer-me em algo que não me dizia respeito.

– Quem a ouvir vai pensar que você é a dona da casa – exclamou ela. – É melhor pôr-se em seu devido lugar! Heathcliff, que está fazendo para arrumar essa confusão? Já lhe disse para deixar Isabella em paz!... Peço-lhe que assim faça, a menos que esteja cansado de vir aqui e queira que Lindon o ponha para fora de uma vez!

– Deus o livre de tentar fazer isso! – respondeu o patife; passei a detestá-lo a partir de então. – Que Deus o conserve dócil e paciente! Cada dia que passa tenho mais vontade de mandá-lo para o outro mundo!

– Calado! – disse Catherine, fechando a porta interna. – Não me irrite. Por que desrespeitou o que lhe pedi? Foi ela que intencionalmente se atirou em seus braços?

– Que tem você a ver com isso? – resmungou. – Tenho o direito de beijá-la, se ela quiser; e você não tem o direito de se opor. Não sou *seu* marido; *você* não precisa ter ciúmes de mim!

– Não tenho ciúmes de você – replicou a patroa. – Estou preocupada com você. Desanuvie seu rosto: não deve ficar carrancudo diante de mim! Se gosta de Isabella, pode casar-se com ela. Mas você gosta mesmo dela? Diga a verdade, Heathcliff! Aí está, não quer responder. Tenho certeza de que não gosta dela.

– E o senhor Linton haveria de aprovar que sua irmã se casasse com esse homem? – perguntei.

– O senhor Linton haveria de aprovar – respondeu a senhora, com firmeza.

– Ele pode muito bem poupar-se desse trabalho – disse Heathcliff. – Poderia fazê-lo da mesma forma sem a aprovação dele. E quanto a você, Catherine, tenho vontade de lhe dizer algumas palavras agora, enquanto estamos tratando do assunto. Quero que fique sabendo que eu *sei* que você me tratou da pior maneira possível... da pior maneira! Ouviu? E se você se ilude pensando que não percebo, é uma doida; e se acha que posso ser consolado por doces palavras, é uma idiota; e se imagina que vou sofrer sem me vingar, vou convencê-la do contrário, muito em breve! Por ora, obrigado por me ter revelado o segredo de sua cunhada. Juro que tirarei dele o máximo proveito. E fique fora disso!

- Que nova faceta de seu caráter é essa? - exclamou a senhora Linton, surpresa. - Então eu o tratei da pior maneira possível... e você vai se vingar! Como vai fazer isso, seu bruto ingrato? Como o tratei da pior maneira possível?

- Não vou me vingar de você - replicou Heathcliff, com menos veemência. - Não é esse o plano... O tirano maltrata os escravos, e estes não se revoltam contra ele; esmagam os que estão abaixo deles. Você pode me torturar até a morte por divertimento, mas só me permita que me divirta também um pouco no mesmo estilo, e tente refrear seus insultos o mais que puder. Depois de arrasar meu palácio, não construa uma choupana e passe a admirar complacentemente sua generosidade ao oferecê-la a mim como moradia. Se eu pensasse que você queria mesmo que me casasse com Isabella, cortaria já minha garganta!

- Oh! O lado mau é que eu não tenho ciúmes, não é? - exclamou Catherine. - Bem, não vou repetir minha oferta de uma esposa; é o mesmo que oferecer uma alma perdida a satanás. Como ele, sua alegria é ver os outros sofrerem. E você dá provas disso. Edgar já se recuperou do acesso de raiva que seu retorno lhe causou; eu começo a sentir-me segura e tranquila; mas você, irritado por nos ver em paz, aparece resolvido a provocar discussões. Discuta com Edgar, se isso lhe agrada, Heathcliff, e engane a irmã dele: você vai perpetrar exatamente o melhor método de se vingar de mim.

- A conversa se encerrou. A senhora Linton se sentou perto da lareira, enrubescida e triste. Seu estado de espírito a tornava intratável. Não conseguia ficar quieta nem se controlar. Ele permaneceu de pé ao lado da lareira, de braços cruzados, entregue a seus maus pensamentos; e nessa posição os deixei, para procurar o patrão, que já estava estranhando o fato de Catherine demorar-se tanto lá embaixo.

- Ellen - disse ele quando entrei. - Viu sua patroa?

- Sim, está na cozinha, senhor - respondi. - Está tristemente transtornada com o comportamento do senhor Heathcliff; e, na verdade, acho que está realmente na hora de organizar as visitas dele de outro modo. Paga-se caro por ser condescendente demais e agora se chegou a esse ponto... E relatei a cena do pátio e, tão fielmente quanto pude, toda a discussão subsequente. Não me pareceu que isso pudesse prejudicar a senhora Linton, a menos que ela depois passasse a defender o hóspede. Edgar Linton teve dificuldade em ouvir meu relato até o fim. Suas primeiras palavras revelavam que não isentava a esposa de culpa.

- Isso é intolerável! - exclamou ele. - É uma vergonha que ela insista em tê-lo como amigo e queira obrigar-me a suportar a companhia dele! Ellen, chame dois homens e faça-os esperar fora do vestíbulo. Catherine não vai continuar discutindo com aquele pilantra... já fui tolerante demais com ela.

Ele desceu e, ordenando aos criados para que aguardassem no vestíbulo, foi até a cozinha, seguido por mim. Os que estavam lá, tinham recomeçado sua violenta discussão; a senhora Linton, pelo menos, estava repreendendo com renovado vigor; Heathcliff se havia afastado até a janela, cabisbaixo, aparentemente amedrontado com a severa recriminação. Ele foi o primeiro a ver o patrão e fez um rápido sinal para que ela ficasse em silêncio; ela obedeceu imediatamente ao descobrir a razão dessa intimação.

- O que é isso? - perguntou Linton, dirigindo-se a ela. - Que noção de decoro deve você ter para permanecer aqui, depois das palavras que esse patife lhe dirigiu? Suponho que é porque esse modo habitual dele de falar já não a impressiona mais; já está habituada a essa grosseria e deve estar pensando, talvez, que eu venha a me habituar também!

- Esteve escutando atrás da porta, Edgar? - perguntou a patroa, num tom particularmente calculado para provocar o marido, mostrando desinteresse e desprezo pela irritação dele.

Heathcliff, que havia levantado os olhos nas primeiras palavras dele, deu uma risada zombeteira ao ouvir as palavras da última, com o propósito, parecia, de atrair a atenção do senhor Linton. Conseguiu, mas Edgar não estava disposto a envolver-se com ele em discussões mais acaloradas.

- Até agora tenho tido muita paciência em aturá-lo, senhor - disse ele calmamente. - Não porque ignorasse seu miserável e degradado caráter, mas porque sabia que o senhor era só parcialmente responsável por isso; e como Catherine desejasse manter sua amizade, consenti... insensatamente. Sua presença é um veneno moral que haveria de contaminar o mais virtuoso dos homens; por essa razão e para evitar consequências piores, vou negar doravante sua entrada nesta casa; e aproveito também o momento para lhe pedir que saia imediatamente. Três minutos de demora vão tornar sua saída involuntária e ignominiosa.

Heathcliff mirou-o de alto a baixo com um olhar de desprezo.

- Cathy, este seu cordeiro é ameaçador como um touro - disse ele. - Arrisca-se a partir o crânio contra meus punhos. Por Deus, senhor Linton, lamento mortalmente que não seja digno de ser abatido!

Meu patrão olhou para o vestíbulo e me fez sinal para mandar entrar os homens; ele não tinha intenção de arriscar-se num embate pessoal. Obedeci ao sinal, mas a senhora Linton, suspeitando de algo, veio atrás de mim; e quando me preparava para chamá-los, ela me puxou para trás, bateu a porta e a trancou.

- Belos meios! - disse ela, em resposta ao olhar surpreso e zangado do marido. - Se não tem coragem de atacá-lo, peça-lhe desculpa ou dê-se por vencido. Isso evitará que tente mostrar mais valentia do que realmente tem. Não, vou engolir a chave antes que consiga tirá-la de mim! Sinto-me deliciosamente recompensada por minha bondade para com os dois! Depois de constante indulgência para com a natureza fraca de um e para com a má de outro, recebo como reconhecimento duas provas de ingratidão, cega e estúpida até o absurdo! Edgar, eu estava defendendo a você e aos seus; por isso gostaria que Heathcliff lhe desse uma surra de deixá-lo doente, por ter ousado pensar mal de mim!

Não foi necessária surra nenhuma para produzir o mesmo efeito no patrão. Ele tentou arrancar a chave das mãos de Catherine, que, por segurança, arremessou-a no meio do braseiro mais vivo da lareira. Diante disso, Edgar foi acometido de uma tremedeira nervosa e seu rosto ficou pálido como a morte. Nem que sua vida dependesse disso, conseguiria dominar esse excesso de emoção; um misto de angústia e de humilhação se apoderou totalmente dele. Ele se inclinou sobre o espaldar de uma cadeira e cobriu o rosto.

– Oh, céus! Em outros tempos, isso seria recompensado com o título de cavaleiro! – exclamou a senhora Linton. – Fomos derrotados! Fomos derrotados! Se Heathcliff levantasse um dedo contra você, seria o mesmo que o rei lançar seus exércitos contra um ninho de ratos. Ânimo! Ninguém o feriu. Seu tipo não é o de um cordeiro, você mais parece um coelho recém-nascido!

– Desejo que se alegre com esse covarde de sangue aguado, Cathy! – disse-lhe o amigo. – Dou-lhe meus parabéns pelo bom gosto. E essa é a coisa que se baba e treme que você preferiu em vez de mim? Não o agrediria com meus punhos, mas lhe daria uns bons pontapés e ficaria mais que satisfeito. Está chorando ou vai desmaiar de medo?

O camarada se aproximou e deu um empurrão na cadeira em que o senhor Linton se apoiava. Teria sido melhor se tivesse se mantido a distância. Meu patrão se endireitou de repente e desferiu-lhe um golpe na garganta que teria prostrado um homem mais franzino. O golpe o deixou sem respiração por um minuto; e, enquanto se recuperava, o senhor Linton saiu para o pátio pela porta dos fundos e dali seguiu para a entrada principal.

– Pronto! Conseguiu dar um fim às visitas – exclamou Catherine. – Vá embora, agora! Ele vai voltar com um par de pistolas e meia dúzia de ajudantes. Se ele realmente nos ouviu, jamais vai perdoá-lo. Você me pregou uma bela peça, Heathcliff! Mas vá... depressa! Prefiro ver Edgar em maus lençóis do que você.

– Está pensando que eu vá embora com esse golpe queimando em minha goela? – trovejou ele. – Por todos os demônios, não! Vou lhe esmigalhar as costelas como se fossem uma noz chocha antes de ultrapassar a soleira da porta! Se não o derrubo agora, qualquer dia o mato; assim, como dá valor à vida dele, deixe que o apanhe agora!

- Ele não vai voltar - intervim, mentindo um pouco. - Lá estão o cocheiro e dois jardineiros; certamente você não vai esperar para ser jogado no meio da estrada por eles! Cada um deles vem com um cacete; e o patrão, muito provavelmente, deverá ficar observando das janelas da sala para ver se cumprem as ordens recebidas.

Os jardineiros e o cocheiro estavam lá, mas Linton estava com eles. Já tinham chegado ao pátio. Heathcliff, depois de pensar um pouco, resolveu evitar uma luta contra três subalternos; apanhou o atiçador, arrebentou a fechadura da porta interna e escapuliu-se enquanto os outros tentavam entrar.

A senhora Linton, extremamente nervosa, pediu-me para acompanhá-la ao andar de cima. Não desconfiava de minha participação nesse desfecho e eu fazia questão de que ela ignorasse o fato.

- Estou quase ficando doida, Nelly! - exclamou ela, atirando-se no sofá. - Sinto a cabeça latejar como se mil martelos me batessem! Diga a Isabella para se afastar de mim; essa confusão toda é culpa dela. Se ela ou mais alguém vier a aumentar minha raiva agora, certamente vou perder a cabeça. Nelly, diga a Edgar, ainda esta noite, que eu corro o risco de adoecer gravemente. Tomara que isso venha a acontecer! Foi ele que se alterou e me magoou profundamente! Quero assustá-lo. Além disso, ele pode muito bem vir aqui e passar a me recriminar ou a lamentar-se. Estou certa de que seria repreendida e sabe Deus onde iríamos acabar! Vai fazer isso, minha boa Nelly? Bem sabe que não tenho culpa no que ocorreu. O que o teria levado a escutar atrás da porta? A fala de Heathcliff foi muito injuriosa depois que você nos deixou; mas eu logo daria um jeito de afastá-lo de Isabella, e o não tinha importância. Agora, a situação se complicou totalmente por causa do louco desejo de ouvir falar mal de si mesmo, desejo que persegue algumas pessoas como um demônio! Se Edgar nunca tivesse ouvido nossa conversa, nunca teria levado a pior. Realmente, quando ele se dirigiu a mim naquele tom irracional de desgosto, depois que eu tinha xingado Heathcliff até ficar rouca para defendê-lo, pouco me importava o que pudessem vir a fazer um ao outro; sobretudo quando percebi que, terminasse como terminasse a discussão, haveríamos de ficar separados ninguém sabe por quanto tempo! Bem, se Heathcliff não pode ser meu amigo... se Edgar vai se tornar mau e ciumento, vou tentar dilacerar-lhes o coração, dilacerando o meu. Será a melhor forma de acabar com tudo, se for levada até aos extremos! Mas é algo a ser feito só em último caso; não apanharia Edgar de surpresa. Até agora não me tem provocado muito; deve-se mostrar o perigo de abandonar tal modo de agir e relembrar-lhe meu temperamento impetuoso, que, quando atiçado, chega à loucura. Gostaria que eliminasse essa apatia de seu rosto, Ellen, e se mostrasse um pouco mais preocupada comigo.

A impassibilidade com que recebi essas instruções era, sem dúvida, exasperadora, pois haviam sido dadas com toda a sinceridade; mas eu acreditava que uma pessoa que pode prever tão bem seus acessos de fúria, conseguiria também, exercitando sua vontade, controlar-se de forma bastante razoável, mesmo quando sob a influência deles; e eu não queria "assustar" o marido, como ela disse, e aumentar as preocupações dele somente para satisfazer o egoísmo dela. Por isso não comentei nada quando encontrei o patrão se dirigindo para a sala. Mas tomei a liberdade de voltar atrás para saber se haveriam de retomar a discussão. Ele foi o primeiro a falar:

– Fique onde está, Catherine – disse ele, sem raiva alguma na voz, mas com pesaroso desânimo. – Não vou ficar aqui nem vim discutir ou fazer as pazes; mas gostaria de saber apenas se, depois dos acontecimentos de hoje, você pretende continuar com essa intimidade com...

– Oh! Pelo amor de Deus! – interrompeu a senhora, batendo o pé. – Pelo amor de Deus, não vamos mais tocar no assunto, por ora! Seu sangue frio não consegue ficar febril; suas veias estão cheias de água gelada, mas as minhas estão cheias de sangue fervendo, e ver tanta frieza me deixa doida.

– Para ficar livre de mim, responda à minha pergunta – insistiu o senhor Linton. – Você deve responder; e essa violência não me assusta. Descobri que você pode ser tão estoica como qualquer outra pessoa, se quiser. Vai desistir de Heathcliff doravante ou vai desistir de mim? É impossível para você ser minha amiga e amiga dele ao mesmo tempo; e, de qualquer forma, exijo que me diga qual dos dois vai escolher.

– Eu exijo que me deixe sozinha – exclamou Catherine, furiosa. – Estou pedindo! Não vê que mal posso ficar de pé? Edgar, deixe-me... deixe-me!

Tocou a campainha até quebrá-la; entrei calmamente. Esses ataques insensatos de fúria eram suficientes para fazer perder a paciência a um santo! Lá estava ela batendo a cabeça no braço do sofá e rangendo os dentes com tanta força que parecia querer reduzi-los a estilhaços! O senhor Linton estava de pé, fitando-a, tomado de súbito pavor. Pediu-me que trouxesse um pouco de água. Ela estava sem fôlego e não conseguia falar. Trouxe-lhe um copo cheio, mas como não quisesse beber, borrifei um pouco seu rosto. Em poucos segundos, ela se esticou, revirou os olhos, enquanto suas faces, ao mesmo tempo brancas e lívidas, assumiam um aspecto cadavérico. Linton olhava aterrorizado.

– Isso não deve ser coisa de outro mundo – sussurrei. Não queria deixá-lo preocupado, embora, em meu íntimo, eu mesma não pudesse deixar de estar um tanto assustada.

– Ela tem sangue nos lábios – disse ele, estremecendo.

– Não é nada! – respondi asperamente. E lhe contei como ela tinha resolvido, antes da chegada dele, de simular um ataque de nervos. Incautamente, eu disse isso em voz alta e ela me ouviu, pois se soergueu... com os cabelos caindo pelos ombros, olhos flamejantes, e os músculos do pescoço e dos braços inacreditavelmente retesados. Achei que tivesse algum osso quebrado, pelo menos; mas ela limitou-se a olhar em volta e então saiu correndo da sala. O patrão me fez sinal para que a seguisse; obedeci, mas o fiz até a porta do quarto; ela me impediu de avançar mais, fechando a porta atrás de si.

Como não descesse para o café na manhã seguinte, subi para perguntar se queria que lhe levasse algo.

– Não! – respondeu ela, secamente.

Ouvi a mesma resposta no jantar e na hora do chá; e, na manhã seguinte, recebi a mesma resposta. O senhor Linton, por sua vez, passava o tempo na biblioteca e não me perguntava sobre as ocupações da esposa. Isabella e ele tiveram uma hora de conversa, durante a qual ele tentou fazer com que ela revelasse algum sentimento de horror pelos avanços de Heathcliff. Mas não conseguiu obter nada de suas respostas evasivas e viu-se obrigado a terminar a conversa de modo insatisfatório; acrescentou, no entanto, um solene aviso: se ela fosse tão louca a ponto de encorajar aquele pretendente desprezível, haveria de cortar todos os laços de parentesco com ela.

CAPÍTULO 12

Enquanto a senhorita Linton andava abatida pelo parque e pelo jardim, sempre em silêncio e quase sempre chorando; enquanto o irmão se fechava na biblioteca cercado de livros que nunca abria... desgastando-se, julgo eu, na vã esperança de que Catherine, arrependida de sua conduta, viria por iniciativa própria a pedir perdão e a procurar uma reconciliação... enquanto ela continuava obstinadamente a jejuar, provavelmente acalentando a ideia de que, em cada refeição, Edgar se via prestes a soçobrar por causa da ausência dela e que somente o orgulho o impedia de correr a lançar-se a seus pés, eu continuava com meus afazeres domésticos, convencida de que a granja abrigava uma única alma sensata entre suas paredes e de que essa alma era a que habitava meu corpo.

Não perdia tempo em lastimar a senhorita, nem em qualquer recriminação em relação à minha patroa, nem prestava muita atenção aos suspiros de meu patrão, que desejava vivamente ouvir o nome da esposa, visto que não podia ouvir a voz dela. Decidi que as coisas deveriam seguir seu rumo e, embora fosse um processo enfadonho e lento, comecei a me alegrar, finalmente, com um leve indício de seu progresso, como tinha pensado de início.

No terceiro dia, a senhora Linton destrancou a porta; e como a água do jarro e da garrafa havia acabado, pediu-me que os enchesse novamente e que lhe trouxesse um prato de mingau de aveia, pois ela acreditava que iria morrer. Pensei que só dizia isso para que chegasse aos ouvidos de Edgar, justamente por meu intermédio; como não acreditei nisso, nada disse a ele e levei chá e algumas torradas para ela. Comeu e bebeu avidamente e depois se estirou novamente na cama, contorcendo as mãos e gemendo.

— Oh! Acho que vou morrer! - exclamou ela. - Ninguém se preocupa comigo. Teria sido melhor que não tivesse tomado isso.

Um bom tempo depois, eu a ouvi murmurar:

— Não, não vou morrer... ele ficaria contente... ele não me ama... nunca sentiria a minha falta.

— Quer alguma coisa, minha senhora? - perguntei, tentando manter minha compostura, apesar de seu aspecto assustador e de seus modos estranhos e exagerados.

— O que faz aquele ser patético? - indagou ela, afastando os tufos emaranhados de cabelo de seu rosto perdido. - Caiu em letargia ou já morreu?

— Nem uma coisa nem outra - respondi -, se acaso se refere ao senhor Linton. Acho que está razoavelmente bem, embora as leituras lhe roubem mais tempo do que deviam; passa o tempo entre seus livros, uma vez que não tem outra companhia.

Eu não teria dito isso se estivesse a par do verdadeiro estado dela; mas não conseguia deixar de pensar que parte de seu transtorno era mera representação.

— No meio dos livros! - exclamou ela, confusa. - E eu aqui morrendo! À beira do túmulo! Meu Deus! E ele está sabendo como estou transtornada? - continuou ela, contemplando seu reflexo num espelho pendurado na parede oposta. - E essa é Catherine Linton? Ele vai imaginar que só estou de mau humor... fingindo, talvez. Você não pode informá-lo que corro sério perigo, Nelly? Se não for tarde demais, assim que souber o que ele sente por mim, vou escolher entre essas duas alternativas: morrer de fome de uma vez... o que não seria nenhum castigo, a menos que ele tenha coração... ou recuperar-me e sair dessa região. Você está realmente dizendo a verdade a respeito dele? Não minta! Ele é mesmo tão indiferente com minha vida?

— Ora, minha senhora - respondi -, o patrão não faz ideia de seu desolador; e certamente nem pensa que vai querer morrer de fome.

— Acha que não? Não pode lhe dizer que o farei? - continuou ela. - Convença-o! Fale como achar melhor: diga-lhe que tem certeza de que o farei!

— Não, esquece-se, senhora Linton - sugeri -, de que comeu alguma coisa com apetite esta tarde e que amanhã haverá de perceber seus bons efeitos.

— Se eu tivesse certeza de que isso o mataria - interrompeu ela - eu me suicidaria imediatamente! Não preguei o olho nestas três últimas noites... e... Oh, foi um tormento! Fui perseguida por fantasmas, Nelly! Mas começo a pensar que você não gosta de mim. É estranho! Pensava que, embora todos se odeiem e se desprezem uns aos outros, não poderiam deixar de gostar de mim. E todos eles se tornaram meus inimigos em poucas horas: todos, estou certa, todos os que moram aqui. Que medonho é encontrar a morte, rodeada por seus gélidos rostos! Isabella, aterrorizada e repelida, com medo de entrar neste quarto, pois seria terrível ver Catherine partir. E Edgar, solenemente de pé ao lado para ver o fim; depois, orando a Deus em agradecimento por ter restabelecido a paz à sua casa, voltando em seguida para seus *livros*! O que, em nome de tudo que tem algum sentimento, tem ele para se agarrar aos *livros*, quando eu estou morrendo?

Ela não podia suportar a ideia, que eu lhe havia enfiado na cabeça, da filosófica resignação do senhor Linton. Agitando-se, ela exasperou seu estado febril passando a um estado de loucura e rasgou o travesseiro com os dentes; depois, levantando-se bruscamente, como se a cama estivesse em chamas, pediu-me para abrir a janela. Estávamos em pleno inverno, o vento soprava forte do Nordeste e me recusei a cumprir sua ordem. As expressões que perpassavam seu rosto e as mudanças de comportamento começaram a me preocupar seriamente; e me traziam à lembrança sua antiga doença e as recomendações do médico para que não fosse contrariada.

Momentos antes, estava violenta; agora, apoiada em um braço e sem lembrar-se de minha recusa a lhe obedecer, parecia divertir-se como uma criança ao puxar as penas pelos rasgões do travesseiro, que acabara de fazer, alinhando-as no lençol segundo suas diferentes espécies. Sua mente vagava por outras associações.

- Esta é de peru - murmurava para si mesma. - E esta é de pato selvagem; e esta, de pomba. Ah! Então colocando penas de pomba nos travesseiros... é por isso que não consigo morrer! Tenho de tomar o cuidado de jogá-la no chão quando me deitar. E aqui está uma de lagópode; e esta... haveria de reconhecê-la entre mil... é de abibe. Linda ave! Voando em círculos sobre nossas cabeças no meio do pântano. Queria voltar ao ninho, pois as nuvens haviam tocado os montes e pressentia a chuva. Esta pena foi recolhida de uma urze, a ave não foi morta a tiros: vimos seu ninho no inverno, cheio de pequenos esqueletos. Heathcliff havia posto uma arapuca acima do ninho e os pais não se atreveram mais a voltar. Obriguei-o a prometer que, depois daquilo, nunca mais haveria de matar um abibe; e não matou mais. Sim, há mais aqui! Ele atirou em algum abibe, Nelly? Algum deles é vermelho? Deixe-me ver.

- Pare com essa criancice! - interrompi, tirando-lhe o travesseiro das mãos e voltando os buracos para o colchão, pois ela estava tirando as penas aos punhados. - Deite-se e feche os olhos; está delirando. Que confusão! As penas estão voando em volta como flocos de neve.

Recolhi algumas aqui e acolá.

- Eu vejo em você, Nelly - continuou ela, como em sonho - uma mulher idosa: de cabelos grisalhos e ombros encurvados. Esta cama é a gruta das fadas, sob os penhascos de Penistone e você está recolhendo setas de duendes para matar nossos bezerros; fingindo, enquanto estou por perto, que são apenas flocos de lã. É no que vai se tornar daqui a 50 anos. Sei que agora você não é assim. Não estou delirando, você se engana ou, caso contrário, eu haveria de acreditar que você *era* realmente a bruxa mirrada e que eu haveria de estar sob os penhascos de Penistone. Mais ainda, estou certa de que já é noite e de que há duas velas acesas em cima da mesa que fazem o guarda-roupa preto brilhar como azeviche.

- O guarda-roupa preto? Onde está? - perguntei. - Está falando durante o sono!

- Está encostado na parede, como sempre - replicou ela. - Realmente parece estranho... vejo nele um rosto!

- Não há guarda-roupa no quarto, nem houve jamais - disse eu, voltando para meu lugar e levantando a cortina da cama para a poder vigiá-la.

- Não está vendo aquele rosto? - perguntou ela, olhando fixamente para o espelho.

E dizendo o que podia, não consegui fazê-la compreender que era ela própria que estava vendo; por isso levantei e cobri o espelho com um xale.

- Está ainda ali atrás! - prosseguiu ela, ansiosa. - E se mexeu. Quem será? Espero que não saia dali quando você for embora! Oh! Nelly, o quarto está assombrado! Tenho medo de ficar sozinha!

Tomei sua mão e pedi que se acalmasse, pois uma série de estremecimentos perpassava seu corpo e ela poderia continuar se contorcendo ao fitar o espelho.

- Não há ninguém aqui! - insisti. - Era sua própria imagem, senhora Linton; já lhe disse isso há pouco.

- Minha imagem! - murmurou ela. - E o relógio está batendo as doze! É verdade, então! É assustador!

Seus dedos agarraram o lençol e ela cobriu os olhos com ele. Tentei chegar à porta com a intenção de chamar seu marido, mas um grito lancinante me obrigou a voltar atrás... o xale havia caído do espelho.

- Então, o que há? - exclamei. - Quem é covarde agora? Acorde! É o vidro... o espelho, senhora Linton; e a senhora se vê nele e lá estou eu também a seu lado.

Trêmula e assustada, abraçou-se a mim com força, e o terror foi se esvaindo aos poucos de seu semblante; sua palidez deu lugar a um rubor de vergonha.

- Meu Deus! Pensei que estava em casa - suspirou ela. - Pensei que estava deitada em meu quarto, no Morro dos Ventos Uivantes. Como estou fraca, meu cérebro ficou confuso e gritei inconscientemente. Não diga nada, mas fique comigo. Tenho medo de dormir, meus pesadelos me assustam.

— Um bom sono só lhe faria bem, minha senhora — retruquei. — E espero que esse sofrimento a impeça de tentar morrer de fome novamente.

— Oh! Se eu, pelo menos, estivesse em minha cama, em minha antiga casa! — continuou ela, amargamente, contorcendo as mãos. — E aquele vento uivando entre os abetos, rente à janela. Deixe-me senti-lo... vem diretamente do pântano... deixe-me respirá-lo!

Para acalmá-la, entreabri a janela por alguns segundos. Uma rajada fria invadiu o quarto; fechei-a e voltei a meu lugar. Agora estava sossegada, com o rosto banhado em lágrimas. A exaustão do corpo tinha dominado inteiramente seu espírito; nossa impetuosa Catherine não era mais que uma criança chorona!

— Há quanto tempo eu me tranquei aqui? — perguntou, com renovada energia.

— Foi segunda-feira à tardinha — repliquei. — E hoje é quinta-feira, melhor, sexta de madrugada agora.

— O quê? Da mesma semana? — exclamou ela. — Só esse breve tempo?

— Bastante para quem vive apenas de água fria e mau humor — observei.

— Bem, parece um número enfadonho de horas — resmungou ela, em dúvida — Deve ser bem mais. Lembro-me de estar na sala de visitas depois que discutiram e de Edgar me ter provocado cruelmente e de eu ter fugido desesperada para este quarto. Assim que tranquei a porta, uma escuridão total me envolveu e caí no chão. Não conseguiria explicar a Edgar que me sentia desmaiando ou ficando louca, se ele persistisse em me importunar! Não tinha o comando da língua ou do cérebro e ele não percebeu, talvez, minha agonia; tive apenas o bom senso de fugir dele e de sua voz. Antes de me recuperar suficientemente para ver e ouvir, já era madrugada; e, Nelly, vou lhe contar o que pensei e o que me ocorreu e voltou a ocorrer a ponto de temer por minha saúde mental. Enquanto estava ali deitada com a cabeça encostada à perna da mesa, e meus olhos mal distinguindo o vão escuro da janela, pensei que estava em casa, fechada em minha cama de painéis de carvalho; o coração me doía por algum grande pesar, que não consegui lembrar, ao acordar. Ponderei e me afligi ao tentar descobrir o que poderia ser e, o que é mais estranho ainda, os últimos sete anos de minha vida sumiram de minha memória. Não me lembrava absolutamente de nada. Voltara a ser criança, meu pai acabara de ser sepultado e minha infelicidade partia da separação entre mim e Heathcliff, que Hindley havia ordenado. Achava-me só pela primeira vez e, despertando de um sono sobressaltado depois de uma noite de choro, estendi a mão para correr as cortinas da cama e toquei no criado-mudo! Deslizei a mão pelo tapete e então minha memória voltou; minha última angústia foi sugada num paroxismo de desespero. Não sei explicar por que me senti tão infeliz; deve ter sido um transtorno momentâneo, pois não há razão que o justifique.

Mas imaginei que tinha sido arrancada do Morro aos 12 anos, arrancada de tudo o que me era querido, de tudo e de todos, como era Heathcliff naquela época, como fui convertida em senhora Linton, senhora da granja de Thrushcross e esposa de um estranho; exilada e proscrita desde então do que havia sido meu mundo. Pode imaginar o abismo em que me afundei! Abane a cabeça como quiser, Nelly, mas você contribuiu para me deixar nesse estado! Deveria ter falado a Edgar, deveria tê-lo feito, e persuadi-lo a me deixar em paz! Oh! Estou ardendo em febre! Gostaria de estar lá fora! Gostaria de voltar a ser menina, meio selvagem, audaciosa e livre; e rir das ofensas em vez de enfurecer-se por causa delas! Por que estou tão mudada? Por que meu sangue ferve infernalmente diante de umas míseras palavras? Estou certa de que voltaria a ser eu mesma outra vez entre as urzes daqueles montes. Abra a janela de novo, mas totalmente; deixe-a aberta! Depressa, por que não se mexe?

- Porque não quero vê-la morrer de frio - respondi.

- Não quer me dar uma oportunidade de viver, com certeza - disse ela, mal--humorada. - Mas ainda não estou incapacitada de me mover. Vou abri-la eu mesma.

E deslizando para fora da cama antes que eu pudesse impedi-la, atravessou o quarto cambaleando, abriu a janela e se debruçou, sem se importar com o vento gelado que lhe cortava as costas, afiado como uma lâmina. Implorei e finalmente tentei forçá-la a recuar. Mas logo descobri que, com o delírio, sua força era muito superior à minha (estava delirando, como me convenci por seus atos e devaneios subsequentes). Não havia luar e tudo estava imerso em nebulosa escuridão; nenhuma luz brilhava em qualquer casa, longe ou perto, todas as luzes haviam sido apagadas havia tempo; e aquelas do Morro dos Ventos Uivantes nunca eram visíveis... ainda assim, ela afirmava que as via brilhar.

- Olhe! - exclamou ela, ansiosa. - Aquele é meu quarto com a vela acesa e as árvores da frente balançando; e a outra vela está no sótão de Joseph. Ele se deita muito tarde, não é? Está esperando que eu chegue em casa para fechar o portão. Bem, vai ter de esperar muito ainda. É uma caminhada dura e é preciso ter um coração valente para enfrentá-la; e devemos passar em frente da igreja de Gimmerton para completá-la! Muitas vezes provocamos juntos os fantasmas e nos desafiamos mutuamente a ficar entre as sepulturas e chamar os mortos para que aparecessem. Mas Heathcliff, se eu o desafiasse agora, você se aventuraria? Caso se aventurasse, vou ficar com você. Não quero jazer ali sozinha; podem me enterrar a doze palmos abaixo do solo e fazer desabar sobre mim a igreja, mas eu não haverei de descansar enquanto você não estiver comigo. Nunca, jamais!

Fez uma pausa e prosseguiu com um sorriso estranho:

- Ele está analisando... preferiria que fosse eu a ir até ele! Encontre um caminho, então! Não através desse cemitério. Você é lento demais! Fique contente, você sempre me seguiu!

Percebendo que era impossível argumentar contra sua insanidade, estive planejando como encontrar algo para agasalhá-la, sem largá-la (pois não podia deixá-la sozinha perto da janela aberta), quando, para minha consternação, ouvi o ruído da maçaneta da porta e o senhor Linton entrou. Só então havia saído da biblioteca e, ao passar pelo corredor, havia escutado nossa conversa e tinha sido atraído por curiosidade ou por medo; decidiu então verificar do que se tratava àquelas altas horas da noite.

- Oh! Senhor! - exclamei, detendo a exclamação que chegava a seus lábios ao deparar-se com o que via e com a gélida atmosfera do quarto.

- Minha pobre patroa está doente e me domina totalmente. Não consigo controlá-la de modo algum. Por favor, venha e convença-a a voltar para a cama. Esqueça sua raiva, pois é difícil fazê-la seguir os conselhos e faz o que bem entende.

- Catherine está doente? - disse ele, correndo para nós. - Ellen, feche a janela! Catherine, por que...

Calou-se. A aparência desfigurada da senhora Linton prostrou-o sem fala e só conseguia olhar para ela e para mim, com terrível espanto.

- Está há dias nesse tormento - continuei - e sem comer quase nada e sem se queixar. Não admitia a presença de ninguém de nós até esta noite; por isso não pudemos informá-lo antes do estado dela, uma vez que nós também não estávamos a par dele; mas não é nada grave!

Senti que havia apresentado de modo desastroso minhas explicações; o patrão franziu as sobrancelhas.

- Não é nada grave, não é, Ellen Dean? - retrucou, asperamente. - Deverá me explicar mais claramente o motivo de me deixar sem saber disso!

Tomou a esposa nos braços e a olhou angustiado. De início, ela parecia não reconhecê-lo; ele era invisível para seu olhar abstrato. Mas o delírio não era contínuo; desviando os olhos da contemplação da escuridão exterior, gradualmente concentrou sua atenção nele e descobriu quem era aquele que a amparava nos braços.

- Ah! Você veio, não é, Edgar Linton? - disse ela, com zangada vivacidade. - Você é uma daquelas coisas que sempre aparecem quando menos se espera e, quando realmente se quer, nunca aparecem! Presumo que vamos ter agora muitas lamentações... vejo que sim... mas elas não podem me afastar de minha diminuta moradia lá adiante, meu lugar de repouso, para onde irei antes que a primavera termine! É isso; não entre os Linton, veja bem, sob o teto da capela; mas ao ar livre, debaixo de uma lápide; e então pode escolher o que preferir: ficar no meio deles ou vir a meu encontro!

– Catherine, o que é que você fez? – começou o patrão. – E eu não significo mais nada para você? Ama aquele malvado do Heath...

– Pare aí! – exclamou a senhora Linton. – Cale-se imediatamente! Se pronunciar esse nome, termino com tudo agora mesmo, pulando pela janela! O que você toca agora pode lhe pertencer, mas minha alma estará no alto daqueles montes antes que torne a pôr as mãos em mim. Não o quero mais, Edgar; já cansei de você. Volte para seus livros. Fico contente por você ter um consolo, pois tudo o que você tinha em mim desapareceu.

– Está delirando, senhor – intervim. – Só tem dito bobagens a noite inteira; mas se descansar e for bem cuidada, logo vai estar recuperada. Devemos ser cautelosos doravante para não irritá-la.

– Não gostaria de receber mais conselhos de sua parte – replicou o senhor Linton. – Você conhecia o temperamento de sua patroa e me encorajou a contrariá-la. E não me informou de como ela tinha passado esses últimos três dias! Foi desumano! Meses de doença não poderiam causar tamanha mudança!

Comecei a me defender, achando totalmente errado ser recriminada por mais um capricho maldoso.

– Eu sabia que o comportamento da senhora Linton era obstinado e arrogante – exclamei –, mas não sabia que o senhor desejava alimentar seu temperamento feroz! Não sabia que, para agradá-la, deveria fechar os olhos ao que o senhor Heathcliff fez. Procedi como uma criada fiel ao avisá-lo, e recebi o pagamento de uma criada fiel! Bem, isso me ensina a ser mais cuidadosa da próxima vez. Da próxima vez, terá de descobrir sozinho o que acontece!

– Da próxima vez que vier com histórias, será despedida, Ellen Dean – replicou ele.

– Então, suponho, prefere não saber nada a respeito disso, senhor Linton? – disse eu. – Heathcliff tem sua permissão para cortejar a senhorita e vir para cá em todas as oportunidades que sua ausência oferecer a ele, com o propósito de envenenar sua relação com a patroa?

Catherine, apesar de confusa, suas faculdades estavam alertas para poder acompanhar nossa conversa.

– Ah! Então Nelly me traiu! – exclamou ela, com veemência. – Nelly é meu inimigo oculto. Sua bruxa! Assim, você realmente procura flechas para nos ferir! Largue-me, que a faço arrepender-se! Vou fazê-la urrar uma retratação!

Uma fúria incontida se acendeu sob seus olhos; debatia-se desesperadamente para se livrar dos braços de Linton. Não tinha intenção alguma de permanecer ali por mais tempo e, resolvida a procurar ajuda médica por minha conta, saí do quarto.

Ao passar pelo jardim em direção da estrada, cheguei a um local em que há um gancho fixado no muro e vi algo branco a balançando descompassadamente, impelido claramente por outra coisa que não o vento. Apesar de minha pressa, parei para verificar o que era, com receio de que fosse eu, depois, a ficar com a impressão de que se tratava de alguma criatura do outro mundo. Foi com grande surpresa e perplexidade que descobri, mais pelo tato que pela visão, a cadela perdigueira da senhorita Isabella, Fanny, enforcada com um lenço e quase em seu último suspiro. Soltei rapidamente o animal e deixei-o no jardim. Eu tinha visto a cadela seguir a dona para o andar de cima quando foi dormir; fiquei me perguntando como poderia ter saído e que malvada pessoa a teria tratado dessa maneira. Enquanto desamarrava o nó em torno do gancho, pareceu-me ouvir o galope de cavalos a alguma distância; mas havia tantas coisas ocupando minhas reflexões que não dei muita importância a isso, embora fosse um som estranho naquele lugar, às 2 horas da madrugada.

Por sorte, o Dr. Kenneth estava precisamente saindo de casa para visitar um paciente no vilarejo quando eu subia pela rua; e meu relato sobre a doença de Catherine o levou a me acompanhar de volta imediatamente. Ele era um homem simples e rude e não teve qualquer escrúpulo em me dizer que tinha sérias dúvidas de que ela sobrevivesse a esse segundo ataque, a menos que seguisse mais à risca suas instruções do que fizera anteriormente.

– Nelly Dean – disse ele –, não posso deixar de imaginar que há outra causa para essa recaída. O que foi que aconteceu na granja? Correm relatos estranhos por aí. Uma moça forte e disposta como Catherine não adoece por uma ninharia; e pessoas desse tipo tampouco. É muito difícil que tenham febre alta e coisas semelhantes. Como é que começou?

– Meu patrão o informará – respondi. – O senhor está a par do gênio violento dos Earnshaw, e a senhora Linton os supera a todos eles. Posso lhe dizer que tudo começou com uma discussão. Foi durante um acesso de raiva que foi acometida por uma espécie de desmaio. Pelo menos, é o que ela diz, porque no auge da discussão correu e se trancou no quarto. Depois, recusou-se a comer e agora delira e fica meio adormecida, alternadamente; reconhece as pessoas em torno dela, mas tem a mente cheia de toda espécie de ideias estranhas e de ilusões.

– O senhor Linton está preocupado? – observou Kenneth, interrogativamente.

– Preocupado? Vai ter um ataque cardíaco se algo acontecer – respondi. – Não o alarme mais que o necessário.

– Bem, eu lhe disse para ter cuidado – disse meu companheiro. – E deve arcar com as consequências por não ter levado a sério minha advertência!

Não se tem encontrado ultimamente com o senhor Heathcliff?

- O senhor Heathcliff visita a granja frequentemente - respondi -, embora mais porque a patroa o conheceu quando ele era um menino e não porque o patrão goste de sua companhia. E agora ele está livre dessas visitas, em decorrência de certas pretensões que o senhor Heathcliff manifestou em relação à senhorita Linton. Acho que dificilmente ele haverá de voltar à granja.

- E a senhorita Linton mostrou interesse por ele? - foi a pergunta seguinte do médico.

- Ela não me faz confidências - respondi, relutante em continuar o assunto.

- Não faz mesmo, ela é furtiva - observou ele, sacudindo a cabeça. - Guarda para si suas opiniões! Mas é uma verdadeira tola. Sei de fonte segura que a noite passada (e que linda noite foi!), ela e o senhor Heathcliff estavam passeando, na plantação atrás de sua casa, por mais de duas horas. E ele a pressionou a não voltar para casa e a fugir com ele a cavalo! Meu informante disse que ela só conseguiu dissuadi-lo dando sua palavra de honra de que estaria preparada no encontro seguinte; quando deveria ser, ele não conseguiu ouvir; mas deve avisar o senhor Linton para tomar extremo cuidado!

Essas notícias me encheram de novos medos; ultrapassei Kenneth e passei a correr durante quase todo o caminho de volta. A cadela continuava a latir no jardim. Demorei um minuto para lhe abrir o portão, mas, em vez de ir para a porta da casa, passou a andar de cá para lá, farejando a relva; e teria escapado para a estrada se eu não a agarrasse e a levasse comigo. Ao subir para o quarto da senhorita Isabella, minhas suspeitas se confirmaram: estava vazio. Se tivesse chegado algumas horas mais cedo e lhe tivesse falado da doença da senhora Linton, poderia tê-la impedido de dar esse passo temerário. Mas o que poderia ser feito agora? Havia ainda uma vaga esperança de alcançá-los, se fossem seguidos sem demora. Mas eu não poderia ir ao encalço deles e não me atrevia a acordar a criadagem e pôr a casa em polvorosa; não podia também contar o ocorrido a meu patrão, absorto como estava com a terrível desventura da esposa e o coração dele não haveria de suportar essa nova aflição! Não vi outra saída a não ser ficar calada e deixar que as coisas seguissem seu rumo. Quando o Dr. Kenneth chegou, fui anunciá-lo, com as roupas totalmente em desalinho. Catherine dormia um sono perturbado; o marido havia conseguido acalmar seu acesso de loucura; estava debruçado sobre o travesseiro, observando toda nuance e toda a mudança das expressões de dor nas feições dela.

Ao examinar o caso, o médico falou ao marido de sua esperança de uma evolução favorável, se pudéssemos manter em torno dela um ambiente de perfeita e constante tranquilidade. Voltando-se para mim, confidenciou-me que o perigo que a ameaçava não era tanto a morte, mas uma permanente alienação de intelecto.

    Não preguei o olho naquela noite, nem o senhor Linton. De fato, não chegamos a ir para a cama; e todos os criados estavam de pé muito antes da hora habitual, andando pela casa na ponta dos pés e trocando sussurros ao se encontrarem uns com os outros em suas ocupações. Todos estavam em seus afazeres, menos a senhorita Isabella, e começaram a comentar seu sono profundo. O irmão perguntou se ela já se havia levantado, parecendo impaciente com sua ausência e magoado por ela mostrar tão pouca preocupação com a cunhada. Eu tremia com medo de que ele me mandasse chamá-la, mas fui poupada do sofrimento de ser a primeira a anunciar sua fuga. Uma das criadas, uma moça imprudente, que fora bem cedo a Gimmerton levar um recado, subiu as escadas ofegante e entrou esbaforida no quarto, gritando:

    – Oh! Meu Deus, meu Deus! Que mais poderá acontecer? Meu senhor, senhor, nossa jovem...

    – Pare com esse barulho! – exclamei rapidamente, irritada com o espalhafato.

    – Fale mais baixo, Mary... o que houve? – perguntou o senhor Linton. – O que aflige a moça?

    – Fugiu, fugiu! Heathcliff fugiu com ela! – disse ofegante.

    – Não é verdade! – exclamou o senhor Linton, levantando-se agitado. – Não pode ser! Como é que essa ideia foi entrar em sua cabeça? Ellen Dean, vá procurá-la. É incrível, não pode ser!

    Enquanto falava, foi com a criada até a porta e repetiu-lhe a pergunta para saber a razão de semelhante afirmação.

    – Ora, encontrei na estrada um rapaz que entrega o leite aqui – gaguejou ela – e me perguntou se nós não estávamos preocupados aqui na granja. Pensei que se referisse à doença da senhora; por isso lhe respondi que sim. Então ele disse: "Alguém foi atrás deles?". Arregalei os olhos. Ele viu que eu nada sabia sobre isso e me contou como um cavalheiro e uma dama haviam parado numa ferraria para ajustar a ferradura de um cavalo, a duas milhas de Gimmerton, pouco depois da meia-noite! E como a filha do ferreiro se levantou para ver quem eram: reconheceu os dois imediatamente. E garantiu ao homem... estava certa de que era Heathcliff.; ninguém poderia confundi-lo; além disso... pôs nas mãos do pai dela uma libra como pagamento. A senhora trazia um manto que lhe cobria o rosto, mas, ao pedir um gole de água e enquanto o bebia, o manto caiu para trás, deixando-lhe o rosto totalmente a descoberto. Heathcliff segurava as rédeas enquanto cavalgavam e sumiram do vilarejo, galopando o mais rápido possível pela estrada pedregosa. A menina nada disse ao pai, mas esta manhã contou-o a todas as pessoas que encontrava em Gimmerton.

Corri e espiei, por pura formalidade, no quarto de Isabella, confirmando, quando voltei, a declaração da criada. O senhor Linton havia retomado seu lugar ao pé da cama; quando tornei a entrar, ergueu os olhos e adivinhou a verdade na lividez de meu semblante; tornou a baixá-los, sem dar qualquer ordem ou proferir palavra.

- Devemos tomar qualquer medida para alcançá-la e trazê-la de volta? - perguntei. - O que podemos fazer?

- Ela foi embora por sua livre vontade - respondeu o patrão. - Ela tinha o direito de ir, se quisesse. Não me perturbe mais a respeito disso. De hoje em diante, ela é só minha irmã de nome; não porque a reneguei, mas porque ela me renegou.

Foi tudo o que disse sobre o assunto. Não voltou a fazer qualquer pergunta mais, nem a mencionou de alguma forma, exceto ao me ordenar que enviasse todos os pertences dela para a nova moradia, onde quer que fosse, quando viesse a sabê-lo.

CAPÍTULO 13

Durante dois meses, nada se soube dos fugitivos; nesses dois meses, a senhora Linton sofreu e venceu o pior distúrbio daquilo que é denominado febre cerebral. Nenhuma mãe teria cuidado de um filho único mais devotadamente do que Edgar cuidou de Catherine. Vigiava dia e noite, suportando pacientemente todos os aborrecimentos que nervos irritados e razão abalada podiam infligir; e embora o Dr. Kenneth observasse que o fato de tê-la salvado do túmulo só haveria de recompensar o cuidado dele, mas deixando a sequela de permanente ansiedade no futuro... com efeito, a saúde e as forças dele tinham de ser sacrificadas para preservar esse mero farrapo humano... Edgar era só gratidão e alegria quando a vida de Catherine foi declarada fora de perigo. E passava horas a fio sentado ao lado dela, acompanhando sua gradual recuperação e acalentando as mais otimistas esperanças na ilusão de que a mente dela haveria de voltar a seu equilíbrio total, e logo ela haveria de voltar a ser o que era.

A primeira vez que saiu do quarto foi no início de março. De manhã, o senhor Linton havia colocado um punhado de crocos dourados sobre o travesseiro. Os olhos dela, por muito tempo alheios a qualquer vislumbre de prazer, viu-os ao acordar e brilharam deliciados enquanto os apanhava avidamente.

— São as primeiras flores do Morro! — exclamou ela. — Lembram-me os suaves ventos do degelo, o Sol quente e a neve há pouco derretida. Edgar, o vento não sopra do Sul e a neve já não se foi quase toda?

— A neve já derreteu quase toda por aqui, querida — replicou o marido — e só consigo ver duas manchas brancas em toda a extensão dos pântanos; o céu é azul, as cotovias cantam e os arroios e córregos estão cheios até as

bordas. Catherine, na primavera passada, eu ansiava por ter você debaixo deste teto; agora desejaria que estivesse a 1 ou 2 milhas acima nesses montes: o ar sopra tão suavemente que estou certo de que ficaria curada.
- Nunca mais vou voltar para lá, a não ser uma única vez - disse a enferma.
- E então você vai me perder e eu vou permanecer por lá para sempre. Na próxima primavera, estará ansiando novamente por me ter debaixo deste teto; e vai olhar para trás e vai ver como era feliz hoje!

Linton a tratava com o maior carinho e tentava animá-la com palavras cheias de afeto; mas ela, olhando indiferente para as flores, deixou as lágrimas se acumularem nos cílios e depois escorrerem pela face, sem lhes dar atenção. Sabíamos que estava realmente melhor e por isso achamos o longo confinamento num só e único lugar foi responsável por esse desânimo, que poderia ser mitigado pela mudança de ambiente. O patrão me mandou acender a lareira na sala de visitas, onde havia semanas ninguém entrava, e colocar uma espreguiçadeira ao sol, perto da janela. Então levou a senhora para baixo e ela ficou sentada por um longo tempo, desfrutando do calor do Sol e da lareira; e, como esperávamos, reanimada pelos objetos em torno dela, que, embora familiares, não estavam ligados a lúgubres associações como os de seu odiado quarto de enferma. Ao pôr do sol, parecia exausta; ainda assim, não havia argumentos que pudessem convencê-la a voltar para aquele quarto e tive de arrumar o sofá da sala como cama até que outro quarto pudesse ser preparado. A fim de lhe poupar o cansaço de subir e descer as escadas, preparamos este, onde o senhor está agora... no mesmo andar da sala; e logo ela se sentiu com forças suficientes para se deslocar de um para o outro, apoiada no braço de Edgar. Ah, pensava eu, ela vai se recuperar, e me empenhava em cuidar dela. E havia duas razões para desejar que assim fosse, pois sua vida dependia da de outro: nutríamos a esperança de que, dentro em breve, o coração do senhor Linton se alegrasse e de que suas terras ficassem a salvo da ganância de um estranho, com o nascimento de um herdeiro.

Devo dizer que Isabella enviou ao irmão, cerca de seis semanas depois da fuga, um bilhete, anunciando seu casamento com Heathcliff. Era um bilhete seco e frio, mas no final, escrita a lápis, havia uma vaga desculpa e um pedido de lembrança e reconciliação, caso seu procedimento o tivesse ofendido, afirmando que não pudera evitá-lo então e, uma vez feito, não tinha como voltar atrás. Acredito que o senhor Linton não respondeu a esse bilhete e, depois de quinze dias, recebi uma longa carta, que achei estranho ter sido escrita pela pena de uma recém-casada e logo depois da lua-de-mel. Vou lê-la, pois ainda a conservo comigo. As relíquias dos mortos são preciosas, se os estimamos em vida.

A carta começava assim:

"Querida Ellen,

Cheguei ontem ao Morro dos Ventos Uivantes e ouvi dizer, pela primeira vez, que Catherine tem estado, e ainda está, muito doente. Não devo escrever a ela, suponho, e meu irmão está muito zangado ou muito desgostoso para responder ao bilhete que lhe enviei. Ainda assim, eu tinha de escrever a alguém, e a última escolha que me foi deixada recaiu em você.

Informe a Edgar que eu daria o mundo para vê-lo novamente... que meu coração regressou à granja de Thrushcross depois de 24 horas de minha partida, e que neste momento está ali, cheio de calorosos sentimentos por ele e por Catherine! *Não posso segui-lo, contudo* (estas palavras estão sublinhadas)... não precisam me esperar e podem tirar as conclusões que quiserem, mas cuidando para não julgar que é por falta de vontade ou falta de afeto.

O resto da carta é somente para você. Quero fazer-lhe duas perguntas. A primeira é... Como conseguiu preservar os sentimentos próprios da natureza humana enquanto viveu aqui? Eu não me sinto bem com qualquer sentimento daqueles que aqui me rodeiam.

A segunda pergunta me interessa muito e é a seguinte... O senhor Heathcliff é mesmo um ser humano? Se é, é louco? Se não é, é um demônio? Não posso lhe dizer os motivos que me levaram a fazer essas perguntas; mas imploro que me explique, se puder, com que tipo de homem me casei; que seja claro, fará isso quando vier me visitar; e deve vir visitar-me, Ellen, o mais breve possível. Não escreva, mas venha e traga-me algo da parte de Edgar.

Agora, vai saber como fui recebida em meu novo lar, uma vez que fui levada para o que seria o Morro dos Ventos Uivantes. É para me divertir quando me demoro em semelhantes assuntos como a falta de confortos externos: nunca ocuparam meus pensamentos, exceto no momento em que senti falta deles. Eu haveria de rir e pular de alegria, se a ausência deles fosse a causa de toda a minha infelicidade, e tudo o mais não passasse de um sonho estranho! O Sol se punha por detrás da granja quando viramos em direção aos pântanos; por esse fato, achei que fossem seis horas; e meu companheiro parou por meia hora para inspecionar o parque, os jardins e, provavelmente, o local em si, tão bem quanto pôde; era, portanto, escuro quando apeamos no pátio pavimentado da casa da fazenda e seu velho colega, Joseph, saiu para nos receber à luz de uma vela de sebo. Fez isso com uma cortesia que confirmava sua reputação. Seu primeiro gesto foi alçar a vela ao nível de meu rosto, olhar com ar hostil, fazer beiços e virar as costas. Depois tomou os dois cavalos e os levou para os estábulos, reaparecendo em seguida para fechar o portão, como se vivêssemos num antigo castelo.

Heathcliff ficou para falar com ele e eu entrei na cozinha... um buraco imundo e desarrumado; atrevo-me a dizer que você não o reconheceria;

mudou demais desde que deixou de estar a seu encargo. Ao lado da lareira estava um menino de ar carregado, de compleição robusta e de roupas sujas, parecendo-se com Catherine em seus olhos e em torno de sua boca.

"É o sobrinho de Edgar", pensei... "de certa forma, meu também; tive de cumprimentá-lo e... claro... tive de lhe dar um beijo. É aconselhável causar boa impressão logo de início."

Aproximei-me dele e, tentando tomar sua mão gorducha, disse:

- Como está, meu querido?

Respondeu em gíria que não consegui compreender.

- Vamos ser amigos, Hareton? - foi minha segunda tentativa de manter a conversa.

Soltou uma praga e ameaçou açular o cão Throttler contra mim como recompensa de minha insistência, se eu não saísse dali.

- Aqui, Throttler! - sussurrou o pequeno malvado, e surgiu um buldogue bastardo, vindo de seu covil situado num canto. - Agora, vai ou não dar o fora daqui? - perguntou com voz autoritária.

O amor pela vida me fez ceder; ultrapassei a soleira da porta, esperando até que os outros entrassem. O senhor Heathcliff havia sumido e Joseph, a quem segui até os estábulos para pedir que me acompanhasse ao entrar na casa, depois de me fitar e resmungar alguma coisa, torceu o nariz e retrucou:

- Mi! mi! mi! Algum cristão já ouviu um linguajar desses? Afetado e mastigado! Como posso contar o que você diz?

- Disse que desejava que viesse comigo para entrar na casa! - gritei, achando que ele era surdo e muito desgostosa com sua rudeza.

- Eu não! Tenho mais o que fazer! - respondeu ele, e continuou seu trabalho, movendo a lanterna e examinando meu vestido e minha aparência (aquele belo demais e esta, sem dúvida, tão triste como seria de esperar) com grande desprezo.

Contornei o pátio e, por uma portinhola, cheguei a outra porta, à qual tomei a liberdade de bater, na esperança de que algum criado mais civilizado aparecesse. Depois de um momento de ansiedade, foi aberta por um homem alto e esquelético, sem laço no pescoço e extremamente mal arrumado; suas feições escondiam-se por trás dos cabelos desgrenhados que pendiam sobre os ombros; e os olhos *dele* eram como espectros dos de Catherine, com toda a sua beleza aniquilada.

- O que quer por daqui? - perguntou ele, de modo agressivo. - Quem é a senhora?

- Meu nome era Isabella Linton - respondi. - Já me viu antes, senhor. Casei há pouco com o senhor Heathcliff e ele me trouxe para cá... suponho que com sua permissão.

- Então ele já voltou? - perguntou o ermitão, fixando o olhar como um lobo faminto.
- Sim... acabamos de chegar - repliquei. - Mas ele me deixou à porta da cozinha e, quando me preparava para entrar, um menino estava de sentinela no lugar e me afugentou com a ajuda de um buldogue.
- É bom que o maldito tenha cumprido com a palavra! - rosnou meu futuro anfitrião, varrendo a escuridão atrás de mim, na esperança de descobrir Heathcliff e então se entregou a um solilóquio de imprecações e ameaças do que teria feito se aquele "demônio" o enganasse.

Eu me arrependi de ter tentado essa segunda entrada e estava quase inclinada a evadir-me antes que ele terminasse suas imprecações, mas antes que pudesse executar essa intenção, ele me mandou entrar e fechou a porta, trancando-a. Havia uma grande lareira, e essa era a única fonte de luz naquele imenso cômodo, cujo piso era de um tom cinzento uniforme; e os pratos de estanho, outrora reluzentes e que atraíam meu olhar quando eu era criança, compartilhavam da mesma obscuridade, cobertos de manchas e de poeira. Perguntei se podia chamar uma criada que me conduzisse a um quarto! O senhor Earnshaw não deu resposta. Andava de lá para cá, com as mãos nos bolsos, parecendo ter esquecido minha presença; e sua abstração era de tal modo profunda e todo o seu aspecto tão misantropo, que eu tremia só de pensar em perturbá-lo de novo.

Certamente não haverá de se surpreender, Ellen, por me haver sentido particularmente infeliz, sentada e sozinha naquele cômodo inóspito; e pensar que, a 4 milhas de distância, estava minha deliciosa casa, com as únicas pessoas que eu amava na terra; e tanto fazia que fosse o Atlântico a nos separar, em vez dessas 4 milhas, visto que não podia transpô-las! Perguntava-me a mim mesma... onde poderia encontrar conforto e... por favor, não conte isso a Edgar ou a Catherine... além de toda essa tristeza, isso era ainda mais grave: desespero de não encontrar ninguém que pudesse ou quisesse ser meu aliado contra Heathcliff! Procurei abrigo no Morro dos Ventos quase contente, para não ter de viver sozinha com ele; mas ele conhecia bem as pessoas que aqui vivem e não receava a intromissão delas.

Fiquei sentada e pensando por um longo e triste tempo: o relógio bateu as oito, as nove e meu companheiro continuava a andar de lá para cá, cabisbaixo e em perfeito silêncio, exceto algum gemido ou uma exclamação azeda que lhe escapavam de vez em quando. Tentei detectar uma voz feminina na casa e preenchia o tempo com remorsos amargos e previsões sinistras que, por fim, eclodiram bem alto em irreprimíveis soluços e choro. Não percebi que manifestava tão alto minha aflição, até que o senhor Earnshaw parou na minha frente, interrompendo seu vaivém compassado, e me deu uma olhada de recém-despertada surpresa. Aproveitando a atenção que me dispensava, exclamei:

— Estou muito cansada por causa da viagem e quero ir para a cama! Onde está a criada? Indique-me onde a encontro, visto que não vem para cá!

— Não temos criadas — respondeu ele. — Vai ter de se virar sozinha!

— Onde posso dormir então? — solucei; eu estava prestes a perder a dignidade, dominada como estava pelo cansaço e pela aflição.

— Joseph vai lhe mostrar o quarto de Heathcliff — disse ele. — Abra aquela porta... ele está lá dentro.

Eu estava para obedecer, mas ele me deteve repentinamente e acrescentou num tom muito estranho:

— Recomendo-lhe que feche a porta à chave e puxe as trancas... não deixe de fazê-lo!

— Está bem — disse eu. — Mas por que, senhor Earnshaw? — Não me agradava a ideia de me trancar deliberadamente no quarto com Heathcliff.

— Veja isso! — respondeu ele, tirando do colete uma pistola de formato curioso, pois do cano saltava uma faca de dois gumes. — Essa é uma grande tentação para um homem desesperado, não é? Não consigo resistir de ir lá em cima todas as noites com essa e verificar se trancou a porta. Se a encontrar aberta, ele é um homem morto; faço isso invariavelmente, mesmo que um minuto antes me tenham ocorrido mil razões que pudessem me deter; é um demônio que incita a matá-lo. Posso lutar contra esse demônio por compaixão enquanto puder, mas quando chegar a hora, nem todos os anjos do céu podem salvá-lo.

Examinei a arma pormenorizadamente. Uma ideia terrível me acometeu: como eu seria poderosa se possuísse aquele instrumento! Tirei-o da mão dele e toquei na lâmina. Ele olhava com surpresa na expressão que meu rosto tinha assumido durante um breve momento: não era de horror, mas de cobiça. Retomou a pistola, ciosamente; recolheu a lâmina da faca e voltou a guardá-la.

— Não me importo se lhe contar — disse ele. — Deixe-o alerta e vigie por ele. Vejo que sabe do que ocorre entre nós; o perigo que ele corre não a impressiona.

— O que Heathcliff lhe fez? — perguntei. — Em que o prejudicou para lhe suscitar esse apavorante ódio? Não seria mais sensato obrigá-lo a deixar esta casa?

— Não! — trovejou Earnshaw. — Ele que não pense em me deixar, ou será um homem morto. Convença-o a tentar isso e será uma assassina! Terei de perder todos os meus bens, sem chance de reavê-los? E Hareton tornar-se um mendigo? Oh! Maldição! Vou reaver tudo e vou ficar com o ouro dele também; e depois, com o sangue, e que a alma dele vá para o inferno! Ficará dez vezes mais negro com esse hóspede do que jamais fora antes!

Você já me havia falado, Ellen, dos hábitos de seu antigo patrão. Está claramente à beira da loucura; assim estava ontem à noite, pelo menos. Eu tremia só de estar perto dele e achava que a malcriada companhia do criado era bem mais agradável. Earnshaw recomeçou seu vaivém taciturno e eu levantei o trinco e escapei para a cozinha. Joseph estava debruçado sobre a lareira, olhando dentro de uma grande panela dependurada; e uma bacia de madeira cheia de farinha de aveia estava sobre o banco ao lado. Os ingredientes da panela começaram a ferver e ele se virou para pôr a mão na bacia; pensei que esse preparado fosse provavelmente nossa refeição e, estando com fome, achei que fosse comestível; assim, gritando repentinamente, disse:

— Eu vou fazer o mingau! — e coloquei a bacia fora do alcance dele e passei a tirar o chapéu e minha roupa de montaria. — O senhor Earnshaw me orientou a cuidar de mim mesma e é o que vou fazer. Não vou ficar aqui fazendo o papel de senhora, caso contrário vou morrer de fome.

— Meu bom Deus! — murmurou ele, sentando-se e alisando as meias listradas que chegavam até os joelhos. — Se vou ter de obedecer às ordens de uma patroa... agora que já estava acostumado a dois patrões, não vou suportar uma patroa a me mandar e está na hora de cair fora daqui. Nunca pensei ver o dia de abandonar este velho local... mas acho que essa noite está perto!

Não dei importância a esses lamentos, passei ativamente ao trabalho, suspirando ao relembrar o tempo em que isso era para mim uma alegre brincadeira; mas tentei afugentar rapidamente essa lembrança. Afligia-me recordar a antiga felicidade e quanto maior fosse o perigo de ela aflorar, mas depressa fazia girar a concha e mais rápido os punhados de farinha caíam na água. Joseph observava meu modo de cozinhar com crescente indignação.

— Pronto! — exclamou ele. — Hareton, você não vai tomar seu mingau esta noite; vai estar cheio de caroços. Que coisa! Eu teria jogado a bacia e tudo para dentro! Agora tente continuar para ver o que sai. Bam, bam. É milagre que o fundo não tenha caído!

Saiu uma papa embolotada, confesso, quando a despejei nos pratos; enchi quatro e trouxeram um jarro de leite fresco do estábulo; Hareton o agarrou e começou a beber, deixando-o escorrer pelo queixo. Eu o repreendi e lhe disse que devia servir-se numa caneca própria, afirmando que não iria provar o líquido sujado por ele. O velho cínico se mostrou totalmente ofendido diante dessa delicadeza de minha parte, assegurando-me repetidamente que "o celeiro era tão asseado como eu e ainda mais saudável" e perguntando-me como eu podia me mostrar tão presunçosa. Entrementes, o menino malcriado continuou a beber o leite e olhou desafiadoramente para mim enquanto babava para dentro do jarro.

- Vou tomar meu mingau em outro cômodo - disse eu. - Não há nenhum lugar que chamam de sala de estar?
- *Sala de estar*! - arremedou ele, ironicamente. - *Sala de estar*! Não, aqui não temos *salas de estar*. Se não gosta de nossa companhia, tem a do patrão. E se não gosta daquela do patrão, tem de se contentar com a nossa.
- Então vou para o andar de cima - respondi. - Mostre-me um quarto.

Pus meu prato numa bandeja e eu mesma fui buscar um pouco mais de leite. Resmungando, o sujeito se levantou e subiu as escadas à minha frente; subimos até o sótão; abria uma porta, aqui e acolá, para olhar nos cômodos que íamos passando.

- Aqui está um quarto - disse ele, por fim, empurrando uma velha porta desengonçada. - Serve muito bem para comer um pouco de mingau. Há um saco de grãos no canto; se tiver medo de sujar as suas roupas de seda, abra seu lenço e fique à vontade.
- O quarto era uma espécie de buraco para guardar trastes, com forte cheiro de malte e cereais; havia vários sacos desses produtos empilhados em volta, deixando um amplo espaço vazio no meio.
- O que é isso, homem? - exclamei, encarando-o furiosa. - Este não é um lugar para dormir! Quero ver meu quarto.
- Quarto! - repetiu ele, em tom zombeteiro. - Já viu todos os quartos que há... este aqui é o meu.

Apontou para um segundo cômodo, que só se diferenciava do primeiro por ter as paredes mais nuas e por ter uma cama larga e baixa sem cortinas, com um cobertor azul numa extremidade.

- Que me interessa seu quarto? - retruquei. - Suponho que o senhor Heathcliff não se aloja no topo da casa, não é?
- Oh! É o quarto do patrão Heathcliff que quer? - exclamou ele, como se tivesse feito uma nova descoberta. - Não poderia ter dito isso antes? Já lhe teria dito que esse é o único quarto que não pode ver... porque está sempre fechado à chave e ninguém ousa entrar nele, a não ser ele próprio.
- Vocês têm uma bela casa, Joseph -, não pude deixar de observar. - E simpáticos ocupantes; e acho que eu devia estar no auge da loucura no dia em que uni meu destino a eles! Mas isso não interessa agora... há outros quartos. Pelo amor de Deus, vamos lá e me dê algum lugar para me acomodar!

Ele não respondeu a essa súplica; limitou-se a descer penosa e obstinadamente os degraus de madeira e a parar diante de um quarto que, pela parada e pela qualidade superior da mobília, pensei que fosse o melhor da casa.

Havia um tapete... bonito, mas o desenho estava escondido sob a poeira; havia também uma lareira orlada com papel recortado caindo aos pedaços; uma bela cama de carvalho com amplas cortinas carmesim de um tecido caro e moderno. Mas tudo estava desgastado pelo uso: o cortinado pendia em festões, arrancado das argolas e a vara de ferro que o sustentava estava dobrado em arco num dos lados, fazendo com que o tecido se arrastasse pelo chão. As cadeiras também estavam danificadas e muito, algumas delas; e desmedidas saliências deformavam as paredes. Eu estava prestes a decidir-me a entrar e me instalar quando meu tolo guia anunciou:

— Este é o quarto do patrão.

Nesta altura, meu mingau já tinha esfriado, meu apetite se fora e minha paciência, exauriu. Insisti para que me providenciasse imediatamente um lugar de refúgio, onde eu pudesse repousar.

— Com os demônios! — começou o velho religioso. — Que Deus nos abençoe! Que Deus nos perdoe! Onde diabos quer que a coloque? Está por demais maçante! Já viu tudo menos o cubículo de Hareton. Não há outro buraco para descansar nesta casa.

Eu estava tão irritada que atirei minha bandeja no chão; e então sentei no topo da escada, escondi o rosto entre as mãos e comecei a chorar.

— Hei, hei! — exclamou Joseph — Belo serviço, senhorita Cathy! Belo serviço, senhorita Cathy! Quando o patrão vir toda esta louça quebrada, vamos ouvir poucas e boas! Que maldade foi fazer! Devia fazer penitência até o Natal por estragar as preciosas dádivas de Deus com seus arroubos de raiva! Mas muito me engano ou depressa vai se amansar! Julga que o senhor Heathcliff vai lhe perdoar por isso? Só queria que ele a apanhasse nisso... Só queria...

E assim foi embora xingando para sua espelunca embaixo, levando a vela e me deixando na escuridão. O período de reflexão que se seguiu a essa cena patética me impeliu a admitir a necessidade de dominar meu orgulho e a controlar minha raiva e fazer desaparecer seus efeitos. Uma ajuda inesperada apareceu: era Throttler, que reconheci como sendo filho de nosso velho Skulker. Tinha sido criado na granja e meu pai o deu ao senhor Hindley. Acho que me reconheceu: encostou o focinho em meu nariz para me cumprimentar e depois se apressou em devorar o mingau, enquanto eu tateava passo a passo para recolher os cacos de louça e limpar os respingos de leite do corrimão com meu lenço. Mal tínhamos terminado nossa tarefa, quando ouvi os passos de Earnshaw no corredor. Meu ajudante encolheu o rabo e se encostou na parede. Eu me escondi no quarto mais próximo. Os esforços do cão para evitá-lo foram inúteis, conforme depreendi por sua corrida escada abaixo e um prolongado e comovente ganido. Eu tive mais sorte. Earnshaw passou, entrou no quarto dele e fechou a porta. Logo a seguir, Joseph subiu com Hareton para colocá-lo na cama. Eu tinha me refugiado no quarto de Hareton, e o velho, ao me ver, disse:

- Agora acho que já há lugar na casa para você e para seu orgulho. A sala está vazia; fica toda para você e seu orgulho e para Deus, que será o terceiro e haverá de sentir-se mal em sua companhia!

Aceitei a sugestão toda contente; e no minuto seguinte, eu me atirei numa cadeira perto da lareira, cochilei e dormi. Foi um sono profundo e tranquilo, embora de pouca duração. O senhor Heathcliff me acordou; tinha acabado de entrar e me perguntou, com seus delicados modos, o que estava fazendo ali. Expliquei-lhe a razão por que estava ali até tão tarde... ele tinha a chave de nosso quarto no bolso. O adjetivo *nosso* foi para ele uma grave ofensa. Jurou que aquele quarto não era, nem nunca seria, meu; e ele... mas não vou repetir as palavras dele nem descrever seu comportamento habitual; ele é engenhoso e incansável em provocar minha aversão a ele! Às vezes me assusta de tal forma que me sufoca de medo; mais ainda, asseguro-lhe que um tigre ou uma serpente venenosa não poderiam despertar em mim tanto terror como ele. Contou-me da doença de Catherine e acusou meu irmão de tê-la provocado, prometendo que eu haveria de sofrer no lugar de Edgar, enquanto não pudesse se vingar dele.

Como o odeio... sou uma infeliz... fui uma doida! Por favor, não deixe transparecer nada disso na granja. Fico esperando por você todos os dias... não me desaponte!... *Isabella*."

CAPÍTULO 14

Assim que acabei de ler essa carta, fui informar o patrão de que a irmã havia chegado ao Morro dos Ventos Uivantes e me havia escrito uma carta, dizendo o quanto lamentava o estado da senhora Linton e que desejava ardentemente vê-lo; anelava que ele poderia transmitir-lhe, quanto antes possível e por meu intermédio, um sinal de perdão.

- Perdão! - disse Linton. - Não tenho nada a lhe perdoar, Ellen. Você pode ir visitá-la no Morro dos Ventos ainda esta tarde, se quiser, e diga-lhe que não estou zangado, mas estou triste por tê-la perdido; especialmente porque acho que ela jamais será feliz. Ir vê-la, porém, está fora de questão, visto que estamos separados para sempre. E se quiser realmente me fazer um favor, que tente persuadir o pilantra com quem se casou a deixar esta região.

- E o senhor não vai lhe escrever um bilhetinho? - perguntei, quase implorando.

- Não - respondeu ele. - É desnecessário. Meu contato com a família de Heathcliff deverá ser tão raro como o da família dele com a minha. Não vai existir!

A frieza do senhor Edgar me deprimiu por demais e, por todo o caminho da granja até o Morro dos Ventos, fui dando voltas à cabeça para pôr mais sentimento naquilo que ele dissera, ao repetir suas palavras, e para suavizar sua recusa em escrever algumas linhas para confortar Isabella. Atrevo-me a dizer que ela teria estado esperando por mim desde a manhã; a vi espreitar por detrás da janela quando subia pela trilha do jardim e acenei para ela; mas recuou como se receasse estar sendo observada. Entrei sem bater. Nunca tinha visto aquela sala, outrora tão alegre, agora tão sinistra e sombria! Devo confessar que, se eu estivesse no lugar da jovem senhora, teria, pelo menos, varrido o chão e espanado as mesas. Mas ela já compartilhava do espírito de desleixo, que já se havia apoderado dela. Seu lindo rosto estava pálido e indiferente; seu cabelo desalinhado: algumas mechas pendiam delgadamente e outras descuidadamente enroladas em torno da cabeça. Provavelmente não tinha trocado de roupa desde a tarde anterior. Hindley não estava. O senhor Heathcliff estava sentado a uma mesa, revirando alguns papéis em sua agenda; mas se levantou quando cheguei, perguntou-me como eu estava, bastante amigável e me ofereceu uma cadeira. Era o único que tinha um ar decente naquele lugar; e achei até que nunca o havia visto com melhor aspecto. As circunstâncias haviam alterado tanto o estado deles, que ele certamente teria impressionado um estranho, sendo tomado por um cavalheiro de nascimento e educação, enquanto a esposa como uma mulher totalmente relaxada! Ela correu ansiosa para me cumprimentar e estendeu a mão para receber a desejada carta. Sacudi a cabeça negativamente. Ela não chegou a entender a insinuação, mas me seguiu até um aparador, onde pousei minha touca, e me importunou com um sussurro para lhe entregar imediatamente o que havia trazido. Heathcliff, percebeu o significado das manobras dela e disse:

— Se trouxe alguma coisa para Isabella (como não há dúvida que trouxe, Nelly), pode entregar a ela. Não precisa fazer segredo disso. Entre nós não há segredos.

— Oh! Não tenho nada — repliquei, pensando que era melhor dizer a verdade de uma vez. — Meu patrão mandou-me dizer à irmã que não deveria esperar da parte dele qualquer carta ou visita. Ele envia saudações, minha senhora, e os melhores votos de felicidade, além do perdão pelo sofrimento que causou; mas acha que, daqui por diante, o melhor será cortar relações entre as duas famílias, pois nada de bom resultaria se forem mantidas.

Os lábios da senhora Heathcliff tremeram levemente e voltou a sentar-se perto da janela. O marido se encostou na chaminé, perto de mim, e começou a fazer perguntas sobre Catherine. Contei-lhe o que achei que era conveniente a respeito da doença e ele me extorquiu a maioria dos fatos relacionados com a origem dessa doença. Eu a culpei, como merecia, por atrair a desgraça sobre si própria e terminei dizendo que esperava que ele seguisse o exemplo do senhor Linton e evitasse futuras intromissões na família dele, por bem ou por mal.

— A senhora Linton está se recuperando agora — disse eu. — Nunca mais será a mesma, mas sua vida não corre mais perigo. Se o senhor ainda tem realmente algum respeito por ela, deve evitar de atravessar-se no caminho dela. Não, deve desaparecer dessa região e não deve lamentar isso. Passo a informá-lo que Catherine Linton é agora tão diferente de sua antiga amiga Catherine Earnshaw como essa jovem senhora é diferente de mim.

Se sua aparência mudou tanto, muito mais mudou seu caráter. E aquele que, por força da necessidade, é seu companheiro, só deverá manter doravante o afeto por ela em nome do que ela foi outrora e em nome do senso comum de humanidade e do dever!

- Isso é inteiramente possível - observou Heathcliff, esforçando-se por parecer calmo. - Bem possível que seu patrão nada tenha além do senso comum de humanidade e do dever a que recorrer. Mas acha que vou deixar Catherine entregue ao senso do dever e de humanidade dele? E pode comparar meus sentimentos em relação a Catherine com os dele? Antes de se retirar desta casa, preciso que me prometa que vai conseguir me arranjar um encontro com ela. Que ela concorde ou recuse, tenho de vê-la! O que me diz?

- Digo, senhor Heathcliff - repliquei - que não deve; nunca haverá de fazê-lo por meu intermédio. Outro encontro entre o senhor e meu patrão poderá matá-la.

- Com sua ajuda, isso poderá ser evitado - continuou ele. - E se houvesse perigo de tal evento... se ele for a causa do aumento de um único problema a mais para a existência dela... então acho que posso ser justificado por chegar aos extremos! Quero que me diga, com toda a sinceridade, se Catherine haveria de sofrer muito com a perda do marido; este é o receio que me deteria. E nisso pode ver a diferença entre nossos sentimentos; se ele estivesse em meu lugar, e eu no dele, embora o odeie com um ódio que transformou minha vida em sofrimento, nunca teria levantado a mão contra ele. Pode não acreditar, se quiser! Eu nunca o teria banido da vida dela, se isso fosse contra sua vontade. No momento em que o interesse dela acabasse, arrancaria o coração dele e beberia seu sangue! Mas até lá... se não acredita em mim é porque não me conhece... até lá, eu preferiria morrer por um nada antes de tocar um único fio de cabelo da cabeça dele!

- E ainda assim - interrompi -, não tem escrúpulos em destruir todas as esperanças da perfeita recuperação dela, intrometendo-se nas recordações dela, agora que quase o esqueceu, e envolvendo-a num novo tumulto de discórdia e angústia.

- Acha que ela quase me esqueceu? - disse ele. - Oh! Nelly, sabe que não! Sabe tão bem como eu que, para cada minuto que perde pensando em Linton, passa mil pensando em mim! No período mais infeliz de minha vida, tive a sensação de que me esquecera, o que me perseguiu desde meu retorno a essa região, no verão passado; mas somente sua confissão me faria admitir essa horrível ideia novamente. E então, Linton não teria importância nenhuma nem Hindley nem todos os sonhos que sempre tive? Só duas palavras poderiam resumir meu futuro... *morte* e *inferno*. Minha existência, depois de perdê-la, seria um inferno. Ainda assim, fui louco ao

imaginar que ela dava mais valor ao afeto de Edgar Linton do que ao meu. Se ele a amasse com toda a força de seu insignificante ser, não poderia amá-la tanto em 80 anos quanto eu num só dia. E Catherine tem um coração tão profundo como o meu: seria mais fácil pôr toda a água do mar num cocho de cavalo que toda a afeição dela ser monopolizada por ele. Hum! Ela o ama um pouco mais que o cachorro ou o cavalo dela. Não faz parte da natureza dele ser amado, como eu sou; como pode ela amar nele o que ele não tem?
- Catherine e Edgar sentem um pelo outro o que qualquer casal sente - exclamou Isabella, com repentina vivacidade. - Ninguém tem o direito de falar dessa maneira e não vou ficar ouvindo meu irmão ser depreciado em silêncio!
- Seu irmão também é um extraordinário admirador seu, não é? - observou Heathcliff com desdém. - Ele a deixou sem rumo no mundo com surpreendente desenvoltura.
- Ele não sabe quanto sofro - replicou ela. - Nunca o disse a ele.
- Mas deve ter-lhe dito alguma coisa, pois lhe escreveu, não é?
- Escrevi para lhe comunicar que me havia casado... você viu o bilhete.
- E nunca mais desde então?
- Não.
- A jovem senhora tem um ar tristemente pior desde que mudou de condição - observei. - O amor de alguém está diminuindo no caso dela, obviamente; de quem, posso adivinhar, mas, talvez, não deva dizê-lo.
- Só pode ser o dela própria - disse Heathcliff. - Ela está decaindo desleixadamente! Muito rapidamente se cansou de tentar me agradar. É difícil de acreditar, mas já no dia seguinte a nosso casamento estava chorando para voltar para casa. Mas ela se adéqua melhor nesta casa, que não é lá muito bonita, e vou cuidar para que não me deixe mal, andando por aí ao léu.
- Bem, senhor - retruquei -, espero que lembre-se de que a senhora Heathcliff está habituada a ter criados e ser servida; e que foi criada como filha única, a quem todos faziam suas vontades. O senhor devia arranjar-lhe uma criada para manter as coisas arrumadas e devia tratá-la com delicadeza. Seja qual for sua opinião sobre o senhor Edgar, não pode duvidar da capacidade que sua esposa tem de despertar sentimentos profundos, caso contrário, não teria abandonado a elegância, o conforto e os amigos de sua antiga casa para se instalar de todo contente nessa espelunca, com você.
- Abandonou tudo para correr atrás de uma ilusão - respondeu ele. - Fez de mim um herói de romance e esperava ilimitada condescendência de minha devoção cavalheiresca. Dificilmente consigo considerá-la à luz de

uma criatura racional, visto que tão obstinadamente persistiu em formar ideia fantasiosa de meu caráter e agir sob a falsa impressão que acalentava. Mas acho que finalmente começa a me conhecer. Não percebo mais os sorrisos tolos e as caretas que, de início, me irritavam e a insensata incapacidade para discernir que eu era sincero quando lhe dava minha opinião sobre ela própria e sua paixão. Foi necessário um maravilhoso esforço de perspicácia para descobrir que eu não a amava. A certa altura, cheguei a acreditar que nada a faria entender isso! Ainda assim, não aprendeu a lição, pois esta manhã me informou, num rasgo de espantosa inteligência que eu realmente tinha conseguido fazer com que ela me odiasse! Um verdadeiro trabalho de Hércules, garanto-lhe! Se conseguir isso, tenho de lhe agradecer. Posso confiar em sua afirmação, Isabella? Tem certeza de que me odeia? Se eu a deixasse sozinha por meio dia, não voltaria para mim suspirando e me adulando? Atrevo-me a dizer que ele preferiria que eu me mostrasse todo ternura diante de você; fere a vaidade dela ter a verdade assim exposta. Mas não me importo que se saiba que a paixão estava inteiramente de um único lado e nunca lhe menti a respeito. Ela não pode me acusar de simular uma falsa gentileza. A primeira coisa que me viu fazer, quando viemos embora da granja, foi enforcar a cadelinha dela; e quando me suplicou que não o fizesse, as primeiras palavras que proferi foram que desejava poder enforcar todos os membros da família dela, exceto um: possivelmente, pensou que era ela a exceção. Mas nenhuma brutalidade a desgostava. Suponho que tenha uma inata admiração pela brutalidade, desde que ela própria se sinta segura contra maus tratos! Ora, não é o cúmulo do absurdo... e de genuína estupidez que essa deplorável, servil e mesquinha criatura pudesse sonhar que eu a amava? Diga a seu patrão, Nelly, que eu nunca, em toda a minha vida, conheci uma pessoa tão abjeta quanto ela. Chega mesmo a envergonhar o bom nome da família Linton; e, algumas vezes, por pura falta de imaginação, me abstive de continuar minhas experiências para ver até que ponto ela era capaz de suportar e, apesar disso, voltar para mim rastejando vergonhosamente! Diga-lhe também que aquiete seu coração fraternal e dominador, pois eu vou me manter estritamente dentro dos limites da lei. Até o momento, tenho evitado dar a ela o mínimo direito de requerer a separação; e, mais ainda, ela não agradeceria a ninguém que viesse a nos separar. Se quiser partir, pode fazê-lo: o incômodo de sua presença é bem maior que o prazer decorrente de poder atormentá-la!

– Senhor Heathcliff – disse eu –, estas são palavras de uma senhora; sua esposa, muito provavelmente, está convencida de que o senhor é louco; por essa razão, o tem suportado até aqui; mas agora, que diz que ela pode ir embora, sem dúvida alguma ela vai se valer da permissão. Não está assim tão enfeitiçada, minha senhora, a ponto de ficar com ele de livre vontade, não é?

- Cuidado, Ellen! - respondeu Isabella, com os olhos cintilantes de raiva; não havia dúvida pela expressão deles do pleno sucesso dos esforços do marido em conseguir ser por ela detestado. - Não acredite numa só palavra que ele diz. Ele é um demônio mentiroso! Um monstro e não um ser humano! Já me disseram que podia tê-lo deixado antes; cheguei a tentar, mas não me atrevo a repetir a experiência! Ellen, só me prometa que não vai mencionar uma única palavra desta infame conversa dele a meu irmão ou a Catherine. Por mais que ele queira esconder, deseja levar Edgar ao desespero; diz que se casou comigo só para ter poder sobre ele; mas não o conseguirá... nem que eu morra antes! Só espero, e rezo, para que ele descuide de sua prudência diabólica e me mate! O único prazer que posso imaginar é morrer ou vê-lo morto!

- Aí está... já chega por ora! - disse Heathcliff. - Se for chamada a depor num tribunal, lembre-se das palavras dela, Nelly! E repare bem na expressão de seu semblante: está bem perto do ponto que me convém. Não, Isabella, não está em condições de ser independente, agora; e eu, sendo seu protetor legal, tenho de mantê-la sob minha custódia, por mais desagradável que essa obrigação possa ser. Vá para cima! Tenho algo a dizer a Ellen Dean, em particular. Não é esse o caminho para cima, já lhe disse! Então é esse o caminho para o andar de cima, menina?

Agarrou-a e a empurrou para fora da sala; e voltou resmungando:

- Não tenho pena! Não tenho compaixão! Quanto mais os vermes se debatem, mais me delicio em esmagar suas entranhas! É uma espécie de dentição moral: proporcionalmente ao aumento da dor é que ranjo os dentes, com maior ou menor força.

- O senhor sabe o significado da palavra compaixão? - perguntei, apressando-me em retomar minha touca. - Alguma vez na vida já sentiu um pouco de compaixão?

- Ponha isso de volta! - interrompeu ele, percebendo minha intenção de partir. - Não irá embora ainda. Venha para cá, Nelly; devo ainda persuadi-la ou obrigá-la a me ajudar a cumprir minha determinação de ver Catherine, e sem demora. Juro que não tenho más intenções. Não quero causar-lhe qualquer problema nem exasperar ou insultar o senhor Linton. Só quero ouvir dela própria como se sente e por que razão ficou doente; e perguntar-lhe se algo que eu possa fazer poderá ser lhe útil. A noite passada estive por seis horas no jardim da granja e vou voltar para lá esta noite; e todas as noites seguintes irei rondar o local, e todos os dias, até que tenha uma oportunidade de entrar. Se Edgar Linton me encontrar, não hesitarei em derrubá-lo e bater nele para aquietá-lo enquanto eu estiver lá. Se os criados dele oferecerem resistência, vou ameaçá-los com essas pistolas. Mas não seria preferível evitar o confronto com eles e com o patrão? E você poderia consegui-lo facilmente! Vou avisá-la quando chegar e você poderia me deixar entrar sem que ninguém visse, assim que ela estivesse sozinha; e poderia vigiar até minha partida, com sua consciência tranquila; assim evitaria contratempos.

Protestei contra o desempenho desse papel de traidora na casa de meu patrão; e, além disso, estaria alimentando sua crueldade e egoísmo, deixando-o perturbar a tranquilidade da senhora Linton por mera satisfação dele.

– Até as coisas mais corriqueiras lhe causam sofrimento – disse eu. – Ela está muito nervosa e não aguentaria a surpresa, estou certa disso. Não insista, senhor! Caso contrário, vou me ver obrigada a informar meu patrão quanto a seus desígnios. E ele tomará as medidas necessárias para proteger a casa e seus ocupantes de qualquer intrusão inescusável!

– Nesse caso, tomarei as medidas para protegê-la, mulher! – exclamou Heathcliff. – Você não vai sair daqui até amanhã de manhã. É uma história descabida dizer que Catherine não suportaria me ver! E quanto a surpreendê-la, é o que não quero; você deve prepará-la... pergunte-lhe se posso ir visitá-la. Você diz que ela nunca menciona meu nome e que ninguém o menciona diante dela. Para quem haveria ela de mencioná-lo, se eu sou assunto proibido naquela casa? Ela acha que vocês são todos espiões do marido. Oh! Não tenho dúvida de que ela se sente no inferno no meio de vocês! Posso adivinhar por seu silêncio, mais do que qualquer outra coisa, o que ela sente. Você diz que está muitas vezes inquieta e ansiosa; e isso é prova de tranquilidade? Você me fala de sua mente perturbada. E por que diabos poderia ser diferente em seu atemorizador isolamento? E aquela criatura insípida e desprezível tratando dela por *dever* e *humanidade*! Por *compaixão* e *caridade*! Mais fácil seria para ele plantar um carvalho num vaso de flores e esperar que ele crescesse do que imaginar que poderia lhe restituir o vigor com seus carinhos insossos! Vamos combinar de uma vez: você ficaria aqui enquanto eu iria lutar por minha Catherine contra Linton e seus criados? Ou vai ser minha amiga, como o foi até agora, e vai fazer o que lhe peço? Decida! Porque não há motivo para eu perder nem mais um minuto, se persistir em sua obstinada má vontade!

Bem, senhor Lockwood, eu argumentei, me queixei e me recusei categoricamente a isso 50 vezes, mas depois de longo tempo ele me forçou a aceitar. Comprometi-me a levar uma carta dele à minha senhora e, se ela consentisse, prometi que o avisaria da próxima ausência de casa do senhor Linton, quando poderia vir e entrar como pudesse. Eu não estaria presente e os meus colegas estariam igualmente fora do caminho. Era algo certo ou errado? Eu receava que fosse errado, embora necessário. Achava que evitaria outra explosão de conflitos com minha cumplicidade e achava também que poderia gerar uma evolução favorável da doença mental de Catherine. Lembrei-me então da represão severa do senhor Edgar por ter-lhe contado certas histórias; e tentei amenizar toda a inquietação a respeito, repetindo a mim mesma com frequência que essa traição da confiança, se merecesse tão severa denominação, seria a última. Apesar disso, minha volta para casa foi muito mais triste do que minha vinda para cá. E fiquei muito apreensiva antes de me decidir a entregar a missiva nas mãos da senhora Linton.

Mas, senhor Lockwood, aí está o Dr. Kenneth; vou descer e dizer-lhe que o senhor melhorou muito. Minha história já anda longa, como costumamos dizer, e o melhor é deixar o resto para outra manhã.

Longa e triste, pensei eu, enquanto a boa mulher descia para receber o médico; não era exatamente o tipo de história que eu teria escolhido para me distrair. Mas não importa! Vou extrair remédios salutares das ervas amargas da senhora Dean; e, acima de tudo, tenho de tomar cuidado com o fascínio que despertam em Catherine os olhos penetrantes de Heathcliff. Ficaria numa situação curiosa se deixasse meu coração sucumbir aos encantos dessa jovem senhora, e a filha se revelasse a segunda edição da mãe.

CAPÍTULO 15

Outra semana finda... e eu a cada dia mais perto da saúde e da primavera! Já ouvi toda a história de meu vizinho, contada em várias sessões sempre que a governanta podia ganhar algum tempo entre suas ocupações mais importantes. Vou continuá-la com suas próprias palavras, apenas um pouco mais resumida. Ela é, no fim das contas, uma excelente narradora e eu acho que não poderia melhorar seu estilo.

Nesta tarde, disse ela, na tarde de minha visita ao Morro dos Ventos Uivantes, sabia, como se o estivesse vendo, que o senhor Heathcliff estava andando pelo lugar; e eu evitei sair, porque ainda carregava a carta dele em meu bolso e não queria mais ser ameaçada ou importunada. Tinha decidido não entregá-la à senhora até que meu patrão não saísse para algum lugar, visto que não podia imaginar como essa carta haveria de afetar Catherine. Em decorrência disso, a carta só chegou às mãos dela depois de três dias. O quarto dia era domingo, e a entreguei no quarto dela depois que a família tinha saído para ir à igreja. Havia somente um criado que havia ficado para guardar a casa comigo e, durante as horas de culto, nós geralmente trancávamos as portas; mas naquele dia o tempo estava tão quente e agradável que as deixei totalmente abertas e, assim, cumprir minha promessa; e como eu sabia quem haveria de vir, disse a meu colega que a senhora desejava ansiosamente algumas laranjas e que deveria, portanto, ir até o vilarejo e comprar algumas, a serem pagas no dia seguinte. Ele saiu e eu subi as escadas.

A senhora Linton estava sentada, trazendo um vestido branco desatado com um xale leve que lhe caía por sobre os ombros, no recesso da janela aberta, como de costume. Seu espesso e longo cabelo havia sido parcialmente cortado no início de sua doença e agora o trazia penteado com simplicidade em seus cachos naturais, que pendiam sobre as têmporas e o pescoço. Sua aparência, como eu havia dito a Heathcliff, tinha mudado, mas quando estava mais calma, parecia que essa mudança irradiava uma beleza sobrenatural. O brilho de seus olhos dera lugar a um olhar sonhador e melancólico; seus olhos não davam mais a impressão de observar os objetos em volta, mas pareciam sempre fitar algo além, muito mais além... podia-se dizer, fora deste mundo. Mais, a palidez de seu rosto... seu aspecto encavado havia desaparecido à medida que se recuperava... e a expressão peculiar decorrente de seu estado mental, embora revelasse dolorosamente suas causas, acentuavam o interesse comovedor que ela despertava; e... invariavelmente para mim, eu sei, e para qualquer pessoa que a visse, acho... refutavam as mais tangíveis provas de convalescença e a identificavam como uma condenada ao definhamento.

Um livro aberto estava sobre o peitoril da janela e o vento quase imperceptível agitava suas folhas em alguns momentos. Creio que foi Linton que o deixou ali; pois ela nunca se empenhava em distrair-se com leitura ou com qualquer ocupação semelhante; era ele quem passava horas a fio tentando cativar a atenção dela por assuntos que outrora a interessavam. Ela tinha consciência do objetivo dele e, quando estava animada, suportava os esforços dele placidamente, mostrando somente a inutilidade deles ao dar um suspiro de aborrecimento de vez em quando e desmotivando-o finalmente com os piores sorrisos e beijos. Outras vezes, voltava-lhe as costas, petulante, e escondia o rosto entre as mãos, chegando mesmo a mandá-lo embora, zangada. Então ele tomava o cuidado de deixá-la sozinha, pois tinha certeza de que sua presença de nada valia. Os sinos da capela de Gimmerton ainda repicavam e o murmúrio suave das águas do riacho descendo o vale chegava calmamente aos ouvidos. Era um agradável substituto do ainda ausente murmúrio da folhagem de verão que abafava os sons que ecoavam pela granja quando as árvores se cobriam de folhas. No Morro dos Ventos Uivantes sempre soava nos dias calmos que se seguiam ao grande degelo ou à estação de chuvas torrenciais. E era no Morro que Catherine pensava enquanto escutava, isto é, se é que pensava ou escutava alguma coisa; mas ela tinha aquele ar vago e distante, que mencionei antes e que não denunciava qualquer reconhecimento das coisas materiais, fosse com os olhos ou com os ouvidos.

- Senhora Linton, tenho uma carta para a senhora - disse eu, colocando-a afavelmente numa das mãos que pousada em seu colo. - Deve lê-la imediatamente, pois espera uma resposta. Posso romper o selo?

- Sim - respondeu ela, sem alterar a direção de seu olhar.

Abri a carta... era muito breve.

- Agora, leia-a - continuei.

Ela afastou a mão e a deixou cair. Recoloquei-a em seu colo e fiquei de pé esperando até que se dignasse olhá-la; mas aquele movimento demorou tanto que, por fim, eu prossegui:

- A senhora quer que a leia? É do senhor Heathcliff.

Teve um estremecimento e um vislumbre embaçado de recordações, e fez um esforço para coordenar as ideias. Levantou a carta e parecia que a lia atentamente; e quando chegou à assinatura, suspirou. Ainda assim, achei que não tinha compreendido seu verdadeiro significado, pois, quando a instei a me dar uma resposta, ela simplesmente apontou para o nome e me fitou com uma ânsia pesarosa e interrogativa.

- Bem, ele deseja vê-la - disse eu, pensando na necessidade de um intérprete. - Ele está no jardim, neste momento, e impaciente por saber que resposta vou levar.

Enquanto eu falava, reparei um enorme cachorro deitado na ensolarada relva lá embaixo levantar as orelhas como se fosse latir e depois, abaixando-as suavemente, anunciar, pelo abanar da cauda, que alguém conhecido se aproximava. A senhora Linton inclinou-se para frente e escutou, sustendo a respiração. Um minuto depois, passos atravessaram o vestíbulo; a porta aberta era tentadora demais para que Heathcliff resistisse a entrar; com muita probabilidade, havia pensado que eu estivera inclinada a me esquivar da promessa e, por essa razão, decidiu confiar na própria audácia. Com ansiedade incontida, Catherine olhou em direção da entrada do quarto. Ele, por sua vez, não conseguiu distinguir de imediato o quarto que procurava; ela me fez sinal para que o ajudasse, mas ele o encontrou antes que eu chegasse à porta; e, com um ou dois passos largos, estava ao lado dela e a tomou nos braços.

Por uns cinco minutos não falou nem afrouxou o abraço; durante esse tempo, ouso dizer que lhe deu mais beijos do que jamais lhe havia dado em toda a sua vida; mas foi minha patroa que o beijou primeiro e vi claramente que ele não conseguia suportar a angústia de olhar para o rosto dela! Desde o primeiro momento em que a viu, teve a mesma convicção que eu de que não havia qualquer esperança de recuperação definitiva... certamente, ela estava condenada à morte.

- Oh! Cathy! Oh, minha vida! Como posso suportar isso? - foram as primeiras palavras que proferiu, num tom que não procurava disfarçar o desespero. E a fitava tão seriamente que pensei que essa intensidade de seu olhar havia de lhe encher os olhos de lágrimas; mas não chegaram a escorrer, secadas pela angústia.

- E agora? - perguntou Catherine, recostando-se na cadeira e retribuindo-lhe o olhar com uma expressão subitamente carregada; seu humor era como um cata-vento, sempre ao sabor dos caprichos. - Você e Edgar destroçaram meu coração, Heathcliff! E os dois vêm agora chorar a meus pés, como se fossem as pessoas que merecessem compaixão! Não vou ter compaixão de vocês! Vocês me mataram... e lucraram com isso, acho. Como você é forte! Quantos anos pensa que vai viver depois que eu morrer?

Heathcliff se havia ajoelhado com um só dos joelhos para abraçá-la; tentou levantar-se, mas ela o agarrou pelos cabelos e o manteve na mesma posição.

- Gostaria de poder abraçá-lo - continuou ela, com amargura - até morrermos os dois! Não me importaria com o que você sofresse. Não me importo com seus sofrimentos. Por que você não haveria de sofrer? Vai se esquecer de mim? E vai ficar contente quando eu estiver debaixo da terra? E, daqui a vinte anos, vai dizer "Esta é a sepultura de Catherine Earnshaw. Amei-a há muitos anos e foi uma desgraça perdê-la; mas isso já é passado. Amei muitas outras depois dela: meus filhos são mais caros para mim do que ela o foi; e, quando morrer, não me alegrarei por ir para junto dela; vou ficar triste por ter de abandonar meus filhos." Não é isso que vai dizer, Heathcliff?

- Não me torture até eu ficar louco como você! - exclamou ele, libertando-se e rangendo os dentes.

Para um espectador indiferente, os dois formavam um quadro estranho e assustador. Catherine bem podia supor que o céu seria para ela uma terra de exílio, a menos que com seu corpo mortal ela perdesse também o caráter. Seu semblante tinha agora um ar de selvagem vingança em suas faces pálidas, em seus lábios descorados e nos olhos cintilantes. Mantinha entre seus dedos fechados uma porção de cachos de cabelo, que tinha arrancado. Quanto a seu companheiro, enquanto se levantava com a ajuda de uma das mãos, tinha tomado o braço dela com a outra; agarrava-a por um braço; e tão inadequada era sua reserva de gentileza pelo estado de saúde dela que, ao largá-la, vi que deixou quatro marcas vermelhas na pele esmaecida.

- Está possuída por um demônio - prosseguiu ele, brutalmente - para falar dessa maneira comigo, quando está para morrer? Não pensa que todas essas palavras vão ficar gravadas em minha memória, devorando-me eternamente no mais fundo da alma depois que me tiver deixado? Sabe que mente ao dizer que fui eu quem a matou; e, Catherine, sabe que, enquanto viver, nunca vou esquecê-la! Não é suficiente para seu infernal egoísmo saber que, enquanto descansa em paz, eu vou me debater nos tormentos do inferno?

- Não vou ter paz! - gemeu Catherine, debilitada pela fraqueza física, em decorrência do batimento acelerado e desigual do coração, que pulsava de modo visível e audível sob esse excesso de agitação. Nada mais disse até o fim desse paroxismo; depois continuou, de modo mais ameno:

– Não lhe desejo maior tormento que o meu, Heathcliff. Só desejo que nunca nos separemos; e se, daqui em diante, minhas palavras pudessem angustiá-lo, acho que vou sentir a mesma angústia debaixo da terra. E pelo que sente por mim, perdoe-me! Chegue mais perto e ajoelhe-se de novo! Você nunca me prejudicou na vida. Não, se você guarda algum rancor, será pior recordá-lo do que minhas ásperas palavras! Não quer aproximar-se mais outra vez? Venha!

Heathcliff foi atrás da cadeira e se inclinou para ela, mas não de modo que ela pudesse ver-lhe o rosto, que estava lívido de emoção. Ela se virou para olhar para ele; mas ele não a deixou; afastando-se bruscamente, caminhou até a lareira, onde permaneceu em silêncio e de costas para nós duas. O olhar da senhora Linton o seguiu com desconfiança; cada movimento despertava nela um novo sentimento. Depois de uma pausa e um prolongado olhar, ela prosseguiu, dirigindo-se a mim, num tom de indignado desapontamento:

– Veja só, Nelly! Ele não tenta sequer por um momento me salvar da sepultura! É assim que ele me ama! Bem, não importa. Esse não é *meu* Heathcliff. Ainda vou amar o meu; e vou levá-lo comigo; ele está dentro de minha alma. E – acrescentou ela, pensativa – a coisa que me aflige é esta perturbadora prisão, mais que tudo. Estou cansada de estar trancada aqui. O que mais anseio é fugir para esse mundo glorioso e permanecer sempre por lá; não quero vê-lo vagamente entre lágrimas, nem desejá-lo vivamente entre as paredes de um coração dolorido, mas estar realmente com ele e nele. Nelly, você acha que está melhor e que tem mais sorte do que eu porque tem saúde e forças; por isso tem pena de mim... muito em breve isso vai mudar. Eu é que vou ter pena de você. Vou estar incomparavelmente muito além e muito acima de todos vocês. Admira-me que ele não queira ficar perto de mim! – E continuou falando sozinha. – Pensei que ele o quisesse. Heathcliff, meu querido!, não deve ficar zangado agora. Por favor, venha para junto de mim, Heathcliff!

Em sua ânsia, ela se levantou e se apoiava nos braços da cadeira. A esse resoluto apelo, ele se voltou para ela, parecendo totalmente desesperado. Os olhos dele, esbugalhados e úmidos, fitaram-na finalmente de modo ameaçador; seu peito arfou convulsivamente. Ficaram separados por um instante e mal pude ver como voltaram a ficar unidos; mas Catherine deu um salto e ele a segurou, enlaçando-se os dois num abraço do qual pensei que minha senhora jamais se livraria com vida. De fato, a meus olhos ela parecia inanimada. Ele mergulhou na poltrona mais próxima e, ao me achegar apressadamente para verificar se ela tinha desmaiado, ele rosnava e espumava como um cachorro louco, apertando-a contra o peito com sôfrego ciúme. Não me sentia como se estivesse em companhia de uma criatura de minha própria espécie, pois parecia não entender, embora eu falasse com ele; por isso me afastei e calei a boca, sumamente perplexa.

Um movimento de Catherine me aliviou um pouco; ela levantou a mão para agarrar-lhe o pescoço e encostou o rosto no dele, enquanto ele a soerguia e retribuía o gesto dela com frenéticas carícias, dizendo furiosamente:

– Agora você mostrou como tem sido cruel... cruel e falsa. Por que me desprezou? Por que traiu o próprio coração, Cathy? Não tenho uma palavra sequer de conforto. Você merece isso. Você se matou a si mesma. Sim, pode me beijar e chorar; e arrancar meus beijos e lágrimas; vão frustrá-la... vão condená-la. Você me amava... então, que direito tinha para me deixar? Com que direito... responda-me... por causa da mísera inclinação que sentia por Linton? Porque miséria, degradação, morte, nada do que Deus ou satanás pudessem infligir nos teria separado. Você, por sua livre vontade, o fez. Não despedacei seu coração... você o despedaçou; e, ao despedaçá-lo, despedaçou o meu também. Tanto pior para mim, que sou forte. Se eu quero viver? Que tipo de vida vou levar quando você... Oh! Deus! Você gostaria de viver com sua alma no túmulo?

– Deixe-me sozinha! Deixe-me sozinha! – soluçou Catherine. – Se errei, vou morrer por isso. É o suficiente! Você também me abandonou, mas não vou censurá-lo!

Eu o perdoo. Perdoa-me!

– Não é fácil perdoar, olhar para esses olhos e sentir essas mãos descarnadas – respondeu ele. – Beije-me de novo e não me deixe ver seus olhos! Perdoo o que me fez. Eu amo *minha* assassina... mas a *sua*! Como poderia?

Ficaram em silêncio... suas faces se encostavam e eram lavadas pelas lágrimas de cada um. Pelo menos, suponho que o choro fluía dos dois lados, uma vez que parecia que Heathcliff só haveria de chorar numa grande ocasião como essa.

Entrementes, passei a me sentir desconfortável, pois a tarde voara rapidamente, o homem com o encargo de comprar laranjas havia regressado e eu podia distinguir, pelo brilho do Sol poente acima do vale, a multidão de fiéis saindo do pórtico da capela de Gimmerton.

– O culto na igreja já terminou – anunciei. – Meu patrão vai chegar dentro de meia hora.

Heathcliff resmungou uma praga e apertou mais fortemente Catherine contra o peito; ela continuava inerte.

Pouco tempo depois, reparei num grupo de criados vindo estrada acima, em direção da área da cozinha. O senhor Linton não estava muito atrás. Ele próprio abriu o portão e foi caminhando devagar, provavelmente para saborear a bela tarde que parecia tão amena como uma de verão.

- Ele chegou! - exclamei. - Pelo amor de Deus, desça correndo! Não vai encontrar ninguém nas escadas da frente. Depressa! E fique entre as árvores até ele entrar.

- Tenho de ir, Cathy - disse Heathcliff, tentando livrar-se dos braços da companheira. - Mas se eu não morrer, voltarei novamente antes de você adormecer. Não vou me afastar mais de cinco jardas de sua janela.

- Não deve ir! - replicou ela, segurando-o tão firmemente quanto suas forças permitiam. - Digo-lhe que não deve ir!

- Só por uma hora - suplicou ele.

- Nem por um minuto! - replicou ela.

- Tenho de ir... Linton deve subir imediatamente - insistiu o alarmado intruso.

Teria levantado e descolado os dedos dela com isso... mas ela se agarrava a ele com mais força, ofegante: uma expressão de loucura transparecia em seu rosto.

- Não! - gritou ela. - Oh! Não, não vá! É a última vez! Edgar não nos fará mal. Heathcliff, vou morrer! Vou morrer!

- Maldição! Aí vem ele! - exclamou Heathcliff, caindo para trás na cadeira. - Psiu, minha querida! Psiu, psiu, Catherine! Vou ficar. Se ele me matar, vou exalar o último suspiro com uma bênção nos lábios.

Tornaram a abraçar-se. Ouvi meu patrão subindo as escadas... um suor frio escorria de minha testa; eu estava apavorada.

- O senhor vai dar ouvidos aos devaneios dela? - perguntei, indignada.

- Ela não sabe o que diz. Quer arruiná-la, porque ela não tem capacidade para se ajudar a si própria? Levante-se! Ainda há tempo para fugir. Esse é o ato mais diabólico que já perpetrou em toda a sua vida. Estamos todos perdidos... o senhor, a senhora e a criada.

Eu contorcia as mãos e gritava; com a gritaria, o senhor Linton apressou o passo. No meio de minha agitação, fiquei sinceramente contente ao observar que os braços de Catherine estavam descaídos e sua cabeça pendia inerte.

"Desmaiou ou morreu", pensei; "tanto melhor. Antes morrer do que sobreviver como um fardo e motivo de infelicidade para todos que a rodeavam.

Edgar se atirou contra o hóspede não convidado, lívido de estupefação e de raiva. O que ele pretendia fazer, isso não sei; mas o outro pôs fim a qualquer manifestação de uma vez, colocando o corpo aparentemente sem vida nos braços dele.

- Calma! - disse ele. - A menos que seja um demônio, ajude-a primeiramente... e então poderá falar comigo!

Foi para a sala de visitas, onde se sentou. O senhor Linton me chamou e, com grande dificuldade e só depois de recorrer a muitos meios, conseguimos reanimá-la; mas ela estava completamente confusa; suspirava, gemia e não reconhecia ninguém. Edgar, em sua extrema ansiedade, esqueceu-se do odiado amigo dela. Mas eu não. Na primeira oportunidade, fui e lhe supliquei que partisse, afirmando que Catherine já estava melhor e que saberia por mim, na manhã seguinte, como ela tinha passado a noite.

- Não me recuso a sair - respondeu ele -, mas vou ficar no jardim; Nelly, espero que mantenha sua palavra amanhã. Vou estar embaixo daquelas árvores. Lembre-se ou farei outra visita, esteja Linton lá dentro ou não.

Lançou um rápido olhar através da porta entreaberta do quarto e, certificando-se do que eu dissera era aparentemente verdade, livrou a casa de sua infeliz presença.

CAPÍTULO 16

Naquela noite, em torno das 12 horas, nascia a Catherine que o senhor viu no Morro dos Ventos Uivantes: uma franzina criança prematura de 7 meses; e, duas horas depois, a mãe morria sem nunca ter recuperado a consciência o suficiente para conhecer a senhorita Heathcliff ou Edgar. O transtorno deste último ante a perda é um assunto doloroso demais para ser descrito por palavras; os efeitos posteriores mostraram quão profunda era a dor. A meu ver, o que agravou ainda mais seu desgosto foi o fato de ter ficado sem um herdeiro homem. Lamentei isso ao olhar para a frágil órfã e mentalmente recriminei o velho Linton pelo fato de legar (o que era somente favoritismo natural) a propriedade à própria filha, e não à descendente do filho dele. Pobre criança, era uma menina mal aceita! Bem podia ter chorado até morrer, durante aquelas primeiras horas de existência, que ninguém se teria importado minimamente. Nós nos redimimos dessa negligência mais tarde, mas o começo de sua vida foi tão desvalido como provavelmente vai ser seu fim.

A manhã seguinte... clara e radiosa lá fora... invadiu, amenizada, através das venezianas do quarto silencioso, e iluminou a cama e sua ocupante, com um brilho terno e alegre. Edgar Linton estava de cabeça reclinada sobre o travesseiro, de olhos fechados. Suas feições jovens e belas estavam quase tão cadavéricas como o corpo que jazia a seu lado e quase tão imóveis; mas a quietude dele era decorrência de exaustiva angústia, enquanto que a dela era de perfeita paz: sua fronte serena, seus cílios fechados e seus lábios com a expressão de um sorriso. Nenhum anjo no céu poderia ser mais belo que ela. E eu compartilhava a infinita tranquilidade em que jazia; meu espírito nunca esteve tão enlevado como agora que contemplava aquela imagem imperturbada do divino descanso. Instintivamente ecoaram em mim as palavras que ela havia proferido poucas horas antes: "Incomparavelmente muito além e muito acima de todos nós!" Ainda na terra ou já no céu, o espírito dela está em casa com Deus!

Não sei se é impressão minha, mas quase me sinto feliz ao velar um defunto, ao cumprir esse meu dever sem ouvir o pranto frenético ou desesperador das carpideiras. Sinto uma paz de espírito que nem terra nem inferno podem perturbar; e sinto a segurança do futuro sem fim e sem sombra... a eternidade em que os mortos entraram... onde a vida é ilimitada em sua duração, o amor em sua simpatia e a alegria em sua plenitude. Nessa ocasião, constatei quanto egoísmo há até mesmo no amor, como o do senhor Linton, quando lamentava a abençoada libertação de Catherine! Certamente, pode-se duvidar, depois da caprichosa e atribulada existência que ela levara, se merecia finalmente um refúgio de paz. Pode-se duvidar em momentos de fria reflexão, mas não então, na presença do cadáver. Este emanava a própria tranquilidade, que parecia um penhor de igual quietude para seu antigo ocupante. Acredita que essas pessoas são felizes no outro mundo, senhor? Eu dava tudo para saber!

Evitei responder à pergunta da senhora Dean, que me pareceu um tanto heterodoxa. E ela continuou.

Revendo o curso de vida de Catherine Linton, receio que não tenhamos o direito de pensar que ela seja feliz; mas deixemos isso para o Criador.

O patrão parecia adormecido e, mal o Sol nasceu, aventurei-me a sair do quarto para respirar o ar puro e refrescante do lado de fora. Os criados julgaram que tinha saído para espantar a sonolência de minha prolongada vigília; na realidade, meu motivo principal era ver o senhor Heathcliff. Se ele tivesse passado a noite toda entre as árvores, não teria ouvido nada do tumulto na granja, a menos que, talvez, tenha percebido o galope do mensageiro indo para Gimmerton. Se tivesse chegado mais perto, provavelmente estaria sabendo, pelas luzes que corriam de um lado para outro e pelo contínuo abrir e fechar de portas externas, de que tudo não estava correndo bem lá dentro. Eu queria, embora receosa, encontrá-lo. Achava que a terrível notícia devia ser dada e ansiava consegui-lo; mas como fazê-lo, eu não sabia. Ele estava lá... algumas jardas, pelo menos, mais distante, no parque, encostado a um velho freixo, sem chapéu, e o cabelo ensopado pelo orvalho que se havia depositado nos ramos novos e que caía tamborilando em torno dele. Devia estar há muito tempo na mesma posição, pois vi um casal de melros indo e vindo a escassos três passos dele, atarefado na construção de seu ninho e considerando a proximidade daquele homem como se fosse nada mais que um tronco. Ao me aproximar, os pássaros voaram e ele ergueu os olhos e falou:

- Ela morreu! Não esperei por você para ficar sabendo. Guarde seu lenço... não choramingue diante de mim. Vão para o inferno vocês todos! Ela não precisa de suas lágrimas!

Eu estava chorando tanto por ele como por ela. Às vezes, sentimos compaixão de criaturas que não têm esse sentimento por si nem pelos outros. Logo que olhei para o rosto dele, percebi que já estava a par da catástrofe e tive a tola sensação de que seu coração estava calmo e de que ele rezava, porque seus lábios se moviam e seus olhos estavam pregados no chão.

- Sim, morreu! - respondi, controlando meus soluços e enxugando o rosto.

- Foi para o céu, espero, onde deveremos, cada um de nós, juntar-nos a ela, se tivermos a devida cautela e deixarmos o caminho do mal para seguir o do bem!

- E *ela* soube ter cautela? - perguntou Heathcliff, tentando ser irônico. - Morreu como uma santa? Vamos lá, conte-me como tudo aconteceu. Como é que...

Esforçou-se para pronunciar o nome, mas não conseguiu; e, comprimindo os lábios, enfrentou um silencioso combate com sua agonia interior, desafiando, ao mesmo tempo, minha compaixão com um olhar firme e feroz.

- Como é que ela morreu? - voltou a perguntar, finalmente... forçado, apesar de sua audácia, a procurar apoio, porquanto, depois da luta interior, ele tremia dos pés à cabeça.

"Pobre diabo!", pensei, "tem coração e nervos como todos os homens! Por que anseia tanto ocultá-los? Seu orgulho não pode iludir a Deus! Desse modo, tenta pô-lo à prova, até que ele o força a humilhar-se."

- Mansamente como um cordeiro! - respondi, em voz alta. - Exalou um suspiro e espreguiçou-se como uma criança que desperta e volta a cair no sono. E cinco minutos mais tarde, senti uma leve pulsação do coração e nada!

- E... alguma vez mencionou meu nome? - perguntou ele, hesitante, como se receasse que a resposta à pergunta introduzisse detalhes que não suportaria ouvir.

- Não recuperou mais os sentidos; não reconheceu mais ninguém, depois que o senhor a deixou - disse eu. - Ela jaz com um doce sorriso nos lábios; certamente seus últimos pensamentos voltaram para os dias felizes do passado. Sua vida se encerrou num leve sonho... possa ela despertar tão bondosa no outro mundo!

- Possa ela despertar em tormentos! - bradou ele, com assustadora veemência, batendo o pé e gemendo num súbito paroxismo de cólera incontrolada. - Por que é mentirosa até o fim? Onde está ela? Não está aqui... nem no céu... nem morta... onde? Oh! você disse que não se importava com meu sofrimento! E vou fazer uma oração... vou repeti-la até que minha língua endureça... Catherine Earnshaw, não vai descansar enquanto eu viver; você disse que a matei... assombre-me então! Os assassinados costumam assombrar seus assassinos, acredito. Sei que os espíritos andam vagando pela terra. Fique sempre comigo... tome qualquer forma... enlouqueça-me! Não me deixe sozinho neste abismo, onde não posso encontrá-la! Oh! Meu Deus! É indizível! Não posso viver sem minha vida! Não posso viver sem minha alma!

Bateu com a cabeça contra o tronco nodoso e, levantando os olhos, urrou, não como um ser humano, mas como um animal selvagem ferido até a morte com facas e lanças. Reparei vários salpicos de sangue na casca da árvore e as suas mãos e testa também estavam manchadas; provavelmente a cena que presenciei era a repetição de outras ocorridas durante a noite. Não consegui me comover... estava apavorada; mesmo assim, me senti relutante em deixá-lo nesse estado. Mas no momento em que se recompôs o suficiente para notar que eu o observava, aos berros me mandou embora e eu obedeci. Estava fora de meu alcance acalmá-lo ou consolá-lo!

O funeral da senhora Linton foi marcado para a sexta-feira seguinte a seu falecimento; até esse dia o caixão permaneceu aberto, na grande sala de estar, coberto de flores e folhas aromáticas. Linton passou os dias e as noites ali, em permanente vigília; e... fato desconhecido de todos, menos por mim... Heathcliff passou as noites, pelo menos, ao relento, igualmente estranho ao repouso. Não estive em contato com ele, mas estava ciente de sua intenção de entrar, se pudesse; e, na terça-feira, logo depois do escurecer, quando meu patrão, por extrema fadiga, foi obrigado a retirar-se por algumas horas, comovida pela perseverança de Heathcliff, abri uma das janelas para lhe dar oportunidade de dizer seu último adeus à desvanecida imagem de seu ídolo. Ele não se omitiu de valer-se da oportunidade e entrou cautelosamente logo depois; cautelosamente demais para denunciar sua presença com o menor ruído. Na verdade, eu não teria descoberto que ele havia estado ali, se não fosse o rosto da defunta estar a descoberto e não notasse no chão uma mecha de cabelo louro, amarrada com um fio de prata, que, depois de examinar muito bem, tive certeza de ter sido retirada de um medalhão que Catherine trazia ao pescoço. Heathcliff tinha aberto o adorno e retirado a mecha, substituindo-a por uma mecha de seus cabelos negros. Entrelacei as duas e fechei-as dentro do medalhão.

O senhor Earnshaw foi convidado, é claro, para acompanhar os restos mortais da irmã até o túmulo; mas não compareceu e jamais apresentou qualquer desculpa. Assim, além do marido, o serviço fúnebre foi assistido somente pelos inquilinos e criados. Isabella não foi informada.

O local da sepultura de Catherine, para surpresa dos habitantes do vilarejo, não ficava na capela do jazigo dos Linton nem junto dos túmulos de seus familiares. Era uma cova numa encosta relvada num canto do cemitério, onde o muro é tão baixo, que urzes e mirtilos do pântano o cobriam e quase ocultavam o túmulo. O marido jaz agora no mesmo local; e cada um deles tem uma simples lápide no alto e um bloco de pedra cinza aos pés, para demarcar as sepulturas.

CAPÍTULO 17

Aquela sexta-feira foi o último de nossos dias de bom tempo por um mês. Ao anoitecer, o tempo mudou: o vento soprava de Sul a Nordeste e trouxe primeiramente chuva e, depois, granizo e neve. No dia seguinte, dificilmente se podia imaginar que houvera três semanas de verão: as prímulas e os crocos vergavam com os ventos do inverno; as cotovias estavam silenciosas, as folhas novas das árvores temporãs eram castigadas e enegreciam. E aquela manhã se arrastava melancólica, fria e sinistra! Meu patrão não saía de seus aposentos; tomei posse da sala de estar vazia e a transformei num quarto de crianças. E ali estava eu, sentada, com a bebê chorona no colo, embalando-a de um lado para outro e contemplando, ao mesmo tempo, os flocos de neve que não cessavam de cair e se acumulavam no peitoril da janela sem cortinas, quando a porta se abriu e alguém entrou, ofegante e rindo. Por um instante, minha raiva foi maior que meu espanto. Pensei que fosse uma das criadas e gritei:

– Basta! Como se atreve extravasar sua leviandade aqui? Que diria o senhor Linton, se a ouvisse?

– Desculpe-me! – respondeu uma voz familiar. – Mas sei que Edgar está na cama e não consigo me conter.

Dizendo isso, minha interlocutora se aproximou da lareira, ofegante e com a mão na cintura.

– Vim correndo desde o Morro dos Ventos Uivantes! – continuou ela, depois de uma pausa. – Exceto nos lugares em que caí. Não poderia contar o número de quedas que tive. Oh! Estou com dores por todo o corpo! Não se assuste! Vais ter uma explicação tão logo a possa dar. Por ora, tenha a bondade de ir lá fora e mandar preparar a carruagem para me levar a Gimmerton; e diga a uma criada que apanhe algumas roupas em meu guarda-roupa.

A intrusa era a senhora Heathcliff. Seu estado não era certamente para rir: o cabelo lhe caía sobre os ombros, pingando de neve e água; trazia o mesmo vestido de menina que usava costumeiramente, mais adequado à sua idade do que à sua condição: uma saia curta de mangas igualmente curtas e nada na cabeça ou no pescoço. A saia era de seda leve e colada ao corpo de tão encharcado; seus pés eram protegidos somente por chinelos finos; além disso, um corte profundo logo abaixo de uma orelha, que só o frio impedia de sangrar profusamente, um rosto pálido arranhado e ferido, e um corpo que mal conseguia manter-se de pé por causa do cansaço. E pode imaginar que meu primeiro susto não foi debelado quando tive a oportunidade de examiná-la.

— Minha querida jovem — exclamei —, não vou sair daqui e não vou ouvir nada antes que troque de roupa; nem pense em partir ainda esta noite para Gimmerton; por isso é desnecessário mandar preparar a carruagem.

— Mas é claro que vou partir! — disse ela. — A pé ou a cavalo! Quanto a me vestir decentemente, não faço objeção. E... Ah! Veja como o sangue escorre por meu pescoço agora! É o calor do fogo que o reaviva.

Insistiu para que eu cumprisse suas ordens, antes que me deixasse tocá-la e só depois de eu ter dado ao cocheiro instruções para se aprontar e mandado a criada a embrulhar algumas peças de roupa, obtive a permissão de tratar a ferida e ajudá-la a trocar de vestimenta.

— Agora, Ellen — disse ela, quando terminei minha tarefa e ela já estava sentada numa espreguiçadeira perto da lareira com uma xícara de chá à sua frente — leve a filhinha da pobre Catherine lá para dentro e venha sentar-se a meu lado: não gosto de vê-la! Não deve pensar que eu não me importe com Catherine por ter-me comportado tão tresloucada ao entrar: eu também chorei amargamente... sim, mais do que ninguém eu tinha motivos para chorar. Lembre-se de que nos separamos sem ter-nos reconciliado, e disso não posso me perdoar. Mas, seja como for, não vou ter pena dele... desse bruto! Oh! Me alcance o atiçador! Esta é a última coisa dele que trago comigo — tirou a aliança do dedo e a jogou no chão. — Vou esmagá-la! — continuou ela, batendo-a com fúria pueril — E depois queimá-la! — Tomou a aliança despedaçada e a jogou nas brasas. — Pronto! Deverá comprar outra, se me obrigar a voltar para ele. Ele é bem capaz de vir me procurar aqui, só para importunar Edgar. Não me atrevo a ficar aqui, com medo de que essa ideia se fixe na cabeça malvada dele! E, além disso, Edgar não tem sido bondoso para comigo, não é? Não quero vir implorar a ajuda dele nem quero causar-lhe mais aborrecimentos. A necessidade me levou a procurar abrigo aqui; mas, se não soubesse que ele estava fora de meu caminho, teria parado na cozinha, lavado o rosto, me aquecido, pedido a você o que precisava e teria partido de novo para qualquer lugar, fora do alcance de meu maldito... desse demônio encarnado! Ah! Como estava furioso! Se me tivesse apanhado! É uma pena que Earnshaw não seja páreo para a força dele: eu não teria partido sem vê-lo demolido, se Hindley fosse capaz de fazê-lo!

— Bem, não fale tão depressa, senhorita — interrompi. — Vai soltar o lenço que amarrei em volta de seu rosto e fazer o corte sangrar novamente. Beba seu chá, descanse um pouco e pare de rir; infelizmente o riso é inoportuno sob este teto e em suas condições!

— Uma verdade inegável! — replicou ela. — Escute aquela criança! Não para de chorar... leve-a para onde eu não possa ouvi-la por uma hora; não vou me demorar mais que isso.

Toquei a campainha e entreguei a criança aos cuidados de uma criada; e então perguntei o que a tinha levado a fugir apressadamente do Morro dos Ventos Uivantes nesse improvável estado e para onde pretendia ir, visto que se recusava a ficar conosco.

— Eu deveria e desejaria ficar aqui — respondeu ela — para consolar Edgar e cuidar da criança, por essas duas coisas e também porque a granja é minha verdadeira casa. Mas afirmo-lhe que Heathcliff jamais consentiria. Acha que ele haveria de suportar ver-me feliz... poderia suportar pensar que nós vivíamos tranquilos e não decidir-se a envenenar nosso conforto? Agora tenho certeza de que ele me detesta, a ponto de se aborrecer seriamente ao ter-me ao alcance de sua voz ou de sua vista. Noto, quando estou na presença dele, como os músculos de seu rosto se contraem involuntariamente, deixando-o com uma expressão de ódio; isso provém, em parte, do fato de conhecer os bons motivos que tenho para sentir o que sinto por ele e, em parte, de sua aversão natural por mim. É suficientemente intensa para me sentir quase certa de que não me caçaria por toda a Inglaterra, se soubesse que eu tinha planejado fugir; e por isso devo me manter bem distante dele. Já me recuperei do desejo inicial de ser morta por ele; agora preferiria que ele matasse a si mesmo! Ele extinguiu completamente meu amor e, assim, estou tranquila. Posso lembrar-me de como o amei e posso imaginar vagamente que poderia amá-lo ainda, se... não, não! Mesmo que ele me tivesse amado loucamente, sua natureza diabólica teria acabado por se manifestar. Catherine devia ter um gosto terrivelmente pervertido para estimá-lo tão profundamente, conhecendo-o tão bem. Monstro! Se ele pudesse pelo menos ser apagado dentre as criaturas deste mundo e de minha memória!

- Hum, hum! Ele é um ser humano - disse eu. - Seja mais benevolente; há homens piores do que ele!
- Ele não é um ser humano - retorquiu ela. - Nem minha piedade ele merece. Eu lhe entreguei meu coração e ele o tomou e o torturou até a morte, e então o jogou de volta para mim. As pessoas sentem com o coração, Ellen; e visto que ele destruiu o meu, não tenho forças para sentir algo por ele; e não sentiria, mesmo que ele gemesse todos os dias de sua vida e chorasse lágrimas de sangue por Catherine! Não, de verdade, de verdade, não sentiria! Nesse momento, Isabella começou a chorar; mas enxugando imediatamente as lágrimas de seus olhos, recomeçou:
- Perguntou o que me levou, finalmente, a fugir? Fui obrigada a fazê-lo porque consegui elevar a raiva dele um pouco acima da malvadez. Extrair os nervos com tenazes em brasa requer mais frieza do que desferir golpes na cabeça. A fúria dele era tanta que se esqueceu da prudência satânica de que tanto se vangloriava e passou à violência homicida. Senti prazer por ser capaz de exasperá-lo: a sensação de prazer despertou meu instinto de autopreservação, libertando-me de sua opressão; e se algum dia eu voltar a cair nas mãos dele, certamente é bem-vindo para uma notável vingança. Ontem, como sabe, o senhor Earnshaw deveria ter ido ao funeral. Ele se manteve sóbrio para esse fim... razoavelmente sóbrio, pelo menos para não ir para a cama às 6 da manhã e levantar bêbado ao meio-dia. Consequentemente, acordou numa depressão suicida, tão apropriada para a igreja como para um baile e, em vez de ir ao enterro, ficou sentado perto da lareira tomando gim e aguardente à vontade.
- Heathcliff... estremeço só de pronunciar seu nome... tem sido um estranho na casa desde domingo até hoje. Se foram os anjos que o alimentaram ou seu parente das profundezas, isso não posso dizer; mas ele não fez uma refeição conosco por quase uma semana. Chegava de madrugada e ia diretamente para o quarto, trancando-se ali... como se alguém sonhasse em cobiçar sua companhia! E continuava lá, rezando como um metodista; só que a divindade que ele invocava não passava de pó e cinzas; e quando se dirigia a Deus, confundia-o curiosamente com seu pai lá dos infernos. Depois de terminar essas suas preciosas orações... que duravam geralmente até ficar rouco e com a voz presa na garganta... voltava a sair, sempre direto para a granja. Admira-me que Edgar não tenha chamado a polícia para levá-lo preso! Quanto a mim, triste como estava por causa de Catherine, era impossível não aproveitar a ocasião para me libertar daquela opressão degradante.
- Consegui recuperar ânimo suficiente para suportar as intermináveis preleções de Joseph, sem chorar, e para subir e descer as escadas da

casa sem os passos de ladrão assustado, como anteriormente. Não pense que chorava com tudo o que Joseph podia dizer; mas ele e Hareton companhias detestáveis. Preferia sentar ao lado de Hindley e ouvir horrorosa conversa a ficar com o "patrãozinho" e seu leal guardião, aquele velho odioso! Quando Heathcliff está em casa, sou muitas vezes obrigada a me refugiar na cozinha no meio da criadagem ou morrer de fome entre os quartos úmidos e vazios; quando ele não está, como aconteceu esta semana, coloco uma mesa e uma cadeira a um canto da lareira e não me interessa saber como o senhor Earnshaw passa seu tempo; e ele não interfere em minhas ocupações. Ele está mais calmo agora do que costuma estar, se ninguém o provocar: mais taciturno e deprimido e menos irascível. Joseph afirma estar certo de que se converteu, que o Senhor tocou seu coração e o salvou do "fogo eterno". Eu não consigo detectar sinais dessa benéfica mudança, mas isso não me diz respeito.

- Ontem à noite fiquei sentada em meu canto, lendo alguns livros velhos até cerca da meia-noite. Parecia-me tão sinistro ter de ir para o andar de cima com toda aquela neve caindo lá fora e com meus pensamentos voando continuamente em direção do cemitério e da nova sepultura! Mal ousava levantar os olhos da página à minha frente que aquele cenário melancólico logo se apoderava de minha mente. Hindley estava sentado do outro lado, com a cabeça apoiada entre as mãos; talvez meditando sobre o mesmo assunto. Só tinha parado de beber quando já estava completamente embriagado e não se mexia nem falava há duas ou três horas. Nenhum ruído se ouvia pela casa, a não ser os gemidos do vento, que, de vez em quando, sacudia as janelas, o crepitar amortecido do fogo e o estalido da espevitadeira quando eu, de tempos em tempos, retirava o pavio da vela. Hareton e Joseph provavelmente já deviam estar em sono profundo. Estava tudo muito, muito triste; e enquanto eu lia e suspirava, pois parecia que toda a alegria se tinha extinguido da face da terra, para nunca mais ser restaurada.

- O doloroso silêncio foi rompido finalmente pelo barulho do trinco da porta da cozinha: Heathcliff havia retornado de sua ronda mais cedo do que de costume, devido, suponho, à súbita tempestade. Mas a porta estava trancada e o ouvimos dar a volta para entrar pela outra. Eu me levantei com uma irreprimível expressão do que sentia nos lábios, o que induziu meu companheiro, que tinha estado olhando para a porta, a voltar-se em minha direção.

- Vou deixá-lo lá fora cinco minutos - disse ele. - Não tem nada contra?
- Não, por mim, pode deixá-lo lá fora a noite inteira - respondi. - Faça isso! Gire a chave e puxe as trancas.

Earnshaw fez isso antes que seu hóspede alcançasse a porta da frente; depois veio e puxou sua cadeira para o outro lado da mesa, onde eu estava, inclinando-se sobre ela e procurando em meus olhos um sinal de simpatia para com o ardente ódio que brilhava nos seus; como ele olhava como um assassino não pôde tê-la exatamente, mas viu em meu olhar o suficiente para animar-se a falar.

– Tanto a senhora como eu – disse ele – temos contas a acertar com esse homem lá fora! Se nenhum de nós for covarde, podemos combinar livrar-nos dele. Ou será tão fraca como seu irmão? Quer resignar-se até o fim e não tentar, de uma vez, fazê-lo pagar?

– Estou cansada de suportar – repliquei. – E ficaria contente com uma retaliação que não recaísse sobre mim; mas traição e violência são faca de dois gumes: ferem mais os que recorrem a elas do que seus inimigos.

– Traição e violência se pagam precisamente com traição e violência! – exclamou Hindley. – Senhora Heathcliff, não lhe peço fazer qualquer coisa, a não ser ficar sentada quieta e calada. Diga-me, pode fazer isso? Tenho certeza de que sentirá tanto prazer como eu em presenciar o fim da existência desse demônio; ele será *sua* morte, se não se antecipar; e será *minha* ruína. Maldito seja o diabólico vilão! Ele bate à porta como se já fosse dono desta casa! Prometa-me que se calará e, antes que o relógio dê as próximas badaladas... faltam três minutos para a uma ... será uma mulher livre!

Tirou do peito a arma de que lhe falei em minha carta e se preparava para apagar a vela. Mas consegui afastá-la e agarrei o braço dele.

– Não vou ficar calada! – disse eu. – Não deve tocá-lo. Deixe a porta fechada e fique quieto.

– Não! Minha decisão está tomada e juro por Deus que vou pô-la em prática! – bradou o homem em desespero. – Vou prestar-lhe um favor, mesmo contra sua vontade, e vou fazer justiça a Hareton. E não precisa se preocupar em me proteger; Catherine morreu... Nenhum ser vivo haveria de me prantear ou se envergonhar de mim, mesmo que corte minha garganta neste instante... está na hora de pôr um fim a tudo isso!

Era como lutar com um urso ou argumentar com um louco. Minha única saída era correr para uma janela e avisar a vítima da sorte que o esperava.

– É melhor procurar abrigo em outro lugar esta noite! – gritei, em tom triunfal. – O senhor Earnshaw está decidido a dar-lhe um tiro, se insistir em entrar.

– Seria melhor que abrisse a porta... – respondeu ele, dirigindo-me palavras tão elegantes que não ouso repetir.

– Não quero me intrometer no assunto – retruquei. – Entre e leve um tiro, se quiser. Cumpri com meu dever.

Dito isso, fechei a janela e voltei para meu lugar perto da lareira; como não costumo agir como hipócrita, não fingi nenhuma ansiedade diante do perigo que o ameaçava. Earnshaw passou a praguejar furiosamente, afirmando que eu ainda amava o vilão e me dirigindo todo tipo de insultos pelo espírito servil que eu demonstrava. E eu, no fundo do coração (e a consciência nunca me recriminou),pensava em como seria bom para *ele* se Heathcliff o livrasse daquela mísera existência e como seria bom para *mim* se ele mandasse Heathcliff para onde ele merecia. Enquanto estava sentada, acalentando essas reflexões, o caixilho da janela atrás de mim saltou com uma pancada seca desferida por este último, caindo no chão; e o rosto escuro apareceu espiando pela abertura. Esta era estreita demais para que seus ombros passassem e eu sorri, exultando em minha imaginária segurança. O cabelo e as roupas dele estavam cobertos de neve, e seus dentes afiados de canibal, revelados pelo frio e pela raiva, brilhavam na escuridão.

- Isabella, deixe-me entrar ou vai se arrepender! - rosnou ele, como diz Joseph.

- Não posso cometer um crime - repliquei. - O senhor Hindley está à sua espera com uma faca e uma pistola carregada.

- Então me deixe entrar pela porta da cozinha - disse ele.

- Hindley vai chegar lá antes de mim - respondi. - Bem pobre é seu amor, que não pode aturar um pouco de neve! Ficávamos em paz em nossas camas enquanto a lua brilhava no verão, mas assim que chega uma rajada de inverno, você corre a procurar abrigo! Heathcliff, em seu lugar, eu iria me estirar sobre o túmulo dela e morrer ali como um cão fiel. O mundo certamente já não tem mais valor para você nele viver, não é? Você deixou bem clara em mim a ideia de que Catherine era toda a alegria de sua vida. Não consigo imaginar como pensa em sobreviver à perda dela.

- Ele está aí, não é? - bradou meu companheiro, precipitando-se para a abertura. - Se conseguir enfiar meu braço para fora, vou acertá-lo!

Receio, Ellen, que me considere realmente cruel, mas você não sabe tudo, e, portanto, não me julgue. Eu não teria ajudado ou instigado um atentado, mesmo contra a vida *dele* por nada. Desejar que morresse, isso eu desejei, e por isso estava timidamente desapontada e debilitada pelo terror das consequências de minhas palavras insultuosas quando ele se atirou sobre a arma de Earnshaw e a arrancou das mãos dele. A pistola disparou e a faca, saltando para trás, se cravou no punho de seu dono. Heathcliff puxou-a com violência, dilacerando-lhe a carne, e colocou-a no bolso ainda pingando sangue. Em seguida, apanhou uma pedra, quebrou a intersecção entre duas vidraças e pulou para dentro da sala. Seu adversário havia caído sem sentidos com a intensidade da dor e o jorro de sangue, que vertia de uma artéria ou de uma veia. O malvado chutou-o e pisou nele, além de bater repetidamente a cabeça dele contra as lajes, agarrando-me com uma das mãos para me impedir de chamar Joseph. Deve ter feito um esforço sobre-humano para resistir à tentação de aniquilá-lo por completo. Mas, exausto, finalmente desistiu e arrastou o corpo aparentemente inanimado para cima do banco. Rasgou então a manga do casaco de Earnshaw e atou a ferida com brutal rudeza, cuspindo e praguejando durante a operação tão vigorosamente como o havia espancado antes. Sentindo-me livre, não perdi tempo em procurar o velho criado, que, tendo entendido aos poucos o significado de minha apressada narrativa, se apressou a descer esbaforido, pulando os degraus de dois em dois.

– O que está acontecendo agora? O que está acontecendo?

– O que acontece é que – trovejou Heathcliff – seu patrão está louco e, se durar mais um mês, tranco-o num manicômio! E por que diabos me trancou fora de casa, seu cão desdentado? Não fique aí resmungando e murmurando. Venha, que eu não vou tratar dele. Limpe essa sujeira toda e cuidado com as faíscas da vela... que o sangue dele é mais da metade álcool.

– Então o senhor o matou? – exclamou Joseph, erguendo as mãos e os olhos, horrorizado. – Se já se viu uma coisa como essa! Que o Senhor...

Heathcliff o empurrou e o fez cair de joelhos no meio do sangue; jogou-lhe uma toalha; mas, em vez de limpar o chão, juntou as mãos e começou a rezar; e me deu vontade de rir pelo estranho fraseado. Eu estava numa tal condição mental que nada mais me chocava; com efeito; estava tão indiferente como alguns malfeitores ao pé da forca.

– Oh! Eu a esqueci! – disse o tirano. – Você pode fazer isso. De joelhos! Conspirou com ele contra mim, não foi, víbora? Ora, aí está um trabalho adequado para você.

Sacudiu-me com tanta força que até meus dentes batiam e me empurrou para junto de Joseph, que concluiu imperturbável suas súplicas e, levantando-se, declarou que iria imediatamente para a granja. O senhor Linton era um magistrado e, mesmo que lhe tivessem morrido cinquenta esposas, averiguaria o ocorrido. Era tão obstinado em suas decisões, que Heathcliff achou apropriado ouvir de minha boca uma recapitulação de tudo o que havia acontecido, não se afastando de mim, com o olhar malévolo, visto que eu relutava em relatar o ocorrido. Foi com grande dificuldade que convenci o velho de que Heathcliff não era o agressor, especialmente por minhas respostas titubeantes. Mas o senhor Earnshaw logo o convenceu de que ainda estava vivo; Joseph se apressou em ministrar-lhe uma dose de aguardente e, com isso, seu patrão não tardou a recuperar os movimentos e a consciência. Heathcliff, ciente de que seu oponente ignorava os maus tratos recebidos enquanto estava sem sentidos, chamou-o de delirante e bêbado; e disse que não levaria em conta seu atroz procedimento, mas que o aconselhava a ir para a cama. Para minha alegria, ele nos deixou, depois de dar esse judicioso conselho, e Hindley se estendeu sobre a pedra da lareira. Eu subi para meu quarto, admirada por ter escapado tão facilmente de qualquer coisa.

Esta manhã, quando desci, por volta das 11 e meia,

O senhor Earnshaw estava sentado ao lado da lareira, gravemente doente; seu gênio do mal, quase tão sombrio e espectral como ele, estava encostado na chaminé. Nenhum dos dois parecia disposto a almoçar e, depois de esperar até a comida ficar fria, resolvi começar sozinha. Nada me impedia de comer com apetite e me parecia antegozar certa sensação de satisfação e superioridade, que, vez por outra, lançava um olhar em direção de meus silenciosos companheiros, sentindo o conforto de uma consciência tranquila dentro de mim. Depois que terminei, tomei a singular liberdade de me aproximar da lareira, passando por trás da cadeira de Earnshaw e ajoelhando-me no canto, ao lado dele.

Heathcliff não olhou para mim e eu, erguendo os olhos, contemplei seu semblante quase tão pressurosamente como se tivesse se transformado numa estátua. Sua fronte, que outrora achava tão humana e que agora achava diabólica, estava sombreada com uma nuvem pesada; seus olhos de basilisco estavam quase apagados pela sonolência e talvez pelo choro, pois as pestanas estavam úmidas; seus lábios, destituídos de seu feroz sarcasmo e cerrados numa expressão de indizível tristeza. Se fosse outro, eu teria tapado meu rosto diante de tanto sofrimento. No caso dele; eu estava contente e, por mais ignóbil que possa parecer insultar um inimigo derrotado, não podia perder a oportunidade de transpassá-lo com um dardo: aquele momento de fraqueza dele era a única ocasião que eu poderia ter para saborear o prazer de pagar mal com mal.

Que vergonha, senhorita! - interferi. Tem-se a impressão que nunca abriu uma Bíblia na vida. Se Deus castiga seus inimigos, isso deveria lhe bastar. É malvadez e presunção acrescentar suas torturas às de Deus.

- Em geral, estou de acordo que assim seja, Ellen - continuou ela -, mas que desgraça caída sobre Heathcliff poderia me contentar, se eu não tivesse metido a mão também? Nem me importava que ele sofresse menos, se fosse eu a lhe causar o sofrimento e ele ficasse sabendo que era eu a causadora. Oh! Quanto lhe devo devolver! Só com uma condição poderia perdoá-lo, isto é, com a lei do olho por olho, dente por dente, retribuir-lhe cada maldade por maldade, reduzi-lo ao estado em que estou. E, como ele foi o primeiro a ofender, que fosse também o primeiro a implorar perdão; e depois... bem depois, Ellen, talvez eu pudesse mostrar alguma generosidade. Mas é totalmente impossível que um dia possa me sentir vingada e, portanto, não posso perdoá-lo.

Então, Hindley pediu água e lhe alcancei um copo; e lhe perguntei como se sentia.

- Não tão mal quanto desejaria - respondeu ele. - Mas tirante meu braço, cada centímetro de meu corpo está tão dolorido como se tivesse lutado com uma legião de demônios.

- Claro, não é para admirar - foi minha observação seguinte. - Catherine costumava se vangloriar que era ela quem zelava pela integridade física dele: queria dizer que certas pessoas não o agrediam, com receio de ofendê-la. Ainda bem que os mortos não se levantam do túmulo, senão ontem à noite ela teria testemunhado uma cena repulsiva! O senhor não está cheio de contusões e ferido no peito e nos ombros?

- Não posso dizer - respondeu ele. - Mas por que pergunta? Ele se atreveu a me bater enquanto eu estava desmaiado?

- Ele o pisou e o chutou, e ainda bateu com sua cabeça no chão - sussurrei.

- E a boca dele espumava de tanta vontade de rasgá-lo com os dentes, porque ele é humano só pela metade; talvez nem tanto, e o resto é demoníaco.

O senhor Earnshaw ergueu os olhos, como eu, para o semblante de nosso inimigo comum, que, absorto em sua angústia, parecia alheio a tudo o que o rodeava; quanto mais ali ficava, tanto mais claramente suas reflexões revelavam sua negridão através de suas feições.

- Oh! Se Deus me desse força para estrangulá-lo, eu iria para o inferno com alegria - gemeu o impaciente homem, contorcendo-se para levantar e voltando a cair para trás em desespero, convencido de sua incapacidade para qualquer esforço.

- Não, já chega que ele tenha sido a causa da morte de um de vocês - observei em voz alta. - Na granja, todos sabem que sua irmã estaria ainda viva, se não fosse o senhor Heathcliff. Depois de tudo, é preferível ser odiado a ser amado por ele. Quando me lembro de como éramos felizes... de como Catherine era feliz antes da chegada dele... não posso deixar de amaldiçoar esse dia.

Provavelmente, Heathcliff percebeu melhor a verdade do que foi dito do que as razões da pessoa que o dizia. Vi que sua atenção despertou, pois lágrimas escorriam de seus olhos para as cinzas e sua respiração era entrecortada por sufocantes suspiros. Fitei-o bem e ri zombeteiramente. As janelas escuras do inferno se iluminaram por um momento em minha direção; mas o demônio, que geralmente aparecia, estava tão abatido e adormentado, que não receei arriscar outra explosão de riso.

- Levante-se e desapareça de minha vista - disse o que se lamentava;

Achei que havia proferido essas palavras pelo que ouvi, pois sua voz era quase imperceptível.

– Como? – repliquei. – Mas eu também gostava de Catherine; e o irmão dela precisa de assistência, que, por causa dela, vou lhe dar. Agora, que ela está morta, eu a vejo em Hindley; ele tem os olhos exatamente iguais aos dela, se você não tivesse tentado arrancá-los e deixando-os pretos e vermelhos; e sua...

– Levante-se, idiota miserável, antes que eu o agrida até a morte! – gritou ele, esboçando um movimento que provocou outro de minha parte.

– Mas então – continuei, pronta para fugir –, se a pobre Catherine tivesse confiado em você e adotado o ridículo, desprezível e degradante nome de senhora Heathcliff, logo teria chegado a um estado similar a este! Mas ela não teria suportado seu comportamento abominável em silêncio: seu ódio e seu desgosto teriam encontrado voz.

O espaldar do banco e o próprio Earnshaw se interpunham entre mim e Heathcliff, de modo que ele, em vez de tentar me alcançar, apanhou uma faca de cima da mesa e atirou-a contra minha cabeça. A faca me atingiu por baixo da orelha, cortando-me a frase que estava proferindo; mas, arrancando-a, corri para a porta e lancei-lhe outra frase que, espero, o tenha ferido mais fundo que seu projétil. A última visão que tive dele foi uma furiosa investida, repelida pelos braços de seu anfitrião; e os dois caíram agarrados por sobre a lareira.

Em minha fuga pela cozinha, mandei Joseph correr a acudir o patrão; depois esbarrei com Hareton, que estava na soleira da porta, tentando acomodar uma ninhada de cachorrinhos nas costas de uma cadeira; e, abençoada como uma alma que escapou do purgatório, corri, pulei e voei estrada abaixo. Depois, deixando suas curvas, disparei direto para o brejo, rolando por declives e prosseguindo por charcos, e me precipitava, de fato, em direção à luz da granja. Antes ser condenada à morada perpétua das regiões infernais do que passar, mesmo que fosse uma única noite, sob o teto do Morro dos Ventos Uivantes.

Isabella parou de falar e tomou um gole de chá. Em seguida, levantou e, pedindo para que lhe pusesse a touca e um grande xale que eu havia trazido, e não dando ouvidos a minhas súplicas para que ficasse mais uma hora, subiu numa cadeira, beijou os retratos de Edgar e de Catherine, honrou-me com semelhante despedida e desceu até a carruagem, acompanhada por Fanny, que gritava de alegria por ter recuperado a patroa. E foi embora para nunca mais voltar a visitar essa região; mas uma correspondência regular foi estabelecida entre ela e meu patrão quando as coisas se acalmaram. Creio que sua nova moradia estivesse situada no Sul, perto de Londres; lá ela teve um filho poucos meses depois de sua fuga. Foi batizado com o nome de Linton e, desde o início, contou a mãe, se revelou uma criança doentia e irritadiça.

O senhor Heathcliff, encontrando-me um dia no vilarejo, me perguntou onde é que ela morava. Recusei-me a lhe dizer. Ele observou então que isso não o interessava, mas ela que não tentasse morar com o irmão, pois devia viver com ele próprio e não com o irmão. Embora eu não lhe desse qualquer informação, ele descobriu, através de um dos demais criados, tanto o local de residência dela bem como a existência da criança. Ainda assim, não a importunou, graças à aversão que lhe votava, suponho. Com frequência pedia notícias do filho quando me via e, ao saber do nome que lhe haviam dado, sorriu de modo sinistro e observou:

– Querem que o odeie também, não é?

– Acho que querem que nada saiba dele – respondi.

– Mas vou tê-lo – disse ele – quando quiser. Eles podem apostar nisso!

Felizmente, a mãe faleceu antes que isso viesse a acontecer, cerca de treze anos depois da morte de Catherine, quando o pequeno Linton tinha 12 anos ou pouco mais.

No dia que se seguiu à inesperada visita de Isabella, não tive oportunidade de falar com meu patrão: ele evitava qualquer conversa e não estava em condições de discutir fosse o que fosse. Quando consegui levá-lo a me escutar, notei que ficou contente ao saber que a irmã tinha abandonado o marido, a quem ele abominava com uma intensidade que não pareceria possível numa natureza tão branda como a dele. Tão profunda e sensível era essa aversão, que evitava ir a qualquer lugar onde fosse provável ver Heathcliff ou ouvir falar dele. O desgosto e essa atitude o transformaram num perfeito eremita: largou suas funções de magistrado, deixou até de ir à igreja, evitava o mais possível o vilarejo e passava a vida em total reclusão, dentro dos limites de sua propriedade. Só saía para solitários passeios pelos pântanos e visitas à sepultura da mulher, quase sempre ao entardecer ou de manhã cedo, antes que outros caminhantes aparecessem. Mas ele era bom demais para ser completamente infeliz por muito tempo. *Ele* não rezava para que a alma de Catherine o perseguisse. O tempo trouxe resignação e uma melancolia mais doce que a alegria comum. Recordava a memória dela com um amor ardente e terno, e ansiava, cheio de esperança, partir para um mundo melhor, para onde ela, sem dúvida, tinha ido.

Além disso, tinha também afeições e consolações terrenas. Durante uns dias, parece não dar muita atenção à pequenina sucessora da falecida: essa frieza se derreteu tão rápido como a neve em abril e, antes mesmo que a pequena pudesse balbuciar uma palavra ou dar os primeiros passos, já lhe havia subjugado o coração com o cetro de déspota. Chamava-se Catherine, mas ele nunca a chamava pelo nome completo, como nunca havia abreviado o nome da primeira Catherine, provavelmente porque Heathcliff tivesse o hábito de fazê-lo. Para ele a pequena era sempre Cathy, o que a distinguia da mãe e ainda assim a associava a ela. E seu apego pela menina provinha mais dessa ligação com ela do que dos laços de sangue que os uniam.

Eu costumava fazer comparações entre ele e Hindley Earnshaw, mas eu mesma ficava perplexa ao tentar explicar satisfatoriamente por que a conduta deles era tão diferente em circunstâncias similares. Ambos haviam sido maridos extremosos e ambos eram apegados aos filhos; e não conseguia perceber como não haviam trilhado o mesmo caminho, fosse para o bem ou para o mal. Mas achava que Hindley, aparentemente de caráter mais forte, se mostrou infelizmente o mais degenerado e o mais fraco. Quando o navio encalhou, o capitão abandonou o posto e a tripulação, em vez de tentar salvá-lo, se amotinou, não deixando qualquer esperança para o azarado navio. Linton, pelo contrário, mostrou a verdadeira coragem de uma alma leal e cheia de fé: confiou em Deus e Deus o confortou. Um teve esperança e o outro se desesperou. Cada um escolheu seu destino e justamente condenado a segui-lo sempre. Mas certamente não quer me ouvir bancar a moralista, senhor Lockwood; pode julgar por si, bem como eu, tudo isso; pelo menos, acreditará que pode, o que é a mesma coisa. O fim de Earnshaw foi o que era de se esperar; foi juntar-se à irmã, em menos de seis meses. Na granja, nunca tivemos a mínima notícia de qual era seu estado antes do desenlace; tudo o que fiquei sabendo foi o que me contaram quando fui ajudar nos preparativos do funeral. Foi o Dr. Kenneth que veio trazer a notícia a meu patrão.

– Bem, Nelly – disse ele, entrando a cavalo pelo pátio certa manhã, cedo demais para não me alarmar com um instantâneo pressentimento de más notícias. – Chegou a nossa vez de prantear alguém mais. Sabe quem nos deixou agora? Quem acha que é?

– Quem? – perguntei, afobada.

– Tente adivinhar! – retrucou ele, apeando e prendendo as rédeas numa argola ao lado da porta. – Pode levantar a ponta do avental; estou certo de que vai precisar.

– Certamente não o senhor Heathcliff! – exclamei.

– O quê! E verteria lágrimas por ele? – disse o médico. – Não, Heathcliff é um jovem vigoroso; hoje está vendendo saúde. Acabo de vê-lo. Está ficando rapidamente mais gordo desde que perdeu a bela metade.

– Quem é então, senhor Kenneth? – insisti, impaciente.

– Hindley Earnshaw! Seu velho amigo Hindley – replicou ele – e meu amigo de todas as horas, embora ultimamente levasse uma vida desregrada demais, a meu ver. Aí está. Não disse que haveríamos de chorar? Mas, ânimo! Ele morreu de acordo com seu caráter: bêbado como um lorde. Pobre rapaz! Sinto muito também. Não se pode superar a perda de um velho amigo, ainda que fosse capaz das piores trapaças contra si mesmo, que se possa imaginar e me tenha pregado muitas das boas. Parece que andava pelos 27 anos; é sua própria, Nelly. Quem haveria de pensar que vocês dois nasceram no mesmo ano? Confesso que esse golpe foi mais duro para mim do que o choque pela morte da senhora Linton. Velhas recordações rondavam meu coração. Sentei-me no alpendre e chorei como se fosse pela morte de um parente, desejando que o Dr. Kenneth tivesse outro criado para levá-lo a presença do patrão. Não conseguia deixar de me perguntar... "Teria a morte sido natural?" Por mais que fizesse, essa ideia me incomodava; e era tão enfadonhamente persistente, que resolvi pedir permissão para ir ao Morro dos Ventos Uivantes e prestar as últimas homenagens ao falecido. O senhor Linton se mostrou extremamente relutante em consentir, mas aleguei com eloquência a condição de abandono em que o morto devia estar; e afirmei que meu ex-patrão e irmão de leite tinha tanto direito a meus serviços como ele próprio. Além disso, lembrei-lhe que o pequeno Hareton era sobrinho de sua falecida mulher, e que, na ausência de parentes mais próximos, era ele que deveria criá-lo; e deveria também, melhor, tinha de averiguar em que situação se encontrava a propriedade e tomar conta dos negócios do cunhado. Não estando em condições de tratar desses assuntos por ora, ele me pediu para falar com o advogado e, finalmente, me permitiu ir. Esse advogado tinha sido o mesmo de Earnshaw: fui até a vila e lhe pedi que me acompanhasse. Sacudiu a cabeça e me aconselhou a deixar Heathcliff em paz, afirmando que, se a verdade transparecesse, o que tocaria a Hareton corresponderia a pouco mais do que a um mendigo.

– O pai dele morreu cheio de dívidas – disse ele. – Toda a propriedade está hipotecada e a única esperança do herdeiro natural é que lhe seja concedida a oportunidade de apelar à compaixão do credor, a fim de que este se incline a tratá-lo com benevolência.

Ao chegar ao Morro, expliquei que estava ali para que tudo fosse feito de modo decente; e Joseph, que parecia bastante pesaroso, mostrou-se satisfeito com minha presença. O senhor Heathcliff disse que não achava que eu fosse necessária, mas que podia ficar e tratar dos preparativos do funeral, se eu quisesse.

– Na verdade – observou ele –, esse corpo de doido poderia ser enterrado numa encruzilhada, sem cerimônia de qualquer espécie. Ontem à tarde, deixei-o sozinho dez minutos e, nesse intervalo, trancou as duas portas para eu não entrar e passou a noite inteira bebendo, com o deliberado propósito de se matar. Hoje de manhã tivemos de arrombar a porta, porque o ouvimos tossindo como um cavalo, e lá estava ele estirado no banco; não teria acordado, mesmo se os esfolássemos ou escalpelássemos. Mandei chamar Kenneth e ele veio, mas não antes que o animal já tivesse virado cadáver; já estava morto, frio e rígido. E assim, há de convir, era inútil preocupar-se mais por ele!

O velho criado confirmou essa descrição, mas resmungou:

- Antes queria que tivesse sido ele a ir buscar o médico, que eu ficava aqui para cuidar do patrão melhor que ele... e ele ainda não estava morto quando saí de casa!

Insisti para que o funeral fosse digno. O senhor Heathcliff me disse que fizesse tudo do meu jeito; mas só desejava que me lembrasse de que o dinheiro de todas as despesas saía do bolso dele. Mantinha um comportamento frio e distante, sem denotar alegria nem tristeza; se alguma emoção exprimia, era a satisfação desumana diante de um trabalho difícil de ser executado com sucesso. Na verdade, uma única vez observei algo como que exultação em seu aspecto: era justamente quando os homens saíam da casa carregando o caixão. Teve a hipocrisia de se vestir de luto; e antes de seguir com Hareton, ergueu a pobre criança até a altura da mesa e sussurrou com singular prazer:

- Agora, meu belo menino, você é *meu*! E veremos se uma árvore não cresce tão torta como a outra, com o mesmo vento a contorcê-la.

O pobre inocente parecia gostar dessa fala: começou a brincar com as suíças de Heathcliff e apertou seu queixo; mas eu adivinhei o significado dessas palavras e observei asperamente:

- Esse menino deve ir comigo para a granja de Thrushcross, senhor. Não há nada no mundo menos seu do que ele!

- É isso o que diz Linton? - perguntou.

- Claro... ele me deu ordens para levá-lo - repliquei.

- Está bem - disse o crápula. - Não vamos discutir isso agora; mas sempre sonhei em tentar educar uma criança. Por isso, diga a seu patrão que pretendo suprir o lugar deste pelo meu próprio filho, se ele tentar levá-lo. Não me oponho a deixar Hareton partir sem maior discussão; mas podem estar certos de que vou buscar o outro. Lembre-se de avisá-lo a respeito.

Essa ameaça era suficiente para nos deixar de mãos atadas. Dei o recado quando voltei e o senhor Linton, pouco interessado de início, não falou mais em interferir.

E, ainda que fosse esse seu desejo, não sei se o teria feito com alguma finalidade.

O hóspede era agora o dono do Morro dos Ventos Uivantes, proprietário de direito, do que deu provas ao advogado... que, por sua vez, o provou ao senhor Linton... que o senhor Earnshaw havia hipotecado cada palmo das terras por dinheiro para satisfazer o vício do jogo; e ele, Heathcliff, era o credor. Desse modo, Hareton, que agora podia ser o maior proprietário das redondezas, ficou reduzido a um estado de completa dependência do inimigo mortal de seu pai e vivia em sua própria casa como um criado, sem direito a salário e sem poder reivindicar seus direitos, por causa de seu desamparo e da falta de conhecimento de que havia sido defraudado.

CAPÍTULO 18

Os doze anos que se seguiram àquele triste período, continuou a senhora Dean, foram os mais felizes de minha vida. Minhas maiores preocupações durante esse tempo foram as leves enfermidades de nossa menina, que teve de passar como todas as crianças, ricas ou pobres. De resto, depois dos primeiros seis meses, ela cresceu a olhos vistos e aprendeu a andar e a falar, à sua maneira, antes que a urze florisse pela segunda vez sobre o túmulo da senhora Linton. Era a coisa mais cativante que sempre trouxe um raio de Sol numa casa desolada: uma verdadeira beleza de rosto, com os belos olhos negros dos Earnshaw, mas a pele clara, feições delicadas e cabelos louros e encaracolados dos Linton. Seu espírito era, embora sem aspereza, coroado por um coração sensível e caloroso até demais em suas afeições. Essa capacidade para afetos profundos lembrava a mãe; mas não se parecia com ela, pois era capaz de ser terna e meiga como uma pomba e tinha uma voz doce e expressão pensativa; sua ira nunca era exacerbada; seu amor não era impetuoso, mas terno e profundo. Deve-se reconhecer, porém, que tinha defeitos para empanar essas qualidades. Um deles era certa propensão a ser atrevida; outro era a teimosia perversa, que crianças mimadas invariavelmente adquirem, tenham elas bom ou mau gênio. Se algum criado a contrariava, logo dizia: "Vou contar ao papá!" E se este a repreendia, nem que fosse só com o olhar, ficava sentida como ninguém; não acredito que ele lhe tenha dirigido alguma vez qualquer palavra mais áspera. Ele se encarregou da educação da filha inteiramente sozinho e fazia disso um divertimento. Felizmente, curiosidade e inteligência perspicaz fizeram dela uma excelente aluna: aprendia depressa c com vontade, honrando o mestre.

Até chegar aos 13 anos, ela nunca tinha ido sozinha e uma única vez além dos limites da propriedade. O senhor Linton a levava, em raras ocasiões, a um passeio de uma milha ou coisa assim, mas não a confiava aos cuidados de ninguém. Gimmerton não passava de um nome sem qualquer significado para ela; a capela era o único lugar de onde havia se aproximado ou entrado, excetuando a própria casa. O Morro dos Ventos Uivantes e o senhor Heathcliff não existiam para ela. Era uma verdadeira reclusa, aparentemente muito satisfeita com essa vida. Às vezes, contudo, enquanto descortinava as redondezas da janela de seu quarto, observava:

— Ellen, daqui a quanto tempo poderei subir até o topo daqueles montes? Gostaria tanto de saber o que há do outro lado... é o mar?

— Não, senhorita Cathy — respondia eu. — São outros montes, iguais a esses.

— E o que são aqueles rochedos dourados como parecem quando estamos ao pé deles? — perguntou ela, uma vez.

As encostas abruptas de Penistone Crags a atraíam de modo particular; especialmente quando o pôr do sol brilhava sobre elas e sobre os picos das montanhas, e toda a extensão da paisagem ao lado ficava na sombra. Expliquei que eram massas de pedra nua que dificilmente tinham terra suficiente em suas fendas para alimentar uma árvore raquítica.

— E por que continuam brilhando tanto tempo depois que aqui já está anoitecendo? — insistia ela.

— Porque estão muito acima do lugar onde estamos nós — respondi. — Você não poderia subir por elas; são muito altas e íngremes. No inverno o gelo as cobre antes de chegar até nós; e em pleno verão já encontrei neve naquela concavidade escura do lado Nordeste!

— Oh! Você já esteve lá! — exclamou ela, alegremente. — Então posso ir também quando for mais crescida. O papai já esteve lá, Ellen?

— Seu pai vai lhe dizer, senhorita — respondi apressadamente — que não vale a pena visitar esses montes. Os pântanos, por onde anda com ele, são muito mais bonitos e a propriedade de Thrushcross é o lugar mais lindo do mundo.

— Mas eu conheço nossa propriedade e aqueles montes não — murmurou ela para si mesma. — Gostaria tanto de olhar em volta do pico daquela parte mais alta: meu pônei Minny um dia vai me levar para lá.

Uma das criadas, ao mencionar a Gruta das Fadas, virou-lhe inteiramente a cabeça com o desejo de realizar esse sonho: tanto importunou o senhor Linton a respeito que ele lhe prometeu que a levaria para lá quando tivesse mais idade. Mas a senhorita Catherine contava sua idade por meses e tinha essa constante pergunta em sua boca: "Agora tenho idade suficiente para a ir a Penistone Crags?" A estrada que levava para esse local fazia uma curva perto do Morro dos Ventos Uivantes. Edgar não se sentia com ânimo de passar por ali; por isso ela recebia invariavelmente a mesma resposta: "Ainda não, meu amor, ainda não".

Já disse que a senhora Heathcliff viveu pouco mais de doze anos depois de se separar do marido. As pessoas de sua família eram de constituição delicada: ela e Edgar não tinham a boa saúde peculiar que geralmente se constata nesses lugares. Não tenho certeza de qual teria sido a última doença dela; suponho que eles morreram do mesmo mal, uma espécie de febre, baixa no início, mas incurável e consumindo rapidamente a vida no final. Ela escreveu ao irmão para informá-lo do provável desfecho da doença que já durava quatro meses e lhe suplicava para que fosse visitá-la, se possível, pois tinha muitas coisas a pôr em ordem e desejava despedir-se dele e confiar Linton a seus cuidados. A grande esperança dela era que o filho pudesse ficar com ele, como até então tinha ficado com ela; pois estava convencida de que o pai dele não tinha interesse em assumir o fardo do sustento e da educação do menino. Meu patrão não hesitou um momento sequer em acatar o pedido dela: relutante como era em sair de casa para atender chamados comuns, ele acorreu pressuroso ao dela, entregando Cathy a minha exclusiva vigilância durante a ausência dele com insistentes ordens de que ela não deveria ultrapassar os limites do parque; mesmo estando a meus cuidados ele não permitia que ela pretendesse ir desacompanhada.

Ele ficou fora três semanas. Nos dois primeiros dias, a menina ficou sentada num canto da biblioteca, tão tristonha que não tinha vontade de ler nem de brincar; nesse estado de quietude, ela não me deu pouco trabalho; mas foi seguido de um período enfado impaciente e irritadiço. Estando eu muito ocupada e sentindo o peso dos anos para correr de um lado para outro a entretê-la, inventei uma maneira de ela se entreter sozinha: passei a mandá-la passear pelos arredores da casa, ora a pé ora em seu pônei; e quando ela voltava, escutava com toda a paciência suas aventuras reais e imaginárias.

Estávamos em pleno verão e ela tomou tanto gosto por esses passeios solitários, que muitas vezes conseguia ficar andando lá fora desde o café da manhã até a hora do chá; depois, passava as tardes a contar suas histórias fantasiosas. Não receava que ela ultrapassasse os limites impostos, porque os portões estavam geralmente trancados e achava que não haveria de se aventurar sozinha para mais longe e os mesmos portões estivessem escancarados. Infelizmente, minha confiança provou-se desmedida. Certa manhã, Catherine veio a mim, às 8 horas, e me comunicou que nesse dia ela era um mercador árabe que se preparava para atravessar o deserto com sua caravana; e que eu devia lhe fornecer muitas provisões para ela própria e para os animais: um cavalo e três camelos personificados por um grande cão e por um casal de perdigueiros. Arranjei-lhe uma boa provisão de guloseimas na cesta que pendurei num lado da sela do pônei e ela partiu a trote, alegre como uma fada, protegida do Sol de julho por um grande chapéu de aba larga e um véu de tule, rindo feliz, zombando de meu cauteloso conselho para evitar galopes e voltar cedo. Na hora do chá, essa traquina não tinha ainda aparecido. Um viajante voltou, o cão, visto que era velho e amante do sossego, mas nem Cathy, nem o pônei, nem os dois perdigueiros podiam ser vistos em qualquer direção. Enviei criados em todas as trilhas e, por fim, eu própria saí para procurá-la.

Num local da divisa da propriedade estava um trabalhador consertando uma cerca em torno de uma plantação. Perguntei-lhe se tinha visto nossa menina.

– Eu a vi esta manhã – respondeu ele. – Até me pediu que lhe cortasse uma vara de aveleira e então fez seu pônei pular por cima daquela sebe, mais para lá, na parte mais baixa, e desapareceu a galope.

O senhor pode imaginar como fiquei ao ouvir essa notícia. Tive imediatamente a impressão de que devia ter ido para Penistone Crags. "O que será que lhe aconteceu?" – exclamei, passando por uma abertura que o homem estava consertando e dirigindo-me direto para a estrada principal. Percorri milha após milha como se estivesse apostando uma corrida até que de uma curva avistei o Morro dos Ventos, mas de Catherine nem sinal, nem perto nem longe. Penistone Crags está a cerca de 1 milha e meia além da propriedade do senhor Heathcliff e, portanto, a 4 milhas da granja; comecei a recear que a noite caísse antes de alcançá-la. "E se ela escorregou quando subia pelos rochedos", pensava eu, "e morreu ou quebrou algum osso?" Minha preocupação era verdadeiramente angustiante e, a princípio, tive reconfortante alívio, ao passar apressada pela casa da fazenda, e ver Charlie, o mais fogoso dos dois perdigueiros, deitado debaixo de uma janela, com a cabeça inchada e uma orelha sangrando. Abri a portinhola e corri para a porta, batendo com toda a força para ser ouvida. Uma mulher veio abrir; eu a conhecia e morava em Gimmerton antes, mas agora servia nessa casa, desde a morte do senhor Earnshaw.

– Ah! – disse ela. – Vem à procura de sua pequena patroa! Não se aflija. Ela está aqui e muito bem, mas fico contente por não ser o patrão.

– Então ele não está em casa? – perguntei, ofegante, tanto pela caminhada como pela aflição.

– Não, não. – replicou ela. – Saiu com Joseph e acho que não vão voltar antes de uma hora ou mais. Entre e descanse um pouco.

Entrei e vi minha ovelha desgarrada sentada diante da lareira, balançando-se numa pequena cadeira que havia pertencido à sua mãe, quando pequena. Tinha pendurado o chapéu na parede e parecia perfeitamente à vontade, rindo e conversando, com a melhor disposição, com Hareton... agora um rapaz alto e forte de 18 anos... que a fitava com grande curiosidade e espanto, sem compreender quase nada da interminável sucessão de observações e perguntas que ela não parava de fazer.

— Muito bem, senhorita! — exclamei, escondendo minha alegria sob um semblante zangado. — Este foi o seu último passeio a cavalo até que seu pai volte! Não vai mais pôr os pés fora de casa, sua menina desobediente!

— Ah! Ellen! — gritou ela, alegremente, pulando da cadeira e correndo para mim. — Tenho uma bela história para contar esta noite; e conseguiu me encontrar! Já tinha estado aqui alguma vez?

— Ponha o chapéu e vamos já para casa! — disse eu. — Estou extremamente zangada com a senhorita, Cathy. Agiu de modo muito errado. É inútil ficar amuada e chorar, que isso não me paga o trabalho que tive, percorrendo toda a região atrás da senhorita. E pensar como o senhor Linton me recomendou para não a deixar sair de casa! E a senhorita desaparece dessa maneira! Isso mostra que é uma raposinha matreira e ninguém mais vai confiar na senhorita doravante.

— Mas o que foi que eu fiz? — soluçou ela, muito sentida. — Papai não me recomendou; ele não vai ralhar comigo, Ellen... ele não é mau como você.

— Vamos, vamos! — repeti. — Vou atar as fitas. Sem qualquer rabugice. Que vergonha! Com 13 anos e agindo como um bebê.

Essa exclamação foi provocada por ela ter tirado o chapéu da cabeça e ter corrido até a chaminé, fora de meu alcance.

— Não — disse a criada — não se zangue com essa linda menina, senhora Dean. Fomos nós que a fizemos parar; estava pronta para ir embora, com medo de que você estivesse preocupada. Hareton se ofereceu para ir com ela; a estrada pelas colinas é deserta.

Hareton se manteve de pé com as mãos no bolso durante toda a discussão, acanhado demais para falar, embora não parecesse gostar de minha intromissão.

— Quanto tempo devo esperar ainda? — continuei, sem levar em conta a interferência da mulher. — Daqui a dez minutos vai escurecer. Onde está o pônei, senhorita Cathy? E onde está o Phoenix? Vou deixá-la aqui, se não se apressar; pode escolher.

— O pônei está no pátio — respondeu ela. — E o Phoenix está fechado ali dentro. Foi mordido... e o Charlie também. Eu ia lhe contar tudo, mas você está mal-humorada e não merece ouvir o que tenho a dizer.

Apanhei o chapéu e me aproximei para pô-lo na cabeça dela; mas, percebendo que as outras pessoas da casa tomavam seu partido, começou a correr pela sala; ao tentar agarrá-la, ela se esgueirava como um rato por cima, por baixo e por trás dos móveis, tornando ridícula minha perseguição. Hareton e a criada riam e ela também, cada vez mais impertinente, até que gritei, muito irritada:

- Bem, senhorita Cathy, se soubesse de quem é esta casa, ficaria contente em ir embora imediatamente.
- É de seu pai, não é? - perguntou ela, voltando-se para Hareton.
- Não - replicou ele, olhando para o chão e corando, acanhado.

Não conseguia fitá-la demoradamente nos olhos, embora fossem idênticos aos dele.

- De quem é, então?... De seu patrão? - perguntou ela.

Hareton corou mais ainda, agora por outro motivo; rogou uma praga e saiu dali.

- Quem é o patrão dele? - continuou a impertinente menina, voltando-se para mim. Ele falava de "nossa casa", de "nosso pessoal". Pensei que fosse filho do dono. E ele nunca disse "senhorita". Se fosse um criado, devia fazê-lo, não é?

Diante de tanta conversa infantil, Hareton fechou o rosto como o céu em dia de tempestade. Eu sacudi sem abrir a boca essa perguntadora e, finalmente, consegui ajeitá-la para partir.

- Agora vá buscar meu cavalo - disse ela, dirigindo-se a seu desconhecido parente, como se falasse a um dos criados do estábulo da granja. - E pode vir comigo. Quero ver o lugar onde o duende caçador sai do pântano e ouvir falar das fadas; depressa! O que há? Vá buscar meu cavalo, eu disse.
- Prefiro ver o diabo a ser *seu* criado! - resmungou o rapaz.
- Ver o *quê*? - perguntou Catherine, surpresa.
- O diabo... bruxa insolente! - replicou ele.
- Aí está, senhorita Cathy! Está vendo que bela companhia arranjou! - interferi. - Lindas palavras para dizer a uma jovem! Por favor, não comece a discutir com ele. Venha, vamos nós mesmas procurar Minny e sair daqui.
- Mas Ellen! - exclamou ela, fitando-me espantada. - Como se atreve ele a falar comigo dessa maneira? Não deve fazer o que lhe peço? Seu malcriado! Vou contar ao papai o que você disse... E então vai ver!

Hareton nem parecia ligar para essa ameaça e então os olhos dela se encheram de lágrimas, de raiva.

- Traga meu pônei! - exclamou ela, voltando-se para a mulher. - E solte imediatamente meu cachorro!
- Calma, senhorita - respondeu a criada. - Não perde nada em ser bem-educada. Embora o senhor Hareton não seja filho do patrão, é seu primo; e eu não fui contratada para servi-la.
- *Ele*, meu primo? - exclamou Cathy, com uma risada de escárnio.
- Sim, isso mesmo! - respondeu a mulher.
- Oh! Ellen! Não os deixe dizer uma coisa dessas - prosseguiu ela, confusa.
- Meu pai foi buscar meu primo em Londres; ele é filho de um cavalheiro.

Esse meu... - parou e imediatamente começou a chorar, desconcertada com a simples ideia de ser parente de semelhante palhaço.

- Quieta, quieta! - sussurrei. - As pessoas podem ter muitos primos e de todas as espécies, senhorita Cathy, sem que isso signifique o pior; não precisam manter boas relações entre si, se forem desagradáveis e maus.

- Ele não é... não é meu primo, Ellen! - continuou ela, com renovada aflição ao refletir sobre o fato e jogando-se em meus braços como refúgio contra essa ideia.

Eu estava aborrecida com a troca de revelações entre ela e a criada, pois não tinha dúvida de que a chegada bem próxima de Linton, revelada pela primeira, seria comunicada ao senhor Heathcliff, além de ter certeza de que o primeiro pensamento de Catherine, ao rever o pai, seria o de pedir explicações sobre a afirmação feita pela segunda em relação a seu parentesco com aquele malcriado. Hareton, refeito do desgosto de ter sido tomado por um criado, pareceu comover-se com o desgosto da menina: trouxe-lhe o pônei até a porta e, para agradá-la, trouxe também, do canil, um lindo filhote terrier de pernas arqueadas e, colocando-o nas mãos dela, pediu que se acalmasse, pois não quisera ofendê-la. Ela parou de chorar, observou-o com um olhar de medo e horror e desatou a chorar novamente.

Mal pude conter um sorriso diante de tamanha antipatia pelo pobre rapaz, que era um jovem bem constituído, atlético, de boa aparência, forte e saudável, mas vestido com roupas apropriadas para suas ocupações diárias na fazenda e para andar pelos brejos atrás de coelhos e de outros animais. Ainda assim, achei que podia detectar em sua fisionomia um espírito dotado de boas qualidades que o pai dele jamais possuíra. Coisas boas perdidas, certamente, em terreno de ervas daninhas, cujo viço sufocou seu desenvolvimento; apesar disso, notava-se um solo fértil que podia produzir colheitas abundantes sob outras circunstâncias mais favoráveis. Não creio que o senhor Heathcliff o tenha maltratado fisicamente, graças à sua natureza destemida, que não o tentava para esse tipo de opressão; nada tinha daquela tímida passividade que o fariam sentir gosto pelos maus tratos, na opinião de Heathcliff. Parecia que este tinha dobrado a malevolência do rapaz para torná-lo um bruto: de fato, nunca aprendeu a ler e a escrever, nunca foi repreendido por qualquer mau hábito que não desagradasse a seu tutor, nunca havia dado um passo em direção à virtude ou observado um simples preceito contra o vício. E, pelo que ouvi dizer, Joseph contribuíra muito para sua deterioração, por meio de sua mentalidade estreita, que o induzia a adulá-lo e a mimá-lo quando menino, porque era herdeiro da antiga família. E como já tinha sido seu costume acusar Catherine Earnshaw e Heathcliff, quando eram pequenos, de torrar a paciência do patrão, levando-o a procurar refúgio na bebida por causa daquilo que ele chamava de "modos abjetos", assim também jogava agora todo o peso das faltas de Hareton sobre os ombros do usurpador de sua propriedade. Se o menino dizia palavrões ou se comportasse mal, nunca o corrigia. Joseph parecia, aparentemente, gostar de vê-lo tomar o pior caminho; para ele, o rapaz estava irremediavelmente perdido, sua alma estava destinada à perdição, mas depois pensava que Heathcliff devia responder por isso. O sangue de Hareton recairia sobre ele; e essa ideia o enchia de imenso consolo. Joseph havia incutido no rapaz o orgulho do nome e de sua linhagem; e teria, se a isso se tivesse atrevido, alimentado nele o ódio contra o atual proprietário do Morro dos Ventos Uivantes; mas o medo que tinha desse proprietário tocava as raias da superstição e limitava-se a expressar seus sentimentos a respeito dele por meio de inumeráveis e secretas ameaças. Não pretendo dizer que eu estivesse a par do modo de vida no Morro dos Ventos Uivantes, naquele tempo; só falo por ter ouvido, pois pouco vi. As pessoas da vila afirmavam que o senhor Heathcliff era *avarento* e um dono de terras cruel para com os seus arrendatários. Mas a casa, por dentro, tinha recuperado seu antigo aspecto de conforto sob o comando de uma mulher, e as cenas de confusão, comuns nos tempos de Hindley, já não ocorriam entre suas paredes. O patrão era demasiado taciturno para procurar a companhia de outras pessoas, boas ou más; e ele continua sendo assim.

Mas nada disso tem a ver com minha história. A senhorita Cathy rejeitou a oferta do cachorrinho em sinal de paz e exigiu que soltassem seus dois cães, Phoenix e Charlie. Vieram mancando e com o focinho pendendo para o chão; partimos todos para casa, tristes e mal-humorados. Não consegui arrancar de minha jovem senhorita uma palavra sequer de como havia passado o dia, exceto que, como supunha, a meta de sua peregrinação era Penistone Crags e que tinha chegado sem percalços ao portão da casa da fazenda, no preciso momento em que Hareton saiu acompanhado de alguns cães que atacaram os dela. Houve uma luta renhida antes que os respectivos donos conseguissem separá-los; isso resultou numa espécie de apresentação, quando Catherine disse a Hareton quem era e para onde ia, e lhe pediu que lhe indicasse o caminho; finalmente, persuadiu-o a acompanhá-la. Ele lhe revelou os mistérios da Gruta das Fadas e de muitos outros lugares estranhos. Mas, estando ressentida, não me brindou com uma descrição das coisas interessantes que viu. Pude perceber, no entanto, que se havia dado muito com seu guia até que feriu seus sentimentos ao dirigir-se a ele como um criado; e a governanta de Heathcliff ofendeu os dela, ao lhe dizer que ele era seu primo. Além disso, a linguagem que ele havia usado magoou seu coração; ela, que era sempre tratada por todos na granja como "amor", "querida", "rainha" e "anjo", ser insultada agora de forma tão chocante por um estranho! Não podia admitir isso; e tive muito trabalho para obter dela a promessa de que não levaria a ofensa ao conhecimento do pai. Expliquei como o pai dela se opunha a todo contato com o pessoal do Morro dos Ventos e como haveria de ficar sentido quando descobrisse que ela havia estado lá; mas insisti especialmente no fato de que, se ela revelasse minha negligência para com as ordens do pai, ele poderia ficar tão zangado que eu teria de ir embora; e Cathy não podia suportar essa ideia. Ela me deu a palavra e a cumpriu por minha causa. Apesar de tudo, era uma boa menina.

CAPÍTULO 19

Uma carta, tarjada de negro, anunciava o dia do regresso de meu patrão; Isabella havia morrido. E ele me escreveu para pedir que mandasse fazer vestidos de luto para a filha e preparasse um quarto e outras coisas mais que fossem necessárias para o jovem sobrinho. Catherine ficou louca de alegria com a ideia de ter o pai de volta, e entregou-se às mais otimistas conjeturas sobre as inúmeras qualidades de seu "verdadeiro" primo. O anoitecer de seu ansiado retorno chegou finalmente. Desde manhã cedo ela andara atarefada em suas pequenas coisas e agora vestida com sua nova saia preta... pobrezinha! A morte da tia não a deixou em profunda tristeza... e me obrigou, totalmente inquieta, a ir com ela, descendo pelos jardins e pelo parque, ao encontro deles.

- Linton é só seis meses mais novo do que eu - tagarelava ela, enquanto caminhávamos devagar por elevações e depressões cobertas de musgo, sob a sombra das árvores. - Como vai ser delicioso ter um companheiro para brincar! A tia Isabella mandou uma vez ao papai uma mecha do cabelo dele; era mais claro que o meu... mais sedoso e muito mais fino. Tenho-o guardado cuidadosamente numa caixinha de vidro e quantas vezes pensei como gostaria de ver o dono desse cabelo! Oh! Estou feliz... e papai, meu querido papai! Vamos, Ellen, vamos correr! Corre!

Ela correu, voltou e tornou a correr, muitas vezes antes que meus vagarosos passos alcançassem o portão e então ela se sentou num montículo coberto de relva, à beira do caminho e tentou esperar pacientemente; mas era impossível: não conseguia ficar quieta um minuto.

- Como demoram! - exclamava ela. - Ah! Estou vendo poeira na estrada...

estão chegando! Não! Quando é que vão estar aqui? Não poderíamos caminhar mais... meia milha, Ellen, somente meia milha? Diga que sim, até aquele bosque de bétulas na curva.

Recusei firmemente. Finalmente, sua ansiedade chegou ao fim: já se avistava a carruagem avançando. A senhorita Cathy deu um grito e abriu os braços assim que viu o rosto do pai, olhando pela janela. Ele desceu, quase tão ansioso quanto ela e um considerável tempo se passou antes que se lembrasse de que havia mais alguém, além deles. Enquanto eles trocavam carícias, espreitei para dentro da carruagem para ver Linton. Estava dormindo num canto, enrolado numa capa de pele, como se fosse inverno. Era um menino pálido, franzino, efeminado, que bem poderia passar por irmão mais novo de meu patrão, tão grande era a semelhança; mas havia uma impertinência doentia em seu aspecto que Edgar Linton nunca tivera. Este último me viu olhando e tendo me cumprimentado, me aconselhou a fechar a porta da carruagem e a não perturbar o menino, pois a viagem o tinha deixado muito cansado. Cathy teria dado uma olhada de bom grado, mas o pai lhe disse que o acompanhasse e subiram juntos pelo parque, enquanto eu corria à frente, para avisar os criados.

- Agora, querida - disse o senhor Linton, dirigindo-se à filha quando pararam ao pé dos degraus da entrada principal -, seu primo não é tão forte ou tão vivaz como você e lembre-se que ele perdeu a mãe há bem pouco tempo; por isso, não espere que brinque e corra por aí com você imediatamente. E não o chateie muito com conversas; deixe-o sossegado pelo menos esta tarde, está bem?

- Sim, sim, papai - respondeu Catherine. - Mas eu queria tanto vê-lo; e ele não olhou para fora nem uma vez!

A carruagem parou e o dorminhoco, já acordado, foi carregado para fora pelo tio.

- Linton, esta é sua prima Cathy - disse o patrão, juntando-lhes as mãos.
- Ela já gosta muito de você e espero que não a incomode chorando esta noite. Trate de animar-se agora; a viagem terminou e não tem nada a fazer senão descansar e divertir-se como achar melhor.

- Então, deixe-me ir para a cama - respondeu o menino, furtando-se ao beijo de Catherine e levando as mãos aos olhos para remover incipientes lágrimas.

- Venha, venha! Você é um bom menino! - sussurrei, levando-o para dentro. - Assim vai fazê-la chorar também... veja como ela está triste por sua causa!

Não sei se era por pena, mas a prima mostrou um semblante tão tristonho quanto o dele, e voltou para o pai. Os três entraram e subiram para a biblioteca, onde o chá já estava servido. Tirei o boné e a capa de Linton e sentei-o à mesa; mal se sentou, porém, começou a chorar de novo. Meu patrão lhe perguntou o que era dessa vez.

— Não consigo ficar sentado numa cadeira — soluçou o menino.

— Vá para o sofá, então; Ellen vai lhe levar o chá — retrucou o tio, pacientemente.

Devia ter-se incomodado muito durante a viagem, certamente, com esse peso inquieto e aflito. Linton se arrastou vagarosamente até o sofá e estendeu-se ao comprido. Cathy levou um banquinho e sua xícara de chá para junto dele. De início, sentou-se em silêncio; mas isso não podia durar muito: tinha resolvido transformar o primo em bichinho de estimação, como queria que ele fosse; e começou a alisar-lhe o cabelo encaracolado e beijar seu rosto, oferecendo-lhe chá no pires dela, como se fosse um bebê. E ele gostou, pois era pouco mais que isso; enxugou os olhos e um tímido sorriso lhe iluminou o rosto.

— Oh! Ele vai se dar bem — me disse o patrão, depois de observá-los por um minuto. — Muito bem, se pudermos ficar com ele, Ellen. A companhia de uma criança da mesma idade logo vai lhe instilar um espírito novo e, à força de querer, acabará por tê-lo.

"Sim, se pudermos ficar com ele", pensei comigo mesma; mas melindrosos pressentimentos se apoderaram de mim, levando-me a crer que havia poucas esperanças para isso. E depois, pensei, como poderia aquela criatura tão frágil viver no Morro dos Ventos Uivantes? Com o pai e Hareton, que belos companheiros e mestres seriam! Nossas dúvidas logo desapareceram..., mais cedo até do que eu esperava. Acabava de levar as crianças para o andar de cima, depois do chá e depois de ver Linton adormecer... ele não me deixara sair antes... voltei para baixo e estava de pé junto à mesa do vestíbulo, acendendo uma vela para o senhor Edgar, quando uma criada saiu da cozinha e me informou que Joseph, criado do senhor Heathcliff, estava à porta e desejava falar com o patrão.

— Em primeiro lugar, vou lhe perguntar o que quer — disse eu, claramente agitada. — Uma hora realmente inoportuna para perturbar as pessoas, e num momento em que acabaram de regressar de uma longa viagem. Não acho que o patrão queira vê-lo.

Enquanto eu dizia essas palavras, Joseph já havia atravessado a cozinha e agora se apresentava no vestíbulo. Envergava suas roupas domingueiras, com seu semblante mais beato e carrancudo, de chapéu numa das mãos e a bengala na outra, estava ocupado limpando o calçado no tapete.

— Boa noite, Joseph — disse eu, friamente. — O que é que o traz aqui hoje à noite?

— É com o senhor Linton que devo falar — respondeu ele, afastando-me desdenhosamente para o lado.

- O senhor Linton está se preparando para ir para a cama; a menos que tenha uma coisa importante a dizer, tenho certeza de que não vai atendê-lo agora - continuei. - É melhor sentar-se aqui e confiar sua mensagem a mim.
- Onde fica o quarto dele? - prosseguiu o velho, olhando para a fileira de portas fechadas.

Percebi que ele estava inclinado a recusar minha mediação; então, com muita relutância, subi até a biblioteca e anunciei o inoportuno visitante, advertindo que se poderia mandá-lo voltar no dia seguinte. O senhor Linton nem teve tempo para me transmitir ordens nesse sentido, pois Joseph subiu logo atrás de mim e, entrando na sala, postou-se no extremo oposto da mesa, com as mãos cravadas no castão da bengala, e começou a dizer, num tom de voz elevado, como se já esperasse oposição:

- Heathcliff me mandou buscar o menino e não posso voltar sem ele.

Edgar Linton se manteve em silêncio por uns instantes; uma profunda tristeza lhe cobriu o rosto; teria sentido muito só pelo menino, mas, ao recordar as esperanças e os receios de Isabella, sua inquietação quanto à sorte do filho e suas recomendações ao confiá-lo à sua guarda, sofria amargamente ante a perspectiva de entregá-lo e procurava ansiosamente um meio de poder evitá-lo. Mas não encontrava solução: a simples manifestação do desejo de manter o pequeno haveria de exacerbar as pretensões do pai; nada mais havia a fazer senão resignar-se. Mas não iria acordar o menino.

- Diga ao senhor Heathcliff - replicou ele, calmamente - que o filho dele irá amanhã ao Morro dos Ventos Uivantes. Ele está dormindo e cansado demais para percorrer essa distância. Pode lhe dizer também que a mãe de Linton desejava que ele ficasse sob minha guarda, e que no momento sua saúde é muito precária.

- Não! - disse Joseph, dando com a bengala uma pancada seca no chão e assumindo um ar autoritário. - Não! Isso não interessa. Heathcliff não quer saber o que a mãe disse ou o que o senhor diz; ele quer seu menino e tenho de levá-lo... ouviu bem?

- Esta noite, não! - respondeu Linton, de modo incisivo. - Vá embora daqui já e repita a seu patrão o que acabo de dizer. Ellen, desça com ele. Vá...

E, agarrando o velho pelo braço, expulsou-o da sala e fechou a porta.

- Muito bem! - gritou Joseph, enquanto ia saindo lentamente. - Amanhã é ele próprio que vai vir e tente expulsá-lo daqui, se tiver coragem!

CAPÍTULO 20

Para evitar o risco de essa ameaça ocorrer, o senhor Linton me encarregou de levar o garoto para a casa do pai de manhã cedo, no pônei de Catherine, dizendo:

– Como agora não vamos ter qualquer influência sobre o destino dele, seja ela boa ou má, não deve dizer nada à minha filha para onde ele foi. Doravante ela não vai ter contato com ele e é melhor para ela não saber de sua proximidade, caso contrário, ela não descansará enquanto não for ao Morro dos Ventos Uivantes. Diga-lhe apenas que o pai o mandou buscar inesperadamente e ele foi obrigado a nos deixar.

Linton se mostrou relutante em ser tirado da cama às 5 da manhã e ficou espantado ao ser informado que deveria preparar-se para nova viagem. Mas consegui minimizar o fato ao lhe dizer que iria passar algum tempo com o pai, senhor Heathcliff, que estava tão ansioso por conhecê-lo que não podia adiar esse prazer até que ele se recuperasse do cansaço da viagem anterior.

– Meu pai! – exclamou ele, perplexo. – Mamãe nunca me falou que eu tinha um pai. Onde mora? Preferia ficar com meu tio.

– Mora a pouca distância da granja – respondi. – Logo atrás daqueles montes; não é muito longe, mas pode vir a pé para cá quando estiver mais forte. E deveria estar contente de ir para casa e conhecer seu pai. Procure gostar dele como gostava de sua mãe e ele vai gostar de você também.

– Mas por que não me falaram dele antes? – perguntou Linton. – Por que ele e mamãe não viviam juntos, como outras pessoas o fazem?

– Porque os negócios o retinham no Norte – respondi – e a saúde de sua mãe a obrigava a viver no Sul.

– E por que mamãe não me falou sobre ele? – insistiu o menino. – Ela falava muitas vezes do tio e eu aprendi a gostar dele há muito tempo. Como é que vou gostar de meu pai? Nem o conheço.

– Oh! Todos os filhos gostam dos pais – disse eu. – Talvez sua mãe pensasse que, se o mencionasse muitas vezes, você haveria de querer ficar com ele. Vamos, depressa! Um passeio a cavalo numa manhã bonita como esta vale mais que uma hora de sono.

– E ela também vai conosco? – perguntou. – A menina que vi ontem?

– Hoje não – repliquei.

– E o tio? – continuou ele.

– Não, eu é que vou ser sua companhia até lá – disse eu.

Linton se afundou no travesseiro e fechou a cara.

– Não vou sem o tio – disse, finalmente. – Nem mesmo sei para onde vai me levar!

Tentei persuadi-lo da tolice de mostrar relutância em encontrar o pai. Mas ele resistia obstinadamente e levantar e se vestir; tive de chamar meu patrão para obrigá-lo a sair da cama. Finalmente, o pobrezinho partiu, com várias promessas ilusórias de que ausência seria curta, de que o senhor Edgar e a prima iriam visitá-lo e outras promessas, igualmente malfadadas, que eu fui inventando e repetindo ao longo do caminho. O ar puro e perfumado pelas urzes, o Sol brilhante e o trotar suave de Minny amenizaram o desânimo dele em pouco tempo. Começou então a fazer perguntas sobre seu novo lar e seus moradores, com maior interesse e vivacidade.

– O Morro dos Ventos Uivantes é um lugar tão agradável como a granja de Thrushcross? – perguntou ele, voltando-se para lançar um último olhar ao vale, de onde se elevava uma leve neblina que formava uma nuvem lanosa nas bordas do azul do céu.

– Não está coberta de árvores – repliquei – nem é tão grande, mas de lá pode ver toda a beleza dos arredores e o ar é mais saudável para você... mais fresco e mais seco. No início talvez ache a casa velha e escura, mas é uma casa respeitável, a segunda melhor das redondezas. E vai poder fazer belos passeios pelos pântanos. Hareton Earnshaw... isto é, o outro primo da senhorita Cathy e, de certa forma, seu também... vai lhe mostrar os lugares mais agradáveis; e quando fizer bom tempo, pode levar um livro e ler nesse verde vale; e, de vez em quando, seu tio pode acompanhá-lo numa caminhada, pois ele costuma passear com frequência por esses montes.

– Como é meu pai? – perguntou ele. – É jovem e bonito como meu tio?

– É jovem como ele – disse eu –, mas tem cabelos e olhos pretos e parece mais severo; é também mais alto e mais encorpado. De início, pode lhe parecer que não é tão afável e bondoso, talvez, porque não é seu jeito; ainda assim, trate de ser franco e cordial, e ele naturalmente será mais carinhoso do que qualquer tio, pois você é filho dele.

- Cabelos e olhos pretos! - murmurou Linton. - Não consigo imaginá-lo. Então eu não sou parecido com ele, não é?

- Não muito - respondi; nem um pouco, pensei, observando com pesar as feições brancas e o corpo franzino de meu companheiro, e seus grandes olhos lânguidos... iguais aos da mãe, mas com uma diferença: a menos que uma mórbida irritabilidade os iluminasse por um momento, não tinham qualquer vestígio do espírito borbulhante da mãe.

- Como é estranho que ele nunca tenha ido visitar mamãe e a mim! - sussurrou ele. - E ele já me viu alguma vez? Se viu, eu devia ser um bebê, porque não me lembro de nada dele!

- Sabe, Linton - disse eu - , 300 milhas é uma grande distância, e dez anos parecem muito menos tempo para um adulto do que para você. É provável que o senhor Heathcliff se propusesse a ir a cada verão, mas nunca encontrou um momento oportuno para tanto; e agora é tarde demais. Não o importune com perguntas sobre esse assunto, pois iria aborrecê-lo por nada.

O menino passou o resto do caminho totalmente entregue a suas cogitações, até que paramos diante do portão do jardim da casa da fazenda. Eu observava as impressões que se refletiam em seu rosto. Examinava a fachada trabalhada e as janelas de bordas baixas, as esparsas groselheiras e os abetos encurvados, com solene presteza, e então sacudiu a cabeça; seus sentimentos íntimos desaprovavam inteiramente a aparência exterior de sua nova casa. Mas teve o bom senso de deixar as queixas para depois; talvez encontrasse compensação no interior. Antes que ele desmontasse, fui abrir a porta. Eram 6 e meia; a família mal havia acabado de tomar café; a criada estava tirando e limpando a mesa. Joseph, de pé ao lado da cadeira do patrão, estava contando uma historieta qualquer sobre um cavalo manco e Hareton se preparava para ir ao campo de feno.

- Olá, Nelly! - exclamou o senhor Heathcliff quando a viu. - Receava que tivesse de ir eu mesmo buscar o que me pertence. Você o trouxe, não é? Vamos ver o que podemos fazer.

Levantou-se e dirigiu-se à porta. Hareton e Joseph o seguiram, cheios de curiosidade. O pobre Linton correu os olhos assustados pelo rosto dos três.

- Certamente - disse Joseph, depois de uma séria inspeção -, o outro o trocou, patrão, e lhe mandou uma menina!

Heathcliff, depois de fitar, com ar totalmente confuso, o filho, soltou uma sonora gargalhada de desdém.

- Meu Deus! Que beleza! Que criatura adorável e encantadora! - exclamou ele. - Foi alimentado com caracóis e leite azedo, Nelly? Oh! Diabos me carreguem! Mas é bem pior do que eu esperava... e o diabo sabe que eu não era otimista!

Pedi para o trêmulo e assustado menino descer e entrar. Não tinha entendido nada das palavras do pai, nem sabia que eram dirigidas a ele. Na verdade, não estava certo ainda de que aquele desconhecido sarcástico e carrancudo fosse seu pai. Agarrou-se a mim, tremendo cada vez mais, e quando o senhor Heathcliff se sentou e lhe disse "venha cá", o menino escondeu o rosto em meu ombro e chorou.

- Pare, pare! - disse Heathcliff, estendendo as mãos e arrastando-o bruscamente para seus joelhos, e depois segurou a cabeça dele pelo queixo.

- Nada de tolices! Não vamos machucá-lo, Linton... não é este seu nome? Você é inteiramente igual à sua mãe! Onde está minha contribuição em você, franguinho?

Tirou o boné do garoto, empurrou para trás os densos cachos loiros de cabelo, apalpou-lhe os magros braços e os dedos pequenos. Durante esse exame, Linton parou de chorar e ergueu seus grandes olhos azuis para inspecionar o inspetor.

- Você me conhece? - perguntou Heathcliff, depois de se certificar de que todos os membros do menino eram igualmente frágeis e delicados.

- Não - respondeu Linton, com um olhar receoso.

- Já ouviu falar de mim?

- Não - respondeu ele, novamente.

- Não? Que vergonha para sua mãe nunca ter despertado seu amor filial para comigo! Você é meu filho, se quer saber e sua mãe procedeu como uma megera malvada ao deixá-lo sem saber o tipo de pai que você tinha. Agora, pare de tremer e corar! Apesar de tudo, já é alguma coisa ver que não tem sangue branco. Seja um bom menino e nada lhe faltará! Nelly, se está cansada, pode sentar-te; se não, pode voltar para casa. Sei que vai contar o que ouviu e viu ao inútil que mora lá na granja; e este menino não vai sossegar enquanto você andar por aqui.

- Bem - repliquei - espero que trate bem do menino, senhor Heathcliff, caso contrário, não o terá por muito tempo; e ele é tudo o que tem de consanguíneo no mundo, que nunca vai saber... lembre-se...

- Vou ser muito bom para ele, não precisa ter medo - disse ele, rindo. - Só que ninguém mais deverá ser bom para ele; sou ciumento e vou monopolizar o afeto dele. E, para começar com minha bondade, Joseph, traga o café para o menino. Hareton, meu asno infernal, já para o trabalho!

- Sim, Nelly - acrescentou ele, quando os outros saíram -, meu filho é o futuro dono do lugar onde você mora e não quero que ele morra antes de me tornar herdeiro dele. Além disso, é *meu* filho, e quero ter a glória de ver *meu* descendente como dono das terras deles e meu filho contratando os filhos deles para trabalhar as terras dos próprios pais como assalariados. Essa é a única razão que me faz aturar esse pequeno. Desprezo-o por ele próprio e o odeio pelas recordações que me desperta! Mas essa razão é suficiente: ele está tão seguro comigo e será tratado tão bem como seu patrão trata a filha. Tenho um quarto no andar de cima, muito bem mobiliado, para ele; contratei também um tutor, a 20 milhas daqui, para vir três vezes por semana ensinar-lhe o que ele quiser aprender. Dei ordens a Hareton para lhe obedecer. Enfim, preparei tudo para que ele se mantenha superior a todos os seus colegas e se torne um cavalheiro. Lamento, contudo, que ele seja tão pouco merecedor do trabalho que vou ter. Se eu desejasse alguma graça neste mundo, seria ver nele um digno motivo de orgulho; mas estou amargamente desiludido com esse patife com cara de cor de leite e chorão!

Enquanto ele estava falando, Joseph voltou trazendo uma tigela de mingau de leite e a colocou diante de Linton, que empurrou para longe esse alimento caseiro com um ar de nojo, afirmando que não comeria aquilo. Vi o velho criado compartilhar do mesmo desprezo do patrão pelo menino, embora fosse obrigado a esconder seus sentimentos, porque Heathcliff deixara bem claro que seus subordinados deviam respeitar o filho.

– Não pode comer isso? – repetiu o criado, fitando o rosto de Linton e reduzindo sua voz a um sussurro, com medo de ser ouvido. – Mas Hareton nunca comeu outra coisa quando era pequeno; e o que era bom para ele deve ser bom para você. É o que acho!

– Não vou comer isso! – retrucou Linton, irritado. – Tire isso daqui.

Joseph, indignado, apanhou a comida e veio mostrá-la a nós.

– Há algo errado com esta comida? – perguntou ele, aproximando a bandeja ao nariz de Heathcliff.

– O que há de errado? – disse ele.

– Ora! – respondeu Joseph. – Esse delicado sujeito diz que não pode comê-la. Mas eu acho que está boa! A mãe dele já era assim... achava-nos muito sujos para semear o trigo com que era feito o pão que ela comia.

– Não mencione o nome da mãe dele na minha frente! – disse o patrão, zangado. – Dê-lhe alguma coisa que possa comer; é tudo. Qual é seu alimento habitual, Nelly?

Sugeri leite fervido ou chá, e a governanta recebeu ordens nesse sentido. Afinal, pensei eu, o egoísmo do pai pode contribuir para o conforto do filho. Já percebeu sua constituição frágil e da necessidade de tratá-lo com tolerância. Vou consolar o senhor Edgar, contando-lhe a mudança de humor de Heathcliff.

Sem motivo para permanecer ali por mais tempo, saí enquanto Linton estava ocupado em repelir timidamente as demonstrações de afeto de um simpático cão ovelheiro. Mas estava bem alerta para não se deixar enganar: ao fechar a porta, ouvi um grito e uma desesperada repetição dessas palavras: "Não me deixe! Não quero ficar aqui! Não vou ficar aqui!"

Então a tranca foi levantada e caiu: eles não o deixaram sair. Montei no pônei e parti a trote. E assim terminou meu breve papel de guardiã.

CAPÍTULO 21

Tivemos trabalho dobrado com a pequena Cathy, naquele dia: levantou-se entusiasmada, ansiosa por se encontrar com o primo, mas chorou e se lamentou tanto quando soube da partida dele que o próprio Edgar foi obrigado a acalmá-la, afirmando que o menino haveria de voltar logo; acrescentou, porém, "se puder trazê-lo de volta"; e não havia grande esperança de que isso pudesse acontecer. Essa promessa não a acalmou, mas o tempo tudo apaga; e embora continuasse a perguntar ao pai, de vez em quando, pela volta de Linton, os traços dele se apagaram de tal forma de sua memória que não o reconheceu no dia em que tornou a vê-lo.

Quando eventualmente me encontrava com a governanta do Morro em nossas idas a Gimmerton, costumava perguntar-lhe como estava o menino, pois ele vivia quase tão recluso como a própria Catherine, e ninguém o via. Pelo que me contava a mulher, pude depreender que ele continuava com a saúde fraca e que dava muito trabalho. Dizia-me ela que o senhor Heathcliff parecia gostar dele cada vez menos, embora se esforçasse para esconder isso; chegava a detestar o tipo de voz dele e não conseguia ficar sentado com ele na mesma sala por muito tempo. Raramente conversavam um com o outro; Linton passava as tardes estudando num pequeno cômodo, que eles chamavam de saleta, ou então ficava de cama o dia inteiro, pois andava constantemente com tosse, resfriado, com dores e algum tipo de achaque.

- Nunca vi criatura mais pusilânime! - acrescentava a mulher. - Nem alguém tão preocupado com sua saúde. Se deixo a janela aberta um pouco mais ao entardecer, logo protesta. Oh! Como se a brisa da noite o matasse!

E o fogo tem de estar aceso, mesmo em pleno verão; e o cachimbo do Joseph é veneno para ele; e tem de ter sempre à mão doces, guloseimas e leite; leite e mais leite... pouco se importando se o resto de todos nós ficarmos sem leite no inverno; e lá fica ele sentado, enrolado na manta, em sua cadeira perto da lareira, com algumas torradas e água ou outro líquido à beira do fogo. E se Hareton, com pena, tenta distraí-lo... Hareton não é mau, embora seja rude... logo se separam, um praguejando e o outro chorando. Acho que, se não fosse filho dele, o patrão até gostaria que Earnshaw batesse nele; e estou certa de que haveria de pô-lo no olho da rua, se soubesse de metade dos exagerados cuidados que exige. Mas não irá cair na tentação de fazê-lo, pois nunca entra na saleta, e quando Linton faz suas traquinices à sua frente, manda-o imediatamente para o quarto.

Desse relato, deduzi que a total falta de carinho havia transformado o pequeno Heathcliff num ser egoísta e antipático, se é que já não era assim por natureza. E meu interesse pelo menino, consequentemente, diminuiu, embora continuasse a me preocupar por sua sorte e a desejar que tivesse ficado conosco. O senhor Edgar insistia para que eu obtivesse informações, pois o garoto ocupava continuamente seus pensamentos, imaginava eu, e teria corrido algum risco para tornar a vê-lo. Uma vez, chegou a mandar-me perguntar à governanta se ele costumava ir à vila. Ela disse que ele só havia ido duas vezes, a cavalo, na companhia do pai, e que, nas duas vezes, passara três ou quatro dias queixando-se de estar moído de cansaço. Se bem me lembrar, essa governanta foi embora dois depois da chegada de Linton e foi substituída por outra, que eu não conhecia e que ainda continua lá.

O tempo foi passando tranquilamente na granja até a senhorita Cathy completar 16 anos. Seu aniversário nunca era festejado, porque coincidia com o aniversário da morte de minha antiga patroa. O pai passava invariavelmente esse dia fechado na biblioteca e, ao anoitecer, ia até o cemitério de Gimmerton, onde permanecia geralmente até depois da meia-noite. Por isso Catherine tinha de comemorar sozinha. Nesse ano, o dia 20 de março era um lindo dia de primavera e, quando o pai se retirou, minha jovem patroa desceu do quarto preparada para sair, dizendo que lhe tinha pedido licença para dar um passeio comigo pela orla do pântano; o senhor Linton tinha consentido, desde que não fôssemos muito longe e voltássemos daí a uma hora.

– Depressa, Ellen! – exclamou ela. – Sei aonde quero ir: no lugar em que se instalou uma colônia de lagópodes; quero ver se já fizeram seus ninhos.

– Mas devem estar a uma boa distância – disse eu. – Essas aves não procriam na beira do banhado.

- Não, não é longe - retrucou ela. - Estive lá uma vez com papai e é muito perto.

Pus a touca e saí, sem pensar mais no assunto. Ela ia saltando à minha frente e voltava correndo até mim, e logo fugia como um pequeno galgo. De início, eu me distraí bastante ouvindo o canto das cotovias, ora longe, ora perto, e saboreando o ameno calor do sol; e vigiando minha querida menina, com suas mechas louras encaracoladas caindo soltas nas costas, suas faces coradas, suaves e puras como rosas bravias, e os olhos radiantes de despreocupado prazer. Nesses tempos, ela era uma criatura feliz como um anjo. É uma pena que isso não a contentasse inteiramente.

- Bem - disse eu -, onde estão seus lagópodes, senhorita Cathy? Já devíamos estar perto deles; a cerca do parque da granja já ficou muito para trás.

- Oh! Um pouco mais adiante... só um pouco mais adiante, Ellen - era sua resposta contínua. - Suba naquele montículo, passe esse valo e quando chegar ao outro lado, eu já terei feito as aves levantarem voo.

Mas havia tantos montículos e valos a subir e a passar que, finalmente, comecei a me cansar; disse-lhe que era melhor parar e voltar. Como ela já estava muito longe, gritei com toda a força, mas ela não ouviu ou não se importou, pois continuou a avançar depressa, obrigando-me a segui-la. Por fim, desceu para um vale e, antes que tornasse a vê-la, já estava 2 milhas mais perto do Morro dos Ventos Uivantes do que de sua própria casa. E vi duas pessoas agarrá-la, uma das quais eu estava convencida de que era o próprio senhor Heathcliff.

Cathy tinha sido apanhada saqueando ovos ou, pelo menos, rondando os ninhos das aves. Aqueles montes eram propriedade de Heathcliff e, nesse momento, estava repreendendo a caçadora furtiva.

- Não toquei em nenhum, nem os encontrei - dizia ela, enquanto me aproximava, mostrando as mãos para provar o que dizia. - Não tinha a intenção de apanhá-los, mas papai disse que havia muitos por aqui e eu só queria ver os ovos.

Heathcliff olhou para mim com um sorriso maldoso, mostrando saber de quem se tratava e perguntou à menina quem era o pai dela.

- O senhor Linton, da granja de Thrushcross - respondeu ela. - Pensei que não me conhecia, senão não teria falado comigo desse jeito.

- Julga então que seu pai é muito estimado e respeitado? - disse ele, sarcasticamente.

- E quem é o senhor? - perguntou Catherine, observando, curiosa, o interlocutor. - Aquele homem, já vi antes. É seu filho?

Ela apontava para Hareton, que agora, dois anos mais velho, nada mais ganhara a não ser tamanho e força; parecia tão desajeitado e rude como sempre.

– Senhorita Cathy – interrompi –, já são três horas e não uma que estamos fora de casa. Temos de voltar!

– Não, aquele não é meu filho – respondeu Heathcliff, empurrando-me para o lado. – Mas tenho um e você já o viu também. E, embora sua ama esteja com pressa, acho que é melhor para as duas descansar um pouco. Não querem passar por trás dessas moitas de urze e entrar em minha casa? Vão chegar em casa mais cedo depois de descansar um pouco; vão ter uma calorosa recepção.

Sussurrei a Catherine que não deveria, por minha causa, aceitar o convite; era completamente fora de questão.

– Por quê? – perguntou ela em voz alta. – Estou cansada de correr e o chão está molhado; não me posso me sentar aqui. Vamos embora, Ellen! Além disso, ele diz que eu já conheço o filho dele. Está enganado, acho, mas sei onde ele mora: na casa da fazenda que visitei quando vinha de Penistone Crags. É ali, não é?

– Sim. Vamos, Nelly, fique calada... será bom para ela fazer-nos uma visita. Hareton, vá seguindo à frente com a menina. Você vai comigo, Nelly.

– Não, ela não vai a lugar algum – exclamei, tentando livrar meu braço que ele havia agarrado; mas ela já estava chegando à porta, depois de contornar a encosta correndo. Seu acompanhante não pretendia escoltá-la, pois enveredou por um atalho e desapareceu.

– Senhor Heathcliff, está tudo errado! – continuei. – O senhor sabe que pretende fazer algo que não é bom. Ela vai ver o pequeno Linton e depois vai contar tudo ao pai, logo que chegarmos em casa, e a culpada serei eu.

– Eu quero que ela se encontre com Linton! – retrucou ele. – Ele está com aspecto melhor nesses últimos dias; não é com frequência que isso ocorre. E logo vamos persuadi-la a manter a visita em segredo. Que mal há nisso?

– O mal disso é que o pai ficaria furioso comigo se descobrisse que eu a deixei entrar em sua casa. E estou convencida de que tem más intenções ao convidá-la – repliquei.

– Minhas intenções são tão honestas quanto possível. Vou informá-la agora mesmo de meu objetivo – disse ele. – Os dois primos podem se apaixonar e casar-se. Estou agindo de modo generoso com seu patrão. A filha dele não tem perspectivas para o futuro, mas se ela satisfizer meus desejos, terá desde já a garantia de se tornar minha herdeira com Linton.

– Se Linton morrer – retruquei –, porque sua saúde é muito instável, Catherine seria a única herdeira.

– Não, ela não seria! – disse ele. – Não há nenhuma cláusula no testamento que o assegure. A propriedade dele reverteria a meu favor; mas, para evitar discutirmos mais, eu quero essa união e estou decidido a conseguir efetivá-la.

— E eu estou decidida a nunca mais deixar a menina se aproximar de sua casa quando estiver comigo — retorqui, quando chegávamos ao portão, onde a senhorita Cathy nos esperava.

Heathcliff me pediu para ficar calada e, seguindo à frente, apressou-se para abrir a porta. Minha jovem patroa fitou-o repetidas vezes, como se não soubesse exatamente o que pensar dele; mas ele sorria ao cruzar com os olhos dela e amenizava sua voz quando lhe falava; e eu fui bastante tola para pensar que a memória da mãe dela pudesse dissuadi-lo de lhe querer mal. Linton estava de pé perto da lareira. Tinha andado pelos campos, pois estava ainda com o boné na cabeça e chamava Joseph, para que lhe trouxesse calçados enxutos. Era muito alto para a idade, faltando ainda alguns meses para completar 16 anos. Suas feições se mantinham belas ainda e os olhos e a pele mais claros do que eu me lembrava, embora com um brilho que parecia temporário, causado pelos bons ares e pela luz do sol.

— E agora, quem é este? — perguntou Heathcliff, voltando-se para Cathy. — Consegue adivinhar?

— Seu filho? — arriscou ela, em dúvida, olhando ora para um, ora para o outro.

— Sim, sim — respondeu ele. — Mas foi esta a única vez que o viu? Pense bem! Ah! Tem memória curta. Linton, lembra-se de sua prima, que você costumava nos importunar tanto porque queria vê-la?

— O que, Linton! — exclamou Cathy, tomada de alegre surpresa ao ouvir o nome.

— É mesmo o pequeno Linton? É mais alto que eu. Você é mesmo Linton?

O jovem se aproximou e confirmou que era ele mesmo; ela o beijou com entusiasmo e os dois contemplaram admirados as mudanças que o tempo havia operado na aparência de cada um. Catherine já havia crescido tudo o que tinha de crescer: seu corpo era ao mesmo tempo roliço e elegante, flexível como o aço e todo o seu semblante irradiava saúde e vivacidade. A expressão e os modos de Linton eram muito lânguidos, e seu corpo excessivamente magro; mas havia em seus gestos uma graciosidade que mitigava esses defeitos e o tornavam até uma pessoa agradável. Depois de trocarem numerosas manifestações de afeto, a prima foi até o senhor Heathcliff, que permanecia entre as portas, dividindo a atenção entre o que se passava dentro e lá fora, isto é, fingindo observar o exterior para melhor se concentrar no interior.

— Então o senhor é meu tio! — exclamou ela, erguendo-se para beijá-lo. — Bem me parecia que gostava do senhor, embora fosse rude no começo. Por que não vai nos visitar na granja com Linton? É estranho viver todos esses anos como vizinhos tão próximos e nunca nos vermos. Por que isso?

— Estive em sua casa uma ou duas vezes, antes de você nascer — respondeu ele. - Basta... com os diabos! Se tem tantos beijos para dar, dê-os a Linton; não os desperdice em mim.

- Ellen, malvada! - irrompeu Catherine, correndo para me atacar com suas excessivas carícias. - Ellen malvada! Tentando me impedir de entrar. Mas, no futuro, vou fazer esse passeio todas as manhãs. Posso, tio? E de vez em quando trazer comigo o papai. Não vai gostar de nos ver?

- Claro! - replicou o tio, mal conseguindo esconder uma careta resultante da aversão que sentia por ambos os pretensos visitantes; e, voltando-se para a jovem, continuou: - Mas, espere; pensando bem, acho melhor lhe contar logo. O senhor Linton não gosta de mim; discutimos uma vez com indizível ferocidade e, se lhe mencionar que esteve aqui, ele vai pôr um fim a suas visitas. Não deve, portanto, mencionar isso, a menos que prefira não voltar a ver seu primo daqui em diante; pode vir sempre que quiser, mas não o diga a seu pai.

- E por que discutiram? - perguntou Catherine, muito triste.

- Ele me achava demasiado pobre para casar com a irmã dele - respondeu Heathcliff - e não se conformou quando me casei com ela; feri o orgulho dele e nunca vai me perdoar.

- Isso está errado! - disse a jovem. - Um dia ainda vou lhe dizer isso. Mas Linton e eu não temos culpa de suas desavenças. Diante disso, não vou vir aqui, mas ele pode ir à granja.

- É muito longe para mim - murmurou o primo. - Caminhar 4 milhas me mataria. Não, venha para cá de vez em quando, senhorita Catherine; não precisa ser todas as manhãs, mas uma ou duas vezes por semana.

O pai lançou um olhar de amargo desprezo ao filho.

- Receio, Nelly, que vou perder meu tempo - sussurrou ele para mim. - Senhorita Catherine, como o tolo a chama, logo vai descobrir o que ele vale e vai mandá-lo para os diabos. Agora, se fosse Hareton!... Sabe que, vinte vezes ao dia, invejo Hareton, apesar de toda a sua brutalidade? Seria até capaz de gostar do garoto, se ele fosse outro qualquer; mas acho que está livre do amor dela. Vou fazê-lo enfrentar aquela criatura desprezível, a menos que desperte abruptamente de sua letargia. Calculamos que não vai chegar aos 18 anos. Oh, acorde, sua coisa insípida! Está absorto em secar seus pés e nem sequer olha para ela... Linton!

- Sim, pai - respondeu o rapaz.

- Não há nada que queira mostrar à prima por aí, nem mesmo um coelho ou uma toca de doninhas? Leve-a até o jardim antes de trocar de sapatos; e ao estábulo para ver seu cavalo.

- Não acha melhor sentar-se aqui? - perguntou Linton, dirigindo-se a Catherine, num tom que denotava relutância em voltar a sair.

– Não sei – respondeu ela, lançando um olhar esperançoso para a porta e evidentemente com vontade de fazer alguma coisa.

Ele ficou sentado e se aproximou mais do fogo. Heathcliff se levantou e passou para a cozinha e daí para o pátio, chamando Hareton. E Hareton acorreu ao chamado e os dois voltaram para a sala. O jovem acabara de se lavar, como era visível pelo rubor das faces e pelo cabelo molhado.

– Tio, tenho de lhe fazer uma pergunta – disse a senhorita Cathy, lembrando-se da informação da governanta. – Esse não é meu primo, não é?

– Sim – replicou ele. – É sobrinho de sua mãe. Não gosta dele?

Catherine parecia embaraçada.

– Não é um belo rapaz? – continuou ele.

A atrevida se pôs na ponta dos pés e sussurrou algo no ouvido de Heathcliff. Ele riu e Hareton ficou triste. Percebi que este último era muito sensível à mais leve desconsideração e tinha, obviamente, uma noção muito vaga de sua inferioridade. Mas o patrão, ou tutor, espantou o desânimo do rapaz, dizendo:

– Você será o preferido entre todos nós, Hareton! Ela diz que você é... como é? Bem, qualquer coisa muito lisonjeira. Olhe aqui! Vá dar uma volta com ela pela fazenda. Mas comporte-se como um cavalheiro! Nada de palavrões e não fique embasbacado olhando para sua prima quando ela não estiver olhando para você; e mais, baixe prontamente os olhos quando ela o estiver fitando; e quando falar, articule as palavras bem devagar e não fique de mãos no bolso. Vá e a entretenha da melhor maneira que puder.

Heathcliff ficou observando o par passar debaixo da janela. A expressão de Earnshaw era completamente diferente daquela de sua companheira. Parecia observar a paisagem familiar com um interesse de um estranho e de um artista. Catherine o olhou de soslaio, não mostrando admiração. Então ela voltou sua atenção para procurar coisas que a distraíssem e continuou a andar alegremente, cantarolando para suprir a falta de assunto.

– Atei a língua dele! – observou Heathcliff. – Não vai se aventurar a dizer uma palavra sequer durante o tempo todo! Nelly, você se lembra de mim com essa idade... não, alguns anos mais novo. Alguma vez fui tão estúpido, tão "pateta", como diz Joseph?

– Pior! – respondi. – Porque era mais rabugento.

– Tenho até orgulho dele – disse ele, pensando em voz alta. – Satisfez todas as minhas expectativas. Se já tivesse nascido idiota, não acharia nele nem metade da graça. Mas não é um tolo de modo algum; e sou capaz de compreender todos os seus sentimentos, porque eu mesmo já os senti. Sei exatamente o que está sofrendo agora, por exemplo; embora seja só o começo do que ainda vai sofrer. E nunca vai conseguir emergir da baixeza da grosseria e da ignorância. Tenho-o mais bem preso do que o velhaco do pai dele tinha a mim, e mais degradado, pois este tem orgulho em sua brutalidade. Ensinei-o a desprezar tudo o que não seja grosseiro como sinal de estupidez e fraqueza. Não acha que Hindley se orgulharia do filho, se o visse agora? Quase tanto como eu me orgulho do meu. Mas há uma diferença: um é ouro usado para pavimentar o chão e o outro é lata polida para imitar um objeto de prata. O *meu* não vale nada; ainda assim vou ter o mérito de fazê-lo chegar tão longe quanto um pobre sujeito pode ir. O *dele* possuía excelentes qualidades que se perderam, que eu soube tornar piores do que se já não tivessem valor algum. Eu não tenho nada a lamentar; ele teria mais do que ninguém e eu bem sei quanto. E o melhor de tudo é que Hareton é louco por mim! Tem de reconhecer que nesse ponto levei a melhor sobre Hindley. Se o pilantra do morto pudesse levantar-se do túmulo para me insultar pelos danos que causei ao filho, eu teria a satisfação de ver esse filho mandá-lo de volta para a sepultura, indignado por ele se atrever a injuriar o único amigo que tem no mundo!

Heathcliff soltou uma gargalhada infernal com essa ideia. Nada respondi, pois percebi que não esperava resposta. Nesse meio-tempo, nosso jovem companheiro, que estava sentado um pouco distante para ouvir o que se dizia, começou a dar sinais de inquietação, provavelmente arrependido de ter-se privado da companhia de Catherine só por medo de se cansar. O pai reparou nos olhares ansiosos que vagavam através da janela e na mão hesitante que estendia para o boné.

– Levante-se, preguiçoso! – exclamou ele, com afetada amabilidade. – Vá atrás deles! Estão logo ali na esquina, perto das colmeias.

Linton juntou forças e deixou a lareira. A janela estava aberta e, quando ia sair, ouvi Cathy perguntar a seu pouco sociável companheiro qual o significado da inscrição por sobre a porta. Hareton ergueu os olhos e coçou a cabeça como um verdadeiro palhaço.

– É uma escrita execrável! – respondeu ele. – Não consigo ler.

– Não consegue ler? – exclamou Catherine. – Eu consigo ler: está em inglês. Mas quero saber por que essa inscrição está lá.

Linton deu uma risadinha; a primeira manifestação de alegria que exibiu.

– Ele não sabe ler nem o próprio nome! – disse ele para a prima. – Alguma vez imaginou que pudesse existir um sujeito tão burro?

– Ele goza realmente de perfeito juízo? – perguntou a senhorita Cathy, séria. – Ou é um simplório e não bate bem? Já lhe fiz duas perguntas e, cada vez, ele me olha como um tolo; acho que não me entende. E eu mal consigo compreender o que diz!

Linton riu de novo e lançou um olhar de desprezo a Hareton, que claramente parecia não entender nada do que estava se passando.

— Isso nada mais é que preguiça, não é, Earnshaw? — disse ele. — Minha prima acha que você é um idiota. Ora aí está a consequência de desprezar a aprendizagem. Já reparou, Catherine, no horroroso sotaque dele de Yorkshire?

— Ora, para que diabos serve saber ler? — resmungou Hareton, mais disposto a responder ao companheiro de todos os dias. E estava para continuar a falar, mas os outros dois irromperam numa rumorosa zombaria; minha irrefletida senhorita se deliciou ao descobrir que podia se divertir com o estranho modo de falar dele.

— Que tem o diabo a ver com o que disse? — perguntou Linton, rindo baixinho. Meu pai já o avisou para não dizer bobagens e você não consegue abrir a boca sem proferir uma. Tente comportar-se como um cavalheiro, pelo menos!

— Se não fosse mais menina que menino, acabaria com você nesse instante, seu magrela de uma figa! — retrucou o zangado campônio, afastando-se com o rosto queimando de raiva e humilhação, pois sabia que tinha sido insultado, mas não sabia como se defender.

O senhor Heathcliff, que, como eu, ouvira a conversa, sorriu ao vê-lo afastar-se; mas imediatamente depois lançou um olhar de particular aversão ao irreverente par, que ficou conversando perto da porta; o rapaz, todo animado, apontando os defeitos e as deficiências de Hareton e contando fatos dos modos de agir dele; e a menina, saboreando esses relatos atrevidos e maliciosos, sem pensar na má índole que revelavam. Eu comecei a sentir menos compaixão e mais antipatia por Linton e, em certa medida, a desculpar o pai dele por não o ter em grande apreço.

Ficamos até a tarde, pois não consegui arrancar de lá a senhorita Cathy mais cedo; mas, felizmente, meu patrão não tinha saído de seus aposentos e não ficou sabendo de nossa prolongada ausência. No caminho de casa, passei a falar claramente sobre o caráter das pessoas que havíamos deixado; mas Cathy pôs em sua cabeça que eu era preconceituosa em relação a elas.

— Ah! — exclamou ela. — Você toma o partido de papai, Ellen! Você é parcial, caso contrário, não me teria enganado durante tantos anos, fazendo-me crer que Linton vivia muito longe daqui. Estou realmente muito zangada, mas estou também tão contente que não consigo mostrar! Mas deve segurar sua língua a respeito de *meu* tio; ele é meu tio, lembre-se, e vou recriminar meu pai por ter discutido com ele.

E continuou falando, até eu desistir de convencê-la de seu erro. Não mencionou a visita nesta noite, porque não chegou a ver o senhor Linton. Mas no dia seguinte contou tudo, para meu desapontamento. Ainda assim, não fiquei de todo decepcionada, pois achava que a tarefa de orientar e aconselhar cabia mais a ele do que a mim. Mas ele se mostrou muito hesitante em apresentar razões satisfatórias que o levavam a não querer que ela mantivesse relações com o pessoal do Morro, e Catherine gostava de ter boas razões para toda restrição que cerceasse sua mimada vontade.

– Papai! – exclamou ela, depois dos cumprimentos da manhã – Adivinhe quem eu vi ontem em meu passeio pelos pântanos? Oh, papai, o senhor estremeceu! Não procedeu bem, agora, não é? Eu vi... mas escute e já vai ficar sabendo como descobri tudo; e que Ellen também era sua aliada, fingindo ter muita pena de mim, quando eu continuava a ter esperanças na volta de Linton e sempre me deixava desapontada!

Ela fez um relato fiel do passeio e de suas consequências; e meu patrão, embora me dirigisse mais de um olhar de recriminação, nada disse até que ela concluiu a narrativa. Então ele a puxou para perto de si e lhe perguntou se sabia o motivo pelo qual ele lhe havia ocultado a existência desses vizinhos. Poderia ela pensar que era somente para privá-la de um prazer de que pudesse desfrutar sem inconvenientes?

– Foi porque o senhor não gostava do senhor Heathcliff – respondeu ela.

– Então pensa que prezo mais meus sentimentos do que os seus, Cathy? – disse ele. – Não, não foi porque eu não gostava do senhor Heathcliff, mas porque ele não gosta de mim; ele é uma criatura diabólica, que se delicia em desgraçar e arruinar aqueles que odeia, se eles lhe derem a mínima oportunidade. Eu sabia que você não podia manter uma amizade com seu primo sem entrar em contato com o pai dele, e sabia que ele a detestaria por minha causa. Assim, para seu bem e nada mais, tomei precauções para que não tornasse a ver Linton. Pretendia explicar-lhe isso algum dia, quando estivesse um pouco mais crescida, mas agora lamento tê-lo adiado tanto.

– Mas o senhor Heathcliff foi muito cordial, papai – observou Catherine, não de todo convencida. – E não se opôs a que nós dois nos encontrássemos; disse que podia ir à casa dele sempre que quisesse, mas que não lhe contasse nada, porque o senhor havia discutido com ele e não o perdoava por se ter casado com a tia Isabella. E realmente não o perdoou. O senhor é que deve ser recriminado; pelo menos, ele consente que Linton e eu sejamos amigos; e o senhor, não.

Meu patrão, percebendo que ela não acreditava no que ele lhe havia dito sobre as más intenções do tio, descreveu-lhe em breves traços a conduta de Heathcliff para com Isabella e o modo pelo qual o Morro dos Ventos Uivantes se tornara propriedade desse tio. Não suportava delongar-se muito sobre esse tópico, pois, embora falasse muito pouco a respeito, continuava sentindo por seu antigo inimigo o mesmo horror e ódio que lhe haviam inundado o coração desde a morte da senhora Linton. "Se não fosse por ele, ela poderia estar ainda viva!" Era sua constante e amarga obsessão e, a seus olhos, Heathcliff era um assassino. A senhorita Cathy... não familiarizada com más ações, exceto com seus leves atos de desobediência, injustiça e arrebatamento, motivados pelo temperamento fogoso e irrefletido, e dos quais se arrependia logo no mesmo dia... estava abismada com a cegueira de espírito, capaz de ruminar e encobrir vinganças durante anos a fio, seguindo deliberadamente seus planos, sem sombra de remorso. Parecia tão profundamente impressionada e chocada com essa nova faceta da natureza humana... excluída de todas as suas cogitações e ideias até o momento... que o senhor Edgar achou melhor não insistir mais no assunto. Ele simplesmente acrescentou:

- Ficará sabendo doravante, querida, a razão pela qual desejo que evite a casa e a família dele; agora, volte para suas antigas ocupações e divertimentos e não pense mais nessa gente.

Catherine beijou o pai e sentou-se calmamente, ficando entregue a suas lições por duas horas, como de costume. Depois, acompanhou o pai num passeio pela propriedade, e todo o dia transcorreu como sempre. Mas à noite, quando se retirou para o quarto e fui ajudá-la a despir-se, encontrei-a chorando, ajoelhada aos pés da cama.

- Oh! Que vergonha! Sua tola! - exclamei. - Se soubesse o que é um verdadeiro desgosto, ficaria envergonhada em desperdiçar lágrimas por causa dessa pequena contrariedade. Você nunca teve uma sombra de grande tristeza, senhorita Catherine. Imagine só, por um momento, que o patrão e eu estivéssemos mortos e você ficasse sozinha no mundo: como se sentiria então? Compare o que se passou agora com uma aflição dessas e dê graças a Deus pelos amigos que tem, em vez de ambicionar por mais.

- Não é por mim que choro, Ellen - respondeu ela. - É por ele, que está à minha espera amanhã, e vai ficar desapontado; vai ficar esperando e eu não apareço!

- Bobagem! - disse eu. - Imagina que ele pensou tanto em você como a senhorita pensou nele? E ele não tem Hareton como companhia? Ninguém choraria por deixar de ver um parente que só viu duas vezes, em duas tardes. Linton vai perceber o que se passou e não vai mais se preocupar com a senhorita.

- Mas não posso ao menos escrever um bilhete para lhe dizer o motivo por que não vou? - perguntou, se levantando. - E mandar-lhe esses livros que prometi lhe emprestar? Os livros dele não são tão bons quanto os meus e ele os quer de qualquer jeito, quando lhe disse como eram interessantes. Posso, Ellen?

- Não, não pode, de forma alguma! - repliquei, incisiva. - E depois ele iria lhe escrever e nunca mais haveria de acabar. Não, senhorita Catherine, vocês têm de cortar relações totalmente. Assim seu pai espera e eu vou zelar para que assim seja.

- Mas como pode um bilhetinho... - recomeçou ela, com ares de súplica.

- Silêncio! - interrompi. - Não vamos começar com seus pequenos bilhetes. Já para a cama!

Lançou-me um olhar furioso, tão furioso que a princípio pensei em não lhe dar o beijo de boa-noite; cobri-a e fechei a porta, desgostosa; mas me arrependi, voltei silenciosamente e que vi? Lá estava a senhorita à mesa com um pedaço de papel diante dela e de lápis na mão, que rapidamente tentou esconder ao me ver entrar.

- Não vai conseguir ninguém que leve isso, Catherine - disse eu -, se o escrever. E agora vou apagar a vela.

Coloquei o apagador sobre a chama, mas levei um tapa na mão, acompanhado de um petulante "sua estraga-prazeres"! Retirei-me novamente e ela fechou o trinco da porta num de seus piores e irritadiços achaques de mau humor.

A carta foi escrita e enviada ao destinatário por meio de rapaz da vila que vinha buscar leite, coisa que fiquei sabendo só bem mais tarde. As semanas foram passando e Cathy recuperou seu bom humor, embora se mostrasse cada vez mais propensa a se refugiar pelos cantos; e, muitas vezes, se chegasse a ela de repente enquanto estava lendo, se sobressaltava e se inclinava sobre o livro, evidentemente com a intenção de escondê-lo; mas consegui detectar pontas de papel que saíam de entre as folhas do livro. Ela adquiriu também o hábito de descer de manhã cedo e andar pela cozinha, como estivesse esperando a chegada de alguma coisa; e tinha ainda uma pequena gaveta num dos armários da biblioteca que ela passava horas a vasculhar e cuja chave tinha o especial cuidado de retirar quando saía.

Um dia, quando estava remexendo nessa gaveta, reparei que os brinquedos e as bugigangas, que até recentemente constituíam seu conteúdo, haviam sido substituídos por pedaços de papel dobrados. Isso despertou minha curiosidade e minha desconfiança; decidi dar uma espiada nesses misteriosos tesouros. Assim, à noite, tão logo ela e meu patrão se tivessem recolhido, procurei e prontamente encontrei, entre minhas chaves da casa, uma que servia na fechadura da gaveta. Depois de abri-la, despejei no avental todo o conteúdo dela e o levei para meu quarto, a fim de examinar com calma. Embora não pudesse senão suspeitar, fiquei assim mesmo surpresa ao descobrir que se tratava de uma volumosa correspondência... deveria ter sido quase diária... de Linton Heathcliff, em resposta aos bilhetes que ela lhe mandava. As primeiras cartas eram embaraçosas e curtas; aos poucos, porém, foram se ampliando para longas cartas de amor, cheias de tolices, como era próprio da idade do autor, mas com alguns toques aqui e acolá emprestados de fonte mais experiente. Algumas delas me impressionaram pela mescla singularmente esquisita de ardor e insipidez, começando com profundo sentimento e terminando num estilo afetado e prolixo que um colegial usaria para com uma namorada imaginária, irreal. Se satisfaziam Cathy, eu não sei, mas para mim não passavam de simples refugo. Depois de ter lido as que achei que devia ler, embrulhei-as num lenço e as separei, voltando a trancar a gaveta vazia.

Seguindo seu hábito, a jovem desceu cedo e foi para a cozinha: observei-a ir até a porta à chegada de um menino; e, enquanto a criada enchia a vasilha, Cathy colocou alguma coisa no bolso do casaco do menino e tirou outra. Dei a volta pelo jardim e interceptei o mensageiro que lutou valorosamente para defender o que lhe havia sido confiado, que entornamos o leite; mas consegui me apoderar da carta e, ameaçando-o de sérias consequências se não voltasse direto para casa, eu fiquei encostada no muro e li atentamente a afetuosa composição da senhorita Cathy. Era mais simples e mais eloquente que a do primo: muito bonita e muito tola. Sacudi a cabeça e entrei em casa meditando. Estando o dia chuvoso, ela não poderia andar pelo parque; assim, ao concluir seus estudos da manhã, foi procurar consolo na gaveta. O pai estava lendo, sentado à mesa, e eu, de propósito, tinha procurado um pouco de trabalho em consertar umas franjas das cortinas, com os olhos bem fixos nos movimentos dela.

Nunca uma ave, ao voltar ao ninho devassado, que havia deixado repleto de filhotes chilreantes, exprimiu maior desespero, com seus pios e voos angustiados, do que ela com aquele simples "Oh!" e com a mudança que transfigurou seu alegre rosto dos últimos tempos. O senhor Linton ergueu os olhos.

– O que há, minha querida? Você se machucou? – perguntou ele.

O tom de voz e o olhar lhe garantiram que não havia sido *ele* o descobridor do tesouro.

– Não, papai – balbuciou ela. – Ellen, Ellen, venha cá... não estou me sentindo bem!

Obedeci a seu chamado e a acompanhei ao quarto.

– Oh, Ellen! Você as tirou de lá! – disparou ela, imediatamente, caindo de joelhos quando ficamos sozinhas no quarto. – Oh! Devolva-as e nunca, nunca vou fazer isso de novo. Não conte ao papai. Você não disse nada ao papai, Ellen? Diga que não! Fui desobediente demais, mas prometo que não vou fazer isso nunca mais.

Com grande severidade em meus modos, pedi que se levantasse.

- Pois é! - disse eu. - Senhorita Catherine, dessa vez foi longe demais, parece; deveria estar envergonhada! Um belo pacote de lixo anda lendo em suas horas vagas, claro! Ora, até valia a pena mandá-las imprimir! E o que imagina que o patrão vai pensar quando as apresentar a ele? Não as mostrei ainda, mas não deve pensar que vou guardar seus ridículos segredos. Que vergonha! E deve ter sido a senhorita que começou a escrever todos esses absurdos; ele não teria pensado em começar, tenho certeza.

- Não, não! - soluçou Cathy, quase a despedaçar-se o coração. - Jamais pensava que viesse a amá-lo, até que...

- *Amá-lo*! - exclamei, com tanto desprezo quanto podia exprimir. - *Amá-lo*! Onde já se viu uma coisa dessas! Então eu também poderia dizer que amo o moleiro que vem buscar nossos cereais uma vez por ano. Lindo amor, de verdade! Nas duas vezes que o viu, não chegou a estar com Linton ao todo nem quatro horas! Pois bem, aqui está o monte de baboseiras. Vou para a biblioteca e vamos ver o que seu pai diz desse *amor*.

Ela pulou para apanhar as preciosas epístolas, mas eu as levantei acima de minha cabeça, e então ela começou a implorar freneticamente para que as queimasse... que fizesse o que bem entendesse, menos mostrá-las ao pai. E estando realmente inclinada tanto a rir quanto a recriminar... pois considerava tudo isso pura vaidade juvenil... finalmente cedi em certa medida e perguntei:

- Se eu concordar em queimá-las, promete que não volta a escrever nem a receber mais cartas, nem um livro (pois desconfio que lhe tenha mandado livros), nem mechas de cabelo, nem anéis, nem brinquedos?

- Nunca lhe mandei brinquedos! - disse Catherine, com seu orgulho superando sua vergonha.

- Seja lá o que for, senhorita - repliquei. - Se não prometer, vou agora falar com seu pai.

- Prometo, Ellen! - exclamou ela, agarrando-se a meu vestido. - Queime-as, por favor!

Mas quando comecei a abrir um buraco no braseiro com o atiçador, o suplício era doloroso demais para suportar. Suplicou humildemente para que eu poupasse uma ou duas.

- Uma ou duas, Ellen, para ficar com uma recordação de Linton!

Desamarrei o lenço e comecei a atirá-las uma a uma no fogo e a chama subia pela chaminé.

- Quero ficar com uma, sua malvada e cruel! - gritava ela, metendo a mão no fogo e retirando alguns fragmentos chamuscados, sem se importar em queimar os dedos.

- Muito bem... vou guardar algumas para mostrar a seu pai! - disse eu, colocando as restantes no pacote e me encaminhando para a porta.

Ela lançou os pedaços chamuscados ao fogo e me impeliu para que terminasse a imolação. Assim fiz, mexi nas cinzas e as enterrei com uma pazada de brasas; e ela, muda e sensivelmente ofendida, se retirou para o quarto. Desci para informar meu patrão de que a indisposição da jovem tinha praticamente passado, mas que achei melhor que ela ficasse descansando mais um pouco. Ela não quis jantar, mas reapareceu na hora do chá, pálida e com os olhos vermelhos; e maravilhosamente bem controlada em seu aspecto externo. Na manhã seguinte, respondi à carta dele numa tira de papel, onde escrevi: "Pede-se a Linton Heathcliff o favor de não mandar mais bilhetes à senhorita Linton, pois ela não os receberá.". E daí em diante o menino passou a vir de bolsos vazios.

CAPÍTULO 22

O verão estava a chegando ao fim com os primeiros sinais do outono. O dia de São Miguel já havia passado, mas as colheitas estavam atrasadas nesse ano e alguns de nossos campos não haviam sido ceifados ainda. O senhor Linton e a filha costumavam caminhar com frequência entre os ceifadores, ficando até o anoitecer, quando eram carregados os últimos feixes; e, como a noite geralmente era fria e úmida, meu patrão contraiu uma forte gripe, que lhe atacou obstinadamente os pulmões e o manteve dentro de casa todo o inverno, quase ininterruptamente.

A pobre Cathy, abalada com seu pequeno romance, andava consideravelmente mais triste e mais melancólica desde a ruptura; e o pai insistia para que lesse menos e fizesse mais exercícios. Vendo-a privada da companhia do pai, achei ser meu dever substituir sua ausência, tanto quanto possível, com a minha, mas me revelei uma substituta ineficiente; pois, se eu podia dispor somente de duas ou três horas, por causa de minhas numerosas ocupações diárias, para seguir os passos dela, além do mais, minha companhia era obviamente menos agradável que a dele.

Numa tarde de outubro, ou talvez do início de novembro... uma tarde fria e chuvosa, quando as pradarias e as trilhas ressoavam com as folhas mortas e molhadas pelo chão e o frio céu azul era encoberto pelas nuvens... faixas negras e cinzentas subindo rapidamente do Oeste e prometendo abundante chuva... pedi à minha jovem senhorita que desistisse do passeio, porque estava certa de que iria chover muito. Ela se recusou. E eu, contra a vontade, vesti uma capa e apanhei meu guarda-chuva para acompanhá-la num passeio até o fundo do parque; uma caminhada usual, que ela geralmente fazia quando se sentia deprimida... e isso ocorria invariavelmente quando o senhor Edgar piorava, coisa que nunca se sabia por ele próprio, mas fácil de adivinhar por nós duas pelo prolongado silêncio e pelo semblante melancólico dele.

    Cathy caminhava acabrunhada, sem correrias ou saltos, embora o vento gelado pudesse muito bem tentá-la a correr. E muitas vezes, olhando-a com o canto dos olhos, pude ver que erguia a mão e a esfregava no rosto para retirar algo. Olhei ao derredor à procura de alguma coisa que a pudesse distrair. De um lado da estrada se erguia um alto barranco, onde aveleiras e carvalhos raquíticos, com suas raízes meio expostas, se mantinham em instável equilíbrio: a terra estava solta demais para os últimos; e fortes ventos sopravam na horizontal. Durante o verão, a senhorita Catherine adorava subir nesses troncos e sentar-se nos galhos, cantarolando a 20 pés acima do solo; e eu, contente por ver sua agilidade e sua alegria de criança, ainda assim considerava apropriado recriminá-la toda vez que a apanhava empoleirada, mas dando-lhe a entender que não precisava descer. Do jantar à hora do chá, ela ficava naquele berço embalado pela brisa, não fazendo absolutamente nada a não ser cantando velhas canções que eu lhe havia ensinado ou observando os passarinhos alimentando seus filhotes e incitando-os a voar; ou então ela se aninhava de olhos fechados, entre os galhos, pensando e sonhando, mais feliz do que qualquer palavra pode exprimir.

    - Olhe, senhorita! - exclamei, apontando para uma reentrância sob as raízes de uma árvore retorcida. - O inverno ainda não chegou. Há uma florzinha lá em cima, o último botão da multidão de campainhas que cobria com manto lilás aqueles gramados em julho. Não quer subir mais e colhê-la para mostrá-la a seu pai?

    Cathy contemplou demoradamente a florzinha solitária tremulando em seu esconderijo e, finalmente, respondeu:

    - Não, não vou tocá-la; mas tem um ar melancólico, não é, Ellen?

    - Sim - observei -, quase tão mirrada e definhada como a senhorita com suas faces tão descoradas; vamos nos dar as mãos e correr. Está tão fraca que até eu consigo acompanhá-la.

    - Não! - disse ela, continuando a caminhar, parando às vezes para olhar pensativa para um pouco de musgo ou para um tufo de erva seca ou para um cogumelo espargindo sua brilhante cor alaranjada entre os montículos de folhas secas; e de vez em quando levava a mão ao rosto.

    - Catherine, por que está chorando? - perguntei, aproximando-me e pondo meu braço por sobre o ombro dela. - Não deve chorar porque seu pai está gripado; deveria dar graças a Deus por não ser coisa pior.

    Ela não conseguiu mais reter as lágrimas; sua respiração era sufocada por soluços.

- Oh! Vai ser algo muito pior - disse ela. - E o que vou fazer quando o papá e você me deixarem e eu ficar sozinha? Não consigo esquecer suas palavras, Ellen; estão sempre zunindo em meus ouvidos. Como a vida se haverá de modificar, como será triste o mundo quando o papai e você estiverem mortos!
- Ninguém pode dizer se a senhorita não vai morrer antes de nós - repliquei. - É um erro antecipar o mal. Vamos viver na esperança de que se passem anos e mais anos antes que qualquer um de nós parta deste mundo. O patrão é novo e eu sou forte e ainda não cheguei aos 45 anos. Minha mãe viveu até os 80, uma dama jovial até o fim. Suponha que o senhor Linton dure até os 60: para tanto faltam ainda mais anos que aqueles que a senhorita tem de idade. E não seria tolice chorar por uma desgraça que só vai acontecer daqui a mais de 20 anos?
- Mas a tia Isabella era mais nova que o papai! - observou ela, erguendo os olhos com tímida esperança de encontrar ulterior consolo.
- A tia Isabella não tinha a senhorita e a mim para cuidarmos dela - repliquei. - Não era feliz como o patrão e por isso não tinha tantas razões para viver. O que a senhorita tem de fazer é cuidar bem de seu pai e alegrá-lo mostrando-se também alegre, e evitar dar-lhe desgostos por qualquer motivo; lembre-se disso, Cathy! Não vou disfarçar, mas a senhorita poderia matá-lo, se fosse rebelde e negligente e alimentasse uma afeição louca e fantasiosa pelo filho de um homem que ficaria contente em ver o pai da senhorita no túmulo e permitir-lhe descobrir que a senhorita se aborreceu com a separação que ele julgou conveniente lhe impor.
- Não me aborreço com nada neste mundo, exceto com a doença do papai - replicou minha companheira. - Não me importo com nada em comparação com meu pai. E nunca... nunca... Oh! Nunca, enquanto gozar de juízo perfeito, vou fazer ou agir ou vou dizer uma palavra para magoá-lo. Eu o amo mais que a mim mesma, Ellen. Sei que é assim; rezo todas as noites para sobreviver a ele, porque prefiro ser eu a sofrer e não ele; isso prova que o amo mais que a mim mesma.
- Belas palavras - retruquei. - Mas é preciso que os atos lhes correspondam. E quando ele se restabelecer, lembre-se de que não deve esquecer as promessas feitas nas horas de aflição.
Enquanto conversávamos, nos aproximamos de um portão que dava para a estrada. E minha jovem, radiante, subiu e sentou-se no alto do muro e passou a colher as frutas escarlates dos ramos mais altos das roseiras bravas, que sombreavam um lado da estrada; as frutas dos ramos mais baixos já haviam desaparecido, mas somente as aves podiam tocar as de cima, e agora também Cathy, na atual posição. Ao esticar-se mais para apanhá-las, deixou

cair o chapéu; e, como o portão estava fechado à chave, resolveu descer pelo lado da estrada para recolhê-lo. Pedi-lhe para ser cautelosa, a fim de não cair e, agilmente, desapareceu. Mas a volta não era tão fácil; as pedras eram lisas e cimentadas e os ramos das roseiras e das amoreiras não lhe facilitavam a subida. Eu, como uma tola, só me dei conta disso quando a ouvi rir e gritar:

– Ellen, por favor, vá buscar a chave, senão tenho de dar a volta até a moradia do caseiro. Não consigo escalar o muro por este lado.

– Fique onde está – respondi. – Tenho meu molho de chaves no bolso; talvez consiga abri-lo; se não conseguir, vou em seguida.

Catherine se entretinha a saltitar diante do portão, enquanto eu experimentava todas as chaves grandes. Cheguei à última e nenhuma servia; assim, repetindo-lhe para que não saísse dali, estava prestes a correr para casa quando um som, que se aproximava, me fez parar. Era o trote de um cavalo. Cathy parou de saltitar também.

– Quem é? – sussurrei.

– Ellen, gostaria que pudesse abrir o portão – sussurrou também minha companheira, ansiosa.

– Olá, senhorita Linton! – exclamou uma voz grave (a do cavaleiro). – Prazer em vê-la. Não tenha pressa de entrar, pois quero pedir-lhe e obter uma explicação.

– Não tenho nada a explicar, senhor Heathcliff – replicou Catherine. – Papai diz que o senhor é mau e que odeia a ele e a mim; e Ellen diz o mesmo.

– Isso não vem ao caso – retorquiu Heathcliff (pois era do próprio que se tratava). – Eu não odeio meu filho, suponho, e é a respeito dele que lhe peço um pouco de atenção. Sim, você pode corar. Há dois ou três meses, não costumava escrever a Linton? Era para se divertir, não é? Vocês dois deviam apanhar por isso! Especialmente você, por ser mais velha e menos ajuizada, ao que parece. Tenho todas as suas cartas e, se começar com impertinências, vou enviá-las a seu pai. Presumo que se tenha fartado com o divertimento e parou com ele, não é? Bem, com isso você deixou Linton na rua da amargura. Ele estava seriamente apaixonado. Tão certo como estou vivo, está morrendo de amores por você; está com o coração despedaçado com sua inconstância; não em sentido figurado, mas real. Embora Hareton tenha se divertido com isso por seis semanas e eu tenha tomado medidas mais sérias e tentado fazê-lo para com essa idiotice, ele piora a cada dia; e vai estar debaixo da terra antes do próximo verão, a menos que você o recupere!

– Como pode mentir tão descaradamente à pobre menina? – gritei eu, do lado de dentro. – Siga seu caminho! Como pode inventar deliberadamente essas sórdidas falsidades? Senhorita Cathy, vou arrombar a

fechadura com uma pedra; não deve acreditar nessa desprezível bobagem. Pode julgar por si mesma que é impossível alguém morrer de amor por uma estranha.
- Não sabia que havia intrometidos - resmungou o pilantra, sentindo-se descoberto. - Minha cara senhora Dean, gosto da senhora, mas não gosto de seu jogo duplo - acrescentou ele, em voz alta. - Como pôde mentir tão descaradamente, chegando a afirmar que eu odiava a "pobre criança"? E inventar histórias mirabolantes para afastá-la aterrorizada de minha casa? Catherine Linton (o próprio nome me enternece), minha querida menina, vou estar ausente durante toda esta semana; vá e verá se falei ou não a verdade. Faça isso por mim, querida! Imagine somente seu pai em meu lugar e Linton no seu, e pense que ideia faria de seu descuidado namorado, se ele se negasse a dar um passo para confortá-la, mesmo que seu pai o tivesse solicitado. E não caia, por pura estupidez, no mesmo erro. Juro por minha salvação que Linton vai acabar no túmulo e ninguém, a não ser você, pode salvá-lo!
A fechadura cedeu e eu sai para a estrada.
- Juro que Linton está morrendo - repetiu Heathcliff, olhando duramente para mim. - O desgosto e a desilusão estão apressando sua morte. Nelly, se não quiser deixá-la ir, você mesma pode ir. Mas devo voltar somente daqui a uma semana e acho que seu patrão não vai se opor a que ela visite o primo.
- Entre! - disse eu, puxando Cathy pelo braço e quase a obrigando a entrar à força, pois se demorava a olhar perturbada as feições de seu interlocutor, severas demais para expressar sua falsidade interior.
Aproximou-se com o cavalo, inclinou-se e observou:
- Senhorita Catherine, devo admitir que tenho pouca paciência com Linton; Hareton e Joseph têm menos ainda. Tenho de reconhecer que ele está numa situação difícil. Ele precisa realmente tanto de bondade quanto de amor; e uma palavra de conforto de sua parte seria o melhor remédio. Não dê ouvidos à cruel precaução da senhora Dean, mas seja generosa e procure ir vê-lo. Ele sonha com você dia e noite e não há nada que o convença de que você não o odeia, visto que deixou de escrever e de aparecer.
Fechei o portão e encostei uma pedra para substituir a fechadura quebrada. Abrindo o guarda-chuva, puxei a senhorita para debaixo dele, pois a chuva já começava a cair entre os galhos das árvores e nos impelia a partir sem demora. A pressa nos impediu de comentar o encontro com Heathcliff, enquanto caminhávamos em direção à casa, mas instintivamente pressenti que o coração de Catherine estava agora recoberto de redobrada escuridão. Suas feições refletiam tanta tristeza que não pareciam as dela; era evidente que considerava tudo o que ouvira como a pura verdade.

O patrão se havia retirado para descansar antes de nossa chegada. Cathy foi logo ao quarto dele para ver como estava; tinha caído no sono. Voltou e me pediu para me sentar com ela na biblioteca. Tomamos o chá e depois ela se estendeu no tapete e me solicitou para não falar, pois estava cansada. Tomei um livro e fingi ler. Assim que julgou que eu estava absorta na leitura, recomeçou a chorar baixinho; parecia que, por esses dias, era seu passatempo favorito. Deixei-a chorar por um tempo; então passei a zombar e a ridicularizar todas as afirmações do senhor Heathcliff sobre o filho, uma vez que estava convencida de que ela concordaria comigo. Mas não! Não tinha a habilidade de neutralizar o efeito produzido pelas palavras dele; era exatamente isso que ele pretendia.

- Pode ser que tenha razão, Ellen - respondeu ela. - Mas não vou ficar sossegada enquanto não souber a verdade. E tenho de dizer ao Linton que não é por minha culpa que não lhe escrevo mais e convencê-lo de que, em relação a ele, não vou mudar.

De que adiantariam recriminações e protestos contra sua tola credulidade? Nessa noite nos separamos... de modo hostil. Mas, no dia seguinte, me vi a caminho do Morro dos Ventos Uivantes, ao lado do pônei de minha voluntariosa e jovem patroa. Não me era mais possível contemplar a tristeza dela, vê-la pálida, semblante carregado e olhos pesados; e acabei cedendo, na vaga esperança de que o próprio Linton provasse, pelo modo como nos recebesse, como tinha pouco fundamento nos fatos a história que o pai dele havia contado.

CAPÍTULO 23

A noite chuvosa dera lugar a uma manhã de nevoeiro... um pouco de geada e um pouco de garoa... e regatos temporários cruzavam nosso caminho... descendo das terras altas. Tinha os pés completamente molhados; sentia-me zangada e deprimida; exatamente o humor apropriado para tornar essas coisas mais desagradáveis ainda. Entramos na casa da fazenda pela cozinha, a fim de nos certificarmos de que o senhor Heathcliff estava realmente fora de casa, porque eu punha pouca fé na palavra dele.

Joseph parecia estar numa espécie de mansão paradisíaca, sozinho, ao lado de uma fogueira crepitante, uma caneca de cerveja na mesa perto dele, grandes pedaços de bolo de aveia torrado e seu cachimbo preto e curto na boca. Catherine correu para lareira, a fim de se aquecer. Perguntei se o patrão estava em casa. Minha pergunta ficou tanto tempo sem resposta que pensei que o velho tinha ficado surdo, e a repeti mais alto.

– Não! – resmungou ele, melhor, respondeu pelo nariz. – Não! E pode voltar para o lugar de onde veio.

– Joseph! – gritou uma voz irritada, ao mesmo tempo que eu, lá de dentro.

– Quantas vezes tenho de chamá-lo? Só há um pouco de brasas no fogo, Joseph! Venha imediatamente.

As vigorosas baforadas e um olhar resoluto para a grelha, mostravam que não dava atenção a esse apelo. Não havia sinal da governanta e de Hareton: ela tinha ido levar recados e ele, provavelmente, estava trabalhando. Reconhecemos a voz de Linton e entramos.

– Oh! Espero que morra de fome trancado num sótão – disse o rapaz, confundindo nossos passos com os do negligente criado. Parou ao perceber seu erro. A prima correu para ele.

– É você, senhorita Linton? – disse ele, levantando a cabeça do braço da poltrona em que estava reclinado. – Não... não me beije, que me sufoca. Meu Deus! Papai disse que viria – continuou ele, depois de se recompor um pouco do abraço de Catherine, enquanto ela continuava de pé, olhando contrita. – Não se importa de fechar a porta, por favor? Deixou-a aberta; e aquelas... aquelas *detestáveis* criaturas não trazem mais carvão para a lareira. Faz tanto frio!

Remexi as cinzas e eu mesma busquei um balde cheio de carvão. O enfermo se queixou de estar coberto de cinza; mas como tinha uma tosse irritante e parecia febril e doente, não o reprendi pelo mau humor.

– Bem, Linton – murmurou Catherine, quando suas sobrancelhas carregadas relaxaram –, está contente por me ver? Há alguma coisa que eu possa fazer?

– Por que não veio antes? – perguntou ele. – Devia ter vindo, em vez de escrever. Eu me cansava terrivelmente ao escrever-lhe aquelas longas cartas. Teria preferido falar pessoalmente com você. Agora, não estou com vontade de falar nem de qualquer outra coisa. Por onde andará Zillah? Poderia (olhando para mim) ir até a cozinha e ver se está por lá?

Como não me tinha agradecido pelo outro serviço que lhe havia prestado e como não estava disposta a andar de um lado para outro a seu comando, respondi:

– Não há ninguém por lá, a não ser Joseph.

– Estou com sede – exclamou ele, irritado e virando para o outro lado. – Desde que meu pai partiu, Zillah está constantemente vagando por Gimmerton. É uma vergonha! E sou obrigado a descer até aqui... nenhum deles me ouve lá de cima.

– Seu pai é atencioso para com você, Heathcliff? – perguntei, percebendo que Catherine não se decidia a ser solícita para com ele.

– Atencioso? Pelo menos, obriga-os a serem um pouco mais atenciosos – exclamou ele. – Os pilantras! Sabe, senhorita Linton, que o bruto do Hareton zomba de mim? Odeio-o! Na verdade, odeio a todos... são criaturas odiosas.

Cathy foi à procura da água; descobriu um jarro no armário, encheu um copo e o trouxe. Ele lhe pediu que acrescentasse uma colher de vinho da garrafa que estava em cima da mesa; depois de ter bebido um pouco, pareceu mais calmo e disse que ela era muito simpática.

– E está feliz por me ver? – perguntou ela, repetindo a pergunta e satisfeita por detectar um leve esboço de um sorriso.

– Sim, estou. É algo novo ouvir uma voz como a sua! – replicou ele. – Mas tenho andado aborrecido porque não vinha e papai disse que a culpa era minha e me chamou de criatura mesquinha, falsa, sem préstimo; e disse ainda que você

me desprezava e que, se ele estivesse em meu lugar, nessa altura já seria mais dono da granja do que seu pai. Mas você não me despreza, não é, senhorita...
- Prefiro que chame Catherine ou Cathy - interrompeu minha jovem senhorita. - Desprezá-lo? Não! Depois de meu pai e de Ellen, é a pessoa de quem mais gosto. Embora eu não goste do senhor Heathcliff e não me atrevo a voltar para cá quando ele regressar; ele vai ficar fora muitos dias?
- Não muitos - respondeu Linton. - Mas vai muitas vezes para os pântanos, visto que a estação da caça já abriu; e você poderia passar uma hora ou duas comigo, na ausência dele. Diga que vai fazer isso! Acho que não me tornarei insuportável em sua companhia; você não vai me provocar e estará sempre pronta a me ajudar, não é?
- Sim - disse Catherine, acariciando-lhe o longo cabelo macio -, se conseguisse, pelo menos, o consentimento de meu pai, passaria metade de meu tempo com você, querido Linton! Oxalá você fosse meu irmão!
- E assim gostaria de mim tanto quanto de seu pai? - observou ele, mais alegre. - Mas meu pai diz que gostaria mais de mim do que de seu pai e de todos, se você fosse minha mulher. Quem me dera que fosse!
- Não, nunca iria gostar de ninguém mais que de meu pai - retrucou ela, gravemente. - E os homens, às vezes, detestam suas mulheres, mas não os irmãos e as irmãs; e, se você fosse meu irmão, iria viver conosco e meu pai iria gostar tanto de você como gosta de mim.

Linton negou que os homens pudessem detestar suas mulheres, mas Cathy afirmou que sim e, inteligentemente, deu como exemplo a aversão do pai dele pela tia dela. Tentei refrear a língua dessa tagarela, mas não consegui, antes que ela contasse tudo o que sabia. O jovem Heathcliff, muito irritado, afirmou que tudo o que ela havia relatado era falso.

- Papai me contou; e papai não conta mentiras - respondeu ela, categoricamente.
- Meu pai despreza o seu - gritou Linton. - Chama-o de tolo covarde.
- Seu pai é um homem mau - retrucou Catherine - e você não deixa de ser malvado ao ousar repetir o que ele diz. Deve ser mau mesmo para levar a tia Isabella a deixá-lo.
- Ela não o deixou - disse o rapaz. -Não pode me contradizer!
- Ela o deixou, sim! - rebateu minha jovem senhorita.
- Pois bem, vou lhe dizer uma coisa! - disse Linton. - Sua mãe odiava seu pai. Aí está!
- Oh! - exclamou Catherine, enraivecida demais para continuar.
- E ela amava o meu! - acrescentou ele.
- Seu mentiroso! Eu o detesto! - disse ela, ofegante, e seu rosto ficou vermelho de raiva.

- Ela o amava! Ela o amava! - cantarolou Linton, enterrando-se na poltrona e reclinando a cabeça para trás para apreciar melhor a agitação da adversária, que estava de pé atrás dele.

- Calado, Heathcliff! - disse eu. - Isso são histórias de seu pai, imagino.

- Não são; cale-se você! - retrucou ele. - Ela o amava, o amava, Catherine! Ela o amava, o amava!

Cathy, descontrolada, empurrou violentamente a poltrona, fazendo o primo cair sobre um braço. Ele foi acometido imediatamente por uma tosse sufocante, que logo terminou com aquele seu ar de triunfo. Durou tanto que até eu fiquei assustada. Quanto à prima, desatou a chorar, arrependida do mal que causara, embora nada dissesse. Amparei-o até que a tosse passasse. Então ele me empurrou e reclinou cabeça, calado. Catherine também encerrou com suas lamentações, foi sentar-se na frente dele e, imóvel, ficou olhando para o fogo.

- Como se sente agora, meu jovem Heathcliff? - perguntei, depois de esperar uns dez minutos.

- Só quero que *ela* se sinta como eu me sinto - replicou ele -, menina cruel e malvada! Hareton nunca toca em mim; nunca me bateu na vida. E logo hoje que eu estava melhor, e então.... - sua voz sumiu num soluço.

- Eu não bati em você - resmungou Catherine, mordendo o lábio para evitar novo ataque de choro.

Ele soluçava e suspirava como alguém que estivesse sofrendo muito e assim permaneceu durante um quarto de hora, aparentemente com o propósito de afligir a prima, pois sempre que ela deixava escapar um soluço abafado, ele recrudescia em gemidos com variadas inflexões da voz.

- Desculpe, eu o machuquei, Linton - disse ela, finalmente, mais que chateada. - Mas eu não me teria machucado com um empurrãozinho desse, e não fazia ideia de que você pudesse se machucar. Mas não foi tanto assim, não é, Linton? Não me deixe ir para casa pensando que lhe causei algum mal. Responda! Fale comigo.

- Não posso falar com você - murmurou ele. - Você me feriu e vou ficar acordado toda a noite me sufocando com essa tosse. Se você tivesse, saberia o que é, mas você vai estar confortavelmente dormindo enquanto eu vou ficar nessa agonia, sem ninguém perto de mim. Pergunto-me se haveria de gostar de passar umas noites tão terríveis como as minhas!

E começou a gemer alto, demonstrando pura compaixão de si próprio.

- Uma vez que você está habituado a passar noites horríveis - disse eu -, não será a senhorita Catherine quem vai lhe tirar a tranquilidade; você seria o mesmo, se ela nunca tivesse vindo aqui. Mas ela não voltará a perturbá-lo; e talvez você fique mais calmo quando o deixarmos.

- Tenho mesmo de ir? - perguntou Catherine, tristemente, inclinando-se sobre ele. - Quer que eu vá embora, Linton?

- Não pode alterar o que você fez - replicou ele, mal-humorado, recuando. - A não ser que o modifique para pior, importunando-me até eu ficar com febre.

- Bem, então quer que eu vá? - repetiu ela.

- Deixe-me sozinho, por favor! - disse ele. - Não posso suportar sua voz.

Ela se demorou e resistiu à minha insistência para partirmos durante cansativos momentos, mas como o primo não olhava para ela nem falava, ela finalmente fez um movimento em direção à porta e eu a segui. Um grito nos fez retroceder: Linton tinha deslizado da poltrona para a pedra da lareira e jazia contorcendo-se caprichosamente como uma criança teimosa, determinado a afligir e a irritar os outros quanto pudesse. Percebi de imediato qual era sua verdadeira intenção por meio de seu comportamento e vi que era inútil tentar animá-lo. Mas minha companheira não o entendeu: voltou correndo, aterrorizada, ajoelhou-se, chorou, acariciou-o e implorou até que ele se recompôs da falta de ar, mas de modo algum de sua determinação em afligi-la.

- Vou deitá-lo no banco - disse eu - e poderá rolar à vontade. Não podemos ficar aqui para vigiá-lo. Espero que tenha percebido, senhorita Cathy, que não é a pessoa adequada para tranquilizá-lo e que o estado de saúde dele não é ocasionado pelo que sente pela senhorita. Olhe, pois, lá está ele! Vamos embora, que assim que ele perceber de que não há ninguém para aturar suas bobagens, logo vai sossegar.

Ela colocou uma almofada embaixo da cabeça dele e lhe ofereceu água. Ele recusou a água e se remexeu incomodado com a almofada, como se fosse uma pedra ou um cepo. Ela tentou acomodá-la melhor.

- Não me dou bem com isso - disse ele. - Não é suficientemente alta.

Catherine trouxe outra para colocá-la em cima da primeira.

- Agora ficou alto demais - murmurou essa coisa provocante.

- Como posso arranjá-la melhor, então? - perguntou ela, desesperada.

Ele se soergueu abraçando-se a ela, que estava meio ajoelhada ao lado do banco, e apoiou-se em seu ombro.

- Não, isso não! - disse eu. - Contente-se com as almofadas, meu jovem Heathcliff! A senhorita já perdeu tempo demais com você e não podemos permanecer aqui nem mais 5 minutos.

- Sim, sim, podemos! - replicou Cathy. - Agora está bonzinho e paciente. Ele está começando a achar que eu vou ter uma noite muito pior que ele, se eu pensar que foi por minha causa que ele piorou; e, se assim for, não me atreverei mais a voltar aqui. Diga a verdade a respeito disso, Linton, pois, se eu o tiver magoado, não voltarei.

- Tem de vir, para tratar de mim - respondeu ele. - Deve vir, porque me magoou; você sabe que me magoou muito! Eu não estava tão doente, quando você entrou, como estou agora... não é?

- Mas ficou pior porque chorou e se enervou... A culpa não foi minha - disse a prima. - Mas vamos ser amigos agora. E você quer que eu... gostaria realmente que eu o visitasse de vez em quando?

- Já lhe disse que sim! - replicou ele, impaciente. - Sente-se aqui no banco e deixe-me pousar a cabeça em seu colo. Era assim que a mamãe costumava fazer tardes inteiras. Sente-se bem quieta, não fale; mas pode entoar uma cantiga, se souber cantar, ou então recitar uma longa e bela balada... uma daquelas que prometeu me ensinar, ou uma história. Prefiro a balada. Pode começar.

Catherine recitou uma das baladas mais longas de que conseguia se lembrar. O entretenimento agradou muito aos dois. Linton quis ouvir outra, e mais outra, apesar de meus enérgicos protestos; e assim continuaram até que o relógio bateu 12 horas e ouvimos Hareton no pátio, retornando para tomar sua refeição.

- E amanhã, Catherine, vai estar aqui amanhã? - perguntou o jovem Heathcliff, segurando-lhe a saia quando ela se levantou, ainda relutante.

- Não! - respondi eu. - Nem depois de amanhã.

Ela, porém, deu-lhe evidentemente uma resposta diferente, pois a testa dele se desanuviou quando ela se inclinou e lhe cochichou algo ao ouvido.

- Lembre-se de que amanhã não poderá vir, senhorita - observei, quando já estávamos fora de casa. - Não está sonhando com isso, não é?

Ela sorriu.

- Oh! Eu vou cuidar disso - continuei. - Vou mandar consertar aquela fechadura e assim não poderá fugir.

- Posso pular o muro - disse ela, rindo. - A granja não é uma prisão, Ellen, e você não é minha carcereira. E, além disso, tenho quase 17 anos. Sou uma mulher. E estou certa de que Linton haveria de se restabelecer muito mais rapidamente se fosse eu a cuidar dele. Sou mais velha e mais ajuizada, como sabe, e menos infantil, não é? E logo ele irá fazer tudo o lhe mandar, com alguma sutil persuasão. Ele é um amor de rapaz quando se porta bem. Se fosse meu, estragava-o com mimos; nunca haveríamos de discutir, ou deveríamos depois de nos afeiçoarmos um ao outro? Não gosta dele, Ellen?

- Gostar dele! - exclamei. - É o pior magrela, mal-humorado e doentio que já vi com essa idade! Felizmente, como previu o senhor Heathcliff, não vai chegará aos 20 anos. Duvido até mesmo que chegue à primavera. E pouca falta fará à família quando se for. Foi uma sorte para nós o pai ter ficado com ele: quanto mais carinhosamente fosse tratado, mais enfadonho e egoísta haveria de se tornar! Fico contente por não haver hipótese alguma de ele vir a ser seu marido, senhorita Catherine!

Minha companheira ficou séria ao escutar essas palavras. Falar da morte dele com tamanha frieza feriu seus sentimentos.

- É mais novo do que eu - retrucou ela, depois de uma prolongada pausa de meditação - e deve viver muito mais. Ele vai... ele deve viver tanto como eu. Está tão forte agora como estava quando veio para o norte pela primeira vez; tenho certeza disso! É só uma gripe que o incomoda, a mesma do papai. Você disse que o papai vai ficar bom; e por que ele não haveria de ficar?

- Bem, bem - disse eu -, afinal de contas não temos por que nos preocuparmos; escute, senhorita... e lembre-se, vou manter minha palavra... se tentar ir ao Morro dos Ventos Uivantes, comigo ou sozinha, vou informar o senhor Linton e, a menos que ele o permita, a relação com seu primo não deverá ser reatada.

- Já foi reatada - murmurou Cathy, zangada.

- Então, não deve continuar - disse eu.

- Veremos! - foi a resposta, e passou a correr, deixando-me a andar vagarosamente bem atrás.

Chegamos em casa antes da hora de jantar. O patrão pensava que tínhamos ido passear pelo parque e por isso não pediu explicações sobre nossa ausência. Assim que entrei, apressei-me em trocar meus sapatos molhados e meias; mas a longa permanência no Morro tinha causado seus danos. Na manhã seguinte, fiquei de cama e durante três semanas estive incapacitada de cumprir com minhas obrigações: uma calamidade jamais sofrida antes desse período e nunca mais desde então, graças a Deus.

Minha jovem patroa se comportou como um anjo, vindo tratar de mim e alegrar minha solidão; o isolamento me abateu demais. É enfadonho para uma pessoa ativa, mas pouca gente deve ter menos razões para se queixar do que eu. Mal Catherine saía do quarto do senhor Linton, aparecia ao lado de minha cama. Seu o dia era dividido entre nós dois; não perdia um só minuto com distrações; negligenciou refeições, estudos e divertimentos; era a enfermeira mais zelosa que já vi. Devia ter um coração generoso, pois, além de votar todo o seu amor ao pai, ainda se excedia para me demonstrar carinho. Disse que seus dias eram divididos entre nós dois, mas o patrão se recolhia cedo e eu, geralmente, não precisava de nada depois das 6 horas; desse modo, ela tinha toda a noite para si. Pobrezinha! Nunca pensei no que ela fazia depois do chá. E embora eu notasse com frequência, quando ela espiava pela porta para me desejar boa-noite, certo rubor nas faces e vermelhidão nos dedos finos, em vez de pensar que fosse por causa de uma cavalgada no frio pelos pântanos, atribuía a culpa ao calor da lareira da biblioteca.

CAPÍTULO 24

Depois de três semanas, pude sair do quarto e me movimentar pela casa. E na primeira vez que fiquei de pé até a noite, pedi a Catherine que me lesse algo, porque meus olhos estavam fracos. O patrão já tinha ido para a cama e nós duas estávamos na biblioteca. Atendeu a meu pedido, embora um tanto relutante, me pareceu; imaginando que meu tipo de livros não lhe agradava, disse-lhe para escolher o que mais gostava de ler. Apanhou um de seus favoritos e leu ininterruptamente durante quase uma hora, quando passou a fazer seguidas perguntas.

– Ellen, não está cansada? Não será melhor ir deitar? Vai adoecer, se ficar de pé até muito tarde, Ellen.

– Não, querida, não estou cansada – retruquei.

Percebendo que eu permanecia irremovível, tentou outra forma para mostrar seu tédio com aquela ocupação. Passou a bocejar e a espreguiçar-se, e disse:

– Ellen, estou cansada.

– Então pare de ler e vamos conversar – respondi.

Foi pior. Inquietou-se e suspirou, e não parou de olhar para o relógio até às 8 horas, quando finalmente foi para o quarto, completamente dominada pelo sono, a julgar por seu semblante carregado e irritadiço e ainda pelas inúmeras vezes que andara esfregando os olhos. Na noite seguinte, parecia ainda mais impaciente e, na terceira, se queixou de dor de cabeça e me deixou. Achei estranho seu modo de proceder e, depois de ter ficado sozinha por um bom tempo, resolvi ir ver e saber se ela estava e pedir-lhe para que viesse estender-se no sofá, em vez de ficar lá em cima no escuro. Nem sinal de Catherine no andar de cima nem em qualquer outro lugar. Os criados me garantiram que não a tinham visto. Escutei à porta do senhor Edgar; tudo era silêncio. Voltei para o aposento dela, apaguei a vela e me sentei perto da janela.

A lua brilhava com intensidade; flocos de neve cobriam o chão, e pensei que ela possivelmente tivesse tido a ideia de passear pelo jardim para espairecer. Cheguei até a detectar um vulto se movendo ao longo da cerca interna do parque, mas não era minha jovem patroa; ao emergir da sombra, reconheci um dos moços do estábulo. Ele ficou bastante tempo olhando para a estrada e depois apressou o passo, como se tivesse divisado alguma coisa, reapareceu em seguida conduzindo o pônei da senhorita Catherine; e lá estava ela, que mal havia apeado, caminhando ao lado dele. O rapaz levou o cavalo furtivamente através do gramado em direção ao estábulo. Cathy entrou em casa pela janela da sala de estar e subiu sem fazer barulho ao quarto, onde eu estava à espera dela.

Abriu a porta bem devagar, tirou os sapatos cobertos de neve, soltou as fitas do chapéu, e estava começando a tirar a capa, sem saber que eu a espiava, quando me levantei de repente e apareci. A surpresa a petrificou por alguns instantes; deixou escapar uma exclamação desarticulada e não se mexeu.

– Minha querida Catherine! – comecei, demasiado impressionada por sua recente bondade para passar a recriminá-la. – Por onde andou cavalgando a essa hora da noite? E por que tentou me enganar com suas histórias? Onde esteve? Fale!

– No fundo do parque – gaguejou. – Não inventei histórias.

– E em nenhum outro lugar? – perguntei.

– Não – foi a resposta que murmurou.

– Oh, Catherine! – exclamei, muito triste. – Sabe que andou fazendo algo errado ou não teria sido induzida a me dizer uma inverdade. Isso me dói. Preferiria ficar três meses adoentada a ouvi-la proferir uma mentira deslavada.

Ela deu uns passos para frente e, irrompendo em lágrimas, lançou-se em meus braços.

– Bem, Ellen, tenho tanto medo de que fique zangada – disse ela. – Prometa que não vai se zangar e vai ficar sabendo de toda a verdade. Detesto escondê-la.

Sentamos no banco sob a janela; assegurei-lhe que não a repreenderia, fosse qual fosse o segredo; mas eu, claro, já suspeitava qual era. E então ela começou:

– Ellen, tenho ido ao Morro dos Ventos Uivantes e nunca deixei de ir um dia sequer, desde que você adoeceu, exceto três vezes antes e duas depois que você deixou o quarto. Dei livros e quadros ao Michael para que me preparasse Minny todas as noites e, depois de minha volta, levá-lo ao estábulo. Não deve recriminar o rapaz por isso. Chegava ao Morro em torno das 6 e meia e geralmente ficava lá até às 8 e meia; depois voltava para casa. Não era para me divertir que eu ia; muitas vezes me sentia mal. Só de vez em quando me sentia feliz: uma vez por semana, talvez. De início, pensei que seria difícil persuadi-la a me deixa cumprir a promessa que havia feito a Linton, pois me havia comprometido a visitá-lo no dia seguinte, quando o deixamos; mas como você adoeceu logo depois, não tive mais essa preocupação. Enquanto o Michael estava consertando a fechadura do portão do parque, à tarde, tomei a chave e lhe contei como meu primo queria que eu o visitasse, porque estava doente e não poderia vir à granja, e como papai se opunha à minha ida até lá. E então negociei com ele para me preparar o pônei. Ele gosta de ler e pensa em sair daqui em breve para se casar; por isso se ofereceu para fazer o que eu quisesse, se lhe emprestasse alguns livros de nossa biblioteca; mas preferi dar-lhe alguns dos meus, o que o satisfez ainda mais.

Em minha segunda visita, Linton parecia muito mais animado; e Zillah, a governanta, limpou a sala, acendeu a lareira e nos disse para ficarmos à vontade, uma vez que Joseph tinha ido a um encontro religioso e Hareton Earnshaw havia saído com os cães... para roubar faisões de nossos bosques, como soube mais tarde. Ela me trouxe ainda um pouco de vinho quente e pão de gengibre, e me pareceu uma pessoa extremamente afável; Linton sentou-se numa poltrona de braços e eu na pequena cadeira de balanço, perto da lareira. Ficamos assim rindo e falando completamente felizes. Tínhamos muitas coisas para contar. Fizemos planos para o verão, pensando para onde ir e que fazer. Não preciso repetir isso, porque acharia ridículo.

Certa vez, no entanto, quase chegamos a discutir. Insistia em que a maneira mais agradável de passar um dia quente de verão era ficar deitado, de manhã ao entardecer, numa elevação coberta de urze, no meio do pântano, ouvindo o zumbido das abelhas voando entre as flores e o canto das cotovias lá no alto, e contemplando o céu azul, sem nuvens, e o Sol brilhando intensamente. Essa era sua ideia de felicidade paradisíaca. A minha era a de balançar nos galhos sussurrantes de uma árvore, embalada pelo vento soprando do Oeste, com brilhantes nuvens brancas correndo velozmente lá no alto. Além disso, não somente cotovias, mas também tordos, melros, milheiros e cucos, chilreando música de todos os lados, com os pântanos a distância, recortados por pequenos vales frios e escuros, mas margeados de grandes tufos de erva alta, ondulando ao sabor da brisa, e bosques e fios de água cantarolando, e o mundo inteiro acordado e exultando de alegria. Ele queria que tudo permanecesse num êxtase de paz; eu queria que tudo cintilasse e dançasse em jubilosa glória.

Dizia-lhe que o paraíso dele seria vivo somente pela metade; e ele dizia que o meu seria uma confusão. Eu dizia que o dele me faria adormecer; e ele dizia que no meu não poderia respirar, e começou a ficar irritado. Finalmente, concordamos experimentar os dois, logo que o tempo o permitisse; e então nos beijamos e ficamos amigos novamente.

Depois de ficarmos em silêncio durante uma hora, olhei para a grande sala com seu piso polido e sem carpete e pensei como seria bom brincar ali, se retirássemos a mesa; pedi a Linton que chamasse Zillah para nos ajudar e brincar de cabra-cega conosco; ela deveria tentar nos apanhar, como você costumava fazer, Ellen. Ele não queria, porque achava que não tinha graça, mas concordou em jogar bola. Encontramos duas no armário, no meio de um monte de brinquedos velhos, peões, arcos, raquetes e penas. Uma tinha gravado um C e a outra, um H. Eu quis a que tinha um C, porque era um C de Catherine, e o H relembrava Heathcliff, o nome dele. Mas a dele estava com o enchimento de farelo saindo pelo H, e Linton não gostou disso. Ganhei quase sempre: ele ficou zangado de novo, tossia e voltou para sua cadeira. Naquela noite, porém, recuperou facilmente o bom humor. Estava encantado com duas ou três canções... *suas* canções, Ellen; e quando chegou a hora de vir embora, ele pediu e implorou para que eu voltasse na noite seguinte, e eu prometi que iria. Minny e eu fomos retornamos voando e passei a noite sonhando com o Morro dos Ventos Uivantes e com meu doce e querido primo.

No dia seguinte, eu estava triste: em parte porque você estava doente e, em parte, porque gostaria que meu pai soubesse e aprovasse minhas idas até lá; mas depois do chá o luar estava lindo e, enquanto cavalgava, a tristeza se dissipou. Vou ter outra noite feliz, pensei comigo mesma; e o que mais me reconfortava era saber que meu primo também teria uma noite feliz. Subi a trote pelo jardim e já estava contornando a casa quando apareceu esse tal de Earnshaw, que tomou as rédeas do cavalo e me mandou entrar pela porta principal. Afagou o pescoço de Minny, disse que era um excelente animal e pareceu que estava esperando que eu conversasse com ele. Só lhe disse que deixasse meu cavalo em paz, se não queria levar um coice. Ele respondeu, com seu sotaque vulgar: "Não me machucaria muito se ele desse". E olhou para as patas do cavalo com um sorriso. Eu estava tentada a experimentar, mas ele se afastou para ir abrir a porta e, enquanto destrancava o ferrolho, olhou para a inscrição do alto e disse, com uma estúpida mescla de rudeza e orgulho:

- Agora já sei ler, senhorita Catherine.
- Ótimo! - exclamei. - Por favor, leia... ficou inteligente!

Ele soletrou, arrastando as sílabas, o nome "Hareton Earnshaw".

- E os números? - perguntei, ao perceber que tinha parado.
- Não aprendi ainda - respondeu.

- Oh! Burro! - disse eu, rindo à vontade de seu fracasso.

O tolo me fitou com um sorriso pairando em seus lábios e com um franzir das sobrancelhas, como se hesitasse em compartilhar de minha hilaridade, não sabendo se derivava de prazerosa familiaridade ou do que realmente era, desprezo. Desfiz suas dúvidas ao assumir subitamente minha gravidade e pedindo-lhe que fosse embora, pois tinha ido para ver Linton e não a ele. Ficou vermelho... vi porque era noite de luar... tirou a mão do trinco e saiu de fininho, verdadeira imagem da vaidade mortificada. Acho que se considerava tão instruído quanto Linton, só porque conseguia soletrar seu próprio nome; e estava totalmente frustrado por eu não pensar o mesmo.

- Pare, querida senhorita Catherine! - interrompi. - Não vou repreendê-la, mas não gosto de sua conduta no caso. Se tivesse se lembrado de que Hareton é seu primo como o é o jovem Linton, teria percebido como era impróprio tratá-lo daquele jeito. Pelo menos, é louvável a ambição da parte dele desejar ser tão instruído como Linton e, provavelmente, não aprendeu isso só para se exibir; a senhorita já o havia envergonhado antes pela ignorância dele e ele só queria remediar isso e lhe agradar. Zombar de sua tentativa fracassada foi pura crueldade. Se a senhorita tivesse sido criada nas mesmas condições, teria sido menos rude? Ele era tão vivo e inteligente como a senhorita, quando criança; e fico realmente sentida ao vê-lo desprezado agora, só porque aquele ordinário do Heathcliff o tratou tão injustamente.

- Bem, Ellen, não vai chorar por causa disso, não é? - exclamou Catherine, surpresa com minha severidade. - Mas espere, e vai saber se foi para me agradar que Hareton aprendeu o ABC e se tinha valido a pena ser delicada com aquele bruto. Entrei. Linton estava deitado no banco e se soergueu um pouco para me cumprimentar.

- Estou adoentado, hoje, querida Catherine - disse ele. - A conversa fica por sua conta. Vou ficar escutando. Venha, sente-se perto de mim. Tinha certeza de que não faltaria com a palavra e, antes de você partir, vou fazer com que me prometa de novo.

Agora eu sabia que não devia importuná-lo quando estivesse adoentado. Passei a falar mansamente e a não fazer perguntas, evitando irritá-lo fosse com o que fosse. Tinha-lhe levado alguns de meus melhores livros; pediu-me para que lhe lesse um trecho de um deles; estava prestes a começar quando Earnshaw abriu a porta de repente, parecendo envenenado depois de ter refletido no que eu lhe havia dito. Avançou diretamente para nós, agarrou Linton pelo braço e o tirou do banco.

- Vá para seu quarto! - gritou ele, com a voz embargada pela raiva e com o rosto intumescido e furioso. - E leve-a consigo, se ela vem para vê-lo. Não pensem que vão me deixar fora disso. Saiam daqui os dois!

Praguejou contra nós, sem dar tempo a Linton de responder, atirando-o quase para dentro da cozinha e cerrou os punhos ao me ver segui-lo, parecendo com vontade de me bater. Por um momento fiquei com medo e deixei cair um livro; ele lhe deu um pontapé e nos fechou atrás da porta. Ouvi uma gargalhada maligna vinda da lareira e, virando-me, vi o odioso Joseph, esfregando as mãos esqueléticas, tremendo de frio.

- Eu sabia que os punha para fora! É um belo rapaz! Está se portando à altura! Ele sabe... sim, ele sabe tão bem como eu quem deveria mandar aqui... Ha, ha, ha! Chegou com tudo! Ha, ha, ha!

- Para onde vamos? - perguntei a meu primo, ignorando a zombaria do velho atrevido.

Linton estava branco e trêmulo. Não estava nada bem, Ellen! Oh, não! Parecia apavorado, pois seu rosto magro e seus olhos grandes transbordavam de fúria frenética e impotente. Agarrou a maçaneta da porta e a sacudiu; estava trancada pelo lado de dentro.

- Se não me deixar entrar, eu o mato!... Se não me deixar entrar, eu o mato! - mais gritava do que falava. - Com os diabos! Com os diabos! Vou matá-lo! Vou matá-lo!

Joseph soltou mais uma sonora gargalhada.

- Olha, é como o pai! - exclamou ele. - É tal qual o pai! Temos sempre alguma coisa de um lado e do outro. Não se preocupe, Hareton, rapaz... não tenha medo... ele não consegue apanhá-lo..

Tomei Linton pelas mãos e tentei puxá-lo para fora, mas ele gritou de modo tão chocante que achei melhor largá-lo. Finalmente, seus gritos foram abafados por um terrível ataque de tosse; sangue lhe saía pela boca e acabou caindo no chão. Corri para o pátio, aterrorizada e chamei Zillah, o mais alto que pude. Ela me ouviu logo, pois estava ordenhando as vacas num galpão atrás do celeiro e, largando o trabalho, veio me perguntar o que havia. Eu não tinha fôlego para falar; arrastei-a para dentro de casa e fui à procura de Linton. Earnshaw saiu para ver a confusão que havia provocado e agora levava o pobrezinho para o andar de cima. Zillah e eu subimos atrás, mas ele me deteve no alto da escada e me disse que eu não devia entrar, que devia ir para casa. Gritei-lhe que ele tinha matado Linton e que eu *iria* entrar. Joseph trancou a porta à chave e afirmou que eu não ia entrar de forma alguma e me perguntou se eu queria ficar tão doida como Linton. Fiquei chorando até que a governanta reapareceu. Afiançou-me que ele iria ficar bom num instante, mas que não poderia se recuperar com todos aqueles gritos e confusão; ela me tomou pelos braços e quase me carregou para dentro da sala.

Ellen, eu estava a ponto de arrancar todos os cabelos da cabeça! Solucei e chorei tanto que meus olhos já não enxergavam mais nada; e o patife, por quem você sente tanta compaixão, estava de pé na minha frente, mandando-me, de vez em quando, calar e negando que a culpa fosse dele. Finalmente, assustado com minhas ameaças de que contaria tudo ao papai, que haveria de mandá-lo para a prisão para ser enforcado, começou a chorar e saiu apressadamente para esconder sua covarde agitação. Não estava livre dele ainda; por fim, eles me convenceram a partir e, quando já estava a umas cem jardas da propriedade, ele saltou repentinamente da sombra do lado da estrada, parou Minny e me segurou.

- Senhorita Catherine, lamento muito - começou ele. - Foi uma pena que...

Dei-lhe uma chicotada, pensando talvez que ele pudesse me matar. Ele me largou, rogando uma de suas horríveis pragas, e vim a galope para casa, praticamente fora de mim.

Nesse dia, não lhe dei boa-noite e, no dia seguinte, não fui ao Morro dos Ventos Uivantes, ainda que desejasse imensamente ir; mas estava estranhamente nervosa e por vezes sentia medo de ouvir que Linton estava morto, outras vezes tremia ao pensar que poderia encontrar Hareton. No terceiro dia, criei coragem; pelo menos, não podia mais suportar aquela incerteza e parti novamente às escondidas. Saí às 5 horas e fui a pé, pensando que conseguiria esgueirar-me para dentro de casa e até o quarto de Linton sem ser vista. Os cães, porém, denunciaram minha aproximação. Zillah me recebeu e, dizendo "o menino está se restabelecendo bem", me levou para um pequeno aposento, arrumado e atapetado, onde, para minha inexprimível alegria, vi Linton deitado num pequeno sofá, lendo um de meus livros. Mas ele não haveria de falar comigo nem olhar para mim durante uma hora inteira, Ellen: mostrava um semblante de um infeliz. E o que me deixou praticamente pasma, quando abriu a boca, foi ouvi-lo dizer que a culpada de toda aquela confusão era eu e que Hareton era inocente! Incapaz de replicar, a não ser pela violência, levantei-me e saí do quarto. Quando ia a saindo, ele proferiu um fraco "Catherine!", pois não esperava que eu reagisse daquela forma. Mas não voltei. E o dia seguinte foi o segundo em que não me mexi de casa, quase decidida a não visitá-lo nunca mais. Mas era-me tão penoso deitar e levantar sem nunca mais ter notícias dele, que minha resolução se desfez no ar antes mesmo de ser tomada. Tinha-me parecido errado fazer toda aquela caminhada; agora me parecia errado retroceder. Michael veio me perguntar se devia selar Minny e eu lhe disse que sim; e enquanto o pônei me levava pelos montes, me convencia de que estava fazendo minha obrigação. Como era obrigada a passar pelas janelas da frente para chegar ao pátio, era inútil tentar ocultar minha presença.

"O jovem patrão está na sala", disse Zillah quando viu que eu seguia para a saleta. Entrei. Earnshaw também estava lá, mas deixou a sala imediatamente. Linton estava sentado na grande cadeira de braços, meio adormecido.

Caminhando para a lareira, comecei a falar, em tom bem sério, em parte querendo dizer que o que diria era verdade.

- Como não gosta de mim, Linton, e como pensa que vim com o propósito de magoá-lo, e acha ainda que é para isso que venho todas as vezes, este será nosso último encontro. Vamos dizer adeus um ao outro. E diga ao senhor Heathcliff que você não quer me ver e que ele não precisa nunca mais inventar mentiras sobre o assunto.

- Sente-se e tire o chapéu, Catherine - respondeu ele. - Você é muito mais feliz do que eu; não deveria ser como eu. Meu pai fala até demais de meus defeitos, mostra suficiente desprezo por mim, de modo que é natural que eu próprio duvide de mim. Chego até a pensar com frequência, se não sou tão inútil como ele diz; e, em decorrência, me sinto tão irritadiço e azedo que passo a detestar a todos! Não valho nada; tenho mau caráter e espírito tacanho, quase sempre. Se quiser, pode dizer adeus; ficará livre de aborrecimentos. Mas, Catherine, faça-me justiça: acredite que, se eu pudesse ser tão doce, tão simpático e tão bom como você, eu o seria; e mais ainda, de bom grado, do que ser saudável e feliz. E acredite que sua bondade me fez amá-la mais profundamente do que se merecesse seu amor; e embora não pudesse nem possa deixar de lhe mostrar como realmente sou, tenho muita pena de ser assim, do que me arrependo; e vou me arrepender até morrer!

Senti que ele falava a verdade; e senti que devia perdoá-lo e que, embora voltássemos a discutir no minuto seguinte, deveria perdoá-lo novamente. Nós nos reconciliamos; mas choramos, os dois, durante todo o tempo em que lá permaneci. Não somente de tristeza, mas também porque tinha pena de Linton ter aquela natureza distorcida. Ele nunca vai deixar seus amigos sossegados, nem ele próprio vai ter alguma vez sossego! Desde aquela noite, passamos a nos encontrar sempre nessa saleta, porque o pai dele regressou no dia seguinte.

Três vezes, acredito, estivemos contentes e confiantes desde nosso primeiro encontro; minhas visitas restantes foram fatigantes e conturbadas, ora devido a seu egoísmo e ódio, ora por causa de seus sofrimentos; mas aprendi a suportar a primeira alternativa com quase tão pouco ressentimento como a segunda. O senhor Heathcliff me evita propositadamente; quase nunca o vi. No último domingo, com efeito, chegando mais cedo que de costume, o ouvi insultar o pobre Linton de forma cruel por sua conduta da noite anterior. Não vejo como chegou a saber disso, a menos que tenha escutado. Linton se havia comportado certamente de forma provocativa, mas o problema não afetava ninguém senão a mim; e interrompi o sermão do senhor Heathcliff quando entrei e lhe disse isso mesmo. Ele soltou uma gargalhada e saiu dizendo que estava contente por eu encarar o assunto dessa forma. A partir daí, disse a Linton que deveria sussurrar suas palavras mais azedas. Aí está, Ellen, já ouviu tudo. Não posso ser impedida de ir ao Morro dos Ventos Uivantes, a não ser que pretendam causar sofrimento a duas pessoas; além do mais, se não contar nada ao papai, minhas visitas não vão perturbar a tranquilidade de ninguém. Não vai contar a ele, não é? Se o fizer, será uma pessoa sem coração.

- Vou pensar nisso e decidir até amanhã, senhorita Catherine - repliquei.

- Isso requer algum estudo; assim, vou deixá-la descansar, enquanto vou refletir sobre o caso.

Refleti sobre o caso, em voz alta e na presença de meu patrão; fui diretamente do quarto dela para o dele e contei a história toda, exceto as conversas dela com o primo e não fiz menção alguma de Hareton. O senhor Linton ficou talvez mais alarmado e angustiado do que poderia demonstrar. Na manhã seguinte, Catherine soube de minha traição em relação a suas confidências e soube também que suas visitas secretas iriam acabar. Chorou e se debateu em vão contra a interdição e implorou ao pai que tivesse piedade de Linton. Tudo o que conseguiu como consolo foi a promessa de que ele iria escrever ao sobrinho, autorizando-o a vir à granja sempre que quisesse, mas afirmando que não deveria mais esperar ver Catherine no Morro dos Ventos Uivantes. Se ele tivesse conhecimento do caráter e do estado de saúde do sobrinho, talvez tivesse achado conveniente não conceder a ela nem mesmo esse pequeno consolo.

CAPÍTULO 25

— Esses fatos aconteceram no inverno passado, senhor - disse a senhora Dean -, há pouco menos de um ano. Nunca teria pensado, no último inverno, que doze meses depois eu estivesse entretendo um estranho à família com o relato desses fatos! Sim, quem sabe por quanto tempo será um estranho! O senhor é demasiado novo para se contentar em permanecer solteiro; e eu, de algum modo, imagino que ninguém poderia ver a senhorita Catherine Linton e não se apaixonar por ela. O senhor sorri, mas por que se mostra sempre tão animado e interessado quando falo sobre ela? E por que você me pediu para pendurar a foto dela sobre sua lareira? - Pare, minha boa amiga! - exclamei.

— Pode ser bem possível que eu me apaixone por ela, mas ela se apaixonaria por mim? Duvido muito que aconteça, para arriscar minha tranquilidade, caindo em semelhante tentação. E mais, eu não sou daqui. Venho do mundo conturbado da cidade e para os para os braços dele devo voltar. Continue. Catherine era obediente às ordens do pai?

— Era - continuou a governanta. - Seu afeto por ele era ainda o sentimento mais forte no coração dela. E ele falava sem irritação; falava com a mais profunda ternura de quem está prestes a abandonar seu tesouro entre perigos e inimigos, num mundo em que a memória de suas palavras seria a única ajuda que poderia legar para guiá-la. Poucos dias depois, ele me disse: "Gostaria que meu sobrinho escrevesse, Ellen, ou nos visitasse. Diga-me sinceramente o que acha dele; mudou para melhor ou há ainda uma perspectiva de melhora à medida que se torna homem?". "Ele é muito delicado, senhor", respondi. "E dificilmente chegará à idade adulta; mas uma coisa posso lhe garantir: não se parece em nada com o pai e, se a senhorita Catherine tiver a infelicidade de se casar com ele, o terá inteiramente sob controle, a menos que ela se mostre extrema e ingenuamente indulgente. Mas o senhor, meu patrão, terá muito tempo para conhecê-lo e ver se ele é o homem apropriado para ela; faltam ainda quatro anos ou para ele atingir a maioridade."

Edgar suspirou e, caminhando para a janela, olhou na direção da igreja de Gimmerton. Era uma tarde de nevoeiro, mas o Sol de fevereiro brilhava timidamente, permitindo distinguir os dois abetos do cemitério e as poucas e dispersas lápides.

– Rezei com frequência – disse ele, como se falasse sozinho – pela aproximação do que estava por vir; e agora começo a recuar e a ter medo. Achava que a lembrança da hora em que desci aquele vale profundo, recém-casado, haveria de ser menos suave do que a antecipação de que em breve, dentro de alguns meses ou, talvez, semanas, seria carregado lá para cima e sepultado na cova solitária! Ellen, fui muito feliz com minha pequena Cathy. Nas noites de inverno e nos dias de verão ela era uma esperança viva a meu lado. Mas fui feliz também meditando, sozinho, entre aquelas lápides, sob aquela velha igreja, nas longas noites de junho, deitado no verde montículo da sepultura da mãe dela, desejando... ansiando pelo momento em que haveria de ali jazer. Que posso fazer por Cathy? Como vou deixá-la? Não me importo um momento sequer que Linton seja filho de Heathcliff, nem que a tire de mim, se ele puder consolá-la de minha perda. Não me importo que Heathcliff alcance seus objetivos e triunfe ao roubar-me meu último tesouro! Mas, se Linton for um inútil... apenas um fraco instrumento nas mãos do pai... não posso abandoná-la em favor dele! E, embora me custe reprimir o efusivo espírito dela, devo insistir em entristecê-la enquanto for vivo e deixá-la sozinha quando morrer. Querida! Prefiro entregá-la a Deus e enterrá-la antes de mim.

– Entregue-a a Deus como está, senhor – repliquei – e se a perdermos... que Deus não permita...sob a providência dEle, continuarei sendo amiga e conselheira dela até o fim. A senhorita Catherine é uma boa menina e não receio que ela siga, de livre vontade, o mau caminho; e todo aquele que cumpre seu dever é sempre recompensado.

A primavera ia avançando, mas meu patrão não conseguia reagir satisfatoriamente, embora tivesse retomado suas caminhadas pelo campo com a filha. Para ela, inexperiente como era, isso era sinal de convalescença e como ele apresentava muitas vezes faces coradas e olhos brilhantes, ela estava certa da recuperação dele. No dia de aniversário de 17 anos de Cathy, o pai não visitou o cemitério. Estava chovendo e eu observei:

- Certamente, o senhor não vai sair hoje.
- Não, este ano vou adiar a visita um pouco mais - respondeu ele.

Escreveu novamente a Linton, expressando o ardente desejo de vê-lo; e, se o doente estivesse em condições, não tenho dúvida de que o pai teria permitido que ele viesse. Como estavam as coisas e sendo orientado, ele respondeu à carta dizendo que o senhor Heathcliff o proibia de ir à granja, mas a amável lembrança do tio o encantava e esperava encontrá-lo, mais cedo ou mais tarde, num de seus passeios, para lhe pedir pessoalmente que ele e a prima não ficassem tanto tempo separados.

Essa parte da carta era simples e, provavelmente, escrita de sua livre iniciativa. O senhor Heathcliff sabia que o filho tinha eloquência suficiente para solicitar a companhia da senhorita Catherine. E continuava:

- Não peço - dizia ele - que ela venha me visitar aqui, mas como poderei vê-la, se meu pai me proíbe ir à casa dela e o senhor a proíbe de vir à minha? Faça com ela um passeio a cavalo, de vez em quando, nas imediações do Morro e deixe-nos trocar algumas palavras em sua presença! Não fizemos nada para merecer essa separação. O senhor não está zangado comigo, não tem motivo para não gostar de mim, como já afirmou. Querido tio! Mande-me uma resposta positiva amanhã e deixe-me encontrá-lo onde quiser, exceto na granja de Thrushcross. Creio que uma conversa o convenceria de que não tenho o mesmo caráter de meu pai. Ele costuma dizer que sou mais seu sobrinho que filho dele e, embora tenha defeitos que me tornam indigno da Catherine, ela os aceitou e, para o bem dela, o senhor deveria aceitá-los também. Pergunta-me como está minha saúde... está melhor, mas enquanto viver sem esperança e confinado à solidão ou privado do convívio daqueles que nunca gostaram e nunca vão gostar de mim, como poderei estar alegre e bem de saúde?

Edgar, embora tivesse pena do rapaz, não podia satisfazer seu desejo, pois não estava em condições de acompanhar Catherine. Mandou dizer que no verão, talvez, poderiam se encontrar; nesse meio-tempo, gostaria que ele continuasse a escrever vez por outra e se comprometeu a dar-lhe por carta os conselhos e o conforto de que fosse capaz, levando em consideração a difícil posição do sobrinho na família. Linton concordou e, se não tivesse sido impedido, teria possivelmente estragado tudo ao encher as cartas de queixas e lamentações, mas o pai o vigiava rigorosamente e, claro, exigia que cada linha que meu patrão escrevesse lhe fosse mostrada. Assim, em vez de descrever seus sofrimentos pessoais e angústias, temas constantemente predominantes em seus pensamentos, só falava da cruel obrigação de ficar distante de sua amiga e amada, sugerindo delicadamente que o senhor Linton deveria em breve permitir um encontro, caso contrário pensaria que o estava enganando propositadamente com vãs promessas.

Cathy era uma poderosa aliada em casa e os dois conseguiram finalmente persuadir meu patrão a consentir que dessem um passeio a cavalo ou a pé, uma vez por semana, sob minha vigilância, nas áreas próximas da granja. O mês de junho viu o senhor Linton ainda mais fraco. Embora tivesse posto de lado todos os anos uma parte de seu rendimento para aumentar a fortuna da filha, tinha o desejo natural de que ela pudesse conservar - ou pelo menos recuperar em breve tempo - a casa de seus antepassados; e considerava que a única forma de conseguir isso era casando-a com o herdeiro; não fazia ideia de que este último piorava em sua saúde quase tão rapidamente como ele; acredito, aliás, que ninguém sabia. Nenhum médico ia ao Morro dos Ventos Uivantes e nenhum visitava o jovem Heathcliff para que se pudesse saber de suas condições de saúde. Eu, de minha parte, comecei a imaginar que meus pressentimentos estavam errados e que ele devia estar realmente melhorando, uma vez que mencionou passeios a cavalo ou a pé pelos pântanos, parecendo deveras decidido a perseguir seus objetivos. Eu não podia imaginar um pai tratando um menino moribundo tão tirânica e maldosamente como mais tarde vim a saber que o senhor Heathcliff o havia tratado, aparentemente só para satisfazer sua ambição, redobrando seus esforços de intensidade à medida que seus planos avarentos e inconfessáveis se viam ameaçados de derrota pela morte.

CAPÍTULO 26

Já era meados do verão quando o senhor Edgar, com relutância, cedeu aos pedidos deles, e Catherine e eu saímos para nosso primeiro passeio a cavalo para nos encontrarmos com o primo dela. Era um dia fechado e abafado, sem sol, mas com o céu salpicado de nuvens que não ameaçavam chuva. Tínhamos determinado o lugar do encontro no marco de pedra da encruzilhada. Ao chegar ao local, no entanto, um pastorzinho enviado como mensageiro por ele nos disse que "Linton estava mais adiante, no lado de cá do Morro e ficaria muito agradecido se avançarem um pouco mais para encontrá-lo".

– O jovem Linton ignorou a primeira recomendação do tio – observei. – Seu pai nos pediu para não sairmos da granja e aqui já estamos fora dela.

– Bem, vamos virar os cavalos para este lado quando chegarmos a ele – retrucou minha companheira – e nosso passeio será feito na direção de casa.

Mas quando nos encontramos com ele, a pouco mais de um quarto de milha da casa dele, descobrimos que não tinha vindo a cavalo e fomos obrigadas a desmontar e a deixar os cavalos pastando. Estava deitado sobre as urzes, esperando que nos aproximássemos e só se levantou quando estávamos a algumas jardas dele. Caminhava com tanta dificuldade e estava tão pálido que imediatamente exclamei:

– Meu jovem Heathcliff, você não está em condições de passear esta manhã. Você está muito mal!

Catherine o examinou com dor e espanto; mudou a expressão de alegria em seus lábios para uma de alarme e a satisfação do reencontro por muito tempo adiado deu lugar a uma pergunta ansiosa: Como está pior que de costume?

- Não... estou melhor... melhor! - disse arfando, tremendo e segurando a mão dela, como se precisasse de apoio, enquanto seus grandes olhos azuis a miravam timidamente de alto a baixo; as profundas olheiras tinham transformado a expressão lânguida de outros tempos num olhar encovado e selvagem.

- Mas você piorou - insistiu a prima. - Está pior do que a última vez que o vi; está mais magro e...

- Estou cansado - interrompeu ele, precipitadamente. - Está quente demais para caminhar; vamos descansar aqui. E, de manhã, muitas vezes me sinto mal... meu pai diz que é porque estou crescendo muito depressa. Pouco convencida, Cathy sentou-se e ele se reclinou ao lado dela.

- Isso aqui é parecido com seu paraíso - disse ela, tentando mostrar um pouco de alegria. - Você se lembra dos dois dias que combinamos passar juntos, no lugar e da forma que mais nos agradasse? Este parece quase seu lugar, exceto pelas nuvens; mas são tão suaves e lindas que ainda é melhor que um Sol a pino. Na próxima semana, se puder, vamos cavalgar até o parque da granja e vamos experimentar meu paraíso.

Linton parecia não se lembrar do que ela falava e tinha evidentemente grande dificuldade em manter qualquer tipo de conversa. Sua falta de interesse nos assuntos abordados por ela e sua igual incapacidade de contribuir para entretê-la eram tão óbvias que ela não conseguia esconder seu desapontamento. Uma indefinida alteração havia ocorrido em todo ele e em suas maneiras. A impertinência, que poderia transmutar-se em afeto por meio de muito carinho, se havia transformado numa lânguida apatia. Tinha menos do temperamento rabugento de uma criança, que se irrita e importuna com o propósito de ser mimada, e mais da melancolia de um doente real que repele consolo e pronto a considerar a alegria transparente dos outros como um insulto.

Catherine percebeu, como eu, que ele considerava nossa companhia mais como um castigo do que algo gratificante, e ela não teve escrúpulos em sugerir nossa partida imediata. Essa inesperada proposta tirou Linton da letargia e provocou nele um estranho estado de agitação. Lançou um olhar receoso em direção ao Morro, implorando para que ela ficasse mais meia hora, pelo menos.

- Mas pense bem - disse Cathy -, você estaria mais confortável em casa do que aqui sentado. Hoje, não consigo distraí-lo com minhas histórias, nem com minhas canções, nem com minha conversa; você evoluiu mais do que eu nesses seis meses e agora não gosta tanto de minhas brincadeiras. Mas, se conseguisse distraí-lo, ficaria aqui de bom grado.

- Fique aqui para descansar - replicou ele. - E, Catherine, não pense ou diga que estou *muito* doente. É o mau tempo e o calor que me deixam assim; além disso, caminhei demais para mim, antes de vocês chegarem. Diga ao tio que estou num estado de saúde razoável, está bem?

- Vou transmitir a ele o que você diz, Linton, mas não poderia afirmar que você está bem - observou minha jovem patroa, sem entender a categórica afirmação daquilo que era evidentemente uma inverdade.

- Venha até aqui novamente na próxima quinta-feira - continuou ele, evitando o olhar perplexo dela. - E agradeça a seu pai por ter permitido que você viesse... meus mais sinceros agradecimentos, Catherine. E... e, se realmente encontrar meu pai e ele perguntar por mim, não o deixe supor que estive inteiramente calado e tonto. Não se mostre triste e abatida como está agora... senão ele fica zangado.

- Pouco me importo que se zangue - exclamou Cathy, imaginado que era ela o alvo.

- Mas eu me importo! - disse o primo, estremecendo. - *Não* o provoque contra mim, Catherine, porque ele é muito severo.

- Ele é muito severo com você, Heathcliff? - perguntei. - Já se cansou de ser indulgente e passou do ódio passivo para o ativo?

Linton olhou para mim, mas não respondeu. E, depois de permanecer sentada ao lado dele por mais dez minutos, durante os quais ele reclinou a cabeça sonolenta no colo dela, sem nada dizer a não ser emitir gemidos de exaustão ou de dor, Cathy começou a procurar distração colhendo mirtilos e dividindo o produto de suas buscas comigo. Não os oferecia ao primo, pois já sabia que qualquer coisa mais haveria somente de irritá-lo e aborrecê-lo.

- Já passou meia-hora, Ellen? - cochichou ela, finalmente, em meu ouvido. - Não vejo motivo para ficarmos aqui. Ele adormeceu e papai deve estar pensando que já é hora de voltarmos.

- Bem, mas não podemos deixá-lo aqui dormindo - respondi. - Espere até ele acordar; tenha paciência. A senhorita está ansiosa por partir, e parece que sua vontade de ver o pobre Linton desapareceu bem depressa!

- Por que é que *ele* quis me ver? - retrucou Catherine. - No auge de seu mau humor de tempos atrás, gostava mais dele do que agora com esse modo curioso. Até parece que é uma peça que foi compelido a representar... este encontro... com receio de que o pai o recriminasse. Mas dificilmente vou vir aqui para agradar ao senhor Heathcliff, sejam quais forem as razões que possa ter para obrigar Linton a submeter-se a essa penitência. E, apesar de estar contente por ver que está melhor de saúde, tenho pena de vê-lo muito menos simpático e muito menos afeiçoado a mim.

- Então acha que está melhor de saúde? - perguntei.
- Sim - respondeu -, porque ele sempre fez questão de exagerar os sofrimentos, como bem sabe. Ele não está razoavelmente bem, como ele próprio me pediu para dizer a meu pai, mas está bem melhor.
- Nisso difere de mim, senhorita Cathy - observei. - Eu até poderia imaginar que está bem pior.

Nessa altura, Linton acordou de seu cochilo em confuso terror e perguntou se alguém o tinha chamado pelo nome.

- Não - respondeu Catherine -, a não ser em sonho. Não consigo entender como pode adormecer ao ar livre, pela manhã.
- Pensei ouvir meu pai - disse ele arfando e olhando para a encosta sombria acima de nós. - Têm certeza de que ninguém chamou?
- Certeza - replicou a prima. - Somente Ellen e eu estávamos conversando sobre seu estado de saúde. Você se sente realmente mais forte do que quando nos separamos no inverno, Linton? Se assim for, estou certa de que uma coisa não melhorou... sua consideração por mim; fale... não é verdade?

As lágrimas escorriam dos olhos de Linton, ao responder:

- Sim, sim, estou melhor!

E, ainda sob a influência da voz imaginária, seu olhar vagava de um lado para outro à procura de quem falara.

A senhorita Cathy se levantou.

- Por hoje chega e temos de partir - disse ela. - E não vou esconder que fiquei tristemente desapontada com nosso encontro, embora não o mencione a ninguém, a não ser a você; e não porque eu morra de medo do senhor Heathcliff.
- Cale-se! - murmurou Linton. - Cale-se, por amor de Deus! Ele está chegando.

E se agarrou ao braço de Catherine, esforçando-se por detê-la; mas, a essa notícia, libertou-se rapidamente e assobiou para Minny, que obedeceu como um cachorro.

- Estarei aqui na próxima quinta-feira - disse ela, saltando para a sela. - Adeus. Depressa, Ellen!

E assim o deixamos, quase sem saber de nossa partida, tão absorto estava ele com a aproximação do pai.

Antes de chegarmos em casa, o descontentamento de Catherine se amenizou e se transformou numa sensação confusa de compaixão e pesar, amplamente mesclada de dúvidas vagas e preocupantes sobre a verdadeira situação de Linton, tanto física como familiar, da qual eu compartilhava, embora a aconselhasse a não falar no assunto por ora, pois um segundo encontro nos deixaria em condições de julgar melhor. Meu patrão pediu um relato de nossas saídas. Os agradecimentos do sobrinho lhe foram devidamente transmitidos; a senhorita Cathy contou com afabilidade o resto; e eu também esclareci alguns pontos por ele solicitados muito por alto, pois não sabia muito bem o que ocultar e o que revelar.

CAPÍTULO 27

Sete dias se passaram, cada um deles marcado pela rápida alteração daí em diante do estado de saúde de Edgar Linton. A devastação que durante meses avançava lentamente agora se acelerava com incrível rapidez. Se dependesse de mim, de bom grado teria iludido Catherine, mas a perspicácia de seu espírito não permitia que fosse enganada; pressentia instintivamente e meditava na terrível probabilidade que gradualmente se transformava em certeza. Não teve coragem de mencionar o passeio a cavalo quando a quinta-feira se aproximava; fui eu a fazê-lo e obtive permissão para nossa saída; pois a biblioteca, onde o pai dela passava breves momentos diariamente... o pouco tempo que suportava ficar de pé... e o quarto dele se haviam tornado agora o mundo de Catherine. Lamentava cada momento que não pudesse estar à cabeceira do pai ou sentada ao lado dele. Seu semblante se tornara pálido por causa das vigílias e da tristeza, e meu patrão de bom grado lhe deu permissão para aquilo que julgava ser uma agradável mudança de cenário e de companhia, servindo-lhe de conforto a esperança de que ela não ficaria inteiramente sozinha após sua morte.

Ele tinha uma ideia fixa – deduzi isso por várias observações que deixou escapar – de que, como o sobrinho se assemelhava a ele fisicamente, deveria assemelhar-se também na mente, pois as cartas de Linton não deixavam transparecer as deficiências de seu caráter. E eu, por desculpável fraqueza, sempre me abstive de corrigir esse erro, perguntando-me de que serviria perturbar seus últimos momentos com informações que ele não tinha possibilidade nem oportunidade de constatar.

Adiamos nosso passeio para a tarde; uma tarde dourada de agosto: o ar das colinas chegava até nós tão cheio de vida que parecia que quem o respirasse, ainda que moribundo, poderia se reanimar.

O rosto de Catherine se parecia com a paisagem... sombras e Sol, alternando-se em rápida sucessão; mas as sombras permaneciam mais tempo e o Sol era mais fugaz; e seu pobre coração se censurava até mesmo por esse passageiro esquecimento de seus cuidados.

Avistamos Linton olhando a paisagem, no mesmo local em que havia escolhido da outra vez. Minha jovem patroa apeou e me disse que, como estava disposta a demorar bem pouco tempo, seria melhor que eu ficasse segurando o pônei e não desmontasse; mas não concordei, pois não me arriscaria perder de vista, por um minuto que fosse, quem me fora confiado. Assim, subimos juntas a encosta coberta de urzes. O jovem Heathcliff nos recebeu com maior animação, dessa vez; não a animação própria de plena disposição ou de alegria, mas algo mais parecido com receio.

- Já é tarde! - disse ele, falando secamente e com dificuldade. - Seu pai não está muito doente? Pensei que não viesse.

- *Por que* não é sincero? - exclamou Catherine, engolindo a saudação. - Por que não diz de uma vez que não me quer? É estranho, Linton, que pela segunda vez me tenha trazido aqui de propósito, aparentemente, para nos atormentarmos e, além do mais, sem qualquer razão!

Linton estremeceu e lançou-lhe um olhar meio suplicante, meio envergonhado; mas a paciência da prima não foi suficiente para tolerar esse comportamento enigmático.

- Meu pai *está* muito doente - continuou ela. - E por que fui chamada a sair do lado dele? Por que não me desobrigou de minha promessa, quando você desejava que eu não a cumprisse? Pois então, quero uma explicação: brincadeiras e frivolidades estão inteiramente banidas de minha mente; nem estou disposta a aturar seus caprichos agora!

- Meus caprichos! - murmurou ele. - E quais são eles? Pelo amor de Deus, Catherine, não fique tão zangada! Despreze-me quanto quiser; sou um patife inútil e covarde. Todo o desprezo será pouco. Mas sou demasiado insignificante para tamanha fúria. Odeie meu pai e contente-se em me desprezar!

- Bobagem! - exclamou Catherine, furiosa. - Tolo, pateta! Era o que faltava! Treme como se eu fosse realmente tocar nele! Não precisa pedir desprezo, Linton; todos o terão espontaneamente a seu favor. Desapareça!

Tenho de ir para casa. É tolice arrastá-lo para longe da lareira e fingir... que fingimos, afinal? Largue minha saia! Se tivesse pena de você por chorar e mostrar-se tão assustado, deveria recusar semelhante compaixão! Ellen, diga-lhe quão vergonhosa é essa conduta. Levante-se e não desça ao nível de um réptil abjeto... *não*!

Com o rosto banhado em lágrimas e com uma expressão de agonia, Linton deixou seu fragilizado corpo estirar-se no chão; parecia acometido por convulsões de refinado terror.

- Oh! - soluçou ele. - Não posso suportar isso! Catherine, Catherine, sou também um traidor e não ouso revelar minha traição! Mas, se me abandonar, sou um homem morto! *Querida* Catherine, minha vida está em suas mãos. E você disse que me amava, e se realmente me ama, isso não lhe causa dano algum. Já não vai embora, então? Minha gentil, doce e bondosa Catherine! E talvez você *vai* concordar... e ele me deixe morrer com você!

Minha senhorita, ao perceber tão intensa angústia, se inclinou para soergüê-lo. O velho sentimento de ternura indulgente suplantou sua irritação, deixando-a totalmente comovida e alarmada.

- Concordar com quê? - perguntou ela. - Em ficar? Explique-me o significado dessa estranha conversa e ficarei. Você contradiz suas próprias palavras e me confunde! Fique calmo e seja sincero, confesse de uma vez tudo o que pesa em seu coração. Não haveria de me machucar, Linton, não é? Não deixaria que nenhum inimigo me ferisse, se pudesse evitá-lo? Acredito que seja um covarde para si mesmo, mas não um covarde traidor de sua melhor amiga.

- Mas meu pai me ameaçou - balbuciou o rapaz, entrelaçando seus magros dedos. - E eu tenho medo dele... tenho medo dele! Não me *atrevo* a contar!

- Oh! Muito bem! - disse Catherine, com desdenhosa compaixão. - Guarde seu segredo. Eu não sou covarde. Salve-se a si mesmo. Eu não tenho medo!

Sua magnanimidade provocou as lágrimas do rapaz; chorava desenfreadamente, beijando as mãos dela, que o amparavam, mas não tinha coragem de abrir a boca. Eu tentava desvendar que mistério seria esse e estava decidida, se dependesse de mim, a que Catherine nunca tivesse de sofrer para beneficiar a ele ou a quem quer que fosse. Nesse momento, escutei um ruído por entre as urzes, olhei para cima e vi o senhor Heathcliff, quase perto de nós, descendo do Morro. Não se dignou olhar para meus companheiros, embora estivessem bem perto para que os soluços de Linton passassem despercebidos. Mas, cumprimentando-me num tom quase caloroso, que não dirigia a mais ninguém, e de cuja sinceridade eu não podia deixar de duvidar, disse:

- É realmente uma surpresa vê-la tão perto de minha casa, Nelly! Como estão todos na granja? Conte. Corre o boato - acrescentou ele, baixando a voz - que Edgar Linton está à beira da morte; talvez exagerem a doença dele!

- Não, meu patrão está muito perto da morte - repliquei. - É verdade. Será uma tragédia para todos nós, mas uma bênção para ele!

- Quanto tempo acha que pode durar? - perguntou ele.

— Não sei — respondi.

— Porque — continuou ele, olhando para os dois jovens, imóveis sob seu olhar... Linton parecia não ousar se mexer ou levantar a cabeça e, por sua causa, Catherine também não podia se mexer... — porque esse rapaz ali adiante parece decidido a me contrariar e me conviria que o tio dele fosse mais rápido e partisse antes! Pois bem! Esse patife andou se comportando sempre assim? Mas eu já lhe dei algumas lições por causa dessas choradeiras. Ele se mostra geralmente animado com a senhorita Linton?

— Animado? Não... ele tem-se mostrado sempre muito angustiado — respondi. — Basta olhar para ele para ver que, em vez de andar passeando pelas colinas com a namorada, devia estar na cama, nas mãos de um médico.

— Vai estar, dentro de um dia ou dois — murmurou Heathcliff. — Mas antes... Levante-se, Linton! Levante-se! — gritou-lhe ele. — Não se arraste pelo chão! Levante-se agora mesmo!

Linton se havia prostrado novamente num paroxismo de terror incontrolável, causado pelo olhar do pai, suponho. Nenhuma outra coisa poderia provocar semelhante humilhação. Fez várias tentativas para obedecer, mas sua diminuta resistência era logo aniquilada e voltou a cair para trás com um gemido. O senhor Heathcliff adiantou-se e o ergueu, encostando-o a um montículo de relva.

— Agora — disse ele, com contida ferocidade —, agora é que vou me zangar. E se não dominar esse desprezível espírito... *Maldito* seja! Levante-se imediatamente!

— Vou me levantar, pai! — disse ele, ofegante. — Mas me deixe em paz, senão desmaio! Juro que cumpri suas ordens. Catherine lhe dirá que eu... que eu... tenho sido alegre e disposto. Ah! Fique comigo, Catherine; dê-me sua mão.

— Tome a minha — disse-lhe o pai. — Fique de pé! Pronto!... Ela vai lhe estender o braço; está bem, olhe para ela. Pode pensar que sou o diabo em pessoa, senhorita Linton, para provocar semelhante terror. Teria a bondade de acompanhá-lo até em casa? Ele estremece todo, se eu o tocar.

— Linton, querido! — sussurrou Catherine. — Não posso ir ao Morro dos Ventos Uivantes; papai me proibiu. Linton, seu pai não vai maltratá-lo; por que tem tanto medo?

— Não posso entrar novamente naquela casa — respondeu ele. — *Não* quero voltar a ela sem você!

— Pare! — gritou o pai. — Respeitemos os escrúpulos filiais de Catherine. Nelly, leve-o para casa, que eu vou seguir seu conselho de chamar o médico sem demora.

— Fará bem — repliquei. — Mas eu devo permanecer com minha patroa. Cuidar de seu filho não é tarefa minha.

– Você é mesmo teimosa – disse Heathcliff. – Sei disso. Mas não vai me forçar a dar um beliscão nesse menino e fazê-lo gritar antes que desperte sua caridade. Vamos lá, meu herói. Está querendo voltar escoltado por mim?

Aproximou-se dele outra vez e esboçou o gesto de agarrar a frágil criatura; mas, recuando, Linton se agarrou à prima e lhe implorou para acompanhá-lo, com uma frenética impertinência que não admitia recusa. Por mais que discordasse, eu não podia impedi-la; na verdade, como poderia ela própria se recusar? Não conseguíamos discernir o que o enchia de pavor; mas ele ali estava, e tão impotente que qualquer contrariedade parecia capaz de levá-lo à loucura. Chegamos à soleira da porta; Catherine entrou e eu fiquei do lado de fora, aguardando até que ela conduzisse o enfermo até uma cadeira, e esperando que saísse imediatamente; mas o senhor Heathcliff, empurrando-me para dentro, disse:

– Minha casa não está infestada de pragas, Nelly; e hoje pretendo ser hospitaleiro; sente-se e permita-me fechar a porta.

Fechou e trancou a porta. Estremeci.

– Vão tomar chá antes de voltar para casa – acrescentou ele. – Estou sozinho. Hareton foi levar umas cabeças de gado aos Lee, e Zillah e Joseph saíram para gozar um dia de folga. E, embora esteja acostumado a ficar sozinho, prefiro ter uma companhia interessante, se conseguir arranjá-la. Senhorita Linton, sente-se ao lado *dele*. Dou-lhe aquilo que tenho: não é que o presente valha muito para ser aceito, mas nada mais tenho a lhe oferecer. Estou falando de Linton. Como me olha fixamente! É estranho o sentimento selvagem que me desperta todo aquele que parece ter medo de mim! Se tivesse nascido num lugar onde as leis fossem menos severas e os gostos menos delicados, passaria uma noite bem divertida com a lenta dissecação daqueles dois.

Respirou fundo, deu um murro na mesa e praguejou para si mesmo: "Com os diabos! Eu os odeio!"

– Eu não tenho medo do senhor! – exclamou Catherine, que não pôde ouvir a última parte da fala dele. Avançou para ele, com os olhos negros faiscando de ira e decisão. – Dê-me essa chave! Quero a chave já! Nem que estivesse morrendo de fome, comeria ou beberia nesta casa.

Heathcliff segurava a chave na mão, apoiada em cima da mesa. Ergueu os olhos, tomado por uma espécie de surpresa pela ousadia dela ou, possivelmente, lembrando-se pela voz e olhar dela, da pessoa de quem a havia herdado. Ela se agarrou ao objeto e quase conseguiu arrancá-lo dos dedos frouxos dele; mas esse gesto trouxe-o de volta ao presente e recuperou a chave rapidamente.

– Agora, Catherine Linton – disse ele –, saia de minha frente ou vou deitá-la no chão, o que deixaria a senhora Dean fora de si.

Sem se importar com o aviso, ela agarrou a mão fechada dele, com o que continha.

- Nós vamos embora! - repetiu ela -, fazendo o máximo esforço para afrouxar aqueles músculos de ferro; E achando que suas unhas não surtiam efeito, aplicou-lhe os dentes com ferocidade.

O senhor Heathcliff olhou para mim, com um olhar que me impediu de interferir por um momento. Catherine estava demasiado atenta aos dedos dele para se dar conta da expressão do rosto do homem. Subitamente, abriu os dedos e entregou o objeto de disputa; mas antes que ela conseguisse apanhar a chave, ele a agarrou com a mão livre e, puxando-a para cima dos joelhos, deu-lhe com a outra mão uma série de bofetadas nos dois lados da cabeça, cada uma delas suficiente para cumprir a ameaça de jogá-la no chão, se ele não a segurasse firmemente.

Ante essa violência diabólica, avancei contra ele, furiosa.

- Seu miserável! - comecei a gritar. - Seu miserável!

Um murro no peito me silenciou. Eu sou gorducha e logo perco o fôlego. Com o soco e a raiva, cambaleei entontecida para trás e me senti prestes a sufocar ou a arrebentar alguma veia. A cena acabou em dois minutos. Catherine, já liberta, pôs as duas mãos nas têmporas, como se não tivesse certeza de que as orelhas ainda estivessem no lugar ou não. Tremia como vara verde, pobrezinha, e reclinou-se sobre a mesa, completamente aturdida.

- Sei como castigar crianças, bem vê - disse o tratante, inflexível, enquanto se inclinava para retomar a chave, que havia caído no chão.

- Vá para junto de Linton, agora, como lhe ordenei e chore à vontade! Amanhã, serei seu pai... o único pai que vai ter daqui a alguns dias... e então vai apanhar muito mais. Mas você pode aguentar bem, não é nenhuma fraca. Vai ter uma dose diária, se eu me deparar de novo com esse gênio diabólico em seus olhos!

Cathy correu para mim, em vez de ir para junto de Linton, ajoelhou-se e escondeu suas faces ardentes em meu colo, chorando alto. O primo se havia encolhido num canto do banco, quieto como um rato, congratulando-se, atrevo-me a dizer, que o corretivo havia sido aplicado a outro que não ele. Percebendo que nós todos estávamos confusos, o senhor Heathcliff se levantou e preparou rapidamente um chá. As xícaras e os pires já estavam postos à mesa. Serviu o chá e me entregou uma xícara.

- Lave seu baço - disse ele. - E ajude sua criança maldosa e a minha. O chá não está envenenado, embora tenha sido eu a prepará-lo. Vou lá fora procurar seus cavalos.

Assim que ele saiu, nosso primeiro pensamento foi o de forçar uma saída em qualquer lugar. Experimentamos a porta da cozinha, mas estava trancada por fora. Olhamos para as janelas... eram estreitas demais, até mesmo para o corpo esguio de Cathy.

— Linton — gritei, vendo-nos prisioneiras — você sabe o que o diabólico de seu pai pretende, e vai nos dizer o que é, caso contrário, vou lhe esquentar as orelhas como ele fez com sua prima.

— Sim, Linton, você deve nos dizer — disse Catherine. — Foi por sua causa que vim, e será maldosa ingratidão se porventura se recusar.

— Dê-me um pouco de chá, estou com sede; e então vou lhe contar — replicou ele. — Afaste-se, senhora Dean. Não gosto que se debruce sobre mim. Agora, Catherine, está deixando cair suas lágrimas dentro de minha xícara! Não vou beber isso. Traga-me outra xícara.

Catherine trouxe outra e enxugou o rosto. Eu me sentia desgostosa com o comportamento daquele infeliz, visto que não estava mais aterrorizado por causa dele. A angústia que o dominava no pântano desapareceu assim que entrou no Morro dos Ventos Uivantes. Desse modo deduzi que havia sido ameaçado com uma terrível sessão de fúria, se ele tivesse falhado em nos atrair para lá; isso feito, não tinha mais qualquer medo imediato.

— Meu pai quer que nos casemos — continuou ele, depois de sorver um pouco de chá. — E ele sabe que seu pai não haveria de consentir que nos casemos agora e meu pai receia que eu morra antes, se esperarmos. Por isso vamos nos casar amanhã de manhã e você tem de passar a noite aqui; se fizer o que ele deseja, poderá voltar para casa no dia seguinte e me levar junto.

— Levá-lo com ela, desprezível criatura! — exclamei. — *Vocês* se casarem? Ora, esse homem é louco! Ou acha que somos todos uns tolos. E você imagina que esta linda jovem, essa moça saudável e bondosa vai se amarrar a um macaco moribundo como você? Está acalentando a ideia de que alguém, e muito menos a senhorita Catherine, haveria de querer você por marido? Você bem que merecia umas chicotadas por nos trazer aqui para dentro, com suas vis trapaças e choradeiras; e... não olhe com esse ar de tonto, agora! Tenho é vontade de lhe dar umas boas sacudidas por sua desprezível traição e sua imbecil presunção.

Eu realmente lhe dei uma leve sacudida, mas lhe provocou um acesso de tosse e o levou a recorrer a seus habituais gemidos e prantos; e Catherine me recriminou.

— Ficar aqui a noite toda? Não! — disse ela, olhando à sua volta devagar. — Ellen, vou pôr essa porta abaixo, e vou sair daqui.

E teria começado a cumprir imediatamente essa ameaça, se Linton, alarmado, não se tivesse levantado temendo novamente pela própria segurança. Ele a apertou em seus fracos braços, soluçando.

- Você não me quer, não vai me salvar? Não vai me levar para a granja? Oh, querida Catherine! Não pode ir e me deixar aqui. Você *deve* obedecer a meu pai... *deve* obedecer!

- Devo é obedecer a meu próprio pai - replicou ela. - e poupá-lo dessa angústia cruel. A noite toda! O que ele iria pensar? Já deve estar aflito. Vou encontrar um meio de sair daqui a ferro e fogo. Fique quieto! Você não corre perigo, mas se me impedir... Linton, amo meu pai mais do que a você!

O terror mortal que sentia da fúria do senhor Heathcliff restituiu ao rapaz a eloquência da covardia.

Catherine estava à beira da loucura; ainda assim, insistia em que devia ir para casa; tentou, por sua vez, convencer o primo a dominar seu pavor egoísta. Enquanto assim discutiam, nosso carcereiro entrou.

- Seus cavalos fugiram - disse ele. - E... agora Linton! choramingando de novo? O que ela andou fazendo com você? Vamos, vamos... acaba com isso e vá para a cama. Dentro de um mês ou dois, meu rapaz, poderá devolver-lhe as tiranias de agora com mãos vigorosas. Anseia pelo amor verdadeiro, não é? Nada mais neste mundo; e ela terá você! Agora, já para a cama! Zillah não vai estar aqui hoje; terá de se despir sozinho. Psiu! Nada de barulho! Assim que estiver em seu quarto, não vou me aproximar de você; não precisa ter medo. Por sorte, agiu razoavelmente bem. Eu trato do resto.

Proferiu essas palavras, segurando a porta aberta para o filho passar; este saiu exatamente como um cachorro que desconfiasse que o propósito do dono era de bater nele. A porta foi trancada de novo. O senhor Heathcliff se aproximou da lareira, onde estávamos a patroa e eu, em silêncio. Catherine ergueu os olhos e instintivamente levou a mão ao rosto; a proximidade dele reavivou uma dolorosa sensação. Qualquer pessoa teria sido incapaz de contemplar esse gesto infantil com severidade, mas ele lhe lançou um olhar carrancudo e resmungou:

- Oh! Não tem medo de mim? Disfarça bem sua coragem; parece terrivelmente assustada!

- *Estou* assustada agora - replicou ela - porque, se eu ficar aqui, papai vai ficar muito angustiado; e como posso tolerar a ideia de angustiá-lo... quando ele... quando ele... senhor Heathcliff, deixe-me voltar para casa! Prometo me casar com Linton; papai gostaria que o fizesse, e eu o amo. Por que haveria de me forçar a fazer algo que eu irei fazer de livre vontade?

- Ele que se atreva a forçá-la! - exclamei. - Ainda existem leis neste país, graças a Deus que existem; embora estejamos num lugar afastado. Eu o denunciaria, mesmo que ele fosse meu filho; e isso é um crime, sem chance de absolvição!

- Silêncio! - gritou o vilão - Para os diabos com seus clamores! Você está terminantemente proibida de falar. Senhorita Linton, sinto-me deveras contente ao pensar que seu pai deve estar angustiado; nem vou dormir de tanta satisfação. Não poderia ter insinuado um modo mais seguro para fixar sua residência sob meu teto nas próximas 24 horas do que me informar que, com isso, seu pai vai ficar aflito. Quanto à sua promessa de casar-se com Linton, vou tomar providências para que a mantenha, pois não vai deixar este lugar sem que a cumpra.

- Então mande Ellen avisar meu pai de que estou bem! - pediu Catherine, chorando amargamente. - Ou, então, case-me já. Pobre papai! Ellen, ele vai pensar que estamos perdidas. O que vamos fazer?

- Não! Vai pensar que você está cansada de cuidar dele e saiu para se distrair um pouco - retrucou Heathcliff. - Não pode negar que entrou em minha casa de livre vontade, desrespeitando as ordens dele em contrário. E é muito natural que, em sua idade, deseje se divertir e que já estivesse cansada de cuidar de um homem doente, sendo esse homem tão *somente* seu pai. Catherine, os dias mais felizes da vida dele acabaram quando os seus começaram. Ele a amaldiçoou, ouso dizer, por ter vindo ao mundo (eu, pelo menos, o fiz); e certamente vai amaldiçoá-la quando *ele* partir deste mundo. Nesse ponto, estou de acordo com ele. Não gosto de você! Por que haveria de gostar? Chore por aí. Pelo que vejo, será seu principal passatempo daqui em diante, a menos que Linton a compense de outras perdas; e seu previdente pai parece imaginar de que o fará. As cartas dele, repletas de conselhos e de palavras de conforto, me divertiram imensamente. Na última, recomendava a meu tesouro para cuidar bem do dele; e que fosse bondoso para com ele quando ele lhe pertencesse. Cuidadoso e bondoso... isso é paternal! Mas Linton gasta todo seu estoque de cuidados e de bondade em proveito próprio. Linton sabe representar o pequeno tirano muito bem. Ele se disporia a torturar todos os gatos, se antes lhes arrancassem os dentes e lhes aparassem as garras. Você haverá de contar belas histórias da *bondade* do rapaz ao tio dele, quando voltar para casa.

- Nesse ponto, tem razão! - disse eu. - Descrever o caráter de seu filho. Mostre as semelhanças que ele tem com o senhor. E então, a senhorita Cathy vai pensar duas vezes antes de aceitar como marido esse réptil!

- Não quero mais falar das agradáveis qualidades dele, agora - retorquiu ele -, porque ela deve aceitá-lo ou vai ficar como prisioneira, e junto com você, até a morte de seu patrão. Posso manter as duas aqui, bem escondidas. Se duvidar, incentive-a a faltar com sua palavra e terá oportunidade de julgar por si!

- Não vou faltar com minha palavra! - disse Catherine. - Vou me casar com ele agora mesmo, se puder voltar à granja de Thrushcross logo em seguida. Heathcliff, o senhor é um homem cruel, mas não é um demônio, e não vai querer, por *mera* maldade, destruir irremediavelmente toda a minha felicidade. Se meu pai pensar que eu o abandonei de propósito e morrer antes de meu retorno, como poderei continuar vivendo? Já desisti de chorar, mas vou me ajoelhar aqui e não vou me levantar nem tirar os olhos de seu rosto até que volte a olhar para mim! Não, não vá embora! *Olhe* para mim! Não haverá de ver nada que o provoque. Não o odeio. Nem estou zangada por me ter batido. Nunca amou *ninguém* na vida, tio? *Nunca*? Ah! Tem de me olhar uma vez só. Estou tão aflita que não poderá deixar de ter pena de mim e compadecer-se.

- Tire de mim esses seus dedos de lagartixa e saia de minha frente ou vai levar um pontapé! - gritou Heathcliff, repelindo-a brutalmente. - Preferiria ser abraçado por uma serpente. Com que diabos pode sonhar em me adular? Eu a *detesto*!

Encolheu os ombros, estremeceu todo como se a pele se arrepiasse de aversão e jogou a cadeira para trás, enquanto eu me levantei e abri a boca para dar vazão a uma torrente de insultos. Emudeci, no entanto, no meio da primeira frase, com a ameaça de que seria fechada num quarto, sozinha, se proferisse mais uma mísera sílaba. Estava ficando escuro... ouvimos o som de vozes no portão do jardim. Nosso anfitrião correu para fora imediatamente. *Ele* estava tranquilo, com a cabeça no lugar; *nós*, não. Houve uma conversa de dois ou três minutos e ele voltou sozinho.

- Pensei que fosse seu primo Hareton. - observei para Catherine. - Oxalá ele chegasse! Quem sabe, talvez tome nosso partido.

- Eram três criados da granja, mandados à procura de vocês - disse Heathcliff, ouvindo minha fala. - Poderia ter aberto uma janela e gritado; mas eu podia jurar que a pequena está contente por não tê-lo feito. Estou certo de que se sente feliz por ser obrigada a ficar.

Ao sabermos da oportunidade que havíamos perdido, demos vazão descontrolada à nossa tristeza. Ele nos deixou expressar nossas lamúrias até às 9 horas. Então nos mandou subir ao andar de cima, passando pela cozinha, para o quarto de Zillah; sussurrei à minha companheira para que obedecesse; talvez conseguíssemos fugir pela janela ou alcançar o sótão e sair pela claraboia. A janela, porém, era estreita, como as do piso debaixo, e o alçapão do sótão estava seguro contra nossas tentativas, de maneira que estávamos trancafiadas como antes. Nenhuma de nós duas se deitou. Catherine sentou-se à janela e esperou ansiosamente pela manhã; um profundo suspiro foi a única resposta que pude obter de minhas frequentes súplicas para que tentasse descansar um pouco. Eu me sentei numa cadeira e fiquei balançando para a frente e para trás, recriminando-me severamente pelas muitas transgressões a meu dever, das quais, como então constatei, haviam resultado todos os infortúnios de meus patrões. Na realidade, não era o caso, como estou ciente agora, mas o era em minha imaginação, naquela triste noite; e cheguei a pensar que o próprio Heathcliff era menos culpado do que eu.

Ele apareceu às 7 da manhã e perguntou se a senhorita Linton já se havia levantado. Ela correu imediatamente para a porta e respondeu:

- Sim.
- Então, vamos lá! - disse ele, abrindo a porta e puxando-a para fora.

Levantei-me para segui-la, mas ele trancou a porta novamente. Pedi para que me libertasse.

- Tenha paciência - replicou ele. - Vou mandar subir seu café daqui a pouco.

Dei pancadas na porta e, furiosa, sacudi o trinco. Catherine perguntou por que me deixava presa. Ele respondeu que eu teria de esperar mais uma hora, e eles se afastaram. Esperei duas ou três horas; finalmente, escutei passos, mas não eram de Heathcliff.

- Trouxe-lhe alguma coisa para comer - disse uma voz. - Abra a porta!

Ansiosa, obedeci e me deparei com Hareton, carregado de comida para o dia todo.

- Tome isso! - acrescentou ele, colocando a bandeja em minhas mãos.
- Espere um pouco - disse eu.
- Não! - retrucou ele, e se retirou, sem dar atenção a todas as súplicas que fiz para retê-lo.

E ali fiquei trancada o dia todo e toda a noite seguinte, e outra e mais outra. Cinco noites e quatro dias permaneci ali, sem ver ninguém a não ser Hareton, que vinha todas as manhãs. Era um carcereiro exemplar: carrancudo, mudo e surdo a todas as minhas tentativas de despertar seu senso de justiça e de compaixão.

CAPÍTULO 28

Na manhã do quinto dia, melhor, na tarde desse dia, passos diferentes se aproximavam... mais leves e mais curtos e, dessa vez, a pessoa entrou no quarto. Era Zillah, envolta no seu xale escarlate, de touca de seda preta na cabeça e um cesto de vime preso ao braço.

- Oh, querida senhora Dean! - exclamou ela. - Bem, corre um boato a seu respeito em Gimmerton! Eu pensava que a senhora se havia afogado no pântano de Blackhorse, e sua senhorita também, até que o patrão me disse que as tinha encontrado e alojado aqui! Bom, vocês devem ter conseguido chegar a uma ilha, não é? E quanto tempo no brejo? Foi meu patrão que as salvou, senhora Dean? Mas não está tão magra... podia ter sido pior, não é?

- Seu patrão é um verdadeiro tratante! - repliquei. - Mas ele vai responder por isso. Não precisava inventar essa história; tudo vai ser tirado a limpo!

- O que quer dizer? - perguntou Zillah. - Não é o que ele conta; é a história que corre na vila... que a senhora se perdeu no pântano. Eu, quando cheguei em casa; disse até ao senhor Earnshaw: "Ah, senhor Hareton, que coisas estranhas aconteceram enquanto estive fora. Tenho pena realmente daquela linda menina, e da jovial Nelly Dean". Ele me fitou e nada disse. Pensei que não soubesse de nada e lhe contei o boato que corria. O patrão ouviu, sorriu e disse: "Se elas estiveram no pântano, já saíram de lá, Zillah. Nelly Dean está, neste preciso momento, em seu quarto. Quando subir, pode dizer-lhe para que se vá imediatamente. Aqui tem a chave. A água do pântano entrou na cabeça dela e imaginou que poderia ter ido para casa voando; mas eu a tranquei até que recuperasse o juízo. Pode mandá-la de volta para a granja de uma vez, se ela conseguir, e que leve um recado, de minha parte, que a moça seguirá em tempo de assistir ao funeral do pai".

— O senhor Edgar morreu? - balbuciei. - Oh! Zillah, Zillah!

— Não, não. Sente-se, minha boa senhora - replicou ela. - Está ainda adoentada. O senhor Edgar não morreu. O Dr. Kenneth pensa que pode durar mais um dia. Eu o encontrei na estrada e lhe perguntei.

Em vez de me sentar, apanhei minhas coisas e corri para baixo, pois o caminho estava livre. Ao entrar na sala, olhei em volta tentando encontrar alguém que me desse informações sobre Catherine. O cômodo estava ensolarado e a porta escancarada, mas não havia ninguém ali. Enquanto hesitava entre sair dali de vez ou voltar para procurar minha patroa, uma leve tossida atraiu minha atenção para os lados da lareira. Linton estava deitado no banco, o único presente na sala, chupando um pirulito e seguindo meus movimentos com um olhar apático.

— Onde está a senhorita Catherine? - perguntei severamente, supondo que poderia assustá-lo a ponto de obter dele alguma informação, ao surpreendê-lo assim sozinho. Ele continuou chupando como um inocente.

— Foi embora? - insisti.

— Não - replicou ele. - Está no andar de cima; ela não pode ir; nós não deixamos.

— Vocês não a deixam ir, seu idiota! - exclamei. - Leve-me imediatamente ao quarto dela ou vou fazê-lo cantar sem querer.

— Meu pai a faria cantar sem querer, se tentar entrar lá - retrucou ele. - Ele diz que eu não devo ser brando com Catherine; ela é minha mulher e é vergonhoso que queira me deixar. Ele diz que ela me odeia e que quer que eu morra, para poder ficar com meu dinheiro, mas isso ela não vai conseguir; e também não vai poder voltar para casa! Nunca mais!... pode chorar e adoentar-se quanto quiser!

Retomou sua ocupação anterior, fechando os olhos, como se quisesse dormir.

— Meu jovem Heathcliff - continuei - já se esqueceu de toda a bondade de Catherine no inverno passado, quando você afirmou que a amava, e quando ela lhe trouxe livros e cantou belas cantigas e muitas vezes enfrentou o vento e a neve só para vir vê-lo? Chegava a chorar se falhasse uma única noite, pois sabia que você haveria de ficar desapontado; e achava então que ela era cem vezes melhor que você. E agora acredita nas mentiras que seu pai lhe conta, embora saiba que ele detesta vocês dois. E você se alia a ele contra ela! Bela gratidão a sua, não é?

Os cantos da boca de Linton descaíram e ele tirou o pirulito dos lábios.

– Acha que Catherine veio ao Morro dos Ventos Uivantes porque o odiava? – continuei. – Pense bem! Quanto a seu dinheiro, ela nem mesmo sabe se você um dia vai ter algum. E diz que ela está doente; ainda assim, deixou-a sozinha lá em cima, numa casa estranha! E logo você que sabe o que é se sentir abandonado! Quando se queixava dos sofrimentos por que passava, ela sofria por você também; e agora não tem pena dela! Eu chorei por ela, Heathcliff, como vê... eu, uma mulher velha e simples criada... e você, depois de fingir grande afeição e tendo tantas razões para adorá-la, guarda todas as lágrimas para si e fica aí deitado, inteiramente à vontade. Ah! Você é um menino sem coração e egoísta!
– Não consigo ficar junto dela – retrucou ele, contrariado. – Prefiro ficar sozinho. Ela chora tanto que não consigo suportar. E não se cala, mesmo que lhe diga que vou chamar meu pai. Eu o chamei uma vez e ele ameaçou estrangulá-la, se não ficasse quieta; mas recomeçou no mesmo instante em que ele saiu do quarto, gemendo e me incomodando a noite toda, embora eu a admoestasse aos gritos que não conseguia dormir.
– O senhor Heathcliff saiu? – perguntei, percebendo que a desprezível criatura era incapaz de ter dó da tortura mental da prima.
– Está no pátio – respondeu ele – falando com o Dr. Kenneth, que diz que o tio está realmente para morrer, finalmente. Estou contente, pois vou ser dono da granja depois da morte dele. Catherine sempre se referiu a ela como sua casa. Não é dela! É minha! Meu pai diz que tudo o que ela possui é meu. Todos os seus belos livros são meus; ela até chegou a oferecê-los a mim, e também seus lindos pássaros e Minny, se eu conseguisse apanhar a chave do quarto e a deixasse fugir; mas eu lhe respondi que ela não podia me dar nada, porque tudo, tudo já era meu. Então ela chorou e tirou um pequeno medalhão que trazia ao pescoço, dizendo-me que poderia ter aquilo: dois retratos numa moldura dourada, de um lado a mãe e do outro, meu tio, quando eram novos. Isso foi ontem... disse-lhe que eram meus também e tentei tirá-los dela. Mas a despeitada não me deixou: empurrou-me para longe e me machucou. Passei a gritar... isso a assusta... e, ao ouvir os passos de meu pai, ela quebrou as dobradiças do medalhão, dividindo-o em dois, e me deu o retrato da mãe dela, tentando esconder o outro; mas meu pai perguntou o que estava acontecendo e eu lhe contei. Ele tomou o retrato que estava comigo e ordenou que ela me desse o outro. Ela se recusou e ele... bateu nela e a derrubou no chão, arrancou o retrato da corrente e o esmagou com os pés.
– E você ficou contente ao vê-la espancada? – perguntei, com a intenção de encorajá-lo a falar mais.

— Eu pisquei — respondeu ele. — Sempre pisco ao ver meu pai batendo num cão ou num cavalo; e ele o faz com tanta força! Sim, fiquei contente, de início... ela merecia ser castigada por me ter empurrado; mas quando meu pai foi embora, Catherine me levou até a janela e me mostrou a face cortada pelo lado de dentro, contra os dentes, e a boca cheia de sangue. Depois apanhou os cacos do retrato e foi sentar-se voltada para a parede e não falou mais comigo; e às vezes penso que ela não pode falar por causa da dor. Não gosto de pensar nisso! Mas ela é malcriada por chorar continuamente; e está tão pálida e desvairada que tenho medo dela!

— E você pode apanhar a chave, se quiser? — perguntei.

— Sim, quando estou no andar de cima — respondeu ele. — Mas agora não posso ir lá.

— Em que quarto ela está? — perguntei.

— Oh! — exclamou ele. — Não posso lhe dizer qual é. É segredo nosso. Ninguém sabe, nem mesmo Hareton ou Zillah podem saber. Bem, você me cansou... vá embora, vá embora! — E escondeu o rosto no braço, e fechou os olhos de novo.

Achei melhor partir sem me encontrar com o senhor Heathcliff e buscar uma força de resgate para minha senhorita na granja. Ao chegar lá, o espanto de meus colegas ao me ver, bem como a alegria deles, era intenso; e quando souberam que a jovem patroa estava sã e salva, dois ou três deles estavam prontos para correr escada acima e dar a notícia ao senhor Edgar, mas não deixei, pois eu mesma queria fazê-lo.

Como o encontrei mudado, mesmo depois desses poucos dias! Jazia na cama, imagem da tristeza e da resignação, esperando a morte. Parecia ainda tão novo; embora já tivesse 39 anos, haveria quem lhe desse dez anos a menos, no mínimo. Estava pensando em Catherine, pois ele murmurava o nome dela. Toquei-lhe a mão e falei.

— Catherine está chegando, querido patrão! — sussurrei. — Ela está viva e bem de saúde; deverá estar aqui, espero, esta noite.

Estremeci ao perceber os primeiros efeitos dessa informação: ele se soergueu, olhou ansiosamente em volta do quarto e então caiu para trás, desmaiado. Assim que recuperou os sentidos, relatei-lhe nossa visita forçada e a detenção no Morro. Disse-lhe que o senhor Heathcliff me obrigou a entrar, o que não era inteiramente verdade. Falei o menos possível contra Linton nem descrevi toda a brutal conduta do pai... uma vez que minha intenção era não acrescentar mais amargura, se pudesse evitá-lo, à taça já transbordante de meu patrão.

Ele adivinhava que um dos propósitos de seu inimigo era garantir a posse da propriedade, bem como dos bens de raiz, ao filho, melhor, a si próprio; mas a razão pela qual Heathcliff não esperou até sua morte era um enigma para meu patrão, porque ignorava que tanto ele como o sobrinho deixariam o mundo quase ao mesmo tempo. Considerou, no entanto, que seria melhor alterar seu testamento: em vez de deixar a fortuna de Catherine à disposição dela própria, pretendia deixá-la aos cuidados de testamenteiros, para seu usufruto, passando depois para os filhos, caso ela viesse a tê-los. Dessa forma, a herança não poderia cair nas mãos do senhor Heathcliff, caso Linton morresse.

Depois de ter recebido ordens do patrão, mandei um homem buscar o advogado, e mandei outros quatro, munidos de armas apropriadas, resgatar a senhorita das mais de seu carcereiro. Todos os envolvidos nessas tarefas demoraram muito. O criado que tinha partido sozinho foi o primeiro a chegar. Disse que o senhor Green, o advogado, não estava em casa quando ele chegou e teve de esperar duas horas até o regresso dele e então o senhor Green lhe disse que tinha um assunto a tratar na vila e que devia ser resolvido, mas que passaria pela granja de Thrushcross antes do amanhecer. Os quatro homens também voltaram desacompanhados. Traziam a informação de que Catherine estava doente; doente demais para deixar o quarto e que o senhor Heathcliff não lhes havia permitido vê-la; acabei repreendendo esses camaradas idiotas por acreditarem nessa história, que não poderia contar ao patrão. Resolvi então reunir todo um bando de gente para seguir até o Morro, de madrugada, e tomaríamos a casa de assalto, se a prisioneira não nos fosse entregue sem maiores problemas. Jurei e tornei a jurar que o pai *tinha* de vê-la, nem que para isso tivéssemos de matar aquele demônio em sua própria porta, caso tentasse impedi-lo!

Felizmente, foi-me poupada a viagem e o incômodo.

Tinha descido ao andar debaixo às 3 horas para buscar um jarro de água; estava passando pelo vestíbulo com o jarro na mão quando uma batida seca na porta da frente me sobressaltou. "Oh! Deve ser Green", pensei, recompondo-me, "só pode ser Green", e continuei meu caminho, com a intenção de mandar alguém abrir a porta; mas a batida se repetiu, não muito forte, mas insistente. Pousei o jarro e eu mesma corri para abri-la. Lá fora brilhava a lua cheia. Não era o advogado. Era minha querida patroa, que se atirou em meus braços, soluçando.

- Ellen, Ellen! O papai está vivo?

- Sim - exclamei. - Sim, meu anjo, ele está vivo, Deus seja louvado, a senhorita está a salvo conosco de novo!

Ela queria correr escada acima, ofegante como já estava, para o quarto do pai, mas eu a obriguei a sentar-se numa cadeira e a beber um pouco de água, além de lavar seu rosto empalidecido, friccionando-o com meu avental para lhe realçar a cor nas faces. Então lhe disse que era melhor que eu fosse informar ao senhor Edgar que ela havia chegado, implorando-lhe que afirmasse que estava feliz com o jovem Heathcliff. Ela me olhou espantada, mas logo compreendeu por que a aconselhava a mentir e me prometeu que não haveria de se queixar. Eu não poderia suportar assistir ao encontro dos dois. Esperei do lado de fora do quarto durante um quarto de hora e só então entrei, mal me atrevendo a aproximar-me da cama. Mas tudo estava tranquilo: o desespero de Catherine era tão silencioso quanto a alegria do pai. Ela o amparava com aparente serenidade e ele fixava no rosto dela uns olhos que pareciam dilatar-se com o êxtase.

Morreu como um bem-aventurado, senhor Lockwood, morreu feliz. Beijando o rosto da filha, murmurou:

– Vou me reunir a ela; e você, minha querida filha, um dia se juntará a nós.

Não se mexeu mais e nada mais disse; continuou com aquele olhar extasiado e radiante até que seu pulso, imperceptivelmente, parou e sua alma partiu. Ninguém poderia dizer o exato momento de sua morte, pois ocorreu inteiramente sem qualquer estremecimento.

Ou Catherine tinha esgotado as lágrimas ou a dor era tão intensa que as retinha, o fato é que ela ficou ali sentada de olhos secos até o raiar do sol; e permaneceu sentada até o meio-dia, e teria ficado mais ainda, meditando junto ao leito de morte, mas eu insisti para que saísse e repousasse um pouco. Ainda bem que consegui tirá-la de lá, pois na hora do jantar apareceu o advogado, que havia passado primeiro pelo Morro dos Ventos Uivantes, para receber instruções quanto às medidas a tomar. Tinha-se vendido ao senhor Heathcliff: essa tinha sido a causa de sua demora em atender o chamado de meu patrão. Felizmente, nenhum pensamento de negócios mundanos preocupou o espírito deste último, a ponto de perturbá-lo, depois da chegada da filha.

O senhor Green chamou a si a tarefa de reordenar tudo e todos em relação ao lugar. Despediu todos os criados, menos eu. Ele teria levado sua autoridade delegada ao ponto de insistir que Edgar Linton não poderia ser enterrado ao lado da falecida esposa, mas na capela, junto da família. Havia, porém, o testamento para impedir isso, além de meus veementes protestos contra qualquer infração às disposições nele contidas. O funeral foi realizado às pressas; Catherine, agora senhora Linton Heathcliff, teve autorização para permanecer na granja até a saída do féretro.

Ela me contou depois que sua angústia tinha, finalmente, compelido Linton a correr o risco de libertá-la. Ela tinha ouvido os homens, que eu enviara, discutindo à porta e havia captado a resposta do senhor Heathcliff. Ficou desesperada. Linton, que havia sido mandado lá para cima, para a saleta, logo depois que eu havia partido, ficou tão assustado que foi buscar a chave antes que seu pai voltasse. Teve a astúcia de abrir a porta e deixá-la encostada, mesmo dando a volta à chave como se a trancasse; e quando chegou a hora de deitar, pediu que o deixassem dormir no quarto de Hareton, o que lhe foi permitido, por essa vez. Catherine escapuliu-se antes do amanhecer. Não se atrevera a tentar abrir as portas com medo de que os cães dessem o alarme; percorreu os quartos desocupados e examinou as janelas; por sorte, entrando naquele que fora de sua mãe, conseguiu passar facilmente pela janela e alcançou o chão descendo pelo abeto encostado à casa. Seu cúmplice foi castigado por sua participação na fuga, não obstante os artifícios utilizados.

CAPÍTULO 29

Na noite depois do funeral, minha jovem patroa e eu estávamos sentadas na biblioteca, ora pensando aos prantos... desesperadamente... em nossa perda, ora fazendo conjecturas quanto ao futuro melancólico.

Tínhamos chegado à conclusão de que o melhor destino que poderia tocar a Catherine seria a permissão de continuar residindo na granja, pelo menos enquanto Linton vivesse; caso fosse permitido a ele viver ali conosco e eu pudesse continuar como sua governanta. Essa solução parecia boa demais para depositar nela grandes esperanças; ainda assim, eu realmente esperava por isso e comecei até a me animar com a perspectiva de conservar meu lugar e, acima de tudo, minha amada e jovem patroa, quando um criado... um daqueles despedidos, mas que não partira ainda... entrou apressado, dizendo que "aquele demônio do Heathcliff" vinha subindo pelo pátio: deveria trancar-lhe a porta na cara?

Mesmo que fôssemos bastante loucas para mandar fazê-lo, não dava tempo. O senhor Heathcliff não se deu ao trabalho de bater ou de se fazer anunciar; era dono e se valeu desse privilégio para entrar diretamente, sem dizer palavra. O som da voz do criado guiou-o em direção da biblioteca. Entrou e, mandando-o sair, fechou a porta.

Era a mesma sala onde ele havia sido recebido como visita, dezoito anos atrás; o mesmo luar entrava pela janela e a mesma paisagem de outono se estendia lá fora. Não tínhamos ainda acendido as velas, mas todo o aposento estava claro, distinguiam-se até mesmo os retratos na parede: o esplêndido rosto da senhora Linton e aquele mais afável do marido. Heathcliff avançou para a lareira. O tempo pouco havia modificado sua aparência. Era o mesmo homem: o rosto escuro um pouco mais pálido e mais composto, o corpo um pouco mais pesado, talvez, e nenhuma outra diferença. Catherine se levantou impulsivamente para escapar quando o viu.

– Pare! – disse ele, prendendo-a pelo braço. – Acabaram-se as fugas! Aonde pensa que vai? Vim para levá-la para casa e espero que seja uma filha submissa e não encoraje meu filho a ulteriores desobediências. Fiquei sem saber como puni-lo quando descobri o papel dele nessa história: ele é tão delicado que um beliscão poderia aniquilá-lo; mas vai ver que, pela cara dele, recebeu o que lhe era devido! Trouxe-o para baixo uma noite, foi anteontem, e o sentei numa cadeira; e não o toquei mais depois. Mandei Hareton sair, para ficarmos a sós na sala. Depois de duas horas, chamei Joseph para levá-lo para cima de novo. E, desde então, minha presença tem um tal poder sobre seus nervos, como se fosse um fantasma; e imagino que me veja com frequência, embora eu não esteja por perto. Hareton diz que ele acorda de noite e grita por horas chamando por você para protegê-lo de mim. E, goste ou não de seu precioso marido, vai ter de voltar: ele constitui sua obrigação, agora. Transfiro todo o meu interesse nele para você.

– Por que não deixa a senhorita Catherine continuar aqui? – supliquei. – E por que não manda o jovem Linton para junto dela? Visto que odeia os dois, não sentirá falta deles: eles serão apenas um tormento diário para seu coração desnaturado.

– Estou à procura de um arrendatário para a granja – respondeu ele. – E certamente vou querer meus filhos a meu redor. Além disso, essa moça tem de trabalhar para ganhar seu pão. Não vou mantê-la no luxo e na ociosidade depois de Linton morrer. Depressa, apronte-se e não me obrigue a usar a força!

– Eu vou – disse Catherine. – Linton é tudo o que tenho para amar neste mundo e, embora o senhor tenha feito de tudo para torná-lo odioso a meus olhos, e eu odiosa aos olhos dele, não vai conseguir fazer com que nos odiemos um ao outro! E o desafio a maltratá-lo quando eu estiver por perto e o desafio a tentar me aterrorizar!

– Você é puro orgulho e impertinência – replicou Heathcliff. – Mas não gosto tanto de você para maltratar meu filho. Enquanto ele viver, você terá todo o privilégio do tormento. Não serei eu a torná-lo odioso a seus olhos... é o próprio doce espírito que a adorna. Depois de sua fuga e das decorrentes consequências, ele está tão amargo como o fel; não espere agradecimentos por essa nobre devoção que você demonstra. Ouvi-o descrever a Zillah um quadro muito agradável do que ele faria a você, se fosse tão forte como eu; inclinação não lhe falta, e a própria fraqueza lhe aguçará o espírito para encontrar um substitutivo para a força.

- Eu sei que ele tem uma natureza perversa - disse Catherine. - Ele é seu filho. Mas estou contente porque a minha é melhor, para poder perdoar. E sei que ele me ama e, por essa razão, eu o amo. Heathcliff, *o senhor* não tem *ninguém* que o estime, e, por mais infelizes que nos tome, teremos sempre o consolo de saber que sua crueldade brota de sua imensa infelicidade. *O senhor* é muito infeliz, não é? Solitário como o demônio e invejoso como ele. *Ninguém* gosta do senhor... *ninguém* vai chorar quando morrer! Não gostaria de estar em sua pele!

Catherine falou com uma espécie de triunfo melancólico; parecia estar decidida a adaptar-se ao espírito de sua futura família e auferir prazer das aflições de seus inimigos.

- Acabará lamentando por ser quem é - disse o sogro -, se permanecer aí mais um só minuto. Vá, sua bruxa, apanhe suas coisas!

Ela saiu demonstrando desdém. Na ausência dela, aproveitei para pedir o lugar de Zillah no Morro dos Ventos Uivantes, propondo trocá-lo com o meu, mas ele não concordou de maneira nenhuma. Pediu-me para ficar calada e então, pela primeira vez, permitiu-se dar uma olhada na sala e observou os retratos. Tendo examinado o da senhora Linton, disse:

- Vou levar este comigo para casa. Não porque precise dele, mas... - Virou-se bruscamente para a lareira e continuou com o que, por falta de uma palavra melhor, chamarei de sorriso. - Vou lhe contar o que fiz ontem! Convenci o coveiro, que estava abrindo a cova de Edgar Linton, a retirar a terra de cima da tampa do caixão dela e o abri. Por um momento, pensei que eu haveria de ficar ali para sempre quando vi o rosto dela novamente... é ainda o rosto dela!... o homem teve muito trabalho para me tirar dali; mas me disse que o aspecto do cadáver mudaria, se o vento soprasse sobre ele; então abri um dos lados do caixão e voltei a fechá-lo: não do lado daquele do Linton, com os diabos! Gostaria que ele estivesse soldado num caixão de chumbo. E dei uma gratificação ao coveiro para que arrancasse aquela parte do caixão quando ali eu for enterrado, e fizesse o mesmo com o meu; é assim que vai ser: e depois, quando Linton se juntar a nós, não vai saber quem é quem.

- Como é perverso, senhor Heathcliff! - exclamei. - Não tem vergonha de perturbar os mortos?

- Não perturbei ninguém, Nelly - replicou ele. - E me dei alguma tranquilidade. Vou estar muito mais confortável agora e você terá mais chances de me manter debaixo da terra quando chegar minha vez. Perturbá-la? Não! Ela é que me tem perturbado, dia e noite, ao longo desses dezoito anos... incessantemente... sem remorsos... até ontem à noite; mas ontem à noite eu me sentia tranquilo. Sonhei que dormia meu último sono ao lado dela, também adormecida, com meu coração parado e meu rosto frio colado ao dela.

- E se ela se tivesse desfeito em pó, ou pior ainda, com que teria sonhado então? - disse eu.

- Que me desfazia em pó com ela, e que era ainda mais feliz! - respondeu ele. - Pensa que tenho medo de qualquer modificação desse tipo? Esperava por essa transformação ao levantar a tampa do caixão... mas sinto-me mais feliz que só comece quando eu a compartilhar com ela. Além disso, se não tivesse tido uma impressão tão marcante de seu semblante impassível, dificilmente me teria libertado daquele estranho sentimento que começou de forma peculiar. Você sabe como fiquei enlouquecido depois da morte dela; e sempre, de uma madrugada a outra, implorando-lhe para que retornasse a mim o espírito dela! Tenho muita fé nas almas do outro mundo; estou convencido de que não só podem existir, como de fato existem entre nós! No dia em que foi sepultada, caía neve. À noite fui ao cemitério. Soprava um vento gelado... tudo em volta era solidão. Não receava que o doido do marido vagasse pelo vale até tão tarde; e ninguém mais tinha motivos para andar por ali. Estando sozinho e consciente de que apenas uns palmos de terra solta era a única barreira entre nós, disse para mim mesmo: "Vou tê-la em meus braços novamente! Se estiver fria, vou pensar que é esse vento norte que *me* congela; e, se estiver inerte, vou pensar que está adormecida". Busquei uma pá na casa de ferramentas e comecei a cavar com todas as minhas forças... a pá raspou no caixão; caí de joelhos para escavar com as mãos; a madeira começou a estalar em torno dos parafusos; estava a ponto de atingir meu objetivo quando me pareceu ouvir um suspiro vindo de cima, perto da beirada da cova, como de alguém que se inclinava sobre mim. "Se ao menos conseguisse tirar isso", murmurei, "depois gostaria que jogassem pazadas de terra sobre nós dois!" E escavava mais desesperadamente ainda. Ouvi outro suspiro, perto de minhas orelhas. Parecia-me sentir o sopro quente deslocando o ar carregado de neve. Eu sabia que nenhum ser vivo, em carne e sangue, estava ali, mas com tanta certeza como percebemos a proximidade de um corpo material na escuridão, mesmo sem podermos vê-lo, com igual certeza senti que Cathy estava ali, não sob mim, mas em cima da terra. Um súbito sentimento de alívio brotou de meu coração e se espalhou por todos os meus membros. Desisti de meu trabalho angustiante e me senti imediatamente consolado, inexplicavelmente consolado. A presença dela estava comigo e permaneceu comigo enquanto voltei a encher a sepultura, e meu guiou até em casa. Você pode rir, se quiser, mas tinha certeza de que a encontraria lá. Estava certo de que ela estava comigo e não podia deixar de lhe falar. Ao chegar ao Morro, corri ansiosamente para a porta. Estava trancada. Recordo-me de que aquele maldito Earnshaw e minha mulher não me deixaram entrar. Lembro-me também de ter dado uns vigorosos pontapés nele, que o deixaram sem fôlego, e de correr depois escada acima para meu quarto e dela. Olhei em volta impaciente... eu a senti a meu lado... *quase* podia vê-la e, contudo, *não a via*! Devo ter suado sangue, da angústia de meu desejo... do fervor de minhas súplicas para vê-la, mesmo que fosse de relance! Mas nada vi. Ela se comportou comigo, como muitas vezes o fizera em vida, como um demônio! E, desde então, ora mais ora menos, tenho sido o joguete dessa tortura intolerável! Infernal, que deixava meus nervos tão estraçalhados que, se não fossem resistentes como cordas de violino, há muito teriam ficado tão frouxos como os de Linton. Quando me sentei na sala com Hareton, tinha a impressão de que, se saísse, a encontraria; quando andava pelo pântano, que a encontraria ao voltar para casa. Quando saía, me apressava a retornar, pois ela *devia* estar em algum lugar no Morro, tinha certeza disso. E quando ia dormir no quarto dela... era de lá tocado para fora. Não podia descansar nesse aposento, pois, no momento em que fechasse os olhos, ela estava do lado de fora da janela, ou abrindo as vidraças, ou entrando no quarto ou até pousando sua bela cabeça no mesmo travesseiro, como fazia quando criança; e tinha de abrir os olhos para ver. E assim, eu os abria e fechava centenas de vezes durante a noite... e sempre ficava desapontado! Isso me destruía! Muitas vezes, gemia em voz alta, a ponto daquele velho patife do Joseph acreditar que minha consciência estava possuída pelo demônio. Agora que a vi, estou em paz... um pouco. Foi uma estranha maneira de matar; não aos poucos, mas em frações ínfimas, para me iludir com o espectro de uma esperança durante dezoito anos!

O senhor Heathcliff fez uma pausa e enxugou a testa; o cabelo caía sobre ela, molhado de suor; os olhos estavam fixos nas brasas da lareira, com as sobrancelhas descontraídas, mas levemente erguidas nas têmporas, o que diminuía o aspecto sombrio de seu semblante, mas lhe conferia uma expressão peculiar de perturbação e a dolorosa aparência de tensão mental de quem está obcecado por alguma coisa. Ele desabafou somente parte do que talvez pretenderia me dizer, mas eu me mantive em silêncio. Não gostava de ouvi-lo falar! Depois de um breve tempo, retomou sua meditação sobre o retrato, retirou-o da parede e o encostou no sofá para contemplá-lo melhor. Enquanto estava assim ocupado, Catherine entrou, dizendo que estava pronta para partir, assim que lhe dessem o pônei encilhado.

- Mande entregar isso amanhã - disse Heathcliff para mim; dirigindo-se depois a ela, acrescentou
- Pode muito bem ir sem seu pônei; é uma noite agradável e não vai precisar de pôneis no Morro dos Ventos Uivantes; para os passeios que vai fazer, bastam-lhe as pernas. Vamos!

- Adeus, Ellen! - murmurou minha linda patroa.

Ao me beijar, seus lábios estavam frios como gelo.

- Venha me visitar, Ellen; não se esqueça.

- Nem pense em fazer isso, senhora Dean! - disse seu novo pai. - Quando desejar falar com você, eu mesmo vou vir aqui. Não quero nenhum curioso em minha casa!

Fez um sinal para que ela fosse à frente; e, lançando para trás um olhar que me cortou o coração, ela obedeceu.

Da janela, observei-os descendo pelo jardim. O senhor Heathcliff tomou Catherine pelo braço, embora ela, evidentemente, se esquivasse de início; mas com passos largos, ele a apressou a entrar na alameda, cujas árvores acabaram por ocultá-los.

CAPÍTULO 30

Como não tinha mais visto Catherine desde que ela havia partido daqui, fui ao Morro, querendo visitá-la; quando pedi notícias dela, Joseph segurou a porta e não me deixou entrar. Disse que a senhora Linton estava ocupada e que o patrão não estava em casa. Se não fosse Zillah me contar como os dois passavam, dificilmente eu poderia saber quem estava vivo e quem, morto. Pela conversa dela, pude perceber que acha Catherine arrogante e que não gosta dela. Ao chegar, minha jovem senhora pediu a Zillah que lhe prestasse alguns serviços, mas o senhor Heathcliff ordenou-lhe que tratasse de seus afazeres e que deixasse a nora cuidar de si própria; e Zillah, mulher tacanha e egoísta como é, obedeceu prontamente. Catherine mostrou-se amuada como criança diante dessa indiferença e passou a tratá-la com desprezo, inscrevendo assim minha informante na lista de seus inimigos, como se lhe tivesse feito um grande mal.

Tive uma longa conversa com Zillah, cerca de seis semanas atrás, pouco antes de o senhor chegar, num dia em que nos encontramos no pântano; e ela me contou o que se segue.

— A primeira coisa que a senhora Linton fez quando chegou ao Morro — disse ela — foi correr escada acima, sem mesmo desejar boa-noite a mim e ao Joseph. Fechou-se no quarto de Linton e ali permaneceu até de manhã. Depois, enquanto o patrão e Earnshaw tomavam café, ela entrou na sala e perguntou, tremendo, se poderíamos chamar o médico, pois seu primo estava muito doente.

— Já sabemos disso! — respondeu Heathcliff. — Mas a vida dele não vale um tostão e não vou gastar um tostão com ele.

- Mas não sei o que fazer - disse ela. - E, se ninguém me ajudar, ele vai morrer!

- Saia já desta sala - gritou o patrão. - E não me perturbe mais com uma só palavra a respeito dele! Ninguém aqui se importa com o que lhe possa acontecer; se você se importa, trate dele; se não, se não, tranque-o no quarto e deixe-o lá.

Depois, ela começou a me incomodar e eu lhe disse que já tinha carregado minha cruz com aquele desgraçado. E que cada um tinha as próprias obrigações, e a dela era cuidar de Linton. O senhor Heathcliff me havia ordenado a deixar essa tarefa para ela.

Como os dois se arranjaram, isso eu não sei. Imagino que ele se queixava continuamente e gemia dia e noite, não a deixando descansar; isso podia ser observado por seu rosto pálido e pelas olheiras profundas. Às vezes, descia até a cozinha, totalmente desnorteada, como que forçada a pedir ajuda; mas eu não ia desobedecer ao patrão, nunca me atrevi a fazer isso, senhora Dean; e, embora achasse errado não mandar chamar o Dr. Kenneth, também não era de minha competência aconselhar ou recriminar, e sempre me recusei a me envolver. Uma ou duas vezes, depois de nos deitarmos, abri a porta de meu quarto e a vi sentada no topo da escada, chorando; mas logo me tranquei de novo, com medo de ser obrigada a intervir. Eu tinha pena dela, com certeza; mas não queria perder meu emprego, bem sabe.

Finalmente, uma noite entrou atrevidamente em meu quarto e me deixou fora de mim, ao dizer:

- Vá dizer ao senhor Heathcliff que o filho dele está morrendo... dessa vez estou certa de que está. Levante imediatamente e vá avisá-lo.

Dito isso, desapareceu. Fiquei um quarto de hora escutando e tremendo. Nada se movia... a casa estava silenciosa.

Está enganada, disse para mim mesma. Não foi desta vez. Não é preciso perturbar ninguém, e comecei a cochilar. Mas meu sono foi interrompido pela segunda vez pelo som estridente da campainha... a única que temos, instalada de propósito por causa de Linton; e o patrão veio a meu quarto para que fosse ver o que estava acontecendo e informá-los de que não queria que aquele barulho continuasse.

Dei-lhe então o recado de Catherine. Praguejou e em poucos minutos saiu com uma vela e foi para o quarto deles. Eu o segui. A senhora Heathcliff estava sentada ao lado da cama, com as mãos cruzadas no colo. O sogro entrou, aproximou a luz do rosto de Linton, olhou para ele e o tocou. Depois, voltou-se para ela:

- E agora... Catherine - perguntou ele -, como se sente?

Ela ficou muda.

- Como se sente, Catherine? - repetiu ele.

- Ele está em paz e eu estou livre - respondeu ela. - Poderia me sentir bem... mas - continuou ela, com uma amargura que não podia esconder - o senhor me deixou tanto tempo sozinha lutando contra a morte, que sinto e vejo somente morte! Sinto-me como morta!

E bem o parecia! Dei-lhe um pouco de vinho. Hareton e Joseph, que tinham sido acordados pela campainha e pelo som dos passos e, ao escutarem nossa conversa do lado de fora, entraram no quarto. Joseph ficou indiferente, acredito, com a morte do rapaz; Hareton parecia um tanto incomodado, embora estivesse mais ocupado em fitar Catherine do que pensar em Linton. Mas o patrão ordenou-lhe que voltasse para a cama; não precisávamos da ajuda dele. Mais tarde, mandou Joseph levar o corpo para o quarto dele e me disse para voltar para o meu; e a senhora Heathcliff ficou sozinha.

De manhã, o patrão me mandou dizer a ela que deveria descer para tomar café; ela se havia despido e parecia preparada para dormir, dizendo-me que estava doente, o que não estranhei em absoluto. Informei o senhor Heathcliff a respeito, que replicou:

- Bem, deixe-a assim até depois do funeral; e vá até ela de vez em quando para ver se precisa de alguma coisa; e logo que parecer melhor, me avise.

Cathy permaneceu no quarto durante quinze dias, de acordo com Zillah, que ia vê-la duas vezes por dia e mostrava vontade de se tornar sua amiga, mas suas tentativas de maior amabilidade eram orgulhosa e prontamente repelidas. O senhor Heathcliff foi vê-la uma única vez, para lhe mostrar o testamento de Linton. Ele legava ao pai todos os seus bens, incluindo os bens móveis da mulher. A pobre criatura fora ameaçada ou coagida a assinar aquele documento na semana em que ela estivera ausente, por ocasião da morte do pai. Sendo menor de idade, Linton não podia dispor de seus bens. Mas o senhor Heathcliff reclamou-os e entrou na posse deles em nome da mulher e em seu próprio, suponho que legalmente; seja como for, Catherine, destituída de bens e amigos, não podia contestar a posse por parte dele.

Ninguém a não ser eu, me contou Zillah, jamais se aproximou do quarto dela, exceto dessa vez; e ninguém perguntava o que quer que fosse a respeito dela. A primeira vez que desceu à sala foi num domingo à tarde. Ela se havia queixado, quando lhe levei o jantar, que não suportava mais o frio e eu lhe disse que o patrão ia à granja de Thrushcross e que eu e Earnshaw não nos opúnhamos a que ela descesse. Assim, logo que ouviu o trotar do cavalo do senhor Heathcliff se afastando, apareceu toda vestida de preto, com os cabelos louros penteados para trás das orelhas tão despretensiosamente como um quacre; ela não conseguia penteá-los melhor.

Joseph e eu costumamos ir à capela aos domingos. (A igreja, como o senhor sabe, não tem ministro do culto agora, explicou a senhora Dean, e em Gimmerton chamam capela ao templo metodista ou batista, não sei muito bem). Joseph tinha ido, continuou Zillah, mas eu achei mais conveniente ficar em casa. Os jovens devem ser sempre vigiados pelos mais velhos e Hareton, com toda a sua timidez, não é um modelo de bom comportamento. Disse-lhe que era provável que a prima se juntasse a nós e que ela tinha sido acostumada a sempre ver respeitado o dia do Senhor; assim, ele deveria deixar de lado as espingardas e o trabalho interno enquanto ela ali estivesse. Enrubesceu ao ouvir a notícia e olhou para as próprias mãos e roupas. O óleo de baleia e a pólvora desapareceram da vista num instante. Percebi que tinha a intenção de fazer-lhe companhia e, por seu jeito, adivinhei que gostaria de se mostrar apresentável. Ri como não me atrevia rir quando o patrão estava presente e me ofereci para ajudá-lo, se quisesse, e gracejei ao vê-lo todo atrapalhado. Ele ficou mal-humorado e começou a praguejar.

"Vejo bem, senhora Dean", prosseguiu Zillah, ao perceber que eu não ficara muito satisfeita com seu procedimento, "que pensa que sua querida jovem senhora é refinada demais para o senhor Hareton; e não deixa de ter razão; mas eu me deleitava em rebaixar um pouco o orgulho dela. Afinal, de que lhe valem agora todos os estudos e finezas? Ela é tão pobre como a senhora ou como eu; mais pobre, poderia dizer; mas nós, com nosso trabalho, sempre teremos alguma coisa".

Hareton permitiu finalmente que Zillah lhe desse uma ajuda; e ela conseguiu, com seus galanteios, deixá-lo de bom humor. Desse modo, quando Catherine chegou, o rapaz se esqueceu dos insultos anteriores e, segundo contou a governanta, tentou mostrar-se amável.

A senhora entrou na sala, disse ela, fria como o gelo e altiva como uma princesa. Levantei-me e lhe ofereci meu lugar na poltrona. Ora veja, ela torceu o nariz diante de minha gentileza. Earnshaw também se levantou e convidou-a a sentar-se no banco perto da lareira, dizendo-lhe que estava certo de que devia estar morrendo de frio.

Estou morrendo de frio há mais de um mês - respondeu ela, pronunciando cada palavra com o maior desdém.

E ela mesma foi buscar uma cadeira e a colocou a certa distância de nós dois. Depois de se aquecer um pouco, começou a olhar em volta e descobriu uma série de livros dentro do armário. Levantou-se imediatamente, esticando-se para alcançá-los; mas estavam muito alto. O primo, depois de observar seus esforços por momentos, finalmente criou coragem para ajudá-la; ela estendeu o vestido e ele o encheu com os primeiros livros que conseguiu apanhar.

Isso foi um grande progresso para o rapaz. Ela não agradeceu, mas ele se sentiu gratificado por ela ter aceito sua ajuda e aventurou-se a ficar atrás da prima enquanto ela os folheava, chegando mesmo a debruçar-se sobre o ombro dela e a apontar para o que incitava sua imaginação em certas ilustrações antigas neles contidas. Ele nem se ofendia com a maneira insolente como ela afastava a página de seu dedo; contentava-se em recuar um pouco e olhar mais para ela do que para o livro. Ela continuou lendo ou procurando algo para ler. Aos poucos, a atenção dele foi se concentrando no exame dos espessos e sedosos cabelos dela; não podia ver o rosto dela, nem ela podia ver o dele. E então, talvez não muito consciente do que fazia, mas atraído como uma criança pela chama de uma vela, finalmente passou da contemplação ao toque: estendeu a mão e tocou numa mecha, tão delicadamente como se fosse um passarinho. Se ele tivesse cravado uma faca no pescoço dela, a senhora não teria reagido com mais violência.

- Saia já daqui! Como se atreve a me tocar? Por que fica aí parado como estaca? - gritou ela, num tom de desgosto. - Não o suporto! Vou lá para cima agora, se chegar perto de mim.

Hareton recuou, olhando inteiramente apatetado; sentou-se no banco bem quieto e ela continuou a folhear os livros por mais meia hora; finalmente, Earnshaw atravessou a sala e me segredou:

- Pode pedir-lhe que nos leia alguma coisa, Zillah? Estou cansado de ficar sem fazer nada e gosto... gostaria de ouvi-la! Não lhe diga que fui eu que pedi, mas finge que é você que gostaria.

- O jovem Hareton gostaria que lesse para nós, minha senhora - disse eu imediatamente. - Ele vê isso como um grande favor... e ficaria muito agradecido.

Ela franziu a testa e, erguendo os olhos, respondeu:

- O senhor Hareton e todos vocês me fariam um favor se entendessem que rejeito qualquer simulação de bondade que, hipocritamente, possam me dirigir! Desprezo-os a todos e não teria nada a dizer a vocês! Quando era capaz de dar minha vida por uma palavra amiga, ou mesmo de ver o rosto de um de vocês, todos se afastaram de mim. Mas não me queixo! Vim aqui para baixo por causa do frio, não para distraí-los ou para desfrutar de sua companhia.

- O que foi que eu fiz? - começou Earnshaw. - De que me acusas?

- Oh! Você é uma exceção! - respondeu a senhora Heathcliff. - Nunca dei por sua falta.

- Mas eu me ofereci mais de uma vez e pedi - disse ele, animando-se com a petulância dela -, pedi ao senhor Heathcliff que me deixasse cuidar...

- Cale-se! Vou lá para fora ou para qualquer lugar, antes de ouvir sua desagradável voz zunindo em meus ouvidos! - disse minha jovem senhora.

Hareton resmungou que, por ele, ela podia ir para o inferno e, apanhando a espingarda, não se absteve mais de suas ocupações dos domingos. Falava agora livremente e ela preferia retirar-se para sua solidão. Mas no quarto o frio era congelante e, apesar de seu orgulho, foi obrigada a aceitar nossa companhia, cada vez por mais tempo. Daí em diante, contudo, tomei todo o cuidado para que não voltasse a desprezar minha boa vontade, e me tornei tão rígida quanto ela. E ela não tem entre nós quem a ame ou estime e também não o merece, pois basta que lhe digam a mínima palavra para ela se irritar e não respeitar ninguém. Chega a gritar com o patrão, atrevendo-se a desafiá-lo para que a castigue; e quanto mais sofre, mais venenosa se torna.

De início, ao ouvir o relato de Zillah, decidi deixar minha condição de criada, procurar uma pequena casa e levar Catherine para viver comigo; mas o senhor Heathcliff nunca o permitiria, preferindo por enquanto montar uma casa para Hareton. E, por ora, não vejo remédio, a não ser um novo casamento dela; e esse plano não está a meu alcance realizá-lo.

Assim terminou a história da senhora Dean. Apesar da profecia do médico, estou recuperando rapidamente minhas forças e, embora esta seja apenas a segunda semana de janeiro, pretendo sair a cavalo, dentro de um ou dois dias, e cavalgar até o Morro dos Ventos Uivantes, para informar o dono das terras que vou passar os próximos seis meses em Londres e, se quiser, pode procurar outro arrendatário para a granja a partir de outubro. Por nada haveria de passar aqui outro inverno.

CAPÍTULO 31

Ontem, o dia estava claro, sereno e gelado. Como havia decidido, fui ao Morro dos Ventos Uivantes. Minha governanta me solicitou para levar um bilhete à sua jovem senhora, e eu não me recusei, pois a boa mulher nada de estranho viu em seu pedido. A porta da frente estava aberta, mas o zeloso portão estava trancado, como em minha última visita; bati e chamei por Earnshaw, que avistei entre os canteiros do jardim; ele veio abrir o cadeado e entrei. O rapaz não deixa de ser simpático e rude ao mesmo tempo. Dessa vez, observei-o com atenção; é uma pena que tudo o que faz aparentemente para melhor lhe traga os piores resultados possíveis. Perguntei se o senhor Heathcliff estava em casa. Respondeu que não, mas que estaria de volta para o almoço. Eram 11 horas e externei minha intenção de entrar e aguardar pelo dono das terras; o rapaz largou imediatamente as ferramentas e me acompanhou, mais no papel de um cão de guarda do que de substituto do anfitrião.

Entramos juntos. Catherine estava na sala, ocupada em preparar alguns legumes para a refeição que se aproximava; pareceu-me mais taciturna e menos animada que da primeira vez que a havia visto. Mal ergueu os olhos para mim e continuou sua tarefa com o mesmo desrespeito habitual pelas mais elementares regras de polidez, sem tomar conhecimento de minha inclinação de cabeça e de meu bom-dia. "Não parece tão amável", pensei, "como a senhora Dean queria me persuadir que fosse. É uma beldade, é bem verdade, mas não é nenhum anjo.

Earnshaw disse-lhe com maus modos que levasse as coisas dela para a cozinha.

— Leve-as você – repontou ela, empurrando-as para longe assim que terminou a tarefa. Depois, foi sentar-se num banco perto da janela e se entreteve recortando figurinhas de pássaros e de outros animais nas cascas dos nabos que tinha no colo.

Aproximei-me dela, fingindo apreciar a vista do jardim e, disfarçadamente, deixei cair diretamente no colo dela o bilhete da senhora Dean, sem que Hareton notasse... mas ela perguntou em voz alta:

— O que é isso? – e jogou o papel no chão.

— Uma carta de sua velha amiga, a governanta da granja – respondi, aborrecido por ela ter denunciado meu gesto generoso, e receoso de que a missiva fosse considerada como uma carta minha.

Depois dessa informação, ela a teria apanhado com prazer, mas Hareton foi mais rápido. Recolheu o bilhete e o guardou no colete, dizendo que o senhor Heathcliff teria de vê-lo primeiro. Diante disso, Catherine virou o rosto silenciosamente para o lado e, furtivamente, tirou do bolso um lenço, levando-o aos olhos; e o primo, após breve luta para refrear seus sentimentos mais dignos, tirou o bilhete do bolso do colete e o jogou no chão ao lado dela, tão indelicadamente quanto pôde. Catherine o apanhou e leu-o com avidez; depois, me fez algumas perguntas sobre os habitantes e os animais de sua antiga moradia; e, olhando em direção dos montes, murmurou em solilóquio:

— Gostaria de cavalgar por aí, montada em Minny! Gostaria de subir por ali! Oh! Estou cansada... sinto-me *encurralada*, Hareton! – E apoiou sua linda cabeça no parapeito da janela, com meio bocejo e meio suspiro, e caiu numa espécie de tristeza abstrata: sem saber, nem querer saber, se nós a observávamos.

— Senhora Heathcliff – disse eu, depois de permanecer calado por algum tempo –, a senhora não sabe, mas eu sou seu amigo. E tão íntimo que acho estranho que não queira vir e conversar comigo. Minha governanta não se cansa de falar da senhora e de lhe tecer elogios. E sei que vai ficar imensamente desapontada, se eu voltar sem notícias suas, exceto a de que recebeu o bilhete dela e nada disse.

Pareceu ficar admirada com essas palavras e perguntou:

— A senhora Ellen gosta do senhor?

— Sim, e muito! – respondi, hesitante.

— Pode lhe dizer – continuou ela – que gostaria de responder a carta que me enviou, mas não tenho material necessário para escrever, nem sequer um livro do qual pudesse arrancar uma folha.

— Não há livros aqui? – exclamei. – Como consegue viver aqui sem eles, se me permite a pergunta? Embora eu disponha de uma grande biblioteca na granja, com frequência me aborreço. Se me tirassem os livros, ficaria desesperado!

— Estava sempre lendo quando eu os tinha — disse Catherine. — O senhor Heathcliff nunca lê e por isso se pôs na cabeça que devia destruir meus livros. Há semanas que não ponho os olhos num único deles. Somente uma vez ainda fui procurar algum na coleção de teologia de Joseph, mas ele ficou muito irritado; e outra vez; e outra vez, Hareton, encontrei um estoque secreto em seu quarto... uns em latim, outros em grego, alguns contos e poemas, todos velhos amigos. Eu trouxe os últimos para cá... e você os recolheu, como uma pega apanha as colheres de prata, pelo simples prazer de roubar! Eles são inúteis para você ou então os escondeu por maldade, para que, como você não pode tirar proveito deles, mais ninguém o tire. Talvez *sua* inveja tenha aconselhado o senhor Heathcliff a me privar de meus tesouros? Mas eu tenho a maior parte deles escritos em minha memória e impressos em meu coração, e desses não pode me privar!

Earnshaw corou com a revelação da prima sobre a sua reserva literária privada e balbuciou uma indignada negação das acusações dela.

— O senhor Hareton certamente deseja aumentar seus conhecimentos — disse eu, vindo em socorro dele. — Ele não é *invejoso*, mas *êmulo* de suas conquistas, senhora. Em poucos anos, será uma pessoa muito instruída.

— E, nesse meio-tempo, ele quer me ver mergulhada na estupidez — retorquiu Catherine. — Sim, eu o ouço tentar soletrar e ler sozinho, e quantos erros comete! Gostaria que você repetisse a balada de Chevy Chase como fez ontem; foi extremamente divertido. Eu o ouvi e também o ouvi folhear o dicionário procurando as palavras difíceis, e depois praguejando porque não entendia as explicações!

O jovem evidentemente não achou bom ser ridicularizado por causa de sua ignorância e ainda mais ser ridicularizado por tentar debelá-la. Eu simpatizei com ele e, relembrando o relato da senhora Dean sobre a primeira tentativa dele de dissipar as trevas em que fora criado, observei:

— Mas, senhora Heathcliff, todos nós tivemos de começar um dia e todos tropeçamos e vacilamos no início. Se nossos professores tivessem zombado de nós, em vez de nos ajudar, continuaríamos ainda hoje a tropeçar e a vacilar.

— Oh! — replicou ela — Não desejo limitar sua aquisição de conhecimentos; ainda assim, ele não tem o direito de se apropriar do que me pertence e de torná-lo ridículo a meus ouvidos com seus erros terríveis e com aquela pronúncia errada! Esses livros, tanto em prosa como em verso, são para mim sagrados por diversas razões; e detesto vê-los devassados e profanados pela boca dele! Além disso, dentre todas, ele escolheu, como se o fizesse por maldade premeditada, minhas obras prediletas, que mais gosto de reler.

O peito de Hareton palpitou em silêncio por um minuto: ele lutava contra um grave sentimento de mortificação e raiva, que não era fácil de superar. Eu me levantei e, com a cavalheiresca ideia de amenizar o embaraço dele, me dirigi para o limiar da porta, apreciando a paisagem em pé. Ele seguiu meu exemplo e saiu da sala; mas logo reapareceu, trazendo nas mãos meia dúzia de volumes que atirou no colo de Catherine, exclamando:

— Fique com eles! Nunca mais quero ouvir falar deles ou lê-los ou pensar neles novamente!

— Agora não os quero mais! - retrucou ela. - Vou sempre ligá-los a você e odiá-los!

Catherine abriu um volume que, obviamente, já tinha sido bastante manuseado e leu um trecho, do jeito hesitante de um principiante; depois riu e empurrou o livro para longe.

— E escutem - continuou ela, provocante, começando a ler da mesma maneira uma passagem de uma antiga balada.

O amor-próprio do rapaz não poderia tolerar mais esse tormento: eu ouvi, sem desaprovar totalmente o gesto, estalar uma bofetada aplicada para refrear aquela língua atrevida. A pequena insolente tinha feito o máximo para ferir os sentimentos delicados, ainda que incultos, do primo, e um argumento físico foi o único meio a seu alcance para ajustar as contas e pagar na mesma moeda a humilhação sofrida. Logo depois, apanhou os livros e os jogou ao fogo. Pude ver em seu semblante a angústia que o perpassava ao oferecer esse sacrifício à sua raiva. Julgo que, ao vê-los se consumindo, recordava o prazer que já lhe haviam proporcionado e o triunfo e o crescente prazer que tinha antecipado por meio deles; e imaginei também ter adivinhado a motivação que lhe davam para seus estudos secretos. Toda a vida se havia contentado com seu trabalho diário e suas grosseiras diversões, até que Catherine se atravessou em seu caminho. Vergonha de ser escarnecido por ela e esperança de ser por ela incentivado foram seus primeiros estímulos para voos mais altos. E em vez de o resguardarem de uma e lhe proporcionarem a outra, seus esforços de elevar-se tinham produzido exatamente o efeito contrário.

— Sim, esse é todo o benefício que um bruto como você pode obter deles! - gritou Catherine, lambendo o lábio ferido e observando a queima com olhar indignado.

— É melhor que refreie sua língua agora - retrucou ele, furioso. E sua agitação o impediu de continuar. Dirigiu-se apressadamente para a saída, de onde me afastei para deixá-lo passar. Mas assim que transpôs o umbral, encontrou-se com o senhor Heathcliff, que vinha subindo a calçada e, segurando-o pelos ombros, perguntou:

— O que há agora, meu rapaz?

— Nada, nada! — respondeu ele, e se desvencilhou dele para ir curtir sozinho seu desgosto e sua raiva.

O senhor Heathcliff seguiu-o com o olhar e deu um suspiro.

— Seria estranho que me contradissesse a mim mesmo — murmurou ele, sem notar que eu estava atrás dele. — Mas quando procuro no rosto dele a imagem do pai, é cada vez mais o rosto *dela* que vejo! Com que diabos pode ele ser tão parecido? Mal posso suportar olhar para ele!

Baixou os olhos e entrou em casa mal-humorado. Havia no semblante dele uma expressão cansada e ansiosa. Nunca havia notado isso antes e ele parecia muito mais magro. A nora, ao avistá-lo através da janela, escapou imediatamente para a cozinha, de modo que fiquei sozinho na sala.

— Estou contente por vê-lo ao ar livre de novo, senhor Lockwood — disse ele, em resposta à minha saudação. — Em parte, por motivos egoístas; não creio que eu possa substituir prontamente sua perda nesse lugar desolado. Mais de uma vez me perguntei o que o trouxe para cá.

— Um mero capricho, senhor; é o que suponho — foi minha resposta. — Ou como é um mero capricho ir embora daqui. Vou partir para Londres na próxima semana e estou aqui para lhe comunicar que não estou disposto a permanecer na granja de Thrushcross além dos doze meses que reza o contrato de arrendamento. Acho que não consigo mais morar lá.

— Oh! Na verdade, está cansado de viver banido do mundo, não é? — disse ele. — Mas se veio aqui com o propósito de pedir para ser desobrigado de pagar os meses que não vai ocupar a propriedade, digo-lhe que perdeu a viagem. Nunca deixo de exigir o que me é devido.

— Não vim aqui para pedir coisa alguma! — exclamei, bastante irritado. — Se quiser, acerto as contas agora — e tirei a carteira do bolso.

— Não, não — replicou ele, friamente. — Sei que deixa à parte o suficiente para saldar suas dívidas, se resolver não voltar. Não tenho tanta pressa assim. Sente-se e almoce conosco; afinal, um hóspede que se sabe que não volta mais pode ser muito bem recebido. Catherine, traga as coisas para a mesa; onde é que você está?

Catherine reapareceu, trazendo uma bandeja de facas e garfos.

— Você vai almoçar com Joseph — murmurou-lhe Heathcliff, em voz baixa.

— E fique na cozinha até ele ir embora.

Ela obedeceu sem pestanejar à ordem dele; talvez não se sentisse tentada a transgredi-la. Vivendo entre patifes e misantropos, provavelmente não sabe apreciar a companhia de pessoas de outra classe quando se encontra com elas.

Com o senhor Heathcliff, sombrio e melancólico, de um lado, e Hareton, absolutamente mudo, do outro, a refeição transcorreu sem alegria e me despedi logo que me foi possível. Poderia ter saído pelos fundos da casa, a fim de ver Catherine mais uma vez e irritar o velho Joseph, mas Hareton recebera ordens para me trazer o cavalo para a entrada principal e meu anfitrião fez questão de me acompanhar até a porta; assim, não pude satisfazer meu desejo.

"Como é triste a vida nesta casa!"- pensava eu, enquanto cavalgava pela estrada. "Que realização de algo mais romântico que um conto de fadas teria sido para a senhora Heathcliff, se ela e eu nos tivéssemos afeiçoado, como sua boa ama desejava, e dali partíssemos para a borbulhante atmosfera da cidade!"

CAPÍTULO 32

1802 - Em setembro fui convidado para passar uns dias na propriedade de um amigo, situada no Norte, e durante o percurso descobri inesperadamente que estava a 15 milhas de Gimmerton. Um moço de uma taberna de beira de estrada estava segurando um balde cheio de água para refrescar meus cavalos, quando passou uma carroça carregada de aveia verde, recém-ceifada, passou e o moço comentou:

— Só pode vir dos lados de Gimmerton! Sempre fazem a ceifa três semanas depois de todos os outros.

— Gimmerton? - repeti... minha estada naquela localidade já se tornara algo obscuro, um sonho. - Ah! Já sei! A que distância fica?

— Umas 14 milhas pelos montes e uma estrada muito ruim - respondeu ele.

Um súbito impulso de visitar a granja de Thrushcross tomou conta de mim. Era pouco depois do meio-dia e me lembrei de que poderia passar a noite debaixo de meu próprio teto, em vez de pernoitar numa estalagem. Além disso, poderia facilmente dispor de um dia para acertar as contas com o dono das terras e assim me poupar o incômodo de ter de voltar a essa região. Depois de descansar um pouco, mandei meu criado se informar sobre o caminho para a vila e, com grande fadiga de nossos animais, conseguimos cobrir a distância em três horas mais ou menos.

Deixei o criado ali e prossegui pelo vale sozinho. A igreja cinzenta parecia mais cinzenta e o cemitério isolado, mais isolado ainda. Avistei uma ovelha tosando a erva rala entre as sepulturas. O tempo era bom e quente... quente demais para viajar, mas o calor não me impediu de apreciar o encantador cenário acima e abaixo; se tivesse vindo em agosto, tenho certeza de que me teria sentido tentado a passar um mês no meio de toda essa solidão. No inverno, nada de mais desolador; mas, no verão, nada de mais divino que esses vales comprimidos entre colinas e essas encostas íngremes cobertas de urze.

Cheguei à granja antes do pôr do sol e bati à porta, mas, pela espiral de fumaça fina e azulada que subia da chaminé da cozinha, julguei que os moradores estivessem nos fundos da casa e não me ouvissem. Entrei no pátio. Sob o alpendre, estava sentada uma menina de 9 ou 10 anos tricotando e, reclinada sobre os degraus da entrada, uma mulher idosa fumando um pensativo cachimbo.

- A senhora Dean está? - perguntei à mulher.
- A senhora Dean? Não! - respondeu ela. - Ela não mora mais aqui: foi para o Morro.
- Então a senhora é a nova governanta?
- Sim, sou eu que tomo conta da casa! - respondeu ela.
- Bem, eu sou o senhor Lockwood, o patrão. Haverá algum aposento para me alojar. Gostaria de passar a noite aqui.
- O patrão! - exclamou ela, espantada. - Como é que eu ia saber que o senhor voltaria? Podia ter avisado que vinha. Não há um só lugar adequado nesta casa; não há!

Deixou o cachimbo e correu para dentro, seguida pela menina; entrei também; logo percebi que a informação dela era verdadeira e, mais ainda, que eu tinha deixado a mulher transtornada com minha inesperada aparição. Tranquilizei-a, dizendo-lhe que iria dar um passeio e, nesse meio-tempo, ela poderia tentar preparar um canto na sala para jantar e uma cama para dormir. Não precisava se preocupar em varrer e espanar; bastavam um bom fogo na lareira e lençóis limpos. Ela parecia estar disposta a fazer seu melhor, embora tivesse enfiado a vassoura na lareira, em vez do atiçador, e tivesse usado erradamente outros utensílios disponíveis. Mas me retirei confiante em sua boa vontade para arrumar um lugar em que pudesse descansar, na volta. O Morro dos Ventos Uivantes era o destino de minha caminhada. Outra ideia me trouxe de volta quando já havia saído do pátio.

- Está tudo bem no Morro? - perguntei.
- Acho que sim, pelo que sei! - respondeu ela, saindo apressada com uma panela cheia de cinza quente.

Queria perguntar ainda por que a senhora Dean tinha deixado a granja, mas era impossível reter a mulher por mais tempo diante de tantos afazeres; assim, voltei e saí, andando devagar, com o brilho do crepúsculo atrás de mim e a moderada glória da lua surgindo à minha frente... um, esmaecendo e a outra, clareando... à medida que eu deixava o parque e subia a ladeira pedregosa que conduz à morada do senhor Heathcliff. Antes que chegasse a avistá-la, tudo o que restava do dia era uma claridade difusa em tons de âmbar a Oeste; mas podia enxergar cada pedra do caminho e cada folhinha de erva, graças à esplêndida lua. Não foi preciso saltar o portão nem bater... esse cedeu ao primeiro empurrão. Bela melhoria, pensei. E notei outra, com a ajuda de minhas narinas; uma fragrância de goivos e flores de trepadeira inundava o ar, vinda dos lados do pomar. Tanto as portas como as janelas estavam abertas, o que não impedia, segundo o costume nas regiões ricas em carvão, que um belo fogo rubro iluminasse a lareira; o conforto que decorre dessa visão compensa amplamente o excesso de calor. Mas a casa do Morro dos Ventos Uivantes é tão grande que seus moradores têm espaço de sobra para fugir de seus efeitos e, consequentemente, os ocupantes que lá estavam haviam procurado assento perto de uma das janelas. Pude vê-los e ouvi-los a falar antes mesmo de entrar e, assim, fiquei olhando e escutando, movido por um misto de curiosidade e inveja que se intensificava à medida que o tempo ia passando.

- *Contrário!* - disse uma voz suave como uma campainha de prata. - Pela terceira vez, seu ignorante! Não vou repeti-lo novamente. Decore ou puxo seus cabelos!

- Contrário, pronto! - respondeu outra voz, em tom grave, mas suave. - E agora me dê um beijo por ter aprendido tão bem.

- Não, primeiro leia de novo corretamente, sem um único erro.

O falante masculino começou a ler: era um jovem respeitavelmente vestido, sentado a uma mesa, com um livro à frente. Suas feições atraentes irradiavam prazer e seus olhos vagavam impacientemente da página para uma pequena mão branca pousada no ombro dele, que o repreendia com um leve tapinha no rosto, sempre que o aluno mostrava sinais de desatenção. A dona da mão ficava de pé, atrás do rapaz; suas mechas leves e reluzentes se misturavam às vezes com os anéis de cabelo castanho quando ela se inclinava para supervisionar as tarefas dele; e o rosto dela... por sorte ele não podia ver o rosto dela, caso contrário não haveria de ficar tão atento. Eu podia vê-lo e mordi o lábio de despeito por ter perdido a oportunidade de fazer algo mais do que ficar embasbacado diante de beleza tão encantadora.

A lição acabou, não sem mais erros do aluno; mas ele reclamou a recompensa e recebeu pelo menos cinco beijos, que, generosamente, retribuiu. Então se encaminharam para a porta e, pela conversa, julguei que estavam para sair e fazer uma caminhada pelos pântanos. Achei que seria condenado pelo coração de Hareton Earnshaw, se não o fosse pela boca, ao mais profundo abismo das regiões infernais, caso mostrasse minha infeliz presença diante dele; sentindo-se mesquinho e maldoso, dei a volta à casa para procurar refúgio na cozinha. Também daquele lado encontrei o caminho desimpedido e, à porta, estava sentada minha velha amiga Nelly Dean, costurando e cantarolando, interrompida com frequência por ásperas palavras de desdém e intolerância, vindas de dentro e proferidas em tom bem pouco musical.

- Antes escutar pragas de manhã à noite do que ouvir você! - disse o sujeito que estava na cozinha, em resposta a um comentário de Nelly, que não consegui ouvir. - É uma evidente vergonha que eu não abra o Livro Sagrado sem que você se ponha a cantar louvores a satanás e a toda a maldade que anda pelo mundo! Oh! Você é uma pecadora, e ela é outra; e aquele pobre rapaz vai se perder por causa de vocês. Pobre rapaz! - acrescentou com um rosnado. - Está enfeitiçado, tenho certeza! Oh, Senhor, julgue-os, pois não há lei nem justiça entre nossos governantes!

- Não! Caso contrário, seríamos queimadas na fogueira, imagino - retrucou a cantora. - Mas fique calado, velho, e leia sua Bíblia como bom cristão e não se importe comigo. Esta cantiga se chama *As Bodas da Fada Annie*... é tão alegre... própria para a dança.

A senhora Dean estava prestes a recomeçar a cantar quando me aproximei. Ela me reconheceu imediatamente, levantou-se de um pulo, exclamando:

- Olhe só, Deus o abençoe, senhor Lockwood! Como pôde pensar em voltar para cá? Está tudo fechado na granja de Thrushcross. Devia ter-nos avisado!

- Já dei um jeito para me acomodar por lá, pelo tempo que vou ficar - respondi. - Vou embora amanhã. E como é que está transplantada aqui, senhora Dean? Conte-me isso.

- Logo depois que o senhor foi para Londres, Zillah foi embora e o senhor Heathcliff mandou me chamar e me disse para ficar aqui até o senhor voltar. Mas, por favor, entre! Veio caminhando de Gimmerton esta tarde?

- Venho da granja - respondi. - E enquanto me preparam um quarto por lá, quero encerrar um assunto com seu patrão, porque acho que não tenha outra oportunidade como esta.

- Que assunto, senhor? - perguntou ela, conduzindo-me à sala. - Ele saiu, e eles não devem retornar tão cedo.

- É sobre o arrendamento - respondi.

- Oh! Então é com a senhora Heathcliff que terá de acertar - observou ela.

- Ou melhor, comigo. Ela ainda não aprendeu a tratar dos negócios e sou eu quem o faz em seu lugar; não há mais ninguém que o faça.

Olhei-a, surpreso.

- Ah! Vejo que não soube da morte do senhor Heathcliff! - continuou ela.

- O senhor Heathcliff morreu? - exclamei, perplexo. - Há quanto tempo?

- Há três meses; mas sente-se e me dê seu chapéu que lhe conto tudo em seguida. Espere, o senhor ainda não comeu nada, não é?

- Não quero nada; já pedi para me prepararem a ceia na granja. Sente-se a

senhora também. Nem sonhava que ele tivesse morrido! Quero ouvir como tudo se passou. Disse que não os espera tão cedo... referia-se aos jovens?
– Não... tenho de recriminá-los todas as noites por esses passeios tardios, mas não se importam com o que digo. O senhor vai, pelo menos, beber um pouco de nossa velha cerveja; vai lhe fazer bem; parece estar cansado.

Apressou-se em buscá-la antes que eu a recusasse e ouvi Joseph perguntando se "não era um escândalo ter ela namorados nesta idade? E, mais ainda, dar-lhes de beber com a cerveja da adega do patrão! Até se envergonhava de ver isso e ficar quieto".

Ela não ficou discutindo com ele, mas voltou num minuto, trazendo uma caneca de prata transbordando de espuma, cujo conteúdo elogiei com crescente entusiasmo. E depois me brindou com a sequência da história de Heathcliff. Teve um fim "estranho", observou ela.

Quinze dias depois de o senhor nos deixar, disse Nelly, fui chamada ao Morro dos Ventos Uivantes e eu obedeci com alegria, por causa de Catherine. O primeiro encontro com ela me entristeceu e me chocou: como ela tinha mudado desde nossa separação! O senhor Heathcliff não me explicou as razões que o haviam levado a mudar de ideias a respeito de minha vinda para cá; só me disse que precisava de mim e que estava cansado de ver Catherine; e que eu fizesse da saleta minha sala de estar e passasse os dias com ela; era suficiente para ele ver-se obrigado a vê-la uma ou duas vezes por dia. Ela parecia satisfeita com essa decisão e, aos poucos, fui contrabandeando muitos livros e outros objetos que antigamente constituíam sua distração na granja; sentia-me feliz por termos conseguido finalmente razoável conforto. A ilusão não durou muito. Catherine, contente de início, em pouco tempo se tornou irritadiça e inquieta. Por um lado, estava proibida de sair para além do jardim, e isso a aborrecia muito, por sentir-se confinada a limites tão reduzidos à medida que a primavera se aproximava; por outro, ao administrar a casa, eu era forçada a deixá-la sozinha com frequência, e ela se queixava de solidão; preferia discutir com Joseph na cozinha a ficar em paz em seu isolamento. Eu não ligava para os conflitos deles, mas Hareton era obrigado, muitas vezes, a refugiar-se também na cozinha quando o patrão queria ficar sozinho na sala; e, embora no início ela a deixasse com a aproximação dele ou viesse me ajudar em minhas ocupações, para não ter de fazer comentários ou falar com ele ... ainda que ele andasse sempre tão mal-humorado e calado quanto possível... depois de algum tempo, ela mudou de comportamento e não conseguia deixá-lo em paz: recriminando-o, criticando sua estupidez e indolência, expressando seu espanto por ele suportar a vida que vivia... e como era possível que ele pudesse passar uma noite toda olhando para o fogo e cochilando.

- É exatamente igual a um cão, não é, Ellen? - observou uma vez. - Ou a um cavalo de tração! Faz seu trabalho, come o que lhe dão e dorme como um beato! Que cabeça oca e monótona deve ter! Costuma sonhar, Hareton? E, se sonha, sobre o que sonha? Não tem coragem de me dizer!

Ela olhou então para ele, mas ele não abriu a boca nem olhou para ela.

- Talvez esteja sonhando agora - continuou ela. - Ele deu de ombros como Juno. Pergunte a ele, Ellen.

- O senhor Hareton vai pedir ao patrão que a mande lá para cima, se não se comportar - disse eu. Ele não somente tinha dado de ombros, mas também fechado os punhos, como se estivesse tentado a usá-los.

- Eu sei por que Hareton nunca abre a boca quando estou na cozinha - exclamou ela, em outra ocasião. - Tem medo que eu zombe dele. O que lhe parece, Ellen? Uma vez começou a aprender a ler sozinho e só porque eu zombei dele queimou os livros e desistiu. Não é um tolo?

- Não foi maldade sua? - perguntei. - Responda!

- Talvez tenha sido - continuou ela. - Mas não esperava que ele fosse tão tolo. Hareton, se eu lhe der um livro, vai aceitá-lo agora? Vou experimentar!

Ela colocou na mão dele um livro que estava lendo; ele o atirou para longe e murmurou que, se ela não acabasse com isso, iria lhe quebrar o pescoço.

- Bem, vou deixá-lo aqui - disse ela -, na gaveta da mesa. E agora vou para a cama.

Então ele me segredou para ver se ele tocava no livro e saiu. Mas ele nem chegou perto. Na manhã seguinte a informei a respeito e ela ficou desapontada. Percebi que estava triste pelo constante mau humor e pela indolência dele; a consciência a reprovava por tê-lo desencorajado a aprimorar-se; e, de fato, a culpa era dela. Mas sua engenhosidade estava trabalhando para remediar o mal; enquanto eu passava a ferro ou me ocupava de outras tarefas em que ficava parada, ela ia buscar um bom livro e o lia em voz alta para mim. Quando Hareton estava presente, ela geralmente interrompia a leitura numa parte interessante e deixava o livro inclinado para baixo; fazia isso seguidamente, mas ele, teimoso como um burro, em vez de morder a isca, nos dias chuvosos ia fumar com Joseph; e ali ficavam sentados como dois autômatos, um de cada lado do fogo; o mais velho era, felizmente, demasiado surdo para ouvir as maldosas bobagens dela, como as teria chamado, e o mais novo fazendo seu melhor para parecer que a desconsiderava. Nas noites amenas, esse último seguia para suas batidas de caça e Catherine ficava bocejando e suspirando e me importunava para que conversasse com ela, mas corria para o pátio ou para o jardim, assim que eu começava; e, como último recurso, chorava e dizia que estava cansada de viver: uma vida sem sentido.

O senhor Heathcliff, que se tornava cada vez mais arredio, havia quase banido Earnshaw de seus aposentos. Por causa de um acidente ocorrido no começo de março, ele foi obrigado a passar alguns dias enfiado na cozinha. A espingarda estourara em suas mãos quando andava pelas colinas sozinho e um estilhaço atingiu seu braço e perdera muito sangue até chegar em casa. Em decorrência disso, foi obrigado à tranquilidade da lareira até se recuperar. E Catherine passou a tê-lo continuamente por perto; de qualquer modo, ela passou a detestar ainda mais seu quarto e, para poder estar comigo na cozinha, me obrigava a encontrar alguma ocupação para ela aqui embaixo. Na segunda-feira de Páscoa, Joseph foi à feira de Gimmerton com algumas cabeças de gado e, à tarde, eu estava ocupada em arrumar algumas roupas na cozinha. Hareton Earnshaw, taciturno como sempre, estava sentado num canto da lareira e minha jovem patroa passou uma boa hora se entretendo a desenhar figuras com o dedo nas vidraças, variando sua diversão com abafadas cantilenas e exclamações sussurradas e olhares furtivos de tédio e impaciência em direção do primo, que fumava imperturbável e olhava para o fogo da lareira. Ao notar que eu não podia mais trabalhar porque ela interceptava a luz da janela, ela se aproximou da lareira. Não prestei muita atenção ao que ela fazia, mas a certa altura a ouvi dizer:

– Acho, Hareton, que quero... que fico contente... que gostaria que você fosse meu primo agora, se você não continuar zangado comigo e tão rude.

Hareton não deu resposta.

– Hareton, Hareton Hareton! Está me ouvindo? – insistiu ela.

– Vá embora daqui! – rosnou ele, com inflexível aspereza.

– Deixe-me apanhar esse cachimbo! – disse ela, cautelosamente, estendendo a mão e tirando-lhe o cachimbo da boca.

Antes que ele tentasse recuperá-lo, já estava quebrado e jogado no fogo. Ele praguejou e apanhou outro.

– Pare! – gritou ela. – Tem de me escutar primeiro; e eu não consigo falar com essas nuvens de fumaça flutuando em meu rosto.

– Por que não vai para o diabo! – exclamou ele, furioso. – Deixe-me em paz!

– Não! – insistiu ela. – Não vou! Não sei mais o que fazer para que fale comigo; e você está determinado a não querer me entender. Quando o chamo de estúpido, isso não significa nada, não quero dizer que o desprezo. Vamos, Hareton, dê-me um pouco de atenção: você é meu primo e deve me reconhecer como sua prima.

– Não quero nada com você, nem com seu orgulho imundo, nem com suas piadas cruéis! – respondeu ele. – Vou para o inferno, de corpo e alma, antes de olhar para você de novo! Saia já de perto de mim, e neste instante!

Catherine franziu a testa e retirou-se para o banco sob a janela, mordendo os lábios e esforçando-se para entoar uma melodia desafinada, a fim de disfarçar sua crescente vontade de soluçar.

— Deveria ser amigo de sua prima, senhor Hareton - interrompi -, visto que ela se mostra arrependida de sua insolência. Isso faria muito bem para você; haveria de torná-lo outro homem, se a aceitasse como companheira.

— Companheira! - exclamou ele. - Se ela me odeia e não me acha digno nem de limpar os sapatos dela! Não! Nem que fosse feito rei, eu haveria de me sujeitar a ser escarnecido novamente por procurar a boa vontade dela.

— Não sou eu que o odeio, é você que me odeia! - choramingou Cathy, sem poder esconder por mais tempo sua mágoa. - Você me odeia tanto quanto o senhor Heathcliff, ou mais ainda.

— É uma tremenda mentirosa! - começou Earnshaw. - Por que então o fiz zangar-se centenas de vezes ao tomar seu partido? E isso quando você zombava de mim e me desprezava e... Continue a me irritar, que vou embora daqui e vou dizer que foi você que me pôs para fora da cozinha!

— Não sabia que tinha tomado meu partido - retrucou ela, enxugando os olhos. - Eu fui miserável e má com todos, mas agora lhe agradeço e peço que me perdoe. O que mais posso fazer?

Ela voltou para a lareira e finalmente lhe estendeu a mão. Ele mudou de cor e fez uma carranca como se fosse uma nuvem negra de tempestade e conservou os punhos teimosamente cerrados e o olhar pregado no chão. Catherine deve ter instintivamente adivinhado que era maldade empedernida e não aversão que ditava essa conduta intransigente, uma vez que, após uns instantes de indecisão, se inclinou e o beijou ternamente na face.

A pequena marota pensou que eu não tinha visto e voltou para o lugar anterior, junto da janela, toda recatada. Sacudi a cabeça num gesto de reprovação e ela então corou e sussurrou:

— Bem, o que queria que eu fizesse, Ellen? Ele não queria apertar as mãos e não queria olhar para mim. Eu devia lhe mostrar, de algum jeito, que gosto dele... que quero que nos tornemos amigos.

Se o beijo convenceu Hareton, não sei; durante alguns minutos, teve muito cuidado para não deixar ver o rosto e quando, finalmente, levantou a cabeça, estava tão atrapalhado que não sabia para onde olhar. Catherine, nesse meio-tempo, se havia ocupado em embrulhar com esmero um belo livro em papel branco e, depois de amarrá-lo com uma fita e de escrever no embrulho "Para o senhor Hareton Earnshaw", pediu-me que servisse de intermediária e entregasse o presente ao destinatário.

— E diga-lhe que, se o aceitar, vou lhe ensinar a lê-lo de modo correto - disse ela. - E, se o recusar, vou para meu quarto e nunca mais o importuno.

Levei-o e repeti a mensagem, sob o olhar ansioso de minha patroa. Hareton não estendeu as mãos para recebê-lo e por isso coloquei o embrulho sobre os joelhos dele.

Mas tampouco o recusou. E eu voltei para meu trabalho. Catherine apoiou a cabeça e os braços sobre a mesa e assim ficou até ouvir o leve rumor do embrulho sendo aberto; ela se levantou então e devagar foi sentar-se ao lado do primo. Ele tremia, mas seu rosto parecia brilhar: toda a sua rudeza e sua aborrecida aspereza o haviam abandonado. De início, não tinha coragem para dizer uma palavra sequer em resposta ao olhar interrogativo e à sussurrada súplica dela:

– Diga que me perdoa, Hareton, diga! Você me deixaria tão feliz ao pronunciar essa pequena palavra.

Ele murmurou qualquer coisa inaudível.

– E vai ser meu amigo? – acrescentou Catherine, interrogativa.

– Não! Você vai se envergonhar de mim todos os dias de sua vida – respondeu ele. – E quanto melhor me conhecer, mais vergonha vai ter; e eu não posso suportar isso.

– Então não quer ser meu amigo? – disse ela, com um sorriso doce como o mel, achegando-se mais ao primo.

Não consegui ouvir mais nada do que diziam; mas, quando tornei a olhar, vi dois rostos tão radiantes inclinados sobre uma página do livro, que não tive dúvida de que o tratado de paz tinha sido ratificado dos dois lados e os inimigos eram, doravante, fiéis aliados.

O livro que folheavam estava repleto de belas gravuras; e essas e a posição em que eles estavam lhes dava suficiente prazer para mantê-los entretidos e imóveis até que Joseph chegou em casa. O pobre homem ficou horrorizado ante o espetáculo de ver Catherine sentada no mesmo banco de Hareton Earnshaw, com a mão pousada no ombro dele. Não conseguia entender por que razão seu favorito tolerava aquela proximidade; isso o afetou tão profundamente que, naquela noite, não teceu qualquer comentário. Sua emoção foi revelada somente pelos prolongados suspiros que deu, enquanto colocava solenemente sua enorme Bíblia em cima da mesa e a cobriu com o maço de cédulas sujas que tirou da carteira, produto das transações do dia. Por fim, intimou Hareton a se levantar.

– Leve esse dinheiro ao patrão, rapaz – disse ele. – E fique por lá. Eu vou para meu quarto. Este lugar não nos convém; temos de sair e procurar outro!

– Vamos, Catherine! – disse eu. – Nós também temos de ir para outro lugar. Já acabei de passar a roupa. Está pronta para ir?

– Mas ainda não são 8 horas! – respondeu ela, levantando-se de má vontade. – Hareton, vou deixar este livro aqui em cima da saliência da chaminé e amanhã vou trazer mais alguns.

- Os livros que deixar ali, vou atirá-los no fogo - disse Joseph. - E será um acaso se os encontrar de novo; assim, é melhor que os leve embora.

Cathy ameaçou-o dizendo que os livros dele haveriam de pagar na mesma moeda pelos dela; e, sorrindo ao passar por Hareton, subiu as escadas cantarolando, com o coração mais leve, ouso dizer, como nunca tinha se sentido antes sob aquele teto; exceto, talvez, durante suas primeiras visitas a Linton.

A intimidade assim iniciada cresceu rapidamente, embora se tivesse deparado com interrupções temporárias. Earnshaw não podia tornar-se um ser civilizado com o simples desejo e minha jovem patroa também não era nenhuma filósofa, nem nenhum modelo de paciência; mas as mentes de ambos convergiam para o mesmo ponto... um sendo amado e desejando alguém para estimar, e o outro amando e desejando ser estimado... eles conseguiram finalmente alcançar seus objetivos.

Como vê, senhor Lockwood, era muito fácil conquistar o coração da senhora Heathcliff. Mas agora estou contente porque o senhor não tentou. A coroa de todos os meus desejos será a união daqueles dois. Não invejarei ninguém no dia de seu casamento e não haverá mulher mais feliz do que eu na Inglaterra!

CAPÍTULO 33

No dia seguinte daquela segunda-feira, estando Earnshaw ainda incapacitado de realizar suas tarefas habituais e por isso ficando dentro de casa, logo compreendi que era impraticável reter a predileta a meu lado, como até aqui ela desceu antes de mim e saiu para o jardim, onde havia visto o primo fazendo pequenos trabalhos; e quando fui chamá-los para o café, vi que ela o havia persuadido a limpar uma vasta área de groselheiras e mirtilos e que estavam ocupados planejando trazer novas plantas da granja.

Fiquei aterrada com a devastação levada a cabo naquela escassa meia hora; os mirtilos eram a menina dos olhos de Joseph e ela tinha resolvido fazer, ali no meio, um canteiro de flores.

– Pois é! Isso tudo vai ser mostrado ao patrão – exclamei –, logo que o Joseph descobrir. E que desculpa vão dar para terem tomado essa liberdade com o jardim? Vamos ter uma bela confusão pela frente, se não vamos ter! Senhor Hareton, muito me admira que tenha tido tão pouco bom senso para se prontificar a fazer uma coisa dessas a pedido dela!

– Eu me esqueci de que eram do Joseph – retrucou Earnshaw, todo atrapalhado. – Mas vou dizer a ele que fui eu.

Tomávamos as refeições sempre com o senhor Heathcliff. Eu substituía minha jovem patroa para preparar o chá e trinchar a carne; desse modo, eu era indispensável à mesa. Catherine se sentava geralmente a meu lado, mas nesse dia achegou-se mais perto de Hareton e pude perceber que não mostrava mais discrição em sua amizade do que mostrava antes em sua hostilidade.

– Veja se não fala e dá demasiada atenção a seu primo – disse-lhe em voz baixa, ao entrarmos na sala. - Isso certamente vai aborrecer o senhor Heathcliff e vai ficar furioso com os dois.

- Não vou fazer isso - respondeu ela.

No minuto seguinte, porém, ela se achegou ao lado dele e passou a colocar prímulas no prato de mingau dele.

Ele não abriu a boca e mal se atrevia a olhar para ela; ainda assim, ela continuou a provocá-lo até que, por duas vezes, ele estava a ponto de rir. Eu franzi a testa e então ela olhou para o patrão, que, como seu semblante indicava, estava mais preocupado com outras coisas do que com a presença de Hareton; e ela também ficou séria por um instante, observando-o com a maior atenção. Depois, voltou-se para o outro lado e recomeçou com a bobagem; finalmente, Hareton soltou uma risada abafada. O senhor Heathcliff se sobressaltou; seus olhos percorreram rapidamente nossos rostos e Catherine enfrentou-o com aquele seu olhar nervoso e desafiador, que ele tanto abominava.

- Ainda bem que não está a meu alcance - exclamou ele. - De que diabo está possuída para me fitar continuamente com esses olhos infernais? Baixe-os! E não me lembre mais de sua existência. Achava que já a tinha curado dessa mania de rir.

- Fui eu - murmurou Hareton.

- O que está dizendo? - perguntou o patrão.

Hareton olhou para seu prato e não repetiu a confissão. O senhor Heathcliff fitou-o por um momento e depois, silenciosamente, voltou a seu café e à meditação interrompida. Estávamos quase acabando e os dois jovens já se haviam prudentemente afastado, de modo que não se previa que mais alguma coisa acontecesse, quando Joseph apareceu na porta, revelando, por seus lábios trêmulos e olhos furiosos, que já havia detectado o ultraje perpetrado contra suas preciosas plantas. Devia ter visto Cathy e o primo no local, antes que ele o inspecionasse, pois, enquanto seu queixo se movia como a boca de uma vaca ruminando e tornava sua fala difícil de entender, assim começou:

- Quero meu salário e vou embora! Bem que gostaria de morrer onde servi 60 anos; fazia questão de levar meus livros para o sótão, e todas as minhas coisas e eles podiam ficar com a cozinha, para eu ter paz. Ia ser difícil deixar meu lugar perto da lareira, mas isso eu ainda podia fazer! Mas tirarem meu jardim, patrão, isso não posso aguentar! O senhor que o suporte, se quiser. Isso não me serve e um homem velho não se acostuma com essas coisas novas. Prefiro ganhar meu pão correndo estrada de martelo na mão!

- Ora, ora, idiota! - interrompeu-o Heathcliff. - Pare com isso! O que é que o aflige? Eu não interfiro em suas brigas com Nelly. Ela pode atirá-lo no depósito de carvão, que não me interessa.

- Não foi Nelly! - respondeu Joseph. - Eu não iria embora por causa de Nelly... é repelente como um bicho, mas graças a Deus, não tem força para roubar a alma de ninguém! Nunca foi bonita para levar alguém a piscar para ela. É sua princesa amaldiçoada e sem graça que enfeitiçou nosso rapaz com seus olhos ousados e seus modos atrevidos... até que... Não! Isso corta meu coração!

Ele se esqueceu de tudo o que eu fiz por ele, e foi e arrancou toda uma fileira das melhores plantas de groselha do jardim! - E Joseph continuou a lamentar-se abertamente, dilacerado pela atrocidade cometida e pela ingratidão e pelo tresloucado ato de Earnshaw.

- O idiota está bêbado? - perguntou o senhor Heathcliff. - Hareton, é com você que está ofendido?

- Só arranquei dois ou três arbustos - respondeu o jovem. - Mas posso replantá-los no mesmo lugar.

- E por que os arrancou? - perguntou o patrão.

Catherine, prudentemente, interveio na conversa.

- Queremos plantar algumas flores no local - disse ela. - Eu sou a única culpada, pois fui eu que o mandou fazer isso.

- E que diabo lhe deu permissão para tocar num único ramo desse lugar? - perguntou o sogro, totalmente surpreso. - E quem mandou você lhe obedecer? - acrescentou, voltando-se para Hareton.

Este ficou sem resposta, mas a prima replicou:

- O senhor não devia regatear uns palmos de terra para que eu pudesse enfeitar, quando me tirou todas as minhas terras!

- Suas terras, cadela insolente? Você nunca teve terra alguma! - disse Heathcliff.

- E meu dinheiro também - continuou ela, devolvendo-lhe o olhar zangado, ao mesmo tempo em que mordia um pedaço de pão, que restava de seu café.

- Silêncio! - exclamou ele. - Já chega e mande-se daqui!

- E as terras de Hareton, e o dinheiro dele! - continuou a temerária moça. - Agora, eu e Hareton somos amigos e vou contar a ele tudo o que sei a seu respeito!

O patrão pareceu ficar confuso por um instante.

Empalideceu e se levantou, sempre olhando para ela com uma expressão de ódio mortal.

- Se me bater, Hareton vai me defender! - disse ela. - Por isso é melhor sentar-se.

- Se Hareton não a levar para fora daqui, mando-o para o inferno! - trovejou Heathcliff. - Bruxa maldita! Como ousa fazê-lo voltar-se contra mim?

Fora com ela! Não ouve? Leve-a para a cozinha! Vou matá-la, Ellen Dean, se a deixar aparecer na minha frente outra vez!

Hareton tentou convencê-la, à parte, para que fosse embora.

- Levem-na daqui! - gritou ele, ameaçadoramente. - Vão ficar aí conversando? - E se aproximou para executar sua ordem.

- Ele não vai lhe obedecer, seu malvado, nunca mais! - disse Catherine. - E logo vai detestá-lo tanto como eu!

- Psiu, psiu! - murmurou o jovem, em tom de reprovação. - Não quero ouvir você falar assim com ele. Chega!

- Mas você não vai deixar que ele me bata! - gritou ela.

- Vamos embora, já! - cochichou-lhe, com firmeza.

Tarde demais. Heathcliff já a tinha agarrado.

- Agora *você* vai! - disse ele, voltando-se para Earnshaw. - Maldita bruxa! Dessa vez ela me provocou quando eu não podia aturá-lo e vou fazê-la arrepender-se para sempre!

Ele a segurava pelos cabelos com uma das mãos; Hareton tentou soltar-lhe as mechas presas, implorando-lhe que, só por aquela vez, não a machucasse. Os olhos negros de Heathcliff faiscavam e ele parecia prestes a fazer Catherine em pedaços, e eu já me preparava para me arriscar a ajudá-la quando, de repente, os dedos dele se afrouxaram; largou os cabelos, agarrou-lhe o braço e olhou fixamente no rosto dela. Em seguida, levou a mão aos olhos, ficando assim por um momento, aparentemente para se controlar e, voltando-se de novo para Catherine, disse com uma calma forçada:

- Deve aprender a evitar de me enfurecer ou ainda vou realmente matá-la, algum dia! Vá com a senhora Dean e fique com ela e desabafe sua insolência aos ouvidos dela. Quanto a Hareton Earnshaw, se o flagro escutando-a, mando-o ganhar o pão onde conseguir! Seu amor fará dele um desterrado e um mendigo. Nelly, leve-a; e deixem-me, vocês todos! Deixem-me!

Levei minha jovem patroa para fora da sala; ela estava contente demais por ter escapado ilesa de sua resistência; o outro saiu também e o senhor Heathcliff ficou sozinho na sala até a hora do almoço. Eu havia aconselhado Catherine a almoçar no quarto; mas tão logo ele percebeu a cadeira dela vazia, me mandou chamá-la. Não falou com nenhum de nós, comeu muito pouco e saiu logo depois, comunicando que não devia voltar antes do anoitecer.

Os dois novos amigos ficaram com a casa por conta deles durante a ausência do patrão; e foi então que ouvi Hareton admoestar severamente a prima quando esta pretendia lhe contar o que sabia da conduta do sogro para com o pai dele. Disse-lhe que não queria ouvir nem uma só palavra contra Heathcliff; se ele era o diabo em pessoa, não lhe importava; estaria sempre pronto a defendê-lo, e preferia que ela insultasse a ele, como costumava fazer, a vê-la ofender o senhor Heathcliff. Catherine reagiu violentamente, mas ele deu um jeito para que ela refreasse sua língua, perguntando-lhe se ela também iria gostar se ele falasse mal do pai dela. Foi nessa altura que ela compreendeu que Earnshaw se identificava com Heathcliff e estava ligado a ele por fortes laços que a razão não conseguiria romper... correntes que o hábito forjara e que seria cruel tentar quebrá-las. A partir desse dia, Catherine mostrou ter bom coração, evitando tanto queixas como expressões de antipatia em relação a Heathcliff, e me confessou seu arrependimento por ter-se empenhado em fomentar um atrito entre ele e Hareton. Na verdade, não acredito que, daí em diante, tenha dito uma palavra que fosse contra seu opressor.

Uma vez serenados os ânimos, voltaram a ser amigos e tão atarefados quanto possível em suas variadas ocupações de aluno e professora. Vim me sentar com eles depois de terminar minhas tarefas; e me senti tão bem e reconfortada a observá-los, que nem vi as horas passarem. Sabe, de certa forma era como se os dois fossem meus filhos. Havia muito que me orgulhava dela e, agora, tinha certeza de que também ele seria para mim fonte de igual alegria. Sua natureza honesta, afável e inteligente dissipou rapidamente as nuvens de ignorância e degradação em que fora criado; e os sinceros elogios de Catherine agiram como um estímulo à engenhosidade dele. Sua mente brilhante abrilhantava suas feições, conferindo vivacidade e nobreza a seu aspecto. Custava-me crer que se tratava do mesmo indivíduo que tinha visto no dia em que descobri minha jovem patroa no Morro dos Ventos Uivantes, depois do passeio dela a Crags. Enquanto eu assistia e eles trabalhavam, veio o crepúsculo e, com ele, o patrão.

Ele entrou inesperadamente pela porta da frente e tinha uma visão total de nós três, antes mesmo de termos tempo para levantar a cabeça e olhar para ele. Bem, pensei eu, não poderia haver cena mais agradável e inofensiva que essa; e seria vergonhoso recriminar os três. A chama avermelhada da vela brilhava acima das duas belas cabeças e revelava seus rostos animados do mais pueril entusiasmo; pois, embora ele tivesse 23 anos e ela, 18, cada um tinha tanta coisa para experimentar e aprender que não sentiam nem demonstravam os sentimentos do sóbrio desencantamento da maturidade.

Levantaram os olhos ao mesmo tempo, em direção do senhor Heathcliff; talvez o senhor não tenha reparado que os olhos deles são precisamente iguais e exatamente como os de Catherine Earnshaw. A atual Catherine não tem outra semelhança com ela, exceto a testa larga e certo arquear das narinas que, quer queira quer não, lhe confere aquele ar um tanto altivo. Com Hareton, a semelhança vai mais longe; peculiar em todos os aspectos, era agora particularmente marcante, porque seus sentidos estavam alertas e suas faculdades mentais despertas para uma atividade desusada. Suponho que essa semelhança desarmou o senhor Heathcliff: ele se dirigiu para a lareira, visivelmente agitado; mas se recuperou rapidamente ao olhar para o jovem; ou, melhor dizendo, mudou de expressão, pois a emoção continuava presente. Tomou o livro das mãos dele e olhou de relance para a página aberta e o devolveu sem comentários, limitando-se a fazer sinal a Catherine para se retirar; o amigo dela saiu logo atrás e eu estava para sair também, mas Heathcliff me mandou ficar sentada.

- Triste final, não é? - observou ele, depois de ter meditado por momentos sobre a cena que acabara de presenciar. - Um desfecho absurdo para meus esforços tão empenhativos! Vou trazer alavancas e picaretas para demolir as duas casas, e treino para ser capaz de realizar um trabalho digno de Hércules; e quando tudo está pronto e em meu poder, descubro que perdi a vontade de pôr uma telha em cada telhada! Os velhos inimigos não me venceram; este é o momento ideal para me vingar em seus descendentes. Poderia fazê-lo e ninguém poderia me impedir. Mas para quê? Já não me interessa desferir o golpe; não posso dar-me ao trabalho de erguer o braço! Pode até parecer que andei me esfalfando todo esse tempo só para exibir esse louvável traço de magnanimidade. Está longe de ser o caso. Perdi a capacidade de sentir prazer na destruição deles e sou preguiçoso demais para destruí-los por nada. Nelly, há uma estranha mudança se aproximando; e, no momento, estou sob a sombra dela. Tenho tão pouco interesse por minha vida diária que mal me lembro de comer e beber. Esses dois que saíram da sala são os únicos objetos que continuam a possuir para mim uma aparência real; e essa aparência me faz sofrer até a agonia. Sobre *ela* não vou falar; nem pensar; mas sinceramente gostaria que ela fosse invisível; a presença dela só me provoca sensações alucinantes. *Ele* mexe comigo de forma diferente; ainda assim, se pudesse fazê-lo sem parecer louco, não queria vê-lo nunca mais! Você vai achar, talvez, que esteja a ponto de ficar louco - acrescentou ele, fazendo um esforço para sorrir -, se eu tentar descrever as mil formas de associações passadas e ideias que ele desperta ou incorpora. Mas você não vai falar do que lhe conto; e minha mente está há tanto tempo fechada em si mesma que é pelo menos tentador abri-la, finalmente para alguém.

E ele continuou a desabafar:

- Há cinco minutos, Hareton me pareceu a personificação de minha juventude e não um ser humano. E isso provocou em mim sentimentos tão variados, que teria sido impossível falar com ele de modo racional. Em primeiro lugar, sua espantosa semelhança com Catherine o liga assustadoramente a ela. Isso, contudo, que você pode julgar o aspecto mais poderoso para prender minha imaginação, é realmente o menos importante, pois o que para mim não está ligado a ela? E o que não a traz à minha memória? Se olho para esse piso, vejo gravadas nessas lajes as feições dela! Em cada nuvem, em cada árvore... preenchendo o ar à noite e refletida de dia em cada o bjeto... estou cercado por toda a parte pela imagem dela! Nos rostos mais vulgares de homens e de mulheres... até minhas próprias feições... me enganam com a semelhança. O mundo inteiro é uma terrível coleção de testemunhas de que ela realmente existe e que eu a perdi! Bem, a figura de Hareton era o fantasma de meu amor imortal, de meus esforços sobre-humanos para fazer valer meus direitos, minha degradação, meu orgulho, minha felicidade e minha angústia... Mas é loucura revelar-lhe esses pensamentos; só servirá para você saber porque, apesar de minha relutância em ficar sempre sozinho, a companhia dele não me traz qualquer benefício; pelo contrário, um agravamento do constante tormento em que vivo; e, em parte, contribui para me tornar indiferente diante da forma de como ele e a prima se relacionam. Já não consigo lhes dar atenção de modo algum.

– Mas o que quer dizer com uma *mudança*, senhor Heathcliff? – perguntei, alarmada com sua atitude, embora não estivesse correndo o risco de perder o juízo ou morrer, a meu ver; ele estava bem forte e saudável; e, quanto ao juízo, desde criança ele sentia prazer em se entregar a pensamentos sombrios e entreter-se em estranhas fantasias. Podia ser que tivesse a obsessão de falar de seu ídolo desaparecido; mas em todos os demais aspectos, estava tão íntegro de espírito como eu.

– Não vou saber até isso acontecer – disse ele. – Por ora, só tenho uma vaga ideia.

– Mas não se sente mal de saúde, não é? – perguntei.

– Não, Nelly, não me sinto mal – respondeu ele.

– Então não tem medo da morte? – prossegui.

– Medo? Não! – replicou ele. – Nem medo, nem pressentimento, nem desejo de morrer. Por que deveria? Com minha constituição física vigorosa e meu modo regrado de viver, sem ocupações arriscadas, deveria – e provavelmente *irei* – permanecer sobre a terra até não me restar um só cabelo preto na cabeça. E, no entanto, não posso continuar nessa condição! Tenho de me lembrar a mim mesmo de respirar... quase a lembrar meu coração de bater! É como dobrar ao contrário uma mola de ferro; é só pela força, e não pela vontade, que faço as coisas mais simples, e é só à força que tomo conhecimento de coisa viva ou morta que não esteja associada a uma ideia universal. Tenho um único desejo, e todo o meu ser e todas as minhas faculdades anseiam por realizá-lo.

Anseiam por isso há tanto tempo, e com tal determinação, que estou convencido de que se realizará... e logo... porque devorou minha existência. Estou sendo consumido na antecipação de sua realização. Minhas confissões não me aliviaram, mas podem, pelo menos, explicar algumas das minhas aparentemente inexplicáveis alterações de humor, que muitas vezes mostrei. Meu Deus! Tem sido uma longa luta; almejaria que tivesse acabado!

Começou a andar pela sala, murmurando coisas terríveis para si mesmo, até eu me sentir inclinada a acreditar, como Joseph acreditava, segundo ele dizia, que a consciência lhe havia transformado o coração num inferno terreno. Eu me perguntava, preocupada, como haveria de terminar. Embora raras vezes, anteriormente, ele tivesse relevado esse estado de espírito, mesmo no aspecto exterior, não me restavam dúvidas de que era esse seu estado habitual: ele próprio o afirmou; mas ninguém, por seu comportamento em geral, haveria conjeturado o fato. Quando o viu, não deve ter percebido, senhor Lockwood; e no período a que me refiro, ele era exatamente a mesma pessoa, só talvez um pouco mais afeiçoado à solidão e, talvez, ainda mais lacônico em companhia.

CAPÍTULO 34

Por alguns dias, depois daquela noite, o senhor Heathcliff evitou encontrar-se conosco nas refeições; ainda assim, recusava-se a excluir formalmente Hareton e Cathy. Tinha aversão em ceder completamente aos sentimentos, preferindo ausentar-se e fazer uma única refeição em 24 horas lhe parecia suficiente.

Uma noite, depois que toda a família estava deitada, o ouvi descer as escadas e sair pela porta da frente. Não o ouvi entrar novamente e, de manhã, verifiquei que ainda estava fora. Estávamos em abril. O tempo estava firme e fazia calor, a relva tão verde como as chuvas e o Sol poderiam deixá-la, e as duas macieiras anãs perto do muro sul estavam cobertas de flores. Depois do café, Catherine insistiu para que eu fosse buscar uma cadeira e me sentasse com meu trabalho de costura sob os abetos do fundo da casa, e persuadiu Hareton, já completamente refeito do acidente, a cavar e preparar um pequeno jardim, que havia sido transferido para aquele canto por causa das queixas de Joseph. Eu estava confortavelmente recostada na cadeira, aspirando a fragrância primaveril que me envolvia e contemplando o céu azul por sobre minha cabeça, quando minha jovem patroa, que tinha ido até o portão à procura de raízes de prímula para cercar o canteiro, voltou quase de mãos vazias e nos comunicou que o senhor Heathcliff estava chegando.

– E falou comigo – acrescentou, com o semblante perplexo.

– E o que ele disse? – perguntou Hareton.

– Disse que fosse embora dali o mais depressa possível – respondeu ela. – Mas estava tão diferente que parei um momento para olhar para ele.

– Diferente como? – perguntou Hareton.

— Ora, quase radiante e alegre. Não, *quase* nada... *muito* excitado, tresloucado e contente! - replicou ela.

— Então os passeios noturnos o divertem - observei, aparentando indiferença; na realidade, tão surpresa quanto ela e ansiosa para confirmar a verdade do que ela havia dito, pois ver o patrão contente não era espetáculo de todos os dias. Arranjei uma desculpa para voltar para dentro. Heathcliff estava de pé, junto da porta, pálido e tremia; ainda assim, tinha certamente nos olhos um brilho de estranha alegria, que alterava o aspecto de todo o seu rosto.

— Quer comer alguma coisa? - perguntei. - Deve estar com fome, caminhando a noite toda!

Queria descobrir por onde tinha andado, mas não me arriscava a perguntar-lhe diretamente.

— Não, não estou com fome - respondeu ele, virando a cabeça e falando de modo um tanto desdenhoso, como se adivinhasse que eu estava tentando descobrir a origem de seu bom humor.

Fiquei perplexa e não sabia se era o momento oportuno para lhe fazer alguma admoestação.

— Não acho muito bom andar por aí fora - observei -, em vez de estar na cama; de qualquer modo, não é sensato nessas noites úmidas. Atrevo-me a dizer que ainda pode apanhar um forte resfriado ou ficar com febre. Tem algum problema que o incomoda?

— Nada que eu não possa suportar - replicou ele - e com o maior prazer, desde que me deixe em paz. Vá para dentro e não me aborreça.

Obedeci e, ao passar por ele, reparei que respirava aceleradamente como um gato.

"Sim!", pensei comigo mesma, "vamos ter alguma doença. Não consigo imaginar o que andou fazendo".

Ao meio-dia, sentou-se conosco para almoçar e eu lhe servi um prato bem cheio, que ele aceitou como que para compensar os jejuns anteriores.

— Não apanhei resfriado nem febre, Nelly - observou ele, aludindo à minha conversa da manhã. - E estou pronto para fazer as honras à comida que me dá.

Tomou a faca e o garfo e se preparava para começar a comer quando o apetite desapareceu subitamente. Pousou os talheres sobre a mesa, olhou ansioso para a janela, levantou-se e saiu. Nós o vimos andando de um lado para outro no jardim, enquanto acabávamos de comer. Earnshaw disse que ia lhe perguntar por que não vinha comer; achava que o tínhamos ofendido de alguma maneira.

— Então, ele vem? - perguntou Catherine quando o primo voltou.

- Não - respondeu ele. - Mas não está zangado. Parece até muito bem-disposto; só o deixei impaciente ao falar com ele duas vezes e então ele me mandou vir para junto de você; disse que se admirava como eu podia estar interessado na companhia de qualquer outra pessoa.

Coloquei o prato dele na beirada da lareira, para mantê-lo quente. E depois de uma hora ou duas, ele voltou, quando a sala estava vazia, e nada calmo; a mesma aparência anormal... não natural... de alegria sob suas sobrancelhas negras; a mesma lividez, e seus dentes visíveis, de vez em quando, numa espécie de sorriso; seu corpo tremia, não de frio ou de fraqueza, mas como uma corda esticada em demasia vibra... uma vibração intensa, mais que um tremor.

Pensei em lhe perguntar o que sentia, ou quem iria perguntar, se não fosse eu? E então exclamei:

- Recebeu boas notícias, senhor Heathcliff? Parece invulgarmente animado.
- De onde viriam boas notícias para mim? - respondeu ele. - É a fome que me deixa disposto; e, pelo visto, não devo comer.
- Seu almoço está aqui - retruquei. - Por que não aproveita para comer?
- Agora não quero - retorquiu ele. - Vou esperar pelo jantar. E Nelly, de uma vez por todas, peço-lhe que mantenha Hareton e a outra longe de mim. Não quero que ninguém me incomode. Desejo ter este local só para mim.
- Existe algum novo motivo para esse banimento? - perguntei. - Diga-me por que está assim tão esquisito, senhor Heathcliff. Onde passou a noite passada? Não pergunto por mera curiosidade, mas...
- É por mera curiosidade que pergunta - interrompeu ele, com uma risada. - Mas ainda assim, vou responder. Ontem à noite, eu estive no limiar do inferno. Hoje, tenho meu céu à vista. Tenho-o diante de meus; nem três passos me separam dele! E agora, é melhor que se vá! Se não se intrometer, não vai ver nem ouvir nada que possa assustá-la.

Varri a lareira, limpei a mesa e fui embora mais perplexa que nunca.

Ele não voltou a sair de casa nessa tarde e ninguém lhe perturbou a solidão; até às 8 horas, quando achei conveniente levar-lhe, embora não me tivesse pedido, uma vela e algo para comer. Estava inclinado sobre a beirada de uma janela aberta, mas não olhava para fora; tinha o rosto virado para a penumbra interior. A fogueira estava reduzida a cinzas, a sala estava tomada pelo ar úmido e abafado de uma tarde nublada; e tão calma que permitia escutar não somente o murmúrio do riacho que corria para Gimmerton, mas também o sussurrar e o borbulhar de suas águas sobre os seixos e de encontro às pedras maiores que não consegue encobrir. Deixei escapar uma exclamação de descontentamento ao ver a lareira apagada e comecei a fechar as janelas, uma a uma, até chegar àquela em que ele estava.

– Posso fechar esta também? – perguntei, para despertá-lo, pois não se mexia.

A luz da vela bateu no rosto dele, enquanto falava. Oh! Senhor Lockwood, não posso exprimir que terrível sobressalto tive com aquela visão fugaz! Aqueles olhos negros e encovados! Aquele sorriso e aquela palidez cadavérica! Parecia-me não o senhor Heathcliff, mas um demônio; e meu terror foi tamanho que dei com a vela de encontro à parede, deixando-nos a ambos na escuridão.

– Sim, pode fechá-la – respondeu ele, em seu tom de voz familiar. – Aí está, continua desajeitada! Por que segurou a vela na horizontal? Depressa, vá buscar outra.

Saí correndo, totalmente apavorada, e disse a Joseph:

– O patrão quer que lhe leve uma vela, e reacenda a lareira –, pois eu não me atrevia mais a voltar.

Joseph pôs algumas brasas na pá e foi; mas trouxe-as imediatamente de volta, com a bandeja do jantar na outra mão, explicando que o senhor Heathcliff ia para a cama e não queria comer nada até de manhã. Nós o ouvimos subir as escadas logo a seguir. Ele não se dirigiu para o quarto de costume, mas entrou naquele que tinha a cama com cortinado; a janela desse quarto, como já disse anteriormente, é bastante larga para alguém poder passar por ela; e então me ocorreu que ele planejava outra excursão noturna e não queria que suspeitássemos a respeito.

"Será que ele é um lobisomem ou um vampiro?", pensei. Já tinha lido histórias sobre esses horrendos demônios encarnados. E então passei a refletir como eu o tinha criado na infância, como o havia observado crescer até a juventude e como o havia acompanhado durante quase toda a vida; e que bobagem absurda era deixar-me dominar por essa sensação de terror.

"Mas de onde veio ele, aquela coisa negra, acolhida por um homem bom para a própria ruína?", me segredou a superstição, quando eu ia ficando inconsciente de sono. E eu comecei, meio sonhando, a me fatigar a mim mesmo imaginando algum laço de parentesco para ele e, repetindo minhas meditações de quando desperto, reconstituí sua existência novamente, com sombrias variações; finalmente, imaginando o quadro de sua morte e o funeral, do qual, tudo o que lembro é de estar completamente angustiado por ter a incumbência de ditar uma inscrição para seu túmulo e ter resolvido consultar o coveiro a respeito; e como ele não tinha sobrenome e não sabíamos qual a idade dele, fomos obrigados a nos contentar com a simples palavra "Heathcliff". Esta parte acabou por se confirmar: foi o que fizemos. Se entrar no cemitério, vai ler na lápide tumular que só isso está gravado, e também a data da morte.

A madrugada me restituiu o bom senso. Levantei-me e fui até o jardim, assim que podia enxergar, para verificar se havia pegadas debaixo da janela.

Não havia nenhuma. "Ele ficou em casa", pensei, "e hoje já estará bom." Preparei o café para todo o pessoal, como de costume, mas disse a Hareton e a Catherine que aproveitassem para tomar o deles antes que o patrão descesse, pois havia deitado tarde. Eles preferiram tomar o café fora de casa, à sombra das árvores, e foi lá que lhes preparei uma mesinha.

Quando voltei para dentro de casa, encontrei o senhor Heathcliff na sala. Conversava com Joseph sobre assuntos da lavoura: dava-lhe instruções claras e minuciosas sobre o assunto discutido, mas falava muito depressa e virava constantemente a cabeça para os lados; e tinha a mesma expressão excitada da véspera, ainda mais acentuada.

Quando Joseph saiu da sala, o patrão foi sentar-se no lugar que geralmente escolhia e eu coloquei na frente dele uma caneca de café. Puxou-a mais perto, apoiou os braços na mesa e olhou para a parede oposta, como me parecia, examinando determinada parte, percorrendo-a para cima e para baixo, com olhos faiscantes e inquietos, e com tal ávido interesse que parou de respirar durante meio minuto.

– Vamos, senhor! – exclamei, empurrando o pão para perto de suas mãos.
– Coma isso e beba o café enquanto está quente. Já está pronto há quase uma hora.

Nem se deu conta de minha presença e, no entanto, sorriu. Preferia vê-lo ranger os dentes a vê-lo sorrir daquela maneira.

– Senhor Heathcliff! Patrão! – gritei. – Pelo amor de Deus, não me olhe dessa maneira, como se estivesse tendo uma visão do outro mundo.

– Pelo amor de Deus, não grite tanto – retrucou ele. – Volte-se para aquele lado e diga-me, estamos sozinhos?

– Claro! – foi minha resposta. – Claro que estamos sozinhos!

Obedeci involuntariamente, como se não estivesse inteiramente certa. Com um gesto da mão, ele abriu uma clareira na mesa entre os objetos do café e se inclinou para frente para olhar mais à vontade. Agora percebi que ele não estava olhando para a parede, pois, quando olhava só para ele, parecia que estava fitando exatamente alguma coisa a poucos palmos de distância. E fosse o que fosse, lhe transmitia, aparentemente, prazer e dor em delicados extremos; pelo menos, essa era a ideia que sugeria a angustiada, ainda que extasiada, expressão de seu semblante. O objeto imaginado não se mantinha fixo: os olhos dele o perseguiam com incansável diligência e nunca se desviavam do alvo, mesmo quando falava comigo. Em vão lhe lembrei a prolongada abstinência de alimento; se estendesse o braço para tocar alguma coisa, em resposta a minhas súplicas, se abrisse a mão para apanhar um pedaço de pão, logo seus dedos se crispavam antes de agarrá-lo e permaneciam apoiados sobre a mesa e esquecidos de seu propósito.

Fiquei sentada, qual modelo de paciência, tentando atrair sua absorta atenção de sua crescente especulação, até que se irritou e se levantou da mesa, perguntando por que eu não o deixava comer em paz e acrescentando que, da próxima vez, não precisava esperar: bastava pôr as coisas à mesa e ir embora. E, com essas palavras, saiu de casa, desceu lentamente a trilha do jardim e desapareceu depois de passar pelo portão.

As horas se arrastaram ansiosamente. Outra noite chegou. Só muito tarde me retirei para descansar e quando o fiz, não consegui dormir. Ele voltou depois da meia-noite e, em vez de ir deitar, trancou-se na sala do andar debaixo. Ouvia, me agitava e, finalmente, me vesti e desci. Era angustiante demais ficar ali deitada, torturando meu cérebro com centenas de apreensões inconsequentes.

Distinguia os passos do senhor Heathcliff, medindo incessantemente o piso e, de vez em quando, rompia o silêncio com uma profunda inspiração, assemelhando-se a um gemido. Murmurava também palavras soltas; a única que eu conseguia captar era o nome de Catherine, acompanhado de alguns termos exaltados de paixão ou de sofrimento, e proferidos como se dirigidos a uma pessoa presente; em voz baixa e séria, e arrancados do fundo da alma. Eu não tive coragem de entrar diretamente na sala; mas eu desejava tirá-lo daquele devaneio e por isso passei a vasculhar a lareira da cozinha, remexendo as brasas e recolhendo a cinza. O artifício deu resultado mais cedo do que esperava. Ele abriu a porta imediatamente e disse:

– Nelly, venha cá... já é manhã? Entre com sua vela.

– O relógio está batendo 4 horas – respondi. – Precisa de uma vela para levar para cima? Podia ter acendido uma nesta lareira.

– Não, não quero ir para cima – disse ele. – Entre e acenda a lareira para mim; e arrume tudo o que tiver de arrumar nesta sala.

– Primeiramente, tenho de assoprar as brasas, antes de jogar mais carvão – repliquei, puxando uma e ajeitando o fole.

Nesse meio-tempo, ele andava de cá para lá, no intuito de tentar se distrair; seus pesados suspiros se sucediam tão próximos que não deixavam espaço para a respiração normal.

– Assim que romper o dia, mando chamar o senhor Green – disse ele. – Quero consultá-lo sobre umas questões legais, enquanto posso pensar sobre esses assuntos e enquanto posso agir com calma. Ainda não redigi meu testamento; e não decidi como dispor de meus bens. Gostaria de poder varrê-los da face da terra.

– Eu não falaria desse modo, senhor Heathcliff – interferi. – Deixe o testamento em paz por agora. Ainda tem muito tempo para se arrepender

de suas muitas injustiças! Nunca esperei vê-lo sofrer dos nervos: no momento, eles estão maravilhosamente desse jeito, no entanto; e quase inteiramente por sua culpa. A maneira como passou esses últimos três dias chegava para derrubar um Titã. Coma alguma coisa e descanse um pouco. Basta olhar no espelho para ver como está precisando das duas coisas. Suas faces estão encavadas e seus olhos vermelhos de sangue, como alguém que está morrendo de fome e que vai ficar cego por falta de sono.
- Não tenho culpa de não poder comer nem descansar - replicou ele. - Asseguro-lhe que não é de propósito. Vou fazer as duas coisas, assim que puder. É o mesmo que pedir a um homem, que se debate na água, que descanse quando está a poucos metros da praia! Primeiro tenho de chegar à praia, e só depois vou descansar. Bem, deixe de lado o senhor Green; quanto a me arrepender de minhas injustiças, não cometi nenhuma injustiça e não me arrependo de nada. Sou feliz até demais e, no entanto, não sou suficientemente feliz. A felicidade de minha alma mata meu corpo, mas não se satisfaz a si mesma.
- Feliz, patrão? - exclamei. - Estranha felicidade! Se me ouvisse sem se zangar, eu poderia lhe dar alguns conselhos que o fariam mais feliz.
- Quais são? - perguntou ele. - Dê-os então!
- Como sabe, senhor Heathcliff - disse eu -, desde os 13 anos o senhor tem levado uma vida egoísta e pagã; e provavelmente não teve uma Bíblia em suas mãos durante todo esse tempo. Deve ter esquecido os ensinamentos desse livro e pode não ter tempo agora para procurá-los. Que mal faria mandar buscar alguém... um ministro de qualquer religião, não importa qual... para que lhe explicasse esses ensinamentos e lhe mostrasse como errou e se afastou desses preceitos, e como vai lhe ser difícil entrar no céu, se não se operar uma mudança no senhor antes de morrer?
- Estou mais agradecido que zangado, Nelly - disse ele -, pois me lembrar a maneira como desejo ser sepultado. Quero ser levado para o cemitério, de noite. Você e Hareton podem, se quiserem, me acompanhar; e lembre-se particularmente de verificar se o coveiro segue minhas instruções em relação aos dois caixões! Não preciso de ministro nem de orações à beira do túmulo... Digo-lhe que quase alcancei *meu* céu; aquele dos outros, afinal de contas, não tem valor e eu não o cobiço.
- E supondo que o senhor persista nesse jejum obstinado e morra por causa disso, e eles se recusarem a enterrá-lo no cemitério da igreja? - disse eu, chocada com sua indiferença perante Deus. - Iria gostar disso?
- Eles não vão fazer uma coisa dessas - replicou ele. - Se o fizerem, você

tem de me transpor secretamente para lá; e, se não o fizer, vai constatar, na prática, que os mortos não são aniquilados!

Assim que começou a ouvir os outros membros da família se movimentando pela casa, ele se retirou para seu antro e eu respirei mais livre. Mas à tarde, enquanto Joseph e Hareton estavam trabalhando, ele veio para a cozinha de novo e, com um olhar transtornado, me pediu para que fosse sentar-me com ele na sala; que ter a companhia de alguém. Declinei, dizendo-lhe claramente que suas palavras estranhas e seus modos me assustavam, e eu não tinha vontade nem coragem de ficar sozinha com ele.

— Acredito que você acha que sou um demônio — disse ele, com uma risada sinistra —, algo horrendo demais para com ele viver sob um teto decente.

Em seguida, voltando-se para Catherine, que estava presente, pois se havia escondido atrás de mim ao vê-lo entrar, ele acrescentou, um tanto irônico:

— Quer vir comigo, boneca? Não vou machucá-la. Não! Para você sou pior ainda que o diabo. Pois bem, há *uma* que não foge de minha companhia! Meu Deus! Como ela é persistente! Oh, maldição! Isso é indizivelmente demais para que alguém possa suportar... inclusive eu.

Não solicitou a companhia de mais ninguém. Ao entardecer, foi para o quarto. Durante toda a noite e até de manhã, o ouvimos gemendo e murmurando. Hareton queria estava ansioso e queria entrar, mas eu o mandei chamar o Dr. Kenneth e poderia então entrar e vê-lo. Quando o médico chegou, bati à porta e tentei abri-la, mas descobri que estava trancada; e o senhor Heathcliff mandou-nos a todos para o diabo. Estava melhor e queria ficar sozinho. Assim, o médico foi embora.

A noite seguinte foi chuvosa. Na verdade, choveu torrencialmente até o raiar do dia; e, ao fazer minha caminhada matutina em torno da casa, notei que a janela do quarto do patrão estava aberta e a chuva entrando diretamente por ela. Ele não pode estar deitado, pensei; essas pancadas de chuva o teriam encharcado. Deve estar de pé ou saiu. Mas não adianta ficar aventando possibilidades; vou subir até lá e verificar.

Tendo conseguido entrar, com a ajuda de outra chave, corri para fechar a janela, pois o quarto estava vazio; examinei rapidamente o ambiente. O senhor Heathcliff estava lá... deitado de costas. Estremeci ao ver seus olhos tão vivos e tão aterradores. Além disso, parecia sorrir. Não queria acreditar que estivesse morto; mas seu rosto e seu pescoço estavam lavados de chuva; a roupa de cama pingava no chão e ele estava perfeitamente imóvel.

As venezianas, batendo de um lado para outro, tinham arranhado uma das mãos, que havia pousado no peitoril; mas não escorria sangue do arranhão; e quando o toquei, não podia mais ter qualquer dúvida: estava morto e rígido!

Tranquei a janela, afastei seus longos cabelos pretos da testa e tentei fechar seus olhos, para fazer desaparecer, se possível, aquele olhar medonho e quase vivo de exultação, antes que mais alguém pudesse vê-lo. Mas os olhos não fechavam; pareciam zombar de minhas tentativas; e também zombavam seus lábios entreabertos e os afiados dentes brancos! Tomada de outro ataque de covardia, gritei por Joseph, que subiu arrastando os pés e fazendo barulho, mas que se recusou terminantemente a tocar no cadáver.

- O diabo carregou sua alma - exclamava ele - e que carregue também seu corpo, pouco me importa! E olhe, que malvado parece, rindo da morte!

E o velho pecador ria zombeteiramente. Pensei que pretendia dar umas cambalhotas em volta da cama; mas subitamente se recompôs, caiu de joelhos, ergueu as mãos e rendeu graças porque o dono legítimo e a antiga linhagem eram restabelecidos em seus direitos.

Sentia-me aturdida com o nefasto acontecimento; e minha memória recuou inevitavelmente ao passado com uma espécie de tristeza opressiva. Mas o pobre Hareton, o mais prejudicado, era o único que realmente sofria. Permaneceu ao lado do corpo a noite inteira, chorando em amargo desespero. Passava as mãos e beijava o sarcástico e selvagem rosto, que todos os demais tremiam só de contemplá-lo; e chorou sobre ele com aquela dor profunda que brota naturalmente de um coração generoso, embora duro como o aço.

O Dr. Kenneth, perplexo, não sabia a que doença atribuir a morte do patrão. Omiti o fato de ele não ter comido nada durante quatro dias, receando que isso pudesse trazer mais problemas; e mais, estou persuadida de que ele não se absteve de comer de propósito; era a consequência de sua estranha doença, e não a causa.

Nós o enterramos, para escândalo de toda a vizinhança, como ele desejava. O cortejo era composto de Earnshaw e eu própria, o coveiro e seis homens que carregavam o caixão. Os seis homens foram embora logo depois de o baixarem à cova; nós ficamos para ver cobri-lo de terra. Hareton, com o rosto banhado de lágrimas, arrancou um punhado de erva e a espalhou sobre o montículo de terra, que agora está tão macio e verde como as sepulturas vizinhas... e espero que seu morador durma tão profundamente como os destas.

Mas as pessoas da região, se perguntadas, haveriam de jurar sobre a Bíblia que ele *anda* por aí. Há aquelas que afirmam tê-lo visto perto da igreja, no meio do pântano e até dentro dessa casa. Fantasias, dirá o senhor, e assim digo eu. Ainda assim, aquele velho sentado junto da lareira da cozinha afirma que tem visto os dois, ele e ela, olhando através da janela do quarto nas noites chuvosas, desde a morte de Heathcliff... e uma coisa estranha me aconteceu há cerca de um mês. Um dia, ao entardecer, eu estava a caminho da granja...

um entardecer escuro, ameaçando trovoadas... e precisamente na encruzilhada do Morro, encontrei um menino com uma ovelha e dois cordeiros na frente dele; estava chorando copiosamente; achei que os cordeiros fossem rebeldes e não se deixassem guiar.

- O que há, menino? - perguntei.
- Heathcliff está ali com uma mulher mais além, naquele lugar - balbuciou ele. - Tenho medo de passar.

Eu não vi nada, mas nem as ovelhas nem ele iam em frente; mandei-os seguir pela estrada mais abaixo. Ele provavelmente criou os fantasmas de tanto pensar, enquanto atravessava sozinho o pântano, nas bobagens que tinha ouvido seus pais e companheiros repetir. Seja como for, agora eu não gosto de sair no escuro nem de ficar sozinha nesta casa sinistra. Não a aturo mais; oxalá eles decidam deixá-la e se mudem para a granja!

- Vão morar na granja, então? - disse eu.
- Sim - respondeu a senhora Dean -, logo que se casarem, o que deverá ocorrer no dia de ano-novo.
- E quem vai morar aqui?
- Ora! Joseph vai cuidar da casa e, talvez, um garoto para lhe fazer companhia. Vão se alojar na cozinha; e o resto da casa vai ser trancado.
- Para uso dos tais fantasmas que optarem por vir habitá-la? - observei.
- Não, senhor Lockwood - disse Nelly, sacudindo a cabeça. - Creio que os mortos estão em paz; mas não é bom falar deles com leviandade.

Nesse momento, o portão do jardim se abriu; e os dois caminhantes estavam voltando do passeio.

- *Eles* não têm medo de nada - murmurei, observando sua aproximação através da janela. - Juntos, poderiam desbaratar satanás e todas as suas legiões.

Ao subir os degraus diante da porta de entrada e parar para dar uma última olhada para a lua... ou, mais corretamente, para olhar um para o outro à luz do luar... eu me senti irresistivelmente impelida a escapar deles outra vez; e, colocando uma gratificação nas mãos da senhora

Dean e ignorando seus reparos à minha rudeza, desapareci pela porta da cozinha no momento em que eles abriam a porta da sala; e teria confirmado a opinião Joseph sobre a conduta indiscreta de sua colega, se ele, felizmente, não me tivesse reconhecido como um cavalheiro respeitável, ao ouvir o som mavioso da moeda que tiniu a seus pés.

Meu regresso para casa foi demorado por causa de um desvio que fiz em direção da igreja. Quando estava sob suas paredes, percebi que a degradação havia feito progressos, mesmo em apenas sete meses; muitas janelas mostravam buracos negros, desprovidos de vidros; e telhas estavam fora do alinhamento do teto aqui e acolá, e que aos poucos deveriam ser arrancadas pelas tempestades do outono que se aproximava.

Procurei, e logo descobri, as três lápides na encosta próxima do pântano; a do meio, cinzenta e parcialmente coberta pela urze; a de Edgar Linton, só recoberta na altura dos pés por erva e musgo; a de Heathcliff, ainda desnuda.

Eu me demorei em torno delas, sob um céu propício; observava as borboletas esvoaçando entre a urze e as campainhas silvestres, ouvia o vento suave soprando pela relva e me perguntava como alguém poderia um dia pensar num sono intranquilo para os que repousavam nessa terra tranquila.